周明河 —— 著

大明江山

1368年之前的朱元璋

（下）

北京联合出版公司

目录

第十一章　立足金陵...................1

第十二章　察罕兵威...................29

第十三章　鏖战常州...................49

第十四章　虎踞上游...................91

第十五章　亲征浙东...................127

第十六章　平定方略...................153

第十七章　喋血龙湾...................179

第十八章　再破陈汉...................203

第十九章　祸起萧墙...................235

第二十章　鏖战洪都...................263

第二十一章　决战鄱阳...................279

第二十二章　平灭陈汉...................313

第十一章
立足金陵

一

元军封锁住了长江航路之后,虽然士卒不免有些恐慌情绪,但元璋反似吃了一颗定心丸,这回他可不用发愁将士们再生动摇之心了。

几天后,方山寨民兵元帅陈野先以数万之众来攻打太平城,元璋听闻敌人锋芒甚锐,便习惯性地登上城头前去查看了一番。他发现陈部虽然来势汹汹,但步伍杂乱、毫无章法,一看就知乃是一群乌合之众,接着他便胸有成竹地对徐达等人说道:"这个陈野先在江北时本已是我等的手下败将,如今他纠集重兵卷土重来,不过是来送死的,咱自有破他之策!兵法说'以正合,以奇胜',用兵之道,贵乎奇正相辅,咱们筹谋多日,正在今日牛刀小试一番!"

待陈部暂时退去之后,元璋派徐达、邓愈、汤和等将领引兵出姑孰东以迎战陈野先。当徐达等人一路转战至太平城北时,还未同敌人接战,忽然天空中出现了一番奇异的景象——火烧云一时间把整个天空映照得瑰丽多彩、幻化无比!陈部的士兵多是没啥见识又缺乏纪律的农民,都只顾着好奇地抬头看天,对于军官的命令竟然置若罔闻,结果被徐达的队伍打了个措手不及,顿时慌作一团。

手持一柄唐式陌刀的陈野先接连砍翻了几个慌乱的士兵,竭力维持着秩序,督促队伍迎战徐达的攻势;陈野先眼见徐达的人马不多,恐怕还不足自己的十分之一,便吩咐部将对徐达展开了两翼包抄。可就在陈部刚刚完成了对徐达的包抄,兵力已经分散之际,突然从其身后杀出了红巾军的一支偏师,原来是元璋命邵荣率军悄悄绕到了陈部的后面,作为"奇兵"以见机行事。

邵荣看到时机已然成熟,当即挥军杀出,陈部腹背受敌,顿时阵脚大乱,顷刻之间战线崩溃。陈野先眼见大势已去,只得率领一部亲军逃窜,邵荣率一部人马进行拦截,结果在几里开外就拦住了陈野先一行。陈野先打马挺刀来战邵荣,不想却被邵荣十几个回合就打下了马，技不如人的陈野先只得束手就擒。

当邵荣提着陈野先来到元璋跟前时，元璋便对邵荣笑道："邵兄果然是三军表率，此战你可是首功！"

"哪里哪里，还是副帅运筹之功！"邵荣谦逊地说道。

两人推让过后，元璋便亲自为陈野先解去了绳索，又叫人奉茶给陈野先压惊。

待坐定后，元璋便询问起陈野先方面的一些情况，接着他便劝慰道："陈兄既然也是汉人，那何必为蒙元朝廷卖命，而今豪杰并起，元军在各处皆遭遇惨败，江山必不能长久，陈兄又何必为它殉葬呢？所谓识时务者为俊杰，陈兄就算不替自己打算，也该为兄弟们想想吧！"

好汉不吃眼前亏，精明的陈野先当即俯首道："今后愿唯明公马首是瞻！"

元璋将他一把扶起，笑道："陈兄不必多礼！"

陈野先随即给各处写信，叫他那帮留守四处的兄弟都来归附，结果太平城很快就降众盈门了。

阿鲁厌、蛮子海牙等部，本来是准备以陈野先部为先锋，以牵制住元璋的部队，然后再调派人马，对其发动总攻。如今眼见陈部已兵败投降，计划落空，只好率部在峪溪口驻扎，以便观望等待。

元璋部仍在为攻克集庆路做积极准备，前方很快便传来了徐达率众攻克溧水州的好消息。溧水是集庆路的南大门，眼看外围已渐廓清，集庆路越发近在眼前了。为了争夺首功，郭天叙与张天祐二人便命元璋留守太平，元璋只得同陈野先部在太平待命，而张天祐则统率驻军主力及陈部的降兵前往攻打集庆路。

由于统兵不力，面对重兵设防的集庆城，队伍在张天祐的率领下最终大败而返，一时间弄得士气非常低落，张本人也自觉有些抬不起头来。元璋虽然痛心上万将士的伤亡，可他还是别有意味地对冯国用等人说道："如今是非常时期，广大将士其实谁都不认，就认那个可以带领他们打胜仗的人啊！"

到了八月，元璋又把大伙召集到了一起，商议再次攻打集庆路的事，由于众人对上次的大败仍然心有余悸，所以这次会议并未有什么结果。不过，众人对郭天叙、张天祐二人的无能已经有些不满，只是敢怒而不敢言。

元璋于是私下里对亲信将领说道："大家不要着急，如今集庆路已经稳稳地攥在了我等手里，只在天意的成全了！"

直性子的常遇春却忍不住道："那二位老大人不甘心做活菩萨，被人好好供着，非要来插一杠子，往后可有您受的！"

元璋苦笑了一下，话里有话地答道："总会有个结果的，希望老天成全我等！"

聪明如李百室、冯国用、徐达等，都已听出了几分不寻常，常遇春也并非是花云那样的莽夫，他也琢磨出这话里的几分特别意味，便没有再追问下去。

其实，老于人情世故、善于察言观色的元璋早已看出陈野先并非真心投诚，他已暗暗决定对陈野先的首鼠两端好好利用一番。他决计事先只对秀英一人坦陈此事，以便让她做好心理准备。

元璋把自己的阴谋如实地讲出来后，身为女子，又一贯只知与人为善的秀英当即掉下泪来，悄声询问道："没有义父，就没有我等的今天，难道就没有别的主意了吗？"

元璋长叹了口气，道："先把咱与他二人的个人恩怨抛在一边，夫人可是聪明人，你想想，长此下去，别说我等无法保全，就是义母、妹妹、兄弟们，哪个能保全？为今之计，只有壮士断腕了！"

秀英早已看出，元璋自从被关押、性命悬于一线，他的心突然变得硬多了，更为杀伐果断了。秀英不知这样的转变是福是祸，但她眼见元璋的事业蒸蒸日上，又见多了史书中关于权力的血腥争夺的记述，不禁发觉自己与元璋都已在乱世求生过程中变得没有退路，只能向前奋勇冲杀，哪怕是要除掉那些原本亲近的人！

在"玄武门之变"前，面对兄弟相残的可怕现实，长孙氏也只有坚定地站在丈夫身旁，勇敢地鼓励那些即将参与政变的将士们！更有那武则天，为了自己的掌权之路，不惜直接、间接地杀掉自己的儿女、兄弟及亲属！

秀英已然看明白了，那权力之路分明就是一条血路，而且只许胜，不许败！她为此痛苦不堪，又无可奈何，只好决定尽量少过问这些事，只把孩子们抚养好就行了，免得良心不安！为了减轻罪恶感，也为了有所寄托，她开始念经礼佛……

如今，遇到这种进退两难的关键时刻，秀英又闭上了眼，手持念珠默念起《金刚经》。

"你心里到底怎么想？"元璋急切地追问道。

秀英一时仍是不语，这时小红把刚过满月的朱标给抱了过来，秀英放下念珠抱起了孩子，轻轻地吻了一下孩子的额头，缓缓道："你好自为之吧！"

小红不知道两人在说什么，便笑道："相公和姐姐见了标儿还不开心，那我把孩子再送还给送子观音娘娘吧！"

元璋见秀英不再疑虑，便一把抱过孩子，眉开眼笑道："咱标儿定然是有福的，把他送回去了，这些福还叫哪个来享呢！"

听说元璋谋划再攻集庆路之后，陈野先便把一干亲信召了来，对他们悄悄说道："我们不能就这样从了反贼，大家还是应该抓住兵发集庆的机会，好好地来个反正，以立功赎罪！"

陈野先没料到，他的亲信中早有一人在元璋的威逼利诱下做了后者的耳目，陈野先这边一散会，此人便把消息传到了元璋那里。

元璋倒很平静，只是跟徐达等几个心腹说道："我早知道这家伙脑后有反骨，但若这样草草杀了他，怕寒了天下豪杰的心，以后谁还敢来投奔咱？捉贼捉赃，还是先忍忍吧，大家多提防着点就是了！"

为了稳住陈野先，元璋还是把他找来，当着众人道："近日有些兄弟来咱这里道陈兄的不是，并要咱对你多加提防，其实咱也明白自己庙小，陈兄来投靠咱着实是有些委屈了。这样吧，咱再给陈兄一个重新选择的机会，你愿意留下也好，愿意回去继续追随旧主也罢，咱绝不阻拦！"

此言一出，陈野先觉得这定然是元璋在试探自己，所以立即赌咒发誓道："明公把我陈某人看成什么了？我岂是那朝三暮四的小人？若背明公再生之恩，愿神人共诛之！"

元璋装作非常感动和放心的样子说道:"其实别人不了解陈兄,咱还能不了解吗?陈兄乃是识时务的俊杰啊!"

说完,元璋就当众宣布,拨部分原班人马给陈野先,让他回自己的老巢待命,伺机帮着拿下集庆路。不久,又有好消息传来:集庆路东南的溧阳州、太平西南的芜湖县等相继被徐达、邵荣等部攻克,这就保障了外围的安全,免除了攻打集庆路的大军腹背受敌的危险。

陈野先领着一干弟兄,如脱笼之鹄,心情愉快地回到了老地盘,屯驻于板桥一带,明里是在为攻打集庆路做准备,暗里却派人与近邻的元将福寿取得了联系。为了表现自己的积极,陈野先于某日向元璋报告说:近日与元军小股部队遭遇,我军斩获不少,计生擒五人,获马数十匹。

借着这次虚报功劳的机会,陈野先又以书信的形式向元璋进言道:"集庆城池,右环大江,左枕崇冈,三面据水,以山为郭,以江为池,地势险阻,不利于步战……"

信是由冯国用读的,元璋突然打断道:"不必念了,先生把大意说与咱知道即可!"

冯国用看过一遍后,应道:"这信比较长,他后面的意思大概如此:想当初西晋的王浑、王濬为平灭东吴,仅仅修造战船、进行准备工作就花了好多年……元军又与苗军联络沟通,连寨三十余里,若是强攻,他们将阻断我们的后路,若是逐次攻拔这些寨子,又会耽误时日以至粮运不济。依他看来,莫不如长久围困之,假以时日,集庆城可不攻而自破!"

元璋明知这是陈野先使的缓兵之计,无非是想拖延时日以待生变。但单从字面上看,他的提议还是有一番堂皇道理的,所以元璋便装出认真的模样,以一番雄辩的大道理对陈野先进行了驳斥。

信件是由陶安起草的,其中道:

> 历代之克江南者,晋之殄吴、隋之平陈、曹彬之取南唐,皆以长江天堑,限隔南北。故须会集舟师,始克成功。今吾大军既渡江,据其上游。彼之天险,我已越之;彼之喉咽,我已扼之。舟师多寡,不足深虑。舍舟步进,足以克捷。自与晋、隋势殊事

异。足下效勤宣力，正宜乘时进取，建勋定业。奈何舍全胜之策而为此迂回之计耶？

陈野先也没读过几本书，他扫过一遍书信后便交与幕僚道："你把大概意思给本帅说说……"

幕僚看过信后，道："这姓朱的是讲，要大帅别再兜圈子拖延时间了，赶快放马攻打集庆路！长江天险他们已经平安越过了，而这是他们所迈出的最重要、最艰难的一步，其余何足道哉！"

陈野先听罢，当即笑道："他说的也的确是实情，而且要速战速决才好！如果真的再拖延下去，难保不会给官军喘息的机会，更有可能让东面在急剧扩张势力的张九六等捡了大便宜。如果集庆路被姓张的抢去，那这个大果子就等于拱手送人了！"

部将请示道："大帅，那怎么办呢？"

"哈哈，怕什么？他姓张的没那么容易就拿下集庆路，他姓朱的更别痴心妄想！"陈野先气势汹汹道。

此时已是九月光景，陈野先眼见拖延之计无法实行，便与幕僚们又合计出一条毒计：他密约了元将左答纳识里到了他的营地，却诈称是自己俘获的，想让元璋到他那里受降并进行一番大阅兵，如此便可趁机拿住元璋。

这点鬼把戏当然瞒不过元璋，但他只是不动声色地对众人说道："难得陈将军这份好意，只是咱这里实在无法抽身前往，况且主帅想要亲自去取集庆城，咱就不好再多此一举了！"

在众人的撺掇下，郭天叙与张天祐决定一起率领所部二攻集庆，元璋于是命陈野先从旁助攻。目送着郭、张大军走后，元璋如释重负般长舒了一口气，然后对身边的李百室说道："先生，你看此行二帅能否如咱所愿呢？"

李百室诡秘一笑，道："看那陈野先了，希望他争争气，成全了我等吧！"

"哈哈，先生果然是聪明人！"

郭、张二人率军首攻方山地区，大破元将左答纳识里先前所在的营地，之后，他二人乘胜直趋集庆城下，率部攻打东门。这时陈野先从板桥领兵赶到,佯装攻打集庆城南门,以骗取郭、张二人的信任。

几天之后,陈野先设宴邀请郭、张二帅去他那里吃酒,二人于是欣然率众前往。集庆城本是风月繁华之地,陈野先召来了一众色艺双绝的歌姬,郭、张这两个淮西乡佬喝得不亦乐乎,全然失去了戒备之心,终于被陈野先抓住了机会——伏兵当场杀死了郭天叙,生擒了张天祐。不久之后,张天祐被捆送到元将福寿那里,被砍头示众!

陈野先与福寿合兵来攻打郭、张余部,双方大战于秦淮河畔。

徐达率军故意避开敌军的锋芒,抵抗了一阵后就开始向后撤退;元兵与陈野先部集中力量攻打郭、张本部,邵荣看透了徐达的用意,也连忙率部杀出重围,结果郭、张余部被围。众人经过一番拼死挣扎后才在邵荣部接应下突围,从此以后,郭、张一系的人马逐渐被邵荣与郭天爵接管和控制。

郭、张被除的消息传来,元璋终于彻底松了一口气,就在他准备亲征陈野先,为郭、张二帅"报仇雪恨"时,不想又有意外之喜传来:当陈野先带兵追袭郭、张余部至溧阳葛仙乡时,那里的民兵百户卢德茂因为非常厌恶陈野先反复无常的为人,于是"以其人之道还治其人之身",竟设局干掉了陈野先!陈野先死后,部众已被其侄陈兆先暂行接管。

元璋把这一众消息告知秀英后,忍不住感叹道:"真是人算不如天算,大概这就是上天对咱的眷顾吧!那陈兆先倒是个忠良之士,他的这班人马咱迟早还是要收服的!"

秀英轻吐了一口气,黯然道:"从今以后我只问家事,外事一概不问了!"

在郭、张二人的丧礼上,张夫人的悲痛显得很有节制,似乎义母大人也很理解元璋及大伙的处境,何况天叙不是她的亲骨肉,这让秀英的痛苦减却了不少。

二

自从两次攻打集庆失利，队伍的元气与士气都有些受损，元璋反倒显得不那么着急了，他暂时沉潜下来，慢慢积蓄水陆两面的力量。

其实并非他没有胜利的把握，而是他要争取万无一失，以确保三攻集庆能够必胜，如此才能无损于自己的威名。从情报上分析，张士德部已经与元军胶着于平江城下，短时间内根本无力西顾常州和集庆路，这就可以让元璋的布置从容些许。

不过，北方却不断有坏消息传来：先是刘福通用计除掉了杜遵道，造成小明王朝廷里一阵不小的混乱；尔后的十一月间，红巾军主力又在中牟大战中惨败于元将察罕帖木儿之手，从大局上看，元廷在北方似乎依然占据着绝对的优势。

种种不利的局势，令元璋开始重新思考自己与元廷的关系定位，这时他突然想到了先前被自己俘虏的那位元万户纳哈出，此人乃系成吉思汗麾下"四杰"之一、太师和国王木华黎的后裔，故而元璋便高看此人一眼，一向待之甚厚。

这年十二月的一天，元璋对李百室、冯国用等人说道："成吉思汗的功业世间少有，木华黎的大名也是如雷贯耳！此番咱既降住了纳哈出，万不可怠慢了，今后说不定就会派上大用场呢！"

李百室因之笑道："是啊，天上那么多云彩，谁能说清哪块下雨、哪块不下呢？总要都供起来才稳妥！"

冯国用为着长远计，也附和道："也好，来日方长，将来与元廷有所沟通，也可望纳哈出出力呢！"

"近日咱见那纳哈出郁郁寡欢，便派人去探其心思，纳哈出坦言：'幸蒙明公不杀之恩，在下难以为报，但而今一心只向着北方。'他被我等降住也快半年光景了，那胡马尚且依恋北风呢，干脆咱就卖给他这个人情，成全了他吧！"元璋做出为难状道。

徐达立即站出来阻止道："恐怕此举不妥吧，主公，您这可是放虎归山！您若指望着放归这些自视血统高贵之人来收买其人心，那大概是奢望！"

"白白放他又如何，天德，你想啊，至少此举不会败坏咱朱某人的名声吧，哈哈！"正如冯国用所忧虑的那样，其实元璋知道未来的困难还很多，恐怕也少不得要向元廷示弱一回呢。

元璋主意已定，他又给纳哈出资助了不少路费，这才打发他一行人北去。

就在元璋部按兵不动的时候，蛮子海牙所率水师却已扼守住了采石江面，以阻绝长江南北，并伺机攻打太平。

元璋自然不会坐以待毙，此时他正好可以搬出自己前不久已然装备齐全的争战利器。元璋是一个头脑灵活、眼光敏锐、自学成才的兵家，他一贯重视队伍的纪律和装备，因此当他发现火铳在战场上取得的惊人效果时，立即意识到了此物的重要性，于是赶紧命人进行研发和铸造。

陶安见多识广，元璋有一次特意就火铳的事情征询他的意见，他侃侃而谈："火铳之出现已近百年，它具有多般优长，如使用寿命长、规制易于一统、构造甚为杰出、射出之速甚快，所以在创制成功后，便大量装备队伍以用于作战。只因后来天下升平无事，军备渐趋废弛，火铳的使用就少多了。而今各路豪杰都尚未花费太多心思在它上面，实在是一大疏失，咱这江南之地，多有富于巧思之人才，大可对火铳进行各种推进研制，只要明公多投入些人、财、物即可……"

"那这火铳是不是可大可小呢？咱听说宋时有所谓'突火枪'，是一种管形射击火器，不知威力如何？"元璋问道。

陶安解释道："自然是可以根据需要，做大的话，如装备于战船和关隘守备用的中型碗口铳及专用于城防要塞的大型铳（筒）炮；做小的话，如一般兵士操弄的单兵手铳。那突火枪乃竹制，自然不如金属材质的，突火枪射程近、威力小，枪身还易烧毁炸裂，无法耐久使用。在火力上，此类大、中型火铳可以充分压制西域炮，单兵手铳也可以部分取代普通弓箭……"

元璋已经听闻倪文俊、陈友谅水师中装备西域炮的事情，顿时感到欣喜不已，当他听说手铳可以取代普通弓箭时，又忙问："先生觉得这些火器能否对付蒙元的骑兵呢？"

　　"这个……"陶安想了想，"如果量大，想来是可以的吧，比如十个兵士中就有一人操持手铳，以一万支手铳压制五千骑兵，想来不是难事！因火器爆发时还伴随着巨大的声响，马匹就算不伤，也容易受惊！"

　　元璋听陶安分析得有道理，不禁兴奋异常。他找到徐达，很是亢奋地说道："天德啊，这一回，咱不仅找到了对付敌城、敌船的武器，也找到了对付蒙元骑兵的利器！"

　　徐达还有些疑虑，道："如果真是这样，那扫平群雄、一统天下有何难？只怕是您高估了它。"

　　"高估与否，过阵子就见分晓了！好在这江南之地人力、财力都远较江北充足，而且铁矿和铜矿也不愁，交通更便利得多，真是天助我等！"元璋得意道。

　　"那是自然，有财、有人终归是好事！也亏得主公带领大家转战到了江南。"说着，徐达露出了难得的微笑。

　　铸造好第一批火铳后，元璋立即将这批争战利器装备到一些大船上，用来对付元军的威胁。在进行演示的阶段，徐达等人也深为这等利器的威力所折服，当即欣然表示道："此物确实不同凡响！看来破敌有望了！"

　　元璋却略带谦逊地笑道："而今还有两大不足，一是数量太少，二是质量、花样上还有待改进，这些还需慢慢来，大伙可别心急！"

　　至正十六年（1356）正月一过，元璋便亲率常遇春等人前往攻打蛮子海牙，目的之一就是想看看这些火铳如何实战操作，威力又如何。

　　当时敌船在江上互相往来，彼此支援，势力甚大，元璋便把常遇春与廖永安二人叫来，叮嘱他们道："遇春你不善水战，但你难得在一股冲劲，如今咱就安排你一个重任，就是要你部作为疑兵横插到敌船间中去！永安，你精于水战，望你与遇春有一番相得益彰的配合。"

"主公就等我们的好消息吧!"

二人领命而去,只见常遇春、廖永安所部一马当先,率领一支船队将敌人拦腰截为两段,并以此吸引了敌军的注意,敌军生怕有失,便对常、廖所部集中进行围攻。

此时,元璋则率领主力军对被分割开来的一股敌人进行猛攻,趁着敌人首尾不能相顾,全力一击,以达到歼敌一部的目的。

元璋的苦心果然没有白费,那些初次登台亮相的火铳威力奇大,只要打到敌船上,就准保打得敌军船翻桨烂。激战从早晨持续到中午,胜负已经相当明显,最终元军大败,被俘达上万之众,舟船几乎全被缴获,只有蛮子海牙侥幸逃生,带着一些散兵游勇狼狈地逃往了集庆城内。

此战结束后,元璋立即开会宣布:"前者江上一战,我部大破蒙元水军,不仅一举恢复了近半年来低迷的士气,也扫除了我部攻打集庆城的最后一个隐忧——切断了周围元军的来路,破除了元军从江面上发动进攻的可能,相反却利于我部从江上封锁和攻打集庆城!"

"集庆外围府县皆已被扫清,制江之权也已操之我手,集庆已近乎一座孤城,请主公下令三攻集庆吧!"徐达请命道。

"是啊,这半年多我等可是憋坏了,该出出这口窝囊气了!"花云掐着腰说道。

众将纷纷表态,元璋于是微笑着拍板道:"好!三月六日是个黄道吉日,本帅将亲率诸军自太平水陆并进,三攻集庆!如今张九六已拿下平江,元军在江东四面楚歌,此次攻打集庆,我等要力争必克,不然集庆将不复我有!众将皆须立下军令状,如有出战不力者,一律严惩不贷!有不敢立此状者,可留守太平。"

众将都不想做孬种,便纷纷来签军令状,就在大家争先恐后地画押时,突然从大堂外传来一道声音:"算我一份,我也要立军令状!"

众人回头一看,原来是朱文正这小子,因他是元璋的亲侄子,大家已本能地把他视为了纨绔子弟,故而都对他多少有些不屑。文正近前对元璋说道:"前番四叔有言在先,侄子来领命了!"

元璋听赵德胜说,文正身手确实已经很不错了,为了让大家都认识一下他，元璋便道："好吧，打集庆有你的份，不过老叔要先试试你的身手，看看给你安排个什么职位！"

"好，四叔尽管来试吧！"

此时郭兴、郭英已经成为元璋帐下的亲军将领，元璋便道："郭兴，你跟这小子比画比画！"

郭兴领命出列，两人各拿了一根棍棒比试起来。几个回合后，众人对文正的看法便改观了，纷纷叫起好来！

二十几个回合后，郭兴落败，元璋于是笑道："果然不愧是'黑赵'的徒弟，才学了一年多，就把我的亲将给打翻了，哈哈！"

"让我郭四儿再来领教一下吧！"郭英捡过哥哥的棍子，便与文正交起手来。

郭英的身手不输于元璋，一般将领也都不是他的对手，所以他跟文正倒是旗鼓相当。两人的较量分外精彩，连四处的兵卒也都围拢来看热闹，最后郭英还是仗着身经百战的经验占了上风。

元璋眼见侄子如此出息，又希望他能尽快立功以安排重要的职位，以便帮自己握紧兵权，于是大声道："行吧，那你此次就跟着遇春他们打先锋去，若是表现好了，老叔就让你做个领军元帅！"

"四叔此话可当真？"文正问道。

"军中岂有戏言？"元璋明白，今日正好借着这个气氛来许诺，改日重重地提拔了文正，众将才不好说什么。

朱文正受此鼓舞，暗暗发誓要在三攻集庆之战中好好表现一番，为此他颇费了一番思量。

三

元璋部拿下集庆路几无悬念，这时，守备集庆路的元将们不能不为自己考虑后路了。作为水寨元帅的康茂才悄悄地找到了水军元帅叶撒，想跟他合计一番。

自从西系红巾军崛起，乱兵攻陷了蕲州，富于才干与声威的康茂才便开始招募民兵保卫乡里。为了有所依靠，他也像冯国用兄弟投奔元璋一样，投靠了当地势力最大的民团武装。只不过他眼见各路反元豪杰难成大器，便暂时选择了挺元的立场，后因镇压之功累迁淮西宣慰使、都元帅。当集庆路告急之际，康茂才受江浙行省调遣做了水寨元帅，麾下有上万之众。

叶撒与康茂才同为汉人，又是亲近的同僚，康茂才便对他坦言道："如今那朱元璋的手段我等也晓得了，最难得的是此人不扰民、不掠民，很有成就大事的气象。叶兄，你意下如何？"

叶撒直言道："听闻那陈友谅曾于你有恩，如今那天完朝廷可是有非凡之规模，我等何不去投奔他呢？"

康茂才一笑道："如今江上已被朱氏水军封锁，想去湖广，只能从陆路绕远了，那也是远水解不了近渴，除非是我等分散突围出去！但这又要掂量掂量究竟是否值得……说到陈友谅，虽然我与他仅有数面之缘，但是深知其为人！还有一桩，我家的门房此前在他家里打过杂，所以对陈氏的情形也了解颇多。"

"哦？康兄快说来听听，陈友谅为人如何？"

康茂才便细细地对叶撒谈起了自己与陈友谅交往的旧事，最后他指出道："那陈友谅待人甚是慷慨，也甚是亲热，小弟也受过他的恩惠……"

叶撒忍不住插言道："那说明他为人不错啊，康兄更该报偿他才是！"

"叶兄听我把话说完！"康茂才做出一个要对方打住的手势，"仅仅看一面，那是容易被他迷惑的，好比那袁本初，其人虽然折节下士，但也不过是沽名钓誉而已……陈氏交友，不为意气相投，也不是真能急人之难，无非是承望着来日大家都能帮衬、回报于他，就像生意人一般势利！凡是这种人，你能真正信得过他吗？"

"那无妨啊，只要他能成就一番大业，我等跟着他列身富贵就好嘛！"叶撒摊手道。

"此事叶兄不妨好好想想！那陈友谅如此急功近利，必然心性浮躁，缺乏深谋远虑，你觉得这种人能够成就大业吗？"康茂才的目光一时变得锐利起来。

"那康兄怎么就相信朱氏不乏深谋远虑呢？"

康茂才诡秘一笑："叶兄不必往远处想，就在这近处想，想想那陈野先！"

叶撒一时转不过弯来，想了很久才恍然大悟道："哎呀，姓朱的这一手可真是天衣无缝，的确是让人折服！"

康茂才凑近了叶撒，压低了声音道："他不动声色就剪除了掣肘，且大有安民之志。以此观之，小弟不敢说他能混一四海，至少割据东南半壁恐怕不是难事，何况他春秋方盛，比我等还年轻几岁呢！"

叶撒还是不无忧虑，道："不过小弟还是要说，虽则陈友谅心性浮躁，可是人总归会长进的嘛，如今陈氏等人据有长江上游，若得贤良辅佐，可是对下游有莫大威胁呢！那时，你我兄弟又将何去何从？"

康茂才是一个比较儒气的人，他不太喜欢陈友谅锋芒毕露、急功近利的为人，因此继续劝道："叶兄你再仔细想想那陈友谅的地位，如今他还没怎么成气候，来日若真是君不君、臣不臣的，以他那种狠毒、功利的个性，如何能不动声色地调和好内部呢？我看那时他不祸起萧墙才怪！便是他真的赢了，我等再行归顺也不迟，可这只是下策了……"

叶撒细想了一会儿，方笑着表态道："好，康兄所言有理！归附朱氏看来果真是天意了！"

"嗯，当是天意使然吧！不过，为免以后惹麻烦，一旦投诚，小弟就要向朱公交交底，有朝一日他或许会派我出使陈氏那里，也未可知啊！"决定归附以后，康茂才对元璋的称呼马上就变了，因为他从心里已经彻底接受了元璋。

两人计议已定，只等着朱元璋的大军打上门来了。

三月中旬，元璋部到达集庆城附近的江宁镇后，首先猛攻驻守于此的陈兆先部。陈军本就是惊弓之鸟，结果被再次打得丢盔弃甲。就像上次擒住陈野先一样,这一回作为主帅的陈兆先也被生擒,其余众人再次投降元璋,降兵总计三万六千余人。

当陈兆先被押到元璋面前时,元璋温和地说道:"咱知道,你跟你那叔父不同。他是何等人,已经尽人皆知。如果你想自新,咱可以给你一条生路!"

陈兆先伏地哭泣道:"朱公有所不知,当初叔父降而复叛,小人就劝他不要自作孽,因为小人知道朱公乃是天纵神明,统王者之师,何向不克?但叔父不听,小人又不能与他分道扬镳,后来叔父咎由自取,元廷的监军又到了,小人不敢轻举妄动。所以王师一到,小人没敢力抗,故而遭此大败,原想着收拢旧部再归附朱公,不承想王师竟把小人给活捉了!望朱公体恤小人一片归化之情……"

"哈哈,这才叫不打不相识,你放心,你的作为咱是清楚的,你先下去吧!好生安抚一下你的部众!"其实元璋安插在陈部的内线一直没有暴露,所以他对陈氏叔侄的内情一清二楚。

陈兆先感激而去,元璋对身边的冯国用叹息道:"如今虽然咱宽赦了陈兆先,恐怕他的部众还是会疑惧不安,先生看该如何是好?"

冯国用此时典掌着元璋的亲军,他思忖了一番,微笑道:"哈哈,这可是史有先例的,不知主公敢不敢学?"

"哦,是何先例?先说来听听。"元璋好奇地问道。

"就是汉光武降铜马的法子!"冯国用于是娓娓道来,"此事在光武称帝前一年秋,光武时为萧王。他在河北地区击破铜马军,铜马余众数十万投降,这些降众都担心光武会像楚霸王那般暗算他们,故而心下惴惴不安。光武察知其意,便敕令为首的将领都回到营地管束好部众,他自己则乘轻骑依次到各营地进行探视、慰问。降将们于是互相议论道:'萧王待人推心置腹,难道我们不为他效死吗?'众人至此表示服从光武号令,一时间他被关西人美誉为'铜马帝'……"

元璋觉得自己论出身、地位都难以同刘秀比肩,他思忖半晌,只得道:"光武诚然大智大勇,不过要咱学他这一招,倒有些为难,但精髓是可资借鉴的……这样吧,就麻烦先生从陈氏降众里挑选骁勇者五百人置于咱的帐中,令他们跟从在我等左右,我等推诚相待,他们必定会心有所感的！"

"好，既然主公如此不惮冒险一试，那国用也就舍命陪君子了，哈哈！"

五百人很快就被挑选了出来，他们也算是戴罪之身，今见元璋这般安排，心底里都更加发虚了，不知将要被如何发落。

到了这天夜晚，元璋便让那五百人皆入自己的亲军中任护卫，而先前的亲兵、随从则统统被打发走了，独留冯国用一人侍奉在卧榻之旁。

众人只见元璋坦然地解甲酣寝，与往日无异，不禁窃窃私语起来，一个指着就寝的元璋说道："人家都说那一位诡计多端，他今天唱的又是哪一出？"

另一个道："若是我等即刻下手，他必不能活命，你说他唱的是哪一出？"

第三个又道："朱公这是把我等当成自己人了啊，大伙可不要以小人之心度君子之腹！"

这种争论一直不休，直等到次日黎明时分，那五百兄弟才算都明白了元璋赤诚相见的意思，心里被感动得厉害，于是疑惧顿消，纷纷来向元璋表忠心道："朱公倾心以待我等，我等无以为报，只愿此次攻打集庆做先锋！"

元璋眼见成功收服了人心，不禁心下大喜，他强忍住兴奋，道："好！那咱就成全尔等所请吧！"

等到攻打集庆城时，这五百兄弟无不奋勇争先，多有先登临陷阵者，为此也获得了不少的赏赐，上下人心一片欢悦。

江宁既已拿下，元璋于是挥师直指集庆城，当时水陆各军有近十万之众，可谓气势空前。

当距离城池还有四五里处时，士气高涨的朱家军便开始鼓噪而进，大造声势。而城中元军先前已经一败再败，今又见势单援绝，早已毫无斗志，等到大兵压城时，几乎都被吓得龟缩在城中不敢动弹了，更有像康茂才等人，也早就派人来向元璋暗中输诚了。

身为行台御史大夫的福寿却是个坚定的抵抗分子，他督师出战，元璋远远地看到这一幕，便招呼道："谁愿前往打退此敌！"

"末将愿往！"一道声音从队伍里传出。

"好！"元璋当时丝毫不把这伙敌兵放在眼里，所以哪位将领出战他也就没有放在心上，等到那员将领打马跑到他前面去时，他才发现居然是文正这小子。

元璋也只好由他去了，只见朱家军一阵猛攻便将福寿所部给顶了回去，这伙敌兵只得改为闭城坚守。具体交战情形元璋尚没有看清楚，但待到文正返回时，元璋还是不由得夸赞道："好小子！"

元璋当即命令将士们以云梯火速登城，城下又配合以大批弓箭、火器进行有力支援，城上的元军被打得晕头转向；同时，水路也加强了攻势，在两路大军的夹击下，元军顾此失彼，才半天工夫，偌大的集庆城就被攻破了。

当朱家军杀入集庆城时，福寿还在督兵巷战，负隅顽抗，他的部将都劝他赶快逃走，结果怒极的福寿一面斥骂着众人，一面竟拿箭射向那些劝阻他的人。只听福寿嘴里大声喊道："谁敢再劝本大人临阵脱逃，就先把他射死！"众人不敢再上前劝阻，力战不退的福寿终为乱兵所杀。

此外，已成为平章的阿鲁厌、参政伯家奴及集庆路达鲁花赤达尼达思等人，皆为元廷尽忠战死。元璋将这些人的尸体收集起来，进行了集中埋葬，他指示道："他们也都是元廷的死节忠臣，理当厚葬！"

朱家军共计俘获了御史王稷、元帅李宁等三百余名文武官员，唯独跑了蛮子海牙，走投无路的他不久后只得投靠了张士诚兄弟。苗军元帅寻朝佐、阿鲁厌部将完者等人，在水寨元帅康茂才及水军元帅叶撒的引领下，皆率部投降。此次归降的元朝军民共计五十余万。

人丁详表被呈递到元璋书案前，他细细地看过之后，不免感慨地对身边的冯国用说道："从先生提出金陵规划到如今，已近三个年头。当初咱也只是想想，不承想今日果然美梦成真，真是上天厚待我等了！圣人言三十而立，咱今年虚岁不过二十九，适足以当了，更当时时小心处置，锐意进取以应天命！"

冯国用拱了拱手，欣然道："今日我等夺取金陵，虽是人力，终归也是天命使然，而天命即在乎顺应人心！只愿主公戒惧戒慎，再接再厉！"

元璋忍不住上前扶住冯国用，道："咱何德何能，竟有今日！若非得到了先生之辅弼，咱恐怕仍是淮西一草寇，只愿今后先生知无不言，言无不尽，咱定当择善而从！请先生受咱一拜！"说着，他向冯国用拱手一拜。

为了迅速安定人心，入城后的元璋立即晓谕全城：

元失其政，所在纷扰，兵戈并起，生民涂炭。汝等处危城之中，朝夕惴惴不能自保。吾率众至此，为民除乱耳。汝宜各安职业，毋怀疑惧。贤人君子有能相从立功业者，吾礼用之。居官者慎毋暴横以殃吾民。旧政有不便者，吾为汝除之。

集庆的百姓们都奔走相告，消息迅速传遍了全城，他们又见市井肃然，心里才稍稍安定了些。

为了有别于胡元旧制，及赋予一种恢宏远大的意蕴，元璋又在陶安等人的建议下，下令将集庆路改为"应天府"，其意在"顺天应人"以就大业。后来，又设置了上元、江宁二县，作为应天府的属县。

另外，还设置了天兴、建康翼统军大元帅府，以廖永安为统军元帅；以新近归附的赵忠为兴国翼元帅，镇守太平。不久，元璋突然发觉太平的江防地位异常重要，可谓是应天府真正的西大门，必须加派一名亲信大将镇守此处，于是又在太平设置了行枢密院，以身为总管的花云为院判。从此花云就在太平一连坐镇了四年，直到城破而死。

就在花云临行前，元璋还特意叮嘱他道："花云啊，你是咱的心腹爱将，又厥功至伟，论武艺、才干，自然是没说的，不然也不会派你去！但是你读书太少，有些事情必得多听听读书人的才好，俗话说'听人劝，吃饱饭'嘛！那李习有些老了，咱用他在太平不过是为着过渡一下！你放心，来日太平城的知府咱一定遴选一位德才兼备的可靠之人，你务必与他协力同心，为咱当好上游屏障！"

"主公放心，该俺管的事俺绝不懈怠，一应民事则断然不会插手！"花云顿首道。

"好，咱信得过你！"元璋拍着他的肩膀说道，"遇上大事一定要来书告知咱，不过切记，不可轻易亲自跑到咱这里来。江上往来虽然便利，可你身为大将，职守重大，万万不可轻动！"

从此以后，花云只是在重大节庆里才到应天来一次，四年里总共才跑了四五次。

四

朱元璋的部队占领集庆路一带后，其攻势之凌厉及秋毫无犯的军纪，在当地士林中引起了巨大震动，一些热衷于功名或胸怀远大者都感到一种非同寻常的意味，纷纷向其投效。

就在进入集庆路的几天后，儒士夏煜、孙炎、杨宪等十余人联袂来投，元璋正在用人之际，因此一律录用之。面带菜色的孙炎虽是个跛子，但他的风范、才学和见识却给元璋留下了深刻印象，而他的表情中也透着一股刚毅。

孙炎字伯融，是离集庆城百里处的句容人，后与丁复、夏煜等人交好，一向颇有诗名。元璋即将攻取集庆路之际，孙炎与夏煜等人便一致认为元运将终，而默察深思之下，认为元璋确乎不失为一代雄杰，若能辅佐他成就霸业，便可谓是千载难逢的良机！因此他们十余人商议过后，便结伴来投了元璋。

由于小时候得过病，导致孙炎不良于行，又由于他自负甚高且缺乏伯乐，所以一直没有出仕的机会。孙炎家的生活相当拮据，可谓茅椽蓬牖、瓦灶绳床，若是没有一干友朋的接济，孙家早就在大乱之世给饿死了。不过孙炎虽穷困潦倒，却不坠青云之志，他平生好诗歌也好经济之学，时而还浏览兵书，自觉富于韬略，因此常常自比遭庞涓陷害的孙膑，盼望着有朝一日也能与一位明主开创王业，成就一代君臣佳话！

孙炎风闻元璋的一些事迹后，心里很是触动，自己这匹千里马总算遇到了伯乐，他不由得暗想："那朱氏虽出身贫贱，而志向却甚是不俗，他不满足于在淮西做个草头王，却在夹缝中一意渡江南下，着实有峥嵘之象！且其人足智多谋，其部英勇善战，又已占据形势之利，将来所成岂在小耶？如今他那里只是初具规模而已，尚缺众多才勇之士辅弼，岂不正是我等用命之时？建功立业，扬名后世，正在今朝啊！"

孙炎平素寒衣素食，朋友们都建议他置办一身得体的行头再去拜见元璋，以免让元璋觉得是故意看不起他。可孙炎一笑道："还是本色入见吧，朱公崛起布衣，知时日艰辛，定然不以为意！"

果不其然，孙炎如此襟怀坦荡、从容大度，当一众儒士入见时，衣衫寒酸的他果然给元璋以鹤立鸡群之感，在引发元璋同情之际，更让元璋得了几分亲切感。

在单独召见他时，元璋先笑问道："众人都推称先生谈辩风生、雅负经济，不知何以教我？"

因为一只脚行动不便，孙炎便坐着一笑道："这就要看明公所求大小了，明公若只求割地自王、安于一隅，那以现有规模也足够了！"

"哦？"元璋当即被吊起了兴致，忙又问："若是咱所求为大呢？"

"若明公所求为大，就要尽量扩大地盘、扩充人马，而最为紧要的，自然就是招聚天下贤豪，以佐成大业！"孙炎拱手道。

"何等贤豪？又是何等大业？"元璋语带机锋道。

孙炎自是胸有成竹，立即亢声道："文武之贤豪，王霸之大业！"

闻听此言，元璋的兴致越发高了，继而又问道："咱自然也知这其中的道理，只是咱尚有一事不明，还望先生不吝赐教！"

"明公请直言！"

"那先生休怪咱武断，就是这所谓文人贤士，多的是目空一切、徒负虚名之辈，叫咱着实有些受累！"

孙炎笑了笑，道："明公所见甚是！徒有空志、徒逞文辞之士多如过江之鲫，不过，一代之兴必有一代之才，天下贤才终归是有的，端在明公的鉴识！容不才冒昧言之，这天下群雄如此之众，如何能分出高下？无非就是这鉴拔人才的识量了。"

"先生此言有理，那咱今后还要多加努力才是！"元璋谦逊一笑，"如今正是用人之际，人才自然是多多益善，还请先生多多推荐人才！"

"哈哈，请明公恕不才冒昧！"孙炎略一拱手，"据实而言，如今金陵近处的人才是不多了，更无挑梁的大才，大才都在远处！"说着，他的手指了指东南方向。

元璋顺着孙炎手指的方向看了看，忙问："那是何处？"

孙炎略一停顿，清了清嗓子道："明公有所不知，天下贤才以江南为胜，而这江南之地又以浙东称首！若明公有志于霸业，则不可不取浙东，若得了浙东，方适足以在群雄之中别立一帜，乃取得问鼎天下之声势！望明公深察之！"说着，孙炎艰难地站起身来一拜。

"哦？"元璋凑近了孙炎，"那如何能取浙东？又如何能让贤士们为我所用呢？"

"这个不难！明公兵威甚锐，取浙东只在早晚而已！不过此事自然是宜早不宜迟，若我等据有了浙东，一则可以收聚贤才，二则可以遏阻那张九四部南向扩张之势；而且金陵如今乃是四战之地，必待取了浙东，我部回旋余地加大，才有实力与群雄分庭抗礼啊！"说到这里，孙炎给元璋递了一下眼色，"至于说如何收服贤才，说一句大话，明公直往我辈身上瞧就是了，哈哈！"

元璋先是一愣，继而也跟着恍然大悟般笑道："那咱就放心了！不过咱在金陵不好分身，属下又多是粗豪之士，浙东之事到时少不得麻烦先生您呢！"

"明公放心，我辈甘愿供明公驱驰，以效犬马！"

送走了孙炎之后，元璋立即把冯国用、陶安、李百室等人找来，想就孙炎的建议征询一下众人的看法，结果大家都深为赞同。元璋于是笑道："看来果真是英雄所见略同，这位孙先生不失为鲁子敬之流啊！"元璋是了解三国故事的，所以知道鲁肃在投奔孙权之后，向其提出了剿除黄祖、进伐刘表等鼎足江东的战略规划，因此得到孙权的赏识，事后也证明了鲁肃的远见卓识。

不久后，江南等处行中书省成立，元璋将孙炎用为首掾，即属官之首,可见器重之意。后来胡大海渐渐在元璋麾下崭露头角,其人不乏独当一面之才,只是目不识丁。为着负重行远计,元璋便命孙炎前去专力辅佐胡大海,以求二人文武相济、相得益彰,待攻克浙东重镇处州时,孙炎又被升为总制。

相貌修伟、学识惊人的杨宪也引起了元璋特别的好感。这日元璋又单独召见杨宪,问道:"听闻先生祖籍在三晋,不知您是否回去过?"

"回主公,家父在世时曾跟随他老人家回去过几趟,后来家父不在了,卑职与老家的亲戚都疏远了,自己也囊中羞涩,故而近十多年没有再回去过……"杨宪站着答道,元璋请他就座,但他坚决不坐。

"先生自幼跟随在父亲大人身边仕宦江南,又往来南北,也可谓见闻广博了,不知先生可有何见教?"

一向喜读《韩非子》的杨宪早已思谋了多日,如今便开门见山道:"主公欲成就一番大业,首要的自然是及时掌握天下群雄的动向,正所谓知己知彼,百战不殆。眼下当务之急便是筹建一搜罗消息、传递消息之组织!"

元璋听罢,不由得拍了拍大腿,道:"先生之言甚合咱意,过去咱地盘小,日子尚且朝不保夕,咱又无德无能,实在不敢奢望问鼎之事。如今侥幸得了众贤能的辅佐,既已到了这个份儿上,那就少不得为了大家的前程来争一争了!只是依先生看,该如何措手呢?"

杨宪见元璋对自己的进言如此上心,当即喜上眉梢,道:"这个不难,只要主公多舍些钱粮,便不愁招不到耳目,而且这些耳目必要是三教九流才好,如此才能如泻地水银一般无孔不入,令敌方防不胜防!"

"好,此事咱就交与先生来办,如何?"

"多谢主公信赖!"杨宪赶紧跪谢,又站起来补充道,"主公应知,我等在侦伺别人,也必被他人所侦伺,所以为保安全计,主公也须多派些眼线在各处,凡有可疑人等,一律将其拘捕讯问,而且,而且……"

"而且什么?"

杨宪走上前，凑近元璋的耳朵道："而且可以监视诸将，凡有行为可疑或者图谋不轨者，都报来与主公知道！"

闻听此言，元璋的心里不免一惊，顿时仿佛被人戳到了痛处般浑身一颤，他不由得想道："真是上天眷顾，咱也真是心想事成，这杨宪岂不是那位可与之商谈邵荣之事的合适人选吗？不过，为保稳妥计，如今还不能全然信任他！"

为着名正言顺计，元璋先是装出一副光明磊落的模样，道："此等作为，恐怕不妥吧，传扬出去可叫众人如何看咱？"

杨宪对此似有心理准备，于是拱手道："主公诚然圣贤之徒也，但岂不见那史书上萧墙之祸还少吗？韩非有言'人主无威而重在左右'，自古君王欲操稳权柄，以收'明君无为于上，群臣竦惧乎下'之效，怎能失了耳目呢？主公可知，凡行此非常之举者，在汉有'诏狱'和'大谁何'，三国有'校事'，唐有'丽竞门''内卫'和'不良人'，五代有'侍卫司狱'，宋有'诏狱'和'内军巡院'等，皆职守察听京城内外大小衙门官吏不公不法及风闻之事，无不奉闻！历来君王多行此道，主公又何必忌讳？"

杨宪一席话算是给元璋消除了道义方面的顾虑，他于是点着头笑道："哈哈，看来还是咱读书太少，也见得窄了！不瞒先生说，有些人你诚心待他，他却未必以诚心待你！"

"正是！所谓防人之心不可无，主公总要做到耳聪目明，才不惧小人的暗算！"杨宪想到另一桩事情，忙又补充道，"历来官场欺上瞒下，主公来日不便整日出门，若想不被人骗，也正须广布耳目也！"

元璋听到这里，觉得自己已经被说服了，他站起来踱了一会儿步，便小声吩咐杨宪道："实在讲，前番夏煜夏先生也有此类建议，被咱驳回了，心想这岂不是挑唆咱不信众人吗？可是这几天细想想，人心难测，不得不防啊！更有那等恩将仇报、包藏祸心之辈，更是不能不加防范了！何况常言道，共患难易，同富贵难。观诸前事，一家之内父子、兄弟尚且反目，更何况是外人呢？只是先生切记，此事一定要加倍小心，不可叫人察觉了！"

杨宪自知已获大用，忙拱手道："主公放心，此事一律以侦查贪腐为名义，连手下人也不需点破，只叫他们汇报众文武官吏每日行踪即可！"

"好！就这么办！"元璋欣喜道，"一应风闻之事也要及时奏闻才是！"

元璋对杨宪非常满意，不过聪明绝顶的他还是留了一手，为了防止被杨宪欺瞒，他又命冯国用及一干亲军将领安排一些人手到应天城内外察访，看看是否与杨宪汇报的事宜相吻合。初获重用的杨宪自然尽心竭力，也就渐渐取得了元璋的特别信任，乃至于开始考虑派他到张士诚处出使，以令其立功，方便来日安排重要位置给他。

为了兑现自己的承诺，元璋如约将老将谢再兴的二女儿许配给徐达、三女儿许配给朱文正，并择吉日令二人成婚。

在告知文正这桩喜事时，元璋特意嘱咐他道："前番你小子在攻克应天之役中表现不错，众人都对你刮目相看，你如今要成家了，更要再接再厉，切不可沉溺于儿女私情，坏了大事！你看人家徐天德，一向是妇女无所爱、财宝无所取，整天泡在营地里与士卒们同饮食、同起居、同操练，不仅对士卒们了如指掌，也深得士卒之心，你小子可一定要向天德看齐！"

"四叔放心，我一定给保弟他们做个表率！一定不会让你跟婶娘失望的！"朱文正爽快地应道。

关于徐达的家事，因他本人一向守口如瓶，众人其实多有所不知，如果不是后来元璋暗地里派人去探访，他也不会约略了解徐达与他家那位童养媳的感人故事。

原来徐达十几岁时生了一场大病，导致卧床有半年多。在此期间，家里那位年近二十岁的童养媳"秋姐儿"到处为他寻医问药，平素对他也是照顾有加，整日在一旁嘘寒问暖。可是好人不长命，有一次，秋姐儿外出时不幸感染上了当时的大瘟疫，因她平素操劳过甚，身子骨很弱，结果竟一命呜呼——元璋猜测，可能就是至正四年的那场让自己痛失家人的瘟疫，这样看来，自己也算与徐达同病相怜了！

徐达非常感念秋姐儿对自己的恩情，有意酬报，所以最初从军的几年里并不急于成家,其中也包含了对秋姐儿的深切怀念。元璋不禁感叹道:"天德真乃重情重义之男儿!"由此也令他更加信任徐达。

谢再兴原本是郭子兴一系的宿将,早先郭在世时,他的地位可谓举足轻重,因此为了拉近与他的关系,元璋才决定让徐达娶他的次女;为了拉近与徐达的关系,又命文正娶了他的三女。

虽然元璋早在渡江以前就跟谢再兴挑明了,谢再兴也首肯了,但如今郭子兴和郭天叙都不在了,谢再兴的地位有所下降,而且当初他对自己也多有不敬,元璋有意无意间就怠慢了谢再兴些。话说在徐达与谢家次女成婚时,元璋居然没有将尚在前线作战的谢再兴召回,而是直至成婚后才把他召到应天"听宣谕",所以元璋颇有"擅自主婚"之嫌,结果惹得好面子的谢再兴一肚子的怨气。

自从攻占了应天,元璋确实颇有些骄傲之情,越发不把众人放在眼里,而且他以为谢再兴也能明白先公后私的道理。哪承想,就在谢家三女与文正的婚礼上,谢再兴这个老丈人一脸不悦,自顾自地喝得一塌糊涂,弄得整个场面都非常尴尬,为此文正也觉得四叔有失人情。

文正不敢轻易对元璋、秀英夫妇表露,只是对母亲抱怨道:"娘,您说四叔这是办的什么事?"

"兴许是军情紧急吧,所以一时不能通知你岳丈!"朱大嫂为小叔开脱道。

"那徐达和二姐的婚事就晚点办嘛,我看是四叔眼里没有人家!如今他非昔日能比了,眼里还有谁?明明是喜事,我岳丈的脸色倒像办丧事一般!"

乡老的朱大嫂有些胆小怕事,所以叮嘱儿子道:"你可消停点吧,没有你四叔,哪有咱娘儿俩的今日?就是他理亏,你也不能埋怨他!"

对于谢再兴的表现,元璋夫妇也早看在了眼里,秀英只得竭力奉迎,巴望着谢再兴的气儿可以顺些。元璋虽然表面上赔着不是,但他见老谢如此不给自己面子,便给他记了仇,对他的信任也大打了折扣——而且他也知道,在自己与谢再兴之间,徐达一定会毫不犹豫地站在自己这边,因为徐达早就明白自己婚事的意义!

几天后,元璋心情转好,便带领新婚后的徐达及冯氏兄弟、李百室等人巡览了一番应天的城郭，一行人谈笑风生，难掩雄踞于此六朝古都的欢悦之情。

等到登临灵秀的钟山后，赏罢蒋山寺等一应的名胜古迹，面对长江天堑，金陵形胜，众人不由得感慨良久，元璋即兴提议道："哈哈，武穆有诗'好山好水看不足'，今日始信焉！仰观宇宙之大，俯察品类之盛，诸位不如吟诗助兴，我等今日也体验一回流觞曲水之乐！"

冯国胜首先应命，当即吟诵了孟浩然的一首《与诸子登岘山》，他道：

人事有代谢，往来成古今。

江山留胜迹，我辈复登临。

水落鱼梁浅，天寒梦泽深。

羊公碑尚在，读罢泪沾襟。

冯国用难得如此舒畅，不免有些乐极生悲，更生出无尽家国沧桑之感，于是吟诵了文天祥的一首《金陵驿》：

草合离宫转夕晖，孤云飘泊复何依！

山河风景元无异，城郭人民半已非。

满地芦花和我老，旧家燕子傍谁飞？

从今别却江南路，化作啼鹃带血归。

只听冯国用又补充道："从崖山之事算到今日，已经七十余载，扫除胡虏之腥膻，再兴华夏之霸业，我等乘时应运，如有天眷，万世之功名在前，怎敢不朝乾夕惕、加倍努力！"

众人都跟着唏嘘了一番，不禁陷入了沉思之中……

面对浩茫雄奇的山、水、城，此刻的元璋在踌躇满志的同时，更已是心潮澎湃，只听他有感而发道："百战旧山河，朱颜未曾改。皇图如美人，英雄竞驰逐！"

"主公如今作诗，也是信手拈来了！"李百室恭维道。

大家品咂了一番主公的诗句，不免交口赞誉起来，元璋谦逊一笑。这时，沉吟了半晌的徐达起了联句的心思，于是接口道："人生一何喜，青山换新颜。我辈今来日，青史著新篇！"

这两句虽不甚工整，倒也应景，众人的情绪一时便高涨起来，纷纷应和起来,只听李百室又吟道:"一部春秋史,从古说到今。百代沧桑事,圣贤不老文。"

冯国胜说了句"重光汉唐土,重铸华夏魂",还在他酝酿后两句时,冯国用便随口接道"多少兴亡叹,且思天命眷"。

众人的诗兴发挥得差不多后,元璋又带着大家走了一程,待至江边的一个小亭子里,他一边用手指着滔滔江水,一边又不禁感叹道:"金陵险固,古所谓长江天堑,真乃一形胜之地也。况兼此地仓廪实、人民足,咱今天既得了此地,若再加诸位的同心协力,将来有何功不成?"

在旁的徐达听罢,便拱手应道:"成功立业非偶然,今得此地,大概也是天授明公了!"

元璋笑道:"天德啊,你从初到咱麾下时,就向咱进言王霸之略,那时咱们偏处一隅,还受制于人,哪里敢奢望那些?如今面对这大好河山,还真叫人有几分心动!只是时至今日咱还有些想不通,你徐天德如此不争之人,当初何故如此汲汲于王霸之事?"

"哈哈!"徐达难得开怀大笑,"不过是立一目标,便于团结、激励众人罢了,不想我等从此沉迷于子女财货、画地为牢而已!"

"天德苦心孤诣啊,咱今日领教了!"元璋客气地一拱手,"你我皆为草民,当日尚且为生计发愁,谁承想今日竟领有此六朝古都、江南宝地,时移世易,今非昔比,怎不令人感慨万端!"

"主公乃天星下凡,或恐正是那明王出世也未可知呢,自然有非常之遇!"李百室在一旁插言道。

"哈哈,陛下才是真明王,你我万万不可大不敬!"说着,元璋朝北边看了看,"只望这位陛下做好我等的北面屏蔽吧!"

在回程的路上,元璋跟众人初步筹划好,下一步他就要向东、南、西三面出击,而攻略的重点便是先确保将浙东之地收入囊中,并力争在几年内据有东南半壁,从此坐观形势,一旦中原有变,正可伺机北伐、混一天下!

第十二章
察罕兵威

一

元朝实行军户制度，主要有蒙古、探马赤、汉军三种军户。探马赤原本是非蒙古本部的精锐部队，后来其军户的主要构成人员自然就成了色目人种。

话说颍州沈丘有一位名叫察罕帖木儿的"探马赤军户"人家的子弟，他的祖上本是乃蛮人，元朝初年时，其先祖阔阔台曾追随蒙古大军平定了河南之地，到察罕帖木儿的祖父、父亲这两代，便把家安在了河南行省的沈丘。

察罕帖木儿虽是色目人，但长期生活在中原内地，颇受汉文化的濡染，为此他便取了一个汉名，姓李名廷瑞，但当地人还是喜欢称呼他为"李察罕"。李察罕自幼笃学，还曾参加过进士科考，尽管成绩不太理想，但也在当地小有名声。他一心渴望建功立业，因此平常家居已慨然有用世之志，喜欢与豪杰贤士相往来。

至正十一年红巾军在汝宁、颍州一带起事后，眼见官军围剿不力，致使江淮诸郡迅速沦陷于红巾军之手，早已蠢蠢欲动的李察罕便响应朝廷的号召，于次年愤然兴兵，组织起一支民团武装同刘福通等人进行对抗。

起初，李察罕手下不过只有家乡子弟数百人而已，战斗力也很有限。但后来，他与信阳（今河南汝南）的李思齐合兵一处，又得到了赛因赤答忽所部的帮助，并出奇计袭取了原为红巾军所占据的罗山，由此便具有了一定的声威。

赛因赤答忽是李察罕的姐夫，系出蒙古伯也台氏，其先祖也是追随忽必烈的大军到了河南，因此留居于光州固始县，因为都是军户，所以与李察罕家结了亲。赛因赤答忽家族较为显赫，先祖中不乏封疆大吏。赛因本人同李察罕一样喜欢读书，他精于吏事，且擅长骑射，不仅才力过人，而且颇有远略。红巾军起事后，赛因便拿出自家收藏的赀具甲械，征募了一支几千人的"义兵"，立寨于艾亭（地名，在阜阳西南约百里处）。对于红巾军惯常出没的关隘，赛因也颇有先见之明地将其一一占据，以阻遏红巾军的发展势头；因赛因部一向防守严密，故而红巾军很少敢于进犯。

李察罕与李思齐合兵之初，只有两三千人，而当时的罗山城里却有七八千红巾军。李察罕很想攻取罗山以壮大声势，经过一番冥思苦想，他找到了一条克敌制胜的妙计，可谓"反其道而行之"。

出身汉军军户的李思齐原为罗山县典史，他授意手下一员罗山籍的属将以投靠红巾军为名，引领罗山红巾军攻打信阳；由于信阳守军确实很少，"降将"又声称有里应外合的法子，所以罗山红巾军便出动主力来攻信阳，李察罕与李思齐虽然人少，但还是极力抵抗。当"降将"命内应打开城门，兴奋不已的红巾军刚要往里冲时，不承想却从城里突然杀出数百精锐的骑兵，他们在"降将"的配合下大破红巾军，并一举夺取了罗山。这数百骑兵是李察罕偷偷从姐夫那里借来的，虽然人数很少，但还是打了红巾军一个措手不及。

罗山大捷的消息传到大都后，为表嘉奖，元廷便授予李察罕中顺大夫、汝宁府达鲁花赤之职，授予赛因赤答忽颍州、息州招讨千户之职。由于李察罕等人打起仗来蛮气十足，又颇具灵活性，因此在对阵红巾军时近乎屡战屡胜！经过几次大小不等的胜仗后，李察罕的名声便慢慢散播了出去，四方的民团武装纷纷来投。很快，李察罕手上便拥有了一支上万人的军队，屯驻于其家乡沈丘一带。

元军主力大败于高邮城下的消息传来后，李察罕一则以喜，一则以忧。喜的是从此朝廷无法指望官军，只能倚重他们这些民军了，而他欲成就乱世枭雄的梦想也更容易实现了；忧的是各路反元势力膨胀得太快，以至于超出他的镇压能力，从而可能会将他与元廷一同扫灭。不过李察罕多少还有些自信，何况元朝经营近百年，可谓"百足之虫，死而不僵"，根基总是深厚的。

至正十五年（1355）初，刘福通、杜遵道等人拥立小明王称帝的消息传来后，李察罕便把赛因赤答忽、李思齐等人召来，想要跟他们商议一下对策。

这天，待众人齐集后，一身汉装、身材高大的李察罕首先说道："而今官军新败于高邮，红巾贼寇趁其势，已经席卷了大半个河南行省，此番他们又立伪帝于亳州，可见其志非小！三年以来，虽然我等与贼寇交战颇有斩获，但红巾贼寇煽惑万民，令我等只是望洋兴叹，着实苦恼！"

一身汉氏长袍的李思齐闻言接口道："大帅勿忧，而今我等在沈丘练兵已初见成效，想要对付红巾贼寇还不是易如反掌？何况沈丘距离亳州不过二三百里，总有我等下手的机会！"

李察罕摆了摆手，道："难啊！红巾贼寇虽是乌合之众，到底人多势大，何况他们本系流贼，可谓剿不胜剿！今日我等非要寻出一个破贼良策不可，不然，我大元社稷危矣！"

眼见李察罕整日身着汉服以取悦汉人，赛因赤答忽心里早已有些不满，他心知小舅子野心勃勃，一旦功成名就，恐怕会对元朝社稷不利，但他又不好说什么，只能走一步看一步，先解决眼下的问题再说。此时，身着蒙氏官服的赛因便接过李察罕的话头，道："察罕所见有理，对付这等散而复聚、聚而复散的流寇，我等当学会以己之长击彼之短才行！"

"哦，千户大人有何高见？"李思齐问道。

赛因看了看李察罕的面色，因为有些愤恨，小舅子左颊上的三根毫毛直竖了起来，加上他修眉覆目，样子甚显威严，令人望之生畏！李察罕也急切地等着赛因的计略，于是赛因侃侃而谈道："我等的长处，在于兵精、守固，且有朝廷做后盾，流动作战时可以得到不少援助；反观红巾贼寇，惯于无后方的流动作战，且军纪废弛、训练匮乏，又因受到我官军的处处围堵，粮草容易匮乏，所以很难持久作战，更难同我等进行硬战、恶战……"

赛因说到这里，李察罕突然笑着插言道："是故我等要学会后发制人，红巾贼寇来打，我等就凭借险要、城池来据守，一旦其兵败不利，我等就要对其狠打狠杀，务必消灭其有生之力量！也可悄悄尾追其后，进行跟踪追打，如此才可以一口口地将其慢慢吃掉……哎呀，我的姐夫大人，咱们真是英雄所见略同啊！"说着，李察罕便上前拍了拍赛因的胳膊。

赛因笑着补充道："而且我等已经与红巾贼寇形成了犬牙交错之态势，只要看准时机，就狠狠地咬它一口！不出几年，我等就会慢慢地胖起来，贼寇们就会慢慢地瘦下去！此为积小胜为大胜之道！"

郎舅两个一唱一和，众人见状都有些忍俊不禁。就在这时，一个十七八岁的英武少年突然闯入议事大堂，他先对着李察罕叫了一声"舅父"，随即向赛因顿首道："好久不见爹爹，近来可好？"

赛因忙道："扩廓我儿快起，家里一切都好，勿念！"见儿子头戴钹笠，身穿紫色质孙衣，外罩绿半臂，一应皮靴、腰带等物也都是典型的蒙古装束，又见儿子已经出落成一个顶天立地的蒙古汉子，他不禁有些意外之喜。

扩廓帖木儿是赛因赤答忽的长子，因年幼时多病，便时常由舅家照看。无后的李察罕见此子生而敏悟、才器异常，便待之如同己出，扩廓就渐渐成了李察罕的养子，从此被寄养于舅家，并取汉名为"王保保"。

扩廓站起来转向李察罕笑道："今日父亲大人并李大人等前来，一定是有要事相商，舅父为何不通知孩儿来列席旁听呢？"

"只因怕你听了又要蠢蠢欲动，为今你的首要大事还是修习文武，待来日再一展长才不晚！"李察罕充满慈爱地笑道。

赛因晓得儿子有重武轻文的一面，也知他性情有些急躁，因此附和道："扫平天下寇乱之事，绝非仅靠蛮勇就可济事，欲求修成大器，我儿总要多读几卷书才是！"

扩廓平素只酷爱史书，也读之甚勤，只是他自觉在这方面悟性不够高，为此说道："父亲大人教训的是，孩儿也知其中的道理，只是恐怕孩儿天性不够高，念过的东西总是容易忘！"

李察罕笑道："论武勇，保保如今已在我等之上，可谓青出于蓝！只是这读书上，恐怕还得加把劲儿，纵然天分不足，也当知勤能补拙、笨鸟先飞的道理！"

扩廓闻听此言有些泄气，只得拱手道："好吧，孩儿还是先去读我的圣贤书吧！告退！"

目送扩廓走后，李察罕便对赛因等人话里有话地说道："这孩子注定了是长于戎马的料儿，若是读书再上进几分，其成就恐怕就无可限量了！"

李察罕既然要做曹操，那么扩廓将来就是他的继承人了，他的意思便是扩廓要做个开国之君，而欲为新一代中原王朝的开国之君，怎能缺了胸中锦绣？不过众人此时还不会想到这一层，那毕竟太遥远也太非分了。

不久之后，李察罕等部便开始正式实施自己的战略部署，他们有板有眼、稳扎稳打，仿佛置身于群羊中的猛虎，一路左打右杀，发展势头相当迅猛。

为了阻止红巾军向西发展，李察罕便率军向北转战，驻屯于洛阳以东的重要关隘——虎牢关；等到红巾军北渡黄河进军河北后，李察罕又迅疾率军赶往河北，很快将那里的红巾军镇压了下去。朝廷再次对李察罕予以重奖，列名其为中书刑部侍郎，进阶中议大夫。

此时，赛因赤答忽已经与李察罕分兵，其部平定了钧州、许州和汝州等地后，赛因被元廷升为招讨副万户，进阶武略将军。随后，李察罕结营屯驻于黄河南岸、汴梁以西的中牟，成为东系红巾军的眼中钉、肉中刺。

二

如今再说红巾军这边，杜遵道自从出任了丞相一职，为了扩大自己的权势，便在龙凤朝廷内部大量布置自己的人，在彻底把持了整个文官系统后，又开始向武官系统慢慢进行渗透。

杜遵道的举动引起了刘福通等人的高度警觉，他们不甘心权力流失。这天，刘福通便把同为平章的罗文素召来，想要寻出一个反制的对策来。

刘福通首先不满道："那姓杜的，仗着自己肚子里有点墨水，又抱过年幼时的陛下，就完全不把我等放在眼里，如今他又一味揽权，长此下去，哪里还有你我的立足之地！"

罗文素应道："不瞒刘兄说，我也早想除掉这厮了，只是顾忌陛下对他的情分，外又有毛贵等人是他的心腹，一旦我等对他不利，恐怕上下都不好交代！"

"咳，可不就是为了这个嘛，我等才容忍这厮到如今！"刘福通拍着桌子说道，"但凡有一点儿办法，我就不会叫他猖狂到今天！你罗兄虽也是主爷身边的旧人，但从来都不为那姓杜的所喜。此番我们务必要想出一个法子来除掉姓杜的，不然你我就赶不上年底吃饺子了！"

"我是无计可施，刘兄一向智略非凡，但凡你有办法，事成之后咱们便推举你做丞相，如何？"罗文素许诺道，"不过右丞盛文郁那里，我可以去劝说，虽然姓杜的信用于他，但盛兄心知杜某人心胸狭窄，难以成事，一定不会反对我等的！"

"好啊！有了盛文郁的支持，此事便多了几分胜算！"刘福通想了一会儿又道，"我这里有个主意，罗兄听听如何？若是觉得不妥，我们再从长计议！"其实这个计划已经在他心底酝酿多日了。

"刘兄快讲！"罗文素眼睛里分明有些放光。

待刘福通讲完后，罗文素猛然站起身来，大赞道："果然还是刘兄，我看此移花接木之计甚是可行，而且还让毛贵等人明里讲不出什么！"

"哈哈，既然罗兄也觉得可行，那此事咱们就这么说定了！"刘福通得意道。

两人计议已定，便分头采取行动，一时间亳州城里的异动频频，以至于引起了杜遵道一方的警觉。

罗文素进出盛文郁府上的踪迹被杜遵道的幕僚发觉后，该幕僚便来提醒杜丞相道："相国大人，此举可是非同寻常啊，您不可不防！"

杜遵道平素自视甚高，于是摆手道："我谅他们也不敢翻天！盛文郁只是一介书生，罗文素、刘福通不过是两个泥腿子，若是扳倒了本相，看来日有他们什么好果子吃！陛下可是我一手抱大的，陛下这一关他们就过不去！"

幕僚忧心忡忡道："相国大人别忘了，当初是谁把陛下从山里接出来的？可是他刘福通！仅此一点，陛下就得念他的好！"

"哼！他一个毛孩子，懂什么！"小明王韩林儿这一年只有十二三岁，杜遵道也根本不把他放在眼里。

"正是为了这话！正因为陛下小小年纪，才容易受歹人蒙蔽，做出不利于相国大人的举动啊！"

幕僚的这番话令杜遵道颇有所动，最后他只好表示："后天就是秋祀之日，我等要随陛下一起出城，途中我就请准了陛下，拿掉罗文素的平章之职，把他打发到山东去算了！"

第二天，盛文郁来到了皇帝的临时驻跸之地，悄悄地面见了小明王。他趁着左右无人，跪地哭诉道："陛下，小臣死罪，死罪啊！"

小明王当即蒙了，忙命人一把将他扶起道："爱卿，这是为何？"

"小臣有要紧的话，想对陛下一个人说！"

小明王面有难色，只得把身边的太监、宫女支到了一边，示意盛文郁上前来奏禀。盛文郁便膝行着来到小明王近前，悄声道："陛下，明日您万万不可出城！"

"为何？"

"杜遵道要造反！"

小明王从来没想过这种事情，当即怒斥道："你胡说！杜丞相跟你都是看着我长大的，他怎么会造反？你是怎么知道的？"

小明王年纪太小，一时间被吓得手足无措。盛文郁只得派人去把太后杨氏请了来，然后他便对小明王、杨氏悄声说道："是小臣无意中听到的，小臣如果敢妄言，就叫小臣死无葬身之地！明日陛下可托病暂不出城，看他杜遵道把狐狸尾巴露出来！"

杨氏当即厉言道："如果你所奏不实，诬陷大臣，明晚可就是你的死期！"

盛文郁哭得说不出话来，许久方告辞而去。他也是韩山童生前的托孤重臣，小明王母子只好权且信了他。

杜遵道听说盛文郁觐见之事后，已经有些起了疑心，等到小明王推说身体欠安时，杜遵道不由得对身边的心腹幕僚说道："今日有点异样，要小心戒备才是！"不过，他还是相信无人能够取代自己在小明王身边的位置，便放胆出了城。

杜遵道一行人甫一到达秋祀的地点，就被刘福通事先布下的人马给包围了。杜遵道刚要命人上前询问对方的身份，刘福通所部便不由分说万箭齐发，将杜遵道当场射死！为了杀人灭口，跟随杜遵道出城的一千余人都被斩杀殆尽。

这边小明王还在宫里等消息，突然有人来报："陛下，不好了！杜遵道率领大军兵临城下，扬言要将您取而代之！"

"啊——"小明王吃惊不已，迅疾站起身来，却不慎将手边的一尊花瓶碰落在地，他颤巍巍地说道，"走……走，到城楼上看看！"

这时，盛文郁、刘福通、罗文素等人都一齐赶了来，簇拥着韩林儿来到亳州城头上。小明王远远地看到"杜遵道"骑着马在一面大大的旗幡下，忍不住高声向城下喊道："杜先生，你是爹爹的心腹老臣，何故要造反？"

"杜遵道"无礼地回道："你一个毛孩子，坐什么江山？让我杜某人来坐，岂不快活！"

刘福通在一旁骂道："你个忘恩负义的东西，明王待你不薄，你居然恩将仇报！""明王"就是韩山童。

"刘平章，若你降了我，我封你做丞相！""杜遵道"大喊道。

那分明就是杜遵道的相貌和声音，小明王根本无法怀疑。当刘福通等人请求下旨剿灭杜遵道之乱时，虽然他痛苦地犹豫了一番，但还是亲手在诏书上按下了印玺。

由于刘福通等人"剿抚有方"，杜遵道之乱很快被平定，除杜遵道本人被当场阵斩外，其余人等多半都被"降服"，最后得以被宽大地赦免。

在众人的一致推戴下，刘福通成了新一任的丞相，盛文郁则递进为平章政事。杜遵道之事被通报各地后，毛贵等杜遵道的旧属显然是口服而心不服，毛贵知道这一定是刘福通等人搞的鬼，但不知道症结到底出在哪里，所以一时未敢轻举妄动。

当时元璋还在太平,他击败了蛮子海牙的江上封锁后,小明王的信使也随之过了江,向元璋大致通报了杜遵道之事。李百室、冯国用、徐达等人也莫名所以,见多识广的元璋微笑道:"此事必是一出双簧戏!天地间哪里就有相貌和声音都酷肖另一个人的?当时上位与假杜遵道隔得远,他又年幼,所以无从分辨假杜遵道的声音发自何处……"

"哎呀,主公真是一语点醒梦中人!"徐达忍不住拱手道,"这刘福通如此阴险,今后我等可要小心了!"

徐达此言触动了元璋前番计杀郭、张的心事,他只得不无惋惜地说道:"想那刘福通等人也是没法子,才出此下策吧!"

新官上任三把火,为了有所作为以显示自己可以胜任丞相之职,刘福通便开始着手谋划一桩大手笔,为此他及幕僚们便纷纷将目光盯在了李察罕的中牟大营上。

这天,在龙凤朝廷的朝会上,刘福通向众文武宣布道:

"自从我等举义以来,四五年间,一路所向披靡,只有甘为鞑子鹰犬的李察罕等人是咱的劲敌,着实对我大宋军威胁不小。如今李察罕屯兵于中牟,想要阻遏我大宋军西进,这厮真是在做黄粱美梦!为了显示我龙凤天威,我等必要下定决心拔掉李察罕这颗钉子!据可靠线报,中牟的李察罕部有两三万之众,加上周遭外援,也不过四五万众。如今我朝准备发大兵直捣中牟,一举粉碎李察罕的封锁。如果此战顺利,明年我朝廷便可大张挞伐之师,以三路重兵攻打鞑子都城,复我大宋河山……"

刘福通说到这里,众人无不欢欣鼓舞,虽然也有个别人有些隐忧,但还是架不住内心的希翼。于是众人一致高呼"明王万岁、陛下万岁",然后便按照刘丞相的吩咐,一一去做战前准备了。

为了尽可能调集最大的力量,刘福通便移檄河南、河北的各路红巾军,要他们向中牟一带集结。如此大规模的兵力调动,自然引起了李察罕等人的警觉,他们心知红巾军此举很有可能就是冲着中牟大营来的。

这天,李思齐、关保等人跑来忧心忡忡地说道:"大帅,情势不妙，此番红巾贼寇集中了三十万以上的主力，分明就是冲着我中牟大营来的。贼兵势大，恐怕很难对付，不如我等先避一避风头再说吧！"

李察罕心里也不太有底，但他明白如果此战能够获得胜利，必将一举改观自己在朝廷、在天下人心中的地位。反之，如果避敌锋芒，则必将助长红巾军的势头，致使其兵锋直指大都。

李察罕已决心不惜冒死一战，所以做出一副不屑的样子道："高邮的张九四兄弟，面对我百万雄师尚且不惧，我等面对区区几十万红巾贼寇，难道就怕了？难道我等连那等造反的盐贩子还不如吗？"

作为李察罕麾下大将的关保忧惧道："若不是朝廷临阵易帅，高邮贼寇早已灰飞烟灭了！可是而今刘福通新晋为伪丞相，红巾贼寇锐气正盛，恐怕我等不易抵挡！"

"呵呵，尔等高看了贼寇，且容本帅给尔等分解一番！"李察罕轻笑道，"亳州伪朝廷不过是个草台班子，号令怎会严明？如今刘福通掌权，他前阵子设计谋害了杜遵道，那等受过杜贼提拔和恩惠的人，怎会甘心听他调度？贼兵虽众，首先，号令就难于一统，再加兵力众多，粮草就难以为继，不利于做持久之战！只要我等能够在中牟坚守一个月以上，就不难找到贼寇的空子，一举而大破之！纵然找不到空子，到时贼兵粮草困难，也必定知难而退，那时我等再乘势反攻，岂不是可以成就大功？"

众人听李察罕分析得有理，又见他意志坚决，便不再多说什么了，但心中依然都跟李察罕一样，实在是没有多大把握，毕竟大伙都没遇到过如此大的阵仗，难免心底发虚。

为了给自己鼓劲，也为了给士卒鼓劲，李察罕随即巡视了各营地，向士卒们谕示道："众兄弟们，尔等追随我李某也有些时日了，时间久一点儿的兄弟则已有三年多了！尔等本皆良民，只因不忍见红巾贼寇祸害地方，才起而与之拼斗！如今尔等在此地辛苦训练，所为何事？一个自然是为扫平红巾寇乱，再一个，便是为了自家的荣耀、富贵！不瞒兄弟们说，马上就将有几十万红巾贼寇来攻打我们了……"

众人听到这里，都不禁有些愕然，但李察罕马上鼓励他们道："但是，那又怎么样呢？红巾贼寇从来都是我等手下败将，来的再多，也是送死！尔等在此辛苦训练，所付出的血水、汗水，自然都会有个说法，这就是沙场上见真章！承蒙兄弟们看重，愿意追随我李某，而今敌众大举来犯，如果我等稍有退缩，从今以后不但会被红巾贼寇看轻，也会被其他友军乃至天下万民看轻！去岁高邮贼寇何等猖狂，如果我等不能在气势上首先压倒贼寇，还何谈守住大元社稷呢？总之，本帅已经立誓，愿与中牟大营共存亡，尔等若是知难而退也可以，但先要把本帅放倒了再说！明日本帅就在咱大营竖一十丈旌旗，旗在人在，旗倒人亡！还请兄弟们都来监督本帅！"

众人见李察罕如此坚决，也为他言语所动，于是纷纷表态道："愿追随大帅同生死、共患难！"

"好！如果此番大破红巾贼寇，众人皆有重赏，战死者一体重加抚恤，本帅绝不食言！"

李察罕一向言出必行，故而众人都不会怀疑他的话，于是临阵磨枪、枕戈待旦，又大量囤积粮草，为了坚壁清野，还驱散了大营方圆几十里内的百姓。李察罕志在必得，因此上奏朝廷时没有做请求援兵的表示，反而希望在破敌以后，朝廷四处发兵扩大战果。多日陷于愁闷之中的皇帝闻报后兴奋了好几天！

准备工作就绪后，李察罕等人只等着红巾军主力到来。至正十五年十一月，正当元璋所部准备攻打蛮子海牙水师的时候，刘福通亲率三十万红巾军主力开始了对中牟的围攻。

由于李察罕部斗志焕发及训练有素，几次交手下来，红巾军都没有占到便宜，刘福通为此着急道："这李察罕确乎是我等劲敌，我军不利于拖延，众人也各怀异志，我等明日务必聚齐大军，与李察罕部决一死战！"

到了第二天，二十多万红巾军将士便四面布好了阵势，一面大声叫阵，一面专心等待着李察罕率部出战。李察罕为求持重，起先并未应战，于是刘福通命人高声骂道："李察罕，大软蛋，一朝下了热汤面！"

老谋深算的李察罕一笑置之，道："昔日诸葛亮令士兵整日骂阵司马懿，又送女子衣服给他以示羞辱，想诱其出战，可司马仲达就是不上当！如今刘贼不学无术，还想激怒本帅，真是小儿伎俩！"

李察罕原想着等到红巾军疲惫时，来个击其惰归，起码可得一番小胜；可是到了中午时分，西北风乍起，一时间吹得天昏地暗，对于指挥大军非常不利，刘福通见势不妙，赶紧下令收兵回营。

一直在细心窥视敌阵的李察罕见此情形狂喜不已，对诸将大笑道："此千载难逢之破敌良机，机不可失，时不再来！"他当即亲自披挂，命全军借着风沙的掩护，向红巾军全力杀去。

红巾军虽众，可由于风沙弥漫，彼此互通消息不利，加上平素纪律散漫，很快乱成一团，结果被李察罕部趁虚而入。各部胡乱抵抗了一阵后，很快就被打得溃不成军，只好各自逃命。混乱之际，刘福通根本无法约束大军，无力回天的他只得仓皇逃回了亳州，由此颜面大损，但好在还有个"西北风"做他的推卸之词。

经此一战，红巾军损失了近十万人马，其中被俘达数万，其余人在各自逃命的过程中，也遭到了各地官军、民军的围追阻截，损失巨大，一时间元气大伤！

一场中牟大战，令李察罕的威名传遍了整个大元帝国，次年他便被元廷提升为中书省兵部尚书，进阶嘉议大夫。元璋在太平府①得知这一消息后，不禁喟叹道："河南李察罕帖木儿兵威甚狠！"他之所以释放纳哈出，显然一部分原因就在于对李察罕和元廷的畏惧之心。

红巾军各部暂时难以同李察罕部在河南地区进行较量，为了避开李察罕的锋芒，也为了将其引开，至正十六年（1356）初，红巾军便西下陕州，切断了崤、函二关，大有进占秦、晋的架势。元廷见状，只得调派李察罕与李思齐等率军前往镇压，结果红巾军再次失利，李察罕则以功加中奉大夫、金河北行枢密院事。

尽管红巾军在与李察罕部的对阵中多有不利，但毕竟已是遍地开花，尤其山东的毛贵所部搞得红红火火，几乎已将整个山东纳入龙凤政权的统治之下。到了至正十七年（1357）即龙凤三年时，刘福通不

---

① 朱元璋自采石渡江取太平路后不久，改路为府。

待各统治区巩固，毅然决定出三路大军进行北伐，以期一举拿下元大都，蹈破敌之腹心，让李察罕等人陷入群龙无首的境地。

身在应天的元璋密切地注视着北方的形势，也在暗暗地总结着红巾军的经验教训，以备来日少犯些错误。

三

作为六朝古都、金粉之地的应天城，虽然迭经战乱，秦淮河畔固然已不似往昔那般处处华灯映水、画舫凌波、灯月交辉、笙歌彻夜，但一到傍晚，那种声色的诱惑多少还是在的。

就像先前汪广洋说的，英雄最怕被消磨掉了志气，自从进了应天城，这温柔乡已经让不少泥土里长大的将士染上了骄逸、怠惰的情绪！若是任由这种苗头泛滥，那么这支队伍很可能会意志力全无，最终土崩瓦解。到那时，就一切悔之晚矣！

面对这种景象，元璋心有隐隐的担忧。这天，他把李百室、冯国用、徐达等一干亲信召来，首先开宗明义道：

"我等占据了应天，这不过是万里远征的第一步，不仅不能骄傲，而且应更加小心才是。大伙看最近将士们的表现，分明就是乡老进了城，看花了眼！所谓'生于忧患，死于安乐''忧劳可以兴国，逸豫可以亡身'，这可如何是好？"

李百室笑道："我大军进城之前，就该料到会有这等事情出现，如今再想怎样处置此事，恐怕有点晚了啊！"

冯国用、徐达跟着笑了笑，元璋也笑道："咱原想着将士们辛苦了一场，也当是犒劳他们，再者也想着靠这烟花行当收取一些赋税，岂不是两便吗？而今不承想连将士跟妓女私奔的事情都闹出来了，真是始料不及啊！"

已经收住笑的冯国用思忖了一番，正色道："主公，这个也不难，无非用棒子强行打开了才是!下一步咱们就要攻略镇江路,镇江路乃是应天的东北门户,地位相当重要!如果将士们不能戒除快意一时的流寇作风,到那时烧杀淫掠无所不为,主公的辛苦仍免不了要前功尽弃,总要寻出个长久之计,打造出一支经得起考验的王者之师、善战之师!"

"是啊,刘福通部岂不正是我等的前车之鉴吗?我等一定要深自检讨,务必严格军纪,非如此则战力难以保障!"元璋想特意征询一下徐达的意见,"天德,你的想法呢?"

徐达拱手道:"主公所见自是洞鉴幽微,此番将士们沉溺花花世界,乐而忘返,也是属下失职,望主公责罚!"

"咳,天德这是说哪里话,这是咱的失察!"

元璋话音刚落,李百室突然大叫道:"有了!"

其余三人吃了一惊,忙问:"有了什么?"

"为了防患于未然,也为了对症下药,我们不妨就拿天德来唱一出苦肉计!演一出大做文章的好剧!"李百室其实近来也有些骄逸之心,但他毕竟还是知道前路漫漫,"如此一来,就不难加强对将士们的管束,也便于天德在前线立威!"徐达是主要将领里最年轻的,本身就有年龄弱势。

众人忙问是何等计策,当李百室说完时,众人都一致赞同道:"着实是好计!"

几天后,元璋就攻略镇江路之事进行点将,随后把一些平时有污点的将领叫了出来,徐达作为陪绑也被迫出列。然后元璋便开始数落起他们自渡江以来纵容士兵的诸般罪过,说完他又厉声扬言道:"为了惩前毖后,就每人打四十军棍吧!"

众人闻言无不惊骇莫名,李百室一向与众将领关系不错,他忙装着出来求情道:"主公息怒,此番徐将军就要挂帅出征,打坏了可不好!不如权且记下这一顿打,让徐将军等将功赎罪吧!"

"不行!不能让这几个害群之马坏了咱的名声!而徐达有督率不严之过,今天一定要给我狠狠地打,务必让他们都记住了!"元璋公事公办道。

冯国用等人又站出来一致求情，元璋拗不过，方对徐达等人道："好吧，既然大伙都为尔等求情，咱就给大伙一个面子！但是尔等记住了，下不为例！如果哪个敢再犯，就每人打八十军棍！"

被训了一顿的将领们唯唯诺诺地回去后，自然又把犯事的手下们狠狠修理了一顿。就这样，元璋总算直接、间接地敲打了将士们一番。

攻打镇江路之役由徐达挂帅，汤和、廖永安等为副将。临行前，元璋又特意叮嘱大伙道：

"咱自起兵以来，未尝妄杀一人，而今命尔等领兵前往，自然要注意怜恤百姓、优待俘虏。另外，切记要严格约束部下！有犯令者，务必军法处置！"

诸将无不顿首道："谨受命！"

元璋又把徐达单独叫到一旁，道："镇江路方面元守军不强，尔等此去必定克捷！不过你要帮咱留意一个人，务必把他访察到，咱要重用于他！"

"主公所指乃是何人？"

"此人姓秦名从龙，本是洛阳人士，曾官至和林行省左丞、江南行台御史，如今恐怕已是花甲之年，退职以后便隐居于镇江路一带。他在江南一带声望极高，所以陶安等人便向咱推荐了他。通过这位退休高官，我等就可以清楚元廷内部的一些情形。此番天德兄务必要寻访到这位秦先生才好，并代为转达一下咱的敬慕之意吧！"说着，元璋拿出一封信，交给了徐达，"少顷咱若是方便，就亲自去一趟镇江路；若是不方便，就派文正、文忠代咱前往。总之，务必要把秦先生请到应天以备顾问！"

徐达拱手道："主公放心，只要镇江路有此人，属下一定会寻访到的！怕就怕他为避兵祸而移居他处。"

"所以尔等才要万事小心谨慎，不可莽撞了！"

不久，镇江路就被顺利攻克了，守将段武、平章定定等人战死，前来协防的苗军元帅完者图逃走。当徐达等人带兵从仁和门入城时，军队号令严肃，城中晏然，以至于民不知有兵！

元璋闻知此讯，欣慰地对身边的众幕僚说道："看来咱这心果然没白操，也只有他徐天德最是叫咱放心！"

接着，元璋就在镇江路设置了淮兴、镇江翼元帅府，命徐达、汤和为统军元帅，并改镇江路为江淮府；又置秦淮翼元帅府，以俞通海为元帅。

按照元璋的叮嘱，徐达很快就寻访到了秦从龙的下落。当时元璋抽不开身，为了显示自己礼贤下士的诚意，他便遣文正与文忠带着厚礼前往。

秦从龙因平素与当地的僧人往还甚密，所以当时正避难于著名的金山寺。文正、文忠抵达后，顺便在秦先生的指引下游览了一番金山寺。由于先生非常欣赏朱家的这两个孩子，所以游览时兴致很高，他还特意介绍道：

"金山寺始建于东晋明帝年间，因建在这金山之上而得名。到了北宋真宗年间，因真宗梦游金山，便赐名为龙游寺。到了道君皇帝（宋徽宗）一朝，因他崇奉道教，便又改称'神霄玉清万寿宫'，真是不成个体统！及至二帝被掳北去，才又复名龙游寺，但自国朝起，又叫回了金山寺。"

秦先生无非是沿袭一直以来对元朝的称呼，如果是胸襟较为宽阔之人，睁只眼闭只眼也就过去了，可是朱文正偏不屑道："先生失言了，胡虏的朝廷算什么国朝！"

此言一出，惊得秦先生当即有些变了脸色，毕竟他已是花甲之年，又在元朝做过高官，文正这样让他下不来台，实在是小伙子年轻气盛。

还好文忠机智，随即出来打圆场道："大哥此言差矣，胡元入主我中华自然也是天命，只不过而今元运将终罢了！"

事后，秦先生私下对文忠勉励道："小公子的识量明显高于你那表兄嘛，今后你还当倍加努力，做好你舅父的贤辅啊！"

秦从龙有感于元璋的厚意，又见朱家军号令颇为严肃，便同意跟着文正、文忠亲往应天。等到一行人乘船到达应天城郊后，元璋便亲自前往城东北方的龙湾迎接。

至正二十五年，已经年过七旬的秦从龙死于江淮府，此前他一直以顾问的身份陪伴在元璋左右；由于秦先生后来听力和视力都不那么灵便了，朱、秦二人便时常用笔把问答书写在漆板上，观看后再涂抹掉。有很长一段时间，元璋事无巨细都要征询秦先生的意见，因为在这个阶段，他身边太缺乏有实际政治经验的前任高官了。

秦先生又适时推荐了博通经史、精于占卜象数之学的应天人陈遇，元璋决定写信礼聘他来当自己的军师。

这年的四月初八，元璋便命左右的文士代自己给陈遇写信道：

> 历思自古英雄创业，诚难独理。辕门虽有将士，帷幄惜无军师。恒侧席以求贤，定太平以开国。比闻老先生世居江左，学贯三史六经，博览兵书百技，才兼文武，超越等伦，贤哲天生，实我良辅。崇儒重道，今古皆然，汤、文曾征（辟）伊、吕先生，犹聘孔明，予不敢以前代明王自期，先生当以伊、吕、孔明奋起……

可惜的是，这陈遇有些"盛名之下，其实难副"，他虽然应召而至，并一度深受元璋信赖，但他并非三国故事里司马徽所说的那种识时务的"俊杰"，未能真正承担起一个卓越军师的重任。

元璋背地里便对冯国用等人抱怨道："这个陈遇，无非是江湖术士之流，虽也如东方朔一般博学，但胸中实无一策，秦先生跟他接触太少，所以错荐了他！依咱看，就让他回家吧！"

哪知冯国用当即力止道："主公不可！"

"为何不可？"元璋诧异道。

"主公可知三国许靖之事？"

元璋虽然对三国故事多有了解，但确实对这个许靖没啥印象，他只得有些不好意思道："这个，这个，咱确实不知，还请大先生指教！"

"许靖与许劭共创月旦评，名声在外，先主费尽周折将他罗致麾下，却很快就发觉此人徒有虚名，先主心下甚轻之！"冯国用说到这里不禁一笑，"此事为法孝直所知，孝直便进言先主，言：'许靖有虚名播于四海，若不加礼遇，人或以为主公轻贱贤者呢。'先主遂领会其意，乃用许靖为司徒……"

"呵呵，咱明白了！"元璋会心一笑，"多谢大先生及时进言！"

就在元璋失望之际，陶安又出来举荐道："休宁的朱升朱先生，人称'枫林先生'，此人博极群书、学究天人，重'华夏之分'、严'华夷之辨'，坚决反对蒙元入主华夏，常言'元主中国，天厌之久矣'。朱先生本不想做元朝的官，但后来迫于家计等事，有所动摇。至正四年，已四十六岁的朱先生屈居乡贡进士第二名，至五十岁时被授予池州学正一衔，但直到两年后才赴任。三年后，郁郁不得志的朱先生罢官还家，从此隐居于家乡石门山，闭户著书不辍……"

"哦？此人可当得起军师之任？"元璋有些怀疑道。

陶安笑道："俗语讲，国之兴也，必有虎臣！有虎臣，也必有谋臣！那朱先生看起来像是一介腐儒，实则不然！其人多有深不可测之处，此前只是无用武之地罢了，还望主公细加考察才是！"

"好吧！咱留心便是，只是而今休宁还不在我等治下，此事不宜急躁！如今邓愈所部正在进军广德，来日咱兴许可先命他访察一番。"

不过元璋在人才方面也有些意外收获：他在翻阅将领们的表章、奏报时，发现周德兴的奏表格外剀切、有条理，元璋当然清楚周德兴肚子里的那点墨水，好奇之余便把他请了来。

周德兴当即笑道："主公慧眼，此表乃是我请一位先生代草的，不知主公可满意？"

"好家伙，你老兄还真是会请人！真是没想到啊，如今我们这里也有这么个代常何上书的马周（唐初名臣）！"

"此人姓陈名亮，本是湖广茶陵人，原在镇江路为一小吏，我大军前番攻拔镇江路，他便投到我帐下做书记，现就住在我家里，主公是否要召见他？"

"好！如今咱这里缺人才，快快请来！"元璋笑道，"你那里暂时不需要这么一位大才！"

元璋很快便把陈亮召了来，让他试着拟了一篇檄文。但观陈亮词意雄伟，元璋满意之下，便用他为行省掾吏，以辅佐自己处理政务。当时四方战乱不休，战报如雪片一般，但陈亮都能及时、妥善地加以处理，令元璋越发器重他。

多年后，成为皇帝的元璋赐名陈亮为"宁"，取治平天下之意，以示特别的器重与恩宠。但由于元璋为政越发苛酷,此时善体君意的陈亮早已蜕变为一名令人谈之色变的酷吏!

第十三章
鏖战常州

一

果然如冯国用先前所预见的那般，自打控御住应天一带，这朱家班越发有模有样了，不但分工、职权、组织、章程等明细合理，而且地盘上的基础建设也日渐上了规模。

大军四处征伐的条件趋于成熟，而以此时的具体情形看，应天是个四战之地，若没有宽大的战略纵深就很难回旋，因此不积极扩展地盘的话，就只有坐以待毙的份儿了。于是，朱家军开始三面出击。

四月，朱家军再克金坛县。六月，元帅邓愈等率兵攻克了溧阳南面的广德路，元璋随即将其改为广兴府，置广兴翼行军元帅府。不久，元帅汤和等又统率广兴、淮兴两路军队，攻下了负隅顽抗的加山富庄寨。

四月的时候，小明王在亳州得到了朱部攻克应天的捷报，在刘福通的建议下，龙凤朝廷便决定提升元璋为枢密院同佥。不过诏书刚刚下发不久，刘福通又反悔了，他对幕僚们表示："朱元璋那小子好生为我等争了口气，只是封他做个枢密院同佥，恐怕他会有怨言，依本相看，不如就封他个江南等处行中书省平章政事吧！一来他会感激本帅的提携之恩，二来也便于他甩开膀子大干一场！"得了平章的名头，确实有利于元璋坐镇应天，以搭建自己的全套班子。

等接到小明王的第一道圣旨时，已经是七月，元璋果然有些怨言，道："刘某人把着官职，把得那样紧，这是看不起咱吗？"

几天后，接到了第二道圣旨，他不禁对李百室等心腹笑道："才短短几天，咱就从正四品升到了正二品，欢喜固然欢喜，但是朝廷这等朝令夕改的架势，也着实让人哭笑不得！"

"难怪前番大败于中牟，朝中无人啊！"李百室感叹道。

小明王在圣旨中还将郭天爵封为了右丞，邵荣则被封为左丞。这显然也是刘福通的用心所在，以此来对元璋形成一种制衡——因为从表面上看，郭天爵、邵荣的职位是龙凤朝廷恩赐的，而非是他朱元璋！而且他们的地位仅在元璋之下，适足以平分秋色！

随后，元璋便选定了元朝昔日设置在应天的御史台（行中书省台设置在杭州），以作为江南行中书省的公府，开府办公。元璋兼总省事，一干幕僚、属官也各有封赏，其中以李百室、宋思颜为参议，李梦庚、郭景祥为左、右司郎中，陶安等也各有委派；又设置了管理军政的江南行枢密院，以元帅汤和、朱文正摄同金枢密院事（这是元璋认为比较亲信又合适的人选）；另设置了帐前总制亲兵都指挥使司，以冯国用为都指挥使；设置左、右等翼元帅府，以华云龙、唐胜宗、陆仲亨、邓愈、陈兆先等为元帅；设置五部都先锋，以陶文兴、陈德等为之。此外，还设置了省都镇抚司、理问所、提刑按察使司、兵马指挥司、营田司等等。

这一切都布置妥当以后，元璋便命李百室代表自己专程前往亳州去向小明王"叩谢隆恩"，并把应天内外的事宜向龙凤朝廷做一番详细的介绍。

由于滁州一带再次落入了元璋的掌握之中，所以李百室是沿当年元璋南下的路线北上亳州的。此行用了一个多月的时间，等到他平安归来后，元璋便急不可耐地问他道："怎么样？朝廷气象如何？"

李百室叹气道："不是太尽如人意！陛下年幼，一切大政都是刘福通在把着，偏偏此人是个泥腿子出身，虽则朝廷文武方面人才济济，可刘福通的见识就摆在那里，不容乐观啊！"

元璋思虑良久，方道："由他去吧！只愿他们能多撑几年，也好给我等留出经营江南的时间来！如今张九四部将赵打虎拿下了湖州，我等已经与张家兄弟狭路相逢，看来马上就要有一场激烈的较量了！"

"没想到来得这么快！"前两年还算一条战线上的盟友，而今却要兵戎相见了，李百室不免有些惆怅，毕竟他觉得浙东、江西等地都还在元廷手中，内心很不情愿这么早就跟张氏兄弟摊牌。

元璋这边的降将，原"黄包头军"首领陈保二复叛而去，不仅投靠了张士诚，还诱捕了元璋这边的詹、李两位将领。元璋对此非常气愤，道："快也未见得是坏事！"

李百室还是觉得不宜过早跟张氏兄弟对决,于是进言道:"如今我等三面开拓,张九四乃我等劲敌,可否略缓一缓再同他撕破脸?"

"此事可不由我等说了算啊!"元璋举重若轻地说道,似乎已经胸有成算,"咱必要把主动权操之在手不可,先夺下几个要地再说,不然这觉都睡不安稳!"

"哦,主公是不是有了破张良谋?"

"嗯,谋略是有了,良不良还需走着瞧呢!咱想先让杨宪到张九四那里试探一番,看看这厮的城府如何!如果他能存住气,此事倒有些棘手;若是他存不住气,这事倒好办了!"元璋最后诡秘地微笑了一下。

"想是我李某多虑了,主公运筹帷幄,定可决胜千里!"李百室最后只得恭维道。

亳州一行,李百室其实还有一个不小的收获——由于他礼数周全、应对如流,小明王高兴之下就给他亲赐了一个新名字。此名取自《周易·易传》中"元者,善之长也"一句,意指众善的首领,有表彰其为元璋麾下第一贤士、第一功臣的含义。从此以后,他便叫作"李善长"了。

元璋致张士诚的书信,是他跟冯国用、陶安、孙炎、杨宪等人字斟句酌地商议过的,信中这般写道:

> 近闻足下兵由通州南下,遂据有吴郡。昔隗嚣据天水以称雄,今足下据姑苏以自王,吾甚为足下欢欣……愿足下勿听小人挑拨离间之言,以生边衅……

当时张士诚已经由高邮渡江南下,迁都于平江,元璋便命杨宪携书前往平江,以示求和。

把杨宪打发到驿馆休息之后,张士诚便问幕僚们道:"这个隗嚣是谁?是不是《东汉演义》里的人物?"

一位幕僚便站出来答道:"回大王,正是《东汉演义》中的人物。此人乃是东汉初年盘踞于天水一带的枭雄,一向很得人心,《汉书》的作者班彪、班固父子和名将马援等都曾在他帐下效过力。本来隗嚣也曾打算向光武帝称臣，但终因种种纠结之事惹得双方大起干戈，最后隗嚣病死，他的地盘也终为光武帝所有！"

"这个朱重八什么意思？本王若是隗嚣，又谁是汉光武？我看这小子是黄鼠狼给鸡拜年，没安好心啊！"思忖了半晌后，张士诚又怒道，"来啊，把朱重八的来使给我请出驿馆，先下到监里去！"

作为幕僚的罗本立即上奏道："大王，两国交兵，不斩来使，不可坏了您的名声！"

"本王知道，不过是叫来使知道咱可不是好欺负的！"

次日，张士诚又派人把身在前线的张士德、李伯升、吕珍等人请了回来，询问他们该如何应对元璋部，这毕竟是当前的头等大事。

张士德一直都在思量此事，他首先道："此番姓朱的如此戏侮王兄，分明有挑衅之意，我看这厮是想激怒我等，以便把发动战事的责任推到咱们头上！这厮用心好诡诈！"

李伯升高声道："自古吴越不两立，那咱们就跟他打！"李伯升平素也请幕僚给自己讲史，所以晓得了一些典故。

吕珍不无忧虑道："我们南北都有元军的威胁，东南还有一个方国珍，如今再向西跟他姓朱的缠斗，恐怕不好吧！"

张士诚余怒未消，道："可是这厮欺人太甚！他那里也是三面受敌，这厮居然敢主动挑衅，我等难道还不敢接招吗？"

"王兄消消气，不可自己先乱了方寸！"张士德从容地扫视了一下众人后方道，"打是肯定要打，如今南北元军与方国珍暂时都对我部构不成致命的威胁，唯有姓朱的这小子，可谓已睡到了我等卧榻之侧！虽然我等都是一起反元的义师，也算彼此支援过，但而今其所部已经据有集庆，背后又有龙凤朝廷的襄助，可见其志不小！不如这样，咱们先跟他打一打试试，万一出了什么状况，再跟他讲和嘛！如今我部拥兵数十万，也不惧他大兵压境！"

"好！咱们先跟他打着，也牵制一下他西进、南下的兵力，等到时机来临时，恐怕这小子就要四面受敌了，那时我们就可乘隙据有金陵，哈哈！"张士诚笑道。

主意既定，张士诚部一面继续拿高官厚禄招引朱部人马反水，一面又到江淮府一带搞侦察活动。眼见张部欲图谋不轨，朱部不得不加强了战备。不久后，张部以舟师大举进犯江淮府，立时遭到了严阵以待的徐达等部的反击，最终大败于龙潭。

种种迹象表明，张士诚的城府相当浅薄，张士德的韬略也不算多深，他们居然不先想着南下浙东，实为缺乏远虑，元璋感觉可以放心了。他当即把李善长、冯国用、陶安、孙炎等亲信幕僚召至麾下，向他们郑重通报道：

"昨日张九四水师攻我江淮府，已被天德率军击退！不得不说，这可是咱向张部发起反击作战的好借口啊……如今张九四所部已据有常州、长兴、江阴等地，占有了进可攻、退可守的优势地位，说实话，这对我等可是大大不利的！"

"好！那就打吧，张九四虽财力充实、兵力雄厚，但其麾下多半无纪律，只要我等夺下常州、长兴、江阴等要地，往后就无侧背之忧，尽可先放手攻略浙东了！"冯国用表态道。

"长兴据太湖口，陆路走广德诸郡；江阴枕大江，扼姑苏、南通济渡之处。确乎乃是我等必争之地！"陶安赞同道。

孙炎则笑道："吴中称中国最富，若是我部可以据而有之，不啻于如虎添翼！然彼等为温柔富贵之乡，民风柔弱，实不足为我等大患！"

只有李善长略表忧虑道："听说张九六不好对付，主公可要多加小心才是！一旦我等同张九四兄弟撕破脸，可就意味着从此与群雄的逐鹿战正式拉开了帷幕，还望主公三思而行！"

李善长其实有点小富即安的心理，他觉得占据了应天一带已经十分理想，更满足于自己在元璋麾下的地位！对于进一步的艰难开拓，他确实有点不情不愿，毕竟那样风险和难度太大，可如今已是"沧海横流，不进则退"，似乎又不能不一力向前，他也只有听天由命了。

"元失其鹿，我等逐它一逐又何妨？不过善长所虑极是，咱一定要叮嘱天德他们多加注意！"元璋对于讨张前景其实也有些忧虑，但他又不能不埋头向前，而且在众人面前他还要多装出一些乐观情绪来。

二

元璋很快便向徐达等人下达了攻略常州的紧急指示，使者在传达元璋口谕时说道：

"张九四起于负贩，其人谲诈多端，今他来寇略江淮府，是我部和他之间的关系已彻底转向……你部当火速出军以攻毗陵，先机进取，以攻为守，必令张九四的诈谋不能施行，打乱其全盘计划！"

毗陵（毘陵）是常州的古名，它正好夹在朱、张的势力范围之间。如果可以在应天、常州、平江三点画一条直线，那么应天与常州之间大概有二百里，常州至平江则大概有一百五十里。显然，常州是双方之间重要的战略缓冲地带，谁占据了此地，就可方便下一步伺机而动。

廖永安、廖永忠兄弟暂时负责留守江淮府，徐达等人则领命出征，挥师向常州方向大举进发。不过，由于常州是张家军重兵设防的至要城池，所以当徐达等人到达常州外围时，立即感到兵力有些捉襟见肘。徐达一面率军扫清常州外围，一面遣使向元璋回报道：

"主公，我部已经准备全力围攻常州，敌众已窘迫，但敌寇兵力甚众，特请求增兵破敌！"

元璋一时摸不清张家军的底细，不敢一下子投入大部分后备力量，所以立即调派了朱文正率三万人马前往支援。于是，徐达军于城西北，汤和军于城北，朱文正军于城东南，对常州城形成了三面包围之势。显然，网开一面既是因为兵力仍然有所不济，也是"围城必阙"的意思，想要迫使敌人尽快放弃常州。

张士诚接到常州的急报后，立即命人把张士德叫了来，着急地询问老弟道："如今朱重八以重兵围攻常州，没想到其所部攻势如此凌厉，常州不容有失，九六，你看怎么办？"

张士德略一思忖，忙安慰道："王兄不要惊慌，徐达是朱某人麾下头号大将，不如就让我领兵去会会他吧！"

"嗯，你要多加小心，朱重八诡计多端，你可别着了他的道！眼下正是酷暑天气，朱重八居然指使得动大部队，可见这小子确实有两下子！"此时张士诚有点后悔跟元璋反目了。

"王兄放心，兄弟一定会见机行事的！"张士德一脸坚毅地拱手道。

就在为张士德送行时，一时间东南风劲吹，居然吹断了一杆"张"字大旗，张士诚觉得不是什么好兆头，于是便以商量的口吻说道："九六，为保稳妥，要不要吕珍率部前去协助你？"

张士德一笑道："王兄无须多虑，且看兄弟如何破敌！"说完，他便翻身上马，率领着麾下的五万人马向常州方向杀去。

徐达接到线报后，不禁有些紧张，毕竟张士德是张士诚方面的第一大将，又曾经有过高邮大捷这样举世震惊的手笔，着实不能小看了；不过自己这方面也有优势，那就是队伍纪律严、训练精，又有一支从未使用过的杀手锏，何况张士德未必了解自己，正可打他一个措手不及，最好一举将其击灭！

这样想着，徐达倒有些少有的激动，为了使自己冷静下来，他连着洗了几个冷水澡。他不由得想到："看来又到了考验自己的时刻了，千万要稳住阵脚！"

这天，徐达便把麾下的总管王均用找来，急切地询问道："均用，怎么样了？你部可堪一战？"

长相凶悍的王均用立即拱手道："大帅放心，目下虽天气炎热，但我部已苦练多日，如今技艺有成、锐气正盛，定可一战！大帅可往敝营一观，既可看看我部虚实，也可为我部兄弟们打打气。"

徐达闻听此言，心里不免有些狂喜，但他却装作一贯的不苟言笑道："好！《武经总要》上说，单兵作战时'一骑当步卒八人'，集体行动时'十骑乱百人，百骑败千人'，骑兵的速度就不用说了，古之善骑者，可谓无阵不摧！我与主公初会时，便力陈'备骑士'的重要，主公深以为然，才不惜血本在江北、江南筹集了这一千多壮健的马匹！本帅又见你勇武而不失持重，令出必行，所以才把骑兵之事托付于你……"

王均用深知徐达的苦心，于是伏地顿首道："属下感戴大帅知遇之恩，所以日夜勤加训练，不敢怠慢！对待马匹就如抚育婴孩一般，控制其饮食，改善其居所，还要经常给它刷毛、钉掌，增进它对人的熟悉！有时宁可让人受累，也不会让马匹疲乏……昔日金军重甲骑士忍耐坚久，每日可与敌手激战几十回合，令吴涪王（南宋大将吴玠）赞不绝口！今日我等虽不敢与金骑比肩，但始终铭记大帅'教场如战场'之训，来日一战，定不负大帅所望！如若有失，甘愿提头来见！"

徐达对王均用的回答深为满意，于是在他的引导下特意去骑兵的营地检阅了一番，果见这支骑兵部队更进迭退相当有序，又见将士人人锐气旺盛，马儿匹匹威武雄壮，他不禁欣喜道："昔日宋朝轻忽骑士，故而有灭国之祸，而今我等要记取前车之鉴，务要奋发有为！"

为了迎战张士德部，徐达又特意召集了众将前来计议。会上，朱文正有点忧惧地说道：

"今番张九六率大兵驰援常州，四叔就打发我领来了三万人，看来要对付这常州内外的张家军，有点不太容易啊！"

看来这个妹夫还不是那么轻狂，徐达于是接口道："文正所言有理，而且张九六狡猾善战，确实不容小觑！不过，兵在精而不在多，我们也要力争以智取胜！倘使张九六得逞，占据了上风，其部必定锐不可当，所以此战我们绝不能败！"

汤和也有些心里没底，道："咱们要不要再让平章大人拨点人马？如此胜算才更大！"

"不必！"徐达果决地挥手道，"咱们这点人马，攻城也许不敷使用，但是在野战方面绝不会落于下风，而且我已经想好了破敌之策！"

"什么计策？"汤和忙问。

"到时大家就知道了，这一招可是跟主公学来的！"徐达不暇跟汤和多言，立即正色道，"下面分配任务，左将军常遇春——"

常遇春出列拱手道："末将在！"

"你带两万人马正面迎战张九六！右将军胡大海——"

胡大海出列拱手道："末将在！"

胡大海比常遇春、徐达他们要年长十几岁，而且已是两个儿子的父亲。自从渡江作战以来，胡的英勇善战，尤其是沉稳老练，给元璋留下了很深的印象，所以元璋不断提拔胡大海，现在他与常遇春已是难分伯仲。

"你带五千人马协助汤将军监视常州城内敌众！"

朱文正站起来问道："我部担负何任？"

"你部就作为遇春的后援吧，如果遇春不利，你部可以支援！"徐达轻声道。

在大战面前，徐达明显有些不太信任妹夫的实力，也怕他有什么闪失，自己不好向元璋交代。文正明白徐达的心思，但是作战时，预备队其实也是非常必要的，不利时可以见机支援，得利时也可乘机扩大战果，到时说不定还有意想不到的收获呢！

有鉴于此，文正便高兴地接受了徐达的将令。全军上下齐心，众志成城，显然是一个好兆头。

部署基本就绪之后，徐达命人加紧奏报应天，当天深夜就将奏表送到了元璋手上。元璋看过之后，马上召集幕僚商议。

众人传阅过徐达的上奏后，元璋略有所思，不禁对冯国用、李善长等人说道："从天德的这番布置上看，想是无大碍了！前年我部与元军骑兵也大战过一场，天德也有了这难得的经验！如今他能学以致用，自然是好的！不过咱还是不免有些担心，毕竟我等还没有跟张九六直接交过手！咱谋略上看轻他，是没错的，只是这沙场上就未见得他如此愚蠢了，这厮也算是老将了！"

"天德兄练兵有方、用兵持重，只是不如主公善出奇谋。此番大战没有主公在他身边，固然会令他有不适之感，可也是对他的考验啊！"冯国用道。

"要不要赶快增兵？"李善长建议道。

"一时还不需要，何况天德他们也没有主动请援，想来天德心里是有数的！"元璋摆了摆手道，"国用所言甚是，此番正是考验天德的时候，希望他闯过这一关，来日就可独当一面了！"

"我部兵精将猛，令出不二，即使大战不胜，也不会损失到哪里去！主公无须多虑！"冯国用最后说道。

两天后，来势汹汹的张士德部杀到。为了谨慎起见，他先习惯性地派出了一些探子四处侦察。

次日上午，两军在常州城外东北十八里处摆开了阵势。张士德眼见朱家军严整的步伐和高昂的气势，甚至锃亮得有些耀眼的兵甲，不禁对身边的几名副将感叹道："这徐达果然治军有方，看他那边的将士，一个个都如松柏一样昂然挺立！再看人家的兵甲，平素操练何等严格！看来此番必是一场硬仗啊！"

张士德仗着人多，当即派出先锋官朱暹率领第一队五千人马出阵，先试攻一下。常遇春则亲率直属的四千人马应战。

双方大战了半个时辰，张家军虽然兵力稍微多一些，但没有占到丝毫便宜，双方伤亡都在千人左右。只是朱家军重伤少，可见还是因兵器锐利、将士平素刻苦而占了上风。站在远处观战的徐达也暗暗赞赏张士德道："我辛辛苦苦练兵三年，才有这等成绩，他张九六看来也是治兵之才，战力比之我部居然也不遑多让！"

第二回合的战斗随即激烈展开。这一次，徐达部的优势更为明显，张家军不仅伤亡较多，而且阵形线分明已经有些凌乱。为了保住全军的士气，张士德把较为精锐的部队投入了第一回合的战斗，而投入第二回合战斗的部队素质明显差一些，但是没想到徐达部依然不失水准。张士德不禁暗忖道："看来我部轻易不能与敌部野战，难怪六合之战元军没有讨到什么便宜！今后还当以守城为主！"

到了第三回合，张士德亲率最精锐的五千亲军出阵，而徐达却只派出了实力稍逊的胡大海部，这让士气备受鼓舞的张家军略占了上风。可是张士德因小失大，他为了提振全军士气，急于亮出自己的底牌，恰被细细观战的徐达敏锐地洞察到了。徐达不由得窃喜道："没想到你那么急于使出利器，看来我这杀手锏可以放到今天使用了！"张士德的精锐部队全都陷于疲惫之中，徐达看到了可乘之机。

双方激战至中午时分，又热又累，张士德便鸣金收兵，准备下午再战。他暗忖："如果下午还不能破敌，那么就后退二十里，让王兄调吕珍部来援！但今后要竭力避免与朱元璋的部队硬打硬拼，还是要见机行事！"

可是张士德的盘算无法落实了！原来，徐达借鉴太平城下元璋大破陈野先的招数，也想如法炮制一回，因此他命王均用率领一千余铁骑作为"奇兵"，准备在张家军懈怠之时对其发动突袭，将张士德部一举打乱，然后自己挥军将其击溃；此外，徐达还调派了五千精兵埋伏在张士德等人的必经归途上，准备对他进行截击。

当腹内空空的张士德部鸣金收兵，步伍有些杂乱之时，王均用的铁骑突然从张家军侧后方杀出，向敌阵横扫而去。这显然是张士德始料未及的，虽然其部也有一些骑兵，但都分散在各部中，根本无法形成有效的战斗力，而且也没有像徐达这般重视骑兵战术。

在这支强兵劲旅的凌厉攻势下，张家军抵挡不住，一时阵脚大乱。张士德顿时大骂道："一帮废物，快把敌骑给我挡住！后退者死！"

徐达这一招大大出乎张士德的预料，他不得不亲自率部去反击王均用，可是由于敌方骑兵的速度，他有些力不从心了。就在这时，常遇春和朱文正乘势发起了全线进攻，张士德的部队越发慌乱，尤其是那些平素军纪散漫的队伍，顿时成了没头的苍蝇，反而给精锐部队的部署和反击造成了一定困难。

张士德连忙命人给常州城里发信号，希望守军可以主动出击，分散一下朱家军的兵力，但他也知道这只是死马当作活马医，何况远水难救近火。汤和、胡大海部早就在城外严阵以待，所以常州城里的守军刚出来就被挡住了去路，双方混战在一起。胡大海部的阵形坚如磐石，张家军根本就闯不过去。

徐达在高处看着远方王均用所率的骑兵，虽然不甚分明，但还是注意到他们扬起的一股股烟尘，看势头已突破敌阵！兴奋不已的徐达松了口气，自语道："看来这个心思没有白费，可以向主公交代了！"

张士德眼见大势已去，只得率部仓皇后撤，等到他好不容易摆脱了追兵的纠缠，撤至三十里外刚要喘口气时，徐达的伏兵又突然从一座山后杀出来。张士德一面大呼不妙，一面赶紧组织人马应战。

混战中，张士德眼见一名敌将杀了过来，便大声询问道："来者何人？报上名来！"

"本将军乃是徐大帅麾下先锋官刁国宝！"刁将军大声喊道，"张九六，你部已被我等包围，快点束手就擒吧！"

混战了一阵后，张士德担心追兵赶到，对其部形成夹击之势，无心恋战的他只得夺路而逃。可是刁国宝紧紧咬住已经疲惫的张部人马不放，张士德只得吩咐朱暹等人道："你们先在这里挡着，本帅先走一步，待会儿你们撑不住时，便去寻本帅，本帅到前方去接应你们！"

前面的道路都已经被伏兵挡住了，最后，张士德只得从一片密林中闯了过去。当他穿出三四里纵深的密林时，身边跟上来的骑士仅剩下了十余人，其余人都在繁茂的树林中走散了。也许由于劳累和天气炎热，张士德的马突然炸了蹶子，再也不肯前行了。张士德无奈，只得与一名亲兵换了马。

眼看一些人马零零散散地从树林里出来，疲惫的张士德便想先坐一会儿，也等一等后面的弟兄，于是他当即传令道："大伙都歇歇吧！"

然而就在这时，一队数百人的伏兵突然从前方杀出，为首的是一个手持长槊的黑将军，他一连挑翻了张家军的两员骑将，径直向张士德杀来！

坐在地上的张士德见状，不由得心慌道："那黑厮好生厉害，此番真苦也！"他赶快上马应战，待近前去，眼见敌将如此身手不凡，他又忍不住问道："来者何人？报上名来！"

黑将军驭住了马，向张士德拱手笑道："在下赵德胜，人称'黑赵'，已在此地恭候多时了！敢问您可是张大帅？"

张士德原本不想承认的，免得给自己找麻烦，可是他英雄惯了，也有些轻敌，便慨言道："正是张某！"

张士德来不及细想为何徐达竟如此神机妙算，只得手举长刀打马来战赵德胜，二人皆是勇冠三军的好汉，因此双方部下都停了手，在一旁静静地围观。张士德从未遇到过旗鼓相当的敌手，可是跟"黑赵"甫一交手就感到了压力，他真有些后悔自报家门了，更后悔刚才没有赶紧撤走。

由于张士德的坐骑已经非常疲劳，打了几十个回合后，眼见马要撑不住了，他于是突然提议道："我这马已经累了多半日了，'黑赵'，你敢不敢下马与本帅一较高下？"

"哈哈，那就奉陪大帅到底吧！"赵德胜笑着下了马，两人又昏天黑地地激战起来。

片刻后，已经累了大半天的张士德终于露出了力不能支的迹象，这时他还狡猾地说道："'黑赵'，本帅已经累了大半天，今日你就算是侥幸得胜，也是胜之不武，你敢不敢与本帅来日再战？"

赵德胜一笑，故意拿腔拿调地说道："这有何不可？等俺生擒了大帅回去，俺必求主公饶大帅不死，你想和俺大战多少回合都成！"

见赵德胜没有上当，张士德怒道："想生擒本帅，没那么容易，看刀！"

又斗了几十回合，支撑不住的张士德虚晃一枪，后退两步跳上马准备夺路而逃，可惜却被眼疾手快的赵德胜挡住了去路！张士德想要马踏赵德胜硬闯过去，结果被赵德胜一槊把马戳翻，张士德落下马来，狼狈地被赵德胜当场擒住。

主帅被抓，张士德的部下皆放弃抵抗，束手就擒。这场大战一天就结束了，张士德的五万之众，伤亡、被俘近两万人。但最为重要的自然还是生擒了张士德，这是所有人都始料未及的！当捷报传至应天时，元璋兴奋地对大家说道："这个徐天德，可真是好样的！'黑赵'此番不负众望，也给咱立了大功！张九四之谋，全在张九六，其人枭鸷有谋，张九四攻陷诸郡，九六出力最多。如今他幸而被我等一举擒获，张氏之事，成败已然可知也！"

一时间，应天城内外的重量级人物都纷纷来向元璋道贺，秀英闻讯也喜不自胜，毕竟你争我夺、你死我活是没办法的事情，自己一大家子人能活下来才是最重要的。她自然不能不有所表示，于是赶紧带着小红等人一齐向元璋贺喜道："我部首战就拿住了敌人的谋主，真是上天的护佑、佛祖的灵光，实在可喜可贺！但愿今后大伙能再接再厉，百尺竿头，更进一步！"这时朱标已经一周岁，能叫一声"爹"了，而小红再次怀孕，元璋自是喜上眉梢。

当时张士诚部的细作非常猖獗，为了防止意外，元璋当即命徐达派出重兵，秘密将张士德押解至应天看管。

三

能征善战的张士德一战被擒，对于张家军的实力和士气立马形成了巨大打击，马上就有张士诚部元帅江通海等率部来降。

继张士义之后，再次痛失手足和腹心，令张士诚一时大为丧气！为了搭救张士德，张士诚通过眼线打探兄弟的消息，希望有机会自行救出张士德；不过，张士诚心知元璋定然不会放松看管，元璋又是那等狡猾，因此与众人商议后，他只得决定先行与元璋停战、谈和。

"上次幸好没有擅杀那个杨什么，此次出使应天，哪位贤卿愿意前往？"张士诚问众臣属道。

"小臣孙君寿愿往！"一名臣下出列伏首道。

张士诚看了看这个孙君寿，晓得他曾经受过张士德的恩惠，如今急欲思报，便道："好！就由你承担此任吧！"

来到应天后，在杨宪的引导下，孙君寿递上了求和书，元璋接过来大致阅览了一遍：

> 始者，窃伏淮东，甘分草野。缘元政日弛，民心思乱。乘时举兵，起自泰州，遂取高邮，东连海堧。番官将帅，并力见攻，自取溃散，杀其平章实理门、参政赵伯器，遂成深衅。彼乃遣翰林待制乌马儿赍诏抚谕，饵以爵赏，却而不受。今春据姑苏，若无名号，何以服众？南面称孤，势使然也。伏惟上贤，以神武之资，起兵淮右，跨有江东。金陵乃帝王之都，用武之国，可为左右建立大业之贺。向获詹、李二将，礼遇未遣，继蒙遣使通好。愚昧不明，久稽行李。今又蒙遣兵逼我毗陵，昼夜相攻，咎实自贻，夫复何说！然省己知过，愿与讲和，以解困厄，岁输粮二十万石、黄金五百两、白金三百斤以为犒军之资。各守封疆，不胜感恩。

元璋明白，他张九四就是今日的越王勾践，如今已然熟悉书史的自己绝不能成了今日的夫差！再说这张氏不过是缓兵之计，勾践复国尚需十几年时间，可他张九四却随时都可以反咬一口。

妇人之仁、养虎遗患的傻事干不得，有些事情要么不做，要么就得做到底，不容有一丝的退缩！经过与众人商议，元璋立即回信道：

> 睦邻通好，有邦之常。开衅召兵，实由于尔。向者，用师京口，靖安疆场，师至奔牛吕城，陈保二望风降附，尔乃诱其叛逆，绐执我詹、李二将，暨遣儒士杨宪，赍书通好，又复拘留，构兵开衅，谁执其咎？我是以遣将帅兵，攻围常州，生擒张、汤二将，尚以礼待，未忍加诛。尔既知过，能不堕前好？归我使臣、将校，仍馈粮五十万石，即当班师。况尔所获詹、李乃吾偏裨小校，无益成败，张、汤二将，尔左右手也，尔宜三思。大丈夫举事当赤心相示，浮言夸辞，吾甚厌之！

幕僚解释过信的大意后，张士诚当即怒斥道："这厮不仅加大了贡粮的数额，还羞辱本王言语浮夸，看来他没有谈和的诚意啊！如今想想也对，若是我方擒住了徐达，也断然不会这么容易放人的！"

吕珍得知此事后，立即入见道："诚王殿下，此番只有以战求和了，不把姓朱的打疼，他是不会把到嘴的肥肉吐出来的！好在二相公一时没有性命之忧，我等就力争也擒住对方的一员大将吧，到时去换回二相公！"

张士诚离开了座椅，走近吕珍，握住他的胳膊，殷切地说道："老弟，有劳了！"

"此战不惜一切也要求成，殿下就等着我等的捷报吧！"吕珍告辞道。

元璋这边眼见张士诚没有回复，只好命徐达等加紧攻打常州城，但由于城池坚固、守军众多，一时之间毫无进展。

生擒了张士德，一定会让前线的将士翘尾巴，也会让他们苛待那些降将——诸将对待降将不能一视同仁，这正是近日导致陈保二等人降而复叛的主因！

如果不能有效地吸收降兵降将壮大自己，那么就不可能真正取得问鼎天下的资本！为了改善降将的处境，同时也为了消除诸将身上的骄气，元璋便传谕徐达等人："陈保二之所以复叛，全因诸将不约束手下士卒，彼等向陈保二肆意勒索，乃至其怨而叛。"他随即下令，诸将再有另眼看待降兵降将者，定斩不饶！

再加上常州久攻不下，元璋故而借此发威，命"自徐达以下，皆降一官"，随即又写信批评徐达等人"虐降致叛，老（劳）师无功"，命令他们反思己过，以求将功赎罪，否则，必再罚无赦！

徐达明白主公激将的用意，他也不多做解释，只是召集众将道："主公的意思很明了，看来我等确实要好好反思一番！从今以后再有不善待降将者，一律送回应天由主公亲自发落！另外，如今天气没前阵子那么热了，我等还要在攻城方面加把劲儿啊！"

带着为难之色的汤和接口道："我等兵力还是不足，常州敌众时常出城偷袭我等，着实不胜其扰，不如向平章请求再拨给两万援兵吧！最好能把邵荣所部调来，他老兄一来，胜算可就大多了！"

元璋是故意不想让邵荣来常州建功，徐达明白这个意思，他只得答道："邵左丞自然是另有派遣，可能主公正安排他去打江阴呢！请求援兵的事，还是先缓一缓再说吧，我等再认真商讨一下破城之策！"

朱文正着实没有想到攻城战那么困难，不禁感叹道："四叔是没有到前线来啊，哪里晓得咱们的苦处！"

徐达瞪了一下文正，忙替元璋辩解道："主公身经百战，哪里会不知咱们的情况！不过他暂时也有些难处罢了。"

这年九月，元璋驾临江淮府的治所丹徒县，当时廖永安部驻守在此，元璋想看看能否从这里抽调一部分人马增援常州方面。

为了笼络天下的读书人，元璋先是入城拜谒了一番孔庙，又分遣儒士告谕各乡邑，以劝耕农桑、筑城开垦，并加强守备。在视察过程中，元璋发现金山方面还有些薄弱处，于是又命总管徐忠设置了金山水寨，以阻遏南北来敌。

在回应天之前，元璋特意叮嘱廖永安道："兵法上说'攻城为下'，如今且看天德他们攻略常州，可证此言不虚！江淮府方面的事情，你先交给缪大亨吧，你可分出两万人马来，准备随时增援天德，他们那边的担子不轻啊！"

在旁的廖永忠问道："主公可有破常州的良策？"

元璋眼下还真没有，不过他觉得这倒是一个考察廖永忠的好机会，便问道："前番擒住了张九六那厮，咱原想着常州可不攻自破，可没想到这块骨头越发难啃了。咱一时亦无良策，只望天德他们再争争气，一举破城才好！永忠，你一向多谋，可有破城良策？如果你有良策可以破城，咱就给你记首功。"

廖永忠拱手道："不瞒主公，也有，也没有！"

"哦，此话怎讲？"元璋诧异道。

"兵法上说'攻城为下，攻城为不得已'，可见攻城之难！此番就算我等一阵强攻破了城，恐怕伤亡也会不小！依属下看，不如我等就来个长围久困，不再猛打硬攻，而以围城为主、攻城为辅，大军切断常州四面联络。不出半年，常州粮源断绝，自可不战而下！"廖永忠侃侃而谈，随即又强调道，"虽则是战，但我师不劳，休整事宜可在此空隙完成，破城之后仍便于我师继续保持战力！"

廖永安不无疑惑道："如此一来，耗费时日不说，也增加了不少输送之劳啊，而且一旦旷日持久，难保不会节外生枝！"

"此事仰赖主公全盘谋划了！"廖永忠回道。

元璋仔细想了想，便眉开眼笑道："权衡得失，咱也觉得这长围之法甚为可取，如今就先拿常州示范一回吧，我等也积累些经验教训！"

十二月时，元璋将江淮府又改称镇江府。

元璋在回应天的路上，不禁在心中一一比较起诸将的优劣来。他突然觉得常遇春的地位有点偏低了，虽然他资历比较浅薄，但能力实在是太突出了。作为徐达的重要臂膀，还是需要再抬高一下他的地位。于是，在十月间，元璋便将常遇春提拔为带军总管。

可是没几天，就传来捷报说常遇春率部一度登上常州城头，虽然未能立足，但对于士气鼓舞很大，于是元璋索性又将常遇春升了一级，令他成了仅次于徐达的统军大元帅！事实上，这也是对其他将领的激励，至少同等资历、同等才干的胡大海是不会甘于人后的，元璋是有意要这二人暗暗较劲儿。

在跟幕僚们闲聊时,元璋无意中说道:"昔日司马昭有意让邓艾、钟会入蜀争功,以使二人竭尽才干,咱也要学学这一手!只不过咱要名正言顺些。"事实上,这样做也有助于控御诸将,不使其抱团,以达到平衡的目的。

十一月间,廖永安和廖永忠率领的两万援兵赶到了常州外围。廖永忠与徐达沟通后,徐达便决定接受主公的谋划,对常州改行长围久困之策。也就是在这个时候,一件意外的事情发生了——新附朱家军的副元帅郑金院在张士诚守将的引诱下,居然带着他的七千长兴义兵叛变投敌了!

此前徐达原本是准备向应天请援的,可就在这时,郑金院带着麾下的七千长兴义兵前来归附,徐达便请准了元璋晋封此人为副元帅;可是由于攻城战异常艰辛,郑金院一时进退两难,后经常州张氏守将的拉拢,他竟干脆率部投敌!

本来朱家军已经形成了四面围攻常州的局面,可这郑金院一投敌,四面被立时去掉了一面,又出现了网开一面的态势。当时,徐达驻守在城南,常遇春扎营于城东南三十里外,城内的张家军一时士气大振,便转守为攻,伙同郑金院带兵偷袭徐达、汤和的营垒。

徐达率部从容应敌,队伍并未出现慌乱;接着,常遇春、廖永安和胡大海等人率部来援,一番内外夹击,敌众损失相当惨重,不得不溃逃回城。这一战中,胡大海的表现相当突出,胡部人马虚虚实实、声东击西,充分展露了他的大将之才!

当时,在胡大海率部来援之际,两军已混战成一团,胡大海觉得如果自己再率部加入战斗,不但容易加重己方的混乱,同时未必能取得较大的战果,不如另辟蹊径,争取重创敌人。经过一番探察,胡大海注意到敌军后方和侧后方都缺乏掩护,战阵之间空隙很大,于是他马上吩咐下去,把平常备用的旗幡等都取了来,令一部将士打着这些旗幡对敌人形成一种包围之势,并且砍下树枝让士兵在地上拖拽着,弄出烟尘漫天的场面,以显出人马众多的样子。

张家军见状后,不得不分出部分人马去对付胡大海的疑兵,但疑兵并不与之交战,只求分散敌兵。眼见陷入了重围,张家军在心理上畏惧起来，部署越发失当。而胡大海率领主力人马，瞅准敌人的软肋，发动了一番猛攻，终于将敌人打得溃不成军，损失惨重。

徐达事后对胡大海笑道："此战有惊无险，反而让敌人损兵折将，大海兄乃是首功之臣，看来主公要把你提升到遇春的地位才足以酬功！"

胡大海只是谦抑地笑道："不过是侥幸成功，待破了常州，再定赏罚不迟！"

经此重创，张家军龟缩进城，竟再也不敢出来了。对此，张士诚当然不能坐视不理，他心知人心浮动的常州需要一名亲信大将镇守，随即命吕珍率小股部队潜入常州，以督兵拒守。朱家军也只得加紧围困，以期用"长围之法"（又称"锁城法"）把敌人活活困死在常州。

四

常州的事情急不得，只能先抛到一边，元璋随即又打起了另一座军事要隘——长兴的主意。他把李善长、冯国用等人召集来，介绍道："如今咱的主力都被吸引到了常州，大将们也各有分配，只有耿炳文这小子还闲着，他几次前来请缨，都被咱拒了。眼下攻打长兴已成当务之急，咱想试一试，看看耿炳文这小子能不能当此重任，诸位以为如何？"

冯国用略一思忖，道："恐怕单薄了些！"

"咱再三掂量，觉得也是！"元璋笑道，"费聚还在江北时就招降了豁鼻山的秦把头八百余人，这小子也是一员老将了，自初时就追随咱，他勇猛有余而智量不足，就让他给耿炳文做副手吧！"只是费聚论年纪和资历，都算是耿炳文的前辈，元璋担心他会不服气，所以特意把他找来谈了谈，言语安抚一下。

耿炳文比元璋小六岁，此前一直追随在元璋左右，任劳任怨，可圈可点,只是还未曾独当一面。李善长不免忧虑道:"长兴位置重要,恐怕张九四会在那里布下重兵,即便我部有幸将此地拿下,恐怕张九四也会卷土重来,长兴守将势必压力甚大啊!炳文虽然有勇有谋,又颇为稳重,但毕竟是个年轻后生,要打长兴还是须遣一位大将,率领重兵前往才是!"

冯国用随即笑道:"国胜最近倒是也有些坐不住了,他从小就不安分,虽然也读了二十年书,但骨子里还是班定远(指班超,被封为定远侯)一类的人物啊!"

"国胜练兵确实很有成绩啊,咱的亲军可离不了他!把他这么一位大将捆在应天,确实有点难为他了,不过这支后备力量可不能轻动,来日的路可还长着呢!"元璋略一笑道。

冯国用沉吟了一下,道:"那是自然,不过年轻人还是应该历练历练,我看还是让炳文挂这个帅吧,若是出师不利,他往后也没什么可抱怨的。"

"好吧,那咱冒点风险,就给炳文这个机会,希望他可以马到成功、不负众望!"

李善长见事情这般决定了,只好笑道:"还是主公有魄力!不才过于谨小慎微了,注定难成大事!"

眼看至正十七年的正月到了,在为儿子送行时,身为管军总管的耿君用少不得叮嘱道:"如今张九四把重兵安排在常州和宜兴府,恐怕料不准我部前去攻打长兴,这长兴想拿下应该也不难,但难的是长期固守。此地乃是敌我必争之地,你到了长兴以后,务必要放手组织民众共同守城,为了争取民心,使其出死力,要更加晓得爱民的道理才是!"

耿炳文伏地顿首道:"爹爹放心,孩儿自当小心谨慎!"

"嗯,你这孩子从小稳重、听话,爹放心你这一点。不过俗语所谓'众人拾柴火焰高',你要注意访求贤才,以助你守城!"

"孩儿记住了!爹爹留步吧!"说完,耿炳文便上马而去。

元璋原本是想差遣耿君用、耿炳文父子一同前往的,无奈耿君用身体不太好,只得在家里休养。待儿子走后,耿君用总是有些不放心,于是入见元璋道："主公，所谓打仗亲兄弟，上阵父子兵，如今炳文独当一面打长兴去了，我这为父的总有些不放心，不如你再拨给我一支人马，让我远远跟着炳文，万一他那里有什么闪失，我也可及时出手相助！"

元璋笑道："真是舐犊情深！老将军如今身体还未痊愈，实在耐不得鞍马之劳！让您去自然是可以的，但有一条，老将军要切记……"

"什么？"

"您就安心给炳文做个参谋就好了，切不可亲自上阵！"

耿君用想了想，只得应允道："好吧，那我就去给炳文做个参谋吧！"

元璋拨出了一千亲军给耿君用，耿君用自觉身上有些大好了，便没有急着去追赶儿子的队伍，反而奔着宜兴去了，因为他知道，当耿炳文攻打长兴时，宜兴方面是一个很大的侧背威胁，只有监视住宜兴之敌，打长兴才更有把握！

长兴县位于太湖的西南岸边，此次耿炳文的兵力尚不足万人，而宜兴、湖州两地有张家军不下五万人马，为了隐蔽行动，耿炳文绕道广德路，准备突袭长兴。长兴守将李福安是张士诚麾下的二流人物，城内也只有五千兵力，只要行动迅捷隐秘，成功的希望还是很大的。毕竟在常州战事久拖不决之际，张士诚方面也很难料到朱家军会以大军奔袭长兴，如果来袭的人马不多，他们又觉得突袭也不会得逞！

在去往宜兴的路上，耿君用又陆续搜罗了四五千民军，他突然有了一个更为大胆的计划——他可以扩大声势，"明修栈道"去攻打宜兴，而实际上是掩护儿子"暗度陈仓"去取长兴！

耿君用一面跟众将计议定了，一面又派人把自己的计划通知了耿炳文。当时耿炳文已经率军赶到了长兴外围，他接获父亲的通报后，不禁对着费聚担忧道："我父亲此举确实会有力地掩护我们这边的行动，可是他手上就那么点人马，一旦被敌人窥破虚实，很容易遭到围攻。如今他的身子还不大好，看来只有赶紧拿下长兴，接父亲到城里来住！"

"不用过分忧虑，你父亲毕竟也是老将了！"费聚安慰道。

为了防止被敌人窥破虚实，耿君用便命麾下制作了很多旗幡，又命人召集了上万附近的民众，令他们远远地扛着旗幡充数，借此恐吓张家军。耿君用先是带着亲军与一部分民军杀到了宜兴城下叫阵，只听派去叫阵的人大喊道："有种的，就出城来战！别做缩头乌龟，来救张九六啊！"

宜兴城里的张家军发现来敌不多，立即派出了约五千人马应战，双方就在宜兴城外约三里处的一块平地上展开激战。元璋的亲军战斗力强悍，打得张家军难以招架，只得交替掩护撤退。耿君用为了把戏演得更真，不顾众将的反对，毅然亲率队伍迅猛追击，朱家军一口气追到了一处水寨旁，隔着一道木栅与张家军展开了激烈的争夺战。

朱家军毕竟人少，很快就暴露出力不能支的迹象。可是耿君用似乎杀红了眼，任谁也拦不住，就是誓死不退，他心里不停地念叨："我这里多一分压力，炳文那里就少一分。"张家军见势大举出城，发动了凌厉的反攻，朱家军撤退不及，终于陷入重围。耿君用此时才发觉情势甚为不妙，只得指挥部队拼死突围。

可就在艰难奋战的过程中，力不从心的耿君用不幸腿上挨了一刀，剧痛和流血令他的反应越发迟缓。此刻，他身边的亲卫也被敌军缠住，导致他腰间又挨了致命的一枪，一头从马上栽了下去，当场阵亡！诸将费尽九牛二虎之力，终于抢出了他的尸体，侥幸成功突围。幸好耿君用事先设置好的疑兵发挥了作用，让得胜的张家军不敢穷追不舍。

与此同时，耿炳文以迅雷不及掩耳之势成功拿下了长兴，且俘虏了长兴守将李福安。可就在刚刚进入长兴城内欢庆胜利之时，父亲战死的噩耗传来，耿炳文顿时方寸大乱，伏地痛哭道："父亲是为我而死啊！"

从情理上说，他理应赶快回到应天去奔丧，可是长兴的战事须臾离不了他，因为前方已经传来了消息：湖州方面的赵打虎已经率领大小战船五百余艘、兵力两万余人，经太湖水路向长兴杀来！在离开应天时，元璋就曾叮嘱耿炳文："你从前多次请缨，咱都没有答应，如今空出一个打长兴的机会给你，你小子可一定要给咱抓住！长兴乃敌我必争之地，咱敢用你，也是对你有所厚望，你千万别辜负咱！"

不愿辜负主公的耿炳文自然要以大局为重，元璋深悉他的矛盾处境，便命人传谕道："待将军破敌后再归应天奔丧！"

随即，元璋又将长兴改为长安州，立永兴翼元帅府，以耿炳文为总兵都元帅，以费聚为元帅。

面对大兵压境，耿炳文心里不免有些紧张，虽然他急于为父报仇，可毕竟才干、经验和兵力摆在那里。这时他突然记起了父亲此前叮嘱过自己的话，于是赶紧命人在长兴城内招贴了一张"求贤告示"，表达了自己的热望和诚意。

偏巧当时长兴城内有一位名叫温祥卿的儒士，他四十多岁的年纪，原本想与家人在长兴一带暂时避乱，可没想到此地这么快就被朱家军攻占了。他见耿炳文严厉约束部下，内心已生出不少好感，待他辗转听说了耿炳文的求贤告示后，不免为之心动。就在他犹豫是否前往时，无意中又听人说："咱们长兴城里的这位耿将军，老父亲在宜兴刚刚战死，他都顾不得奔丧，而一心忠于王事，真是可敬可佩！"正是这句话，让温祥卿下定了决心前去投效。

听闻有贤人来访，穿着黑色丧服的耿炳文立即相见，还向温先生行了一个大礼。温祥卿见耿炳文如此有礼数，连忙扶起他道："小可受不起，将军请起！"

耿炳文行过了大礼，方道："应该的，先生不必客气！只因家父刚刚过世，这是我们老家的规矩，孝子一律要向来宾下跪！"

温祥卿不禁赞道："将军如此忠孝，小可得遇将军，真是三生有幸！"

切入正题后，耿炳文略显急切地问道："不知先生此番前来，有何见教？"

温祥卿笑道："小可虽是儒学出身，但自幼颇好武事，喜读兵书，所以一般战阵攻守之事还是熟稔的！"

"眼下赵打虎以重兵想来攻夺长兴，先生看我部应该如何拒敌？"

温祥卿早已成竹在胸，于是从容道："如今幸而将军拿下了城池，长兴乃是鱼米之乡，粮食储积较为厚实，只要稍加布置，想要长期守住自是不难！不是小可夸口，以贵军之实力，一旦我等布置妥当，张九四再来几万人马也打不下长兴！"

"哈哈，先生此言可让炳文睡个安稳觉了！"耿炳文从形貌上就觉得这位温先生值得信任，心里越发兴奋不已，"敢问先生，我部该如何布置守城事宜呢？"

温祥卿眼见天下之乱，早已仔细研究过《武经总要》《守城录》一类的著作，平时也非常留心实地勘察地理形势等，所以他特意指示耿炳文要如何分兵把住要害之地，又如何修设战具以备守城之用，以及如何有效地反击敌人。耿炳文听他分析、谋划得头头是道，不免乐上心头。

最后，耿炳文拱手道："那就委屈先生留在咱身边做个军师吧！以备随时请教！"耿炳文平素跟元璋相处久了，耳濡目染，礼贤、用贤之道自然熟悉，如今学得可是有模有样。

温祥卿本来也想手把手地指导众人做好守御事宜，不仅是耿炳文，就连他自己也觉得应该用事实来证明一下自己的平生所学，因此乐得全力协助耿炳文守城。

当紧张的准备事宜完成后，温祥卿便对耿炳文诡秘地笑道："由于时日所迫，目下只是稍事准备和分配，所幸来敌不多，料其必败！不过要想让来敌大败而归，将军还须做一件小事。"

"什么事？先生请讲！"急于复仇的耿炳文忙问，"只要能大败敌众，别说一件小事，就是一百件大事，只要做得到，咱绝不推辞！"

"都说是小事了！"温祥卿微笑道，"据小可推断，赵打虎的兵众必定会在羊家河水道靠岸，将军可以派出一支小船队绕行太湖水道，船上装满石块等物，当敌众溃败时，小船队就自行凿沉在羊家河水道的狭窄处，这样就可保敌众有来无回了！赵打虎绝然料不到我部会将其杀退，所以水师定然会疏于防范。"

耿炳文疑问道："赵打虎没那么蠢吧，不可能全军的船只都停靠在羊家河水道吧，剩下的怎么办？如果他们发现了我们的船队怎么办呢？"

温祥卿没有把话说完，原是有试探之意，他见耿炳文心思颇为细腻，不禁欣慰地说道："总兵所虑极是！那不在羊家河水道的敌船，我们就鞭长莫及了，为了吸引住这股敌人的注意，将军可以再派出一支小船队不断对其骚扰，把他们牵制住就好！"

见温先生的谋划如此周全，耿炳文当即放下心来，连忙向温先生拱手道："此番如果破敌，定然在主公面前为先生请首功！"

"多谢将军厚意，眼下于小可而言，安身立命才是要紧，能保住城池，使全城百姓免遭兵燹是再好不过！"温祥卿笑道。

次日，赵打虎的大军就杀到了长兴城下，他们一连攻打了三天，都没有占到便宜。到了第四天的深夜，耿炳文乘敌不备，突然率领主力人马杀出。惊慌的赵打虎一时乱了阵脚，连忙命部队撤回船上；可就在他们准备乘船转回太湖以避敌锋芒时，才发现水道已经被耿炳文部堵塞住了。眼见朱家军沿着河岸追来，赵打虎无计可施，只得命令队伍弃船，改从陆路撤退，结果跑得慢的人马大多伤亡或被俘。

长兴一战，耿炳文部总计缴获敌船三百多艘，张家军伤亡及被俘达上万人，一时元气大伤。捷报传至应天后，元璋便对众人欣喜道："所谓哀兵必胜，如今咱的哀将也了不得嘛！炳文这小子果然有大将之才，从今以后，长兴城就交给他吧！"

长兴大捷后，耿炳文来不及与将士们共同分享胜利的喜悦，连忙奔回应天为父亲举丧。经过一场极尽哀荣的葬礼，耿炳文的心事总算了结，几天后他又匆匆返回了长兴。

到了五月，张士诚派遣部将意欲夺取长兴，结果再次遭到了耿炳文的痛击，耿炳文部在长兴的根基也是越扎越牢。

五

从至正十六年七月到次年的三月，经过长达八个月的艰苦的围困战，常州城里的张家军终于扛不住了！

先前，城内兵虽少，但粮食充足，故足以坚守。但等到他们将一干叛军招引到城里后，由于朱家军的策略变了，所以兵力再多，作用也不大，整日坐吃山空，反而成了累赘。此时朱家军趁着守军羸弱不堪，加紧了围攻，吕珍等将领见大势已去，趁着自己还有口气，乘夜突围逃走。将帅一逃，人心遂散，随后常州便被朱家军顺利攻克。

常州的捷报传到应天后，元璋总算松了一口气，他对众人得意道："常州之战让我军费尽了力气，好在结果是胜了。这个长围战法，算是咱与廖老三想到一起去了，这可是个对付坚城的宝贵经验，值得今后加以留意和传承！"

在论功行赏时，根据战功的大小、资历的高低，廖永安被升为行枢密院同佥，俞通海被升为行枢密院判官，常遇春被升为中翼统军大元帅，胡大海被升为右翼统军元帅，宿卫帐下。

元璋对身边的众人笑道："遇春与大海两人各有千秋，遇春用兵锐而猛，大海用兵智而实，今后就让他们互相竞争一下，看看哪个更胜一筹！"其实这是元璋有意要二人互相竞争，以激励志气。为了将来胡大海可以在浙东地区独当一面，元璋就把作为行省首掾的孙炎派到了胡大海身边。

孙炎临行前，元璋特意叮嘱他道："此番先生前去辅佐胡大海，咱是一百个放心的。大海虽然是一名难得的仁将，可毕竟目不识丁，与文人学士打不来交道，故而咱不得不割爱，让先生去浙东主持大计。对于重要事宜，还望先生时时来信告知！"

"主公放心，不才会时时向主公禀报和请示的！"孙炎拱手道。

接着，元璋又置毗陵翼，以汤和为枢密院同佥、总管，全权负责守御常州的事宜。

失去常州后，张士诚部已明显处于下风，但其实力仍在，进一步攻略的难度很大。于是，朱家军的精力暂时向较为容易的西线、南线甚至北线转移，而且已经悄悄指向了元朝势力苟延残喘的浙东地区。

正如廖永忠所说的那样，在使用长围战法的空隙，自然就完成了军队的休整工作，不需要再另外恢复战力。因此，这年三四月间，元璋又命徐达、常遇春等率兵前去攻取皖南的宁国，这里是元军驻守的地区。宁国虽是一座小城池，但跟历阳一样甚为坚固，而且城内除了元军，还有一支由降而复叛的悍将朱亮祖统率的大部队，城外还驻扎着的朱亮祖余部，总计有十余万众、三千余匹马。

元军与朱亮祖晓得朱家军善战，因此并未在野战中与之争锋，他们选择了固守，并令城外各处的队伍相机配合。起初，徐达等人没有完全摸清情况便开始强攻，加上部队大胜一场后沾上了骄气，仓促之间遭到了挫败；常遇春不服气，带人继续强攻，结果被流矢射中了肋骨，但他就是咽不下这口气，强忍着伤痛继续指挥作战。

一味强攻显然是不行的，即使最终胜了，付出的代价也太大。元璋听闻战事不利，心里非常着急，他觉得应该到前线走一遭，顺便跟徐达等人增进一下交流和感情，于是他亲自前往宁国督师。

元璋来到前线附近，登高远望，查看敌情，仔细观察一番后，敏锐的他发现了关键问题。元璋对身边随行的徐达等人说道："此次攻打宁国受挫，全在尔等求胜心切！前番常州之役尔等赢得还算漂亮，故而如今倒有些轻敌，也是情有可原！应天如有几位博古通今的僚佐，前番他们告诉咱，有一种攻城专用的大型飞车，你们可命人赶紧打造几十架，也花不了多长时间，趁着这段时日，兄弟们也可以休养生息。宁国城墙矮小，定然可以一击而破，将来再攻取其他相似的城池时，多半也可以照搬此法！"

徐达等人当即领命而去，元璋几天后就赶回了应天。走之前他还特意叮嘱徐达道："前番常州之役，天德，你给咱擒住了张九六，真是厥功至伟啊，咱一定铭记不忘，他日定有酬报！也是那'黑赵'了得，看来今后咱要用他做大将了！如今我部已经在江南站稳了脚跟，张九四已经无虑，从此以后，你部切勿急功近利，以免不测之忧！"

"常州之役收得全功，全在主公神谋睿断，明见万里之外！"徐达恭维道。

"天德什么时候也学会奉承人了！哈哈！"对于徐达这般的功成不居，元璋自然更加欢喜。此时，他的特务系统已经开始发挥作用，他听闻不少将士都有不满之词，因此问徐达道："将士们整日风餐露宿，有没有什么怨言？"

徐达想了想，只得说道："若说没有，那是欺君之罪，我部纪律甚严，将士们也有颇多约束之感！只是这时日长久，待我军多打几次胜仗，就可以领会主公的苦心了！"

"嗯，天德所言极是！那些痛快一时的，早晚必致倾覆，一胜一败，将士们早晚会体谅咱的！"元璋话锋一转，"只是这诸将长久在外，不得与家人团聚，也有悖人之常情，可如何是好？"为了控制诸将，元璋已经慢慢将他们的家人作为人质强留在应天了。

徐达略一沉思，便微笑道："那就仰赖主公了，您在应天多慷慨些，多加笼络人心也就是了！"

"唉，这家难当啊，咱尽力而为吧，也希望诸将能多体谅咱的难处！"元璋说着便摸了摸后脑勺。

元璋说的那种飞车可以轻易地够到城墙上，帮助士兵登上城墙。为了做好飞车的防护，工匠又在正面捆绑了一些粗壮的竹竿。经过一个多月的准备，几十架飞车造好了，休整完毕的朱家军便从多个方向猛烈攻城，城内守军眼见守不住了，只得开门请降。

不过，趁着徐达等人疏于防备，朱亮祖居然带人溜了。常遇春当即气愤地对徐达说道："平章走之前叮嘱我等要善待朱亮祖这厮，以收服其心，没想到竟让他给跑了。主帅，让我带人去剿灭了他吧！"

哪知徐达毫不在意地笑道："遇春兄果然是个急性子！我看朱亮祖虽然滑头，但是身手不错，而且麾下也有十余万之众，如果我等能够招降于他，岂不是很大的助益？攻伐浙东的脚步也可以加快许多，这正是主公的用意所在！如今他虽然跑了，但我等收服其心的决心不能变啊，端看我等的能耐了！"

"杀掉他又如何？万一抓到后，他再跑怎么办？"常遇春亢声道。

"这个好说，主公运筹万里，早已授以成算，"徐达依旧一副波澜不惊的大将风范，"我等只要对朱亮祖再次网开一面，他定然会感恩戴德！他曾降而复叛，这样就可以顺理成章地安排他的人质到应天去！"

常遇春被徐达说服了，立即率军去围攻朱亮祖。因朱家军攻势凌厉，加上使节的再三晓谕，终于迫使朱亮祖再次投诚。朱亮祖既被元璋的宽大为怀所感动，也深为朱家军的勇猛善战所震慑，从此他未再生出异心，死心塌地追随元璋南征北战！

之后，朱家军便顺利招降了朱亮祖等人麾下的军士十余万众，获得马二千余匹，一时实力大增！同时，宁国周围的一干县城也很快被拿下。

长江沿岸的铜陵县尹罗得泰来降元璋，元璋有意进一步向上游开拓以巩固应天防御，便命常遇春移师宁国东南约二百里处的铜陵驻扎。常遇春刚入城，附近的池州路总管陶起祖又来纳降，陶氏还带来消息说："如今池州城中守备薄弱，可以轻易拿下！"

于是，常遇春一面派人向元璋请示，一面谋划起攻打池州城的事宜来。

情况有些特殊的是，位于长江南岸的池州路如今已不是元廷的地盘，而是天完国的势力范围。元璋明白，东、西两系红巾军早晚有生死角逐的一天，尤其是自己身处长江下游，会随时受到上游的巨大威胁，只有多抢占一些沿江的城池，才能扩大江防的纵深，从而在更大程度上保障应天的安全。元璋事先已经指示常遇春可以伺机向池州一带进取，只是要格外慎重，因为当时天完国在倪文俊的主政下，发展势头非常迅猛，夺下两湖大部分地区后，兵锋已经指向了江西和安徽。

在得到元璋的回复之前，常遇春便向池州路发动试探性进攻。他派遣部将赵忠、王敬祖等率军攻打池州路所辖的青阳县，就在这时，一位旧友不期而至，他就是两年前在巢湖弃元璋而去的"双刀赵云"，此时他正奉令驻守池州附近的蕲州。

赵普胜闻讯后率兵来援青阳，中途与王敬祖部交上了手。由于赵普胜来得非常匆忙，也有些轻敌，结果被王部的数十骑一冲就阵脚大乱，被打得溃不成军。最后，朱家军乘胜攻克了青阳。

这时元璋的指示也到了："暂缓攻打池州！"

池州城是长江沿岸的重要城池，如果朱家军侥幸夺下了它，势必会引来天完国方面的大规模反扑；应天方面需要准备几个月，必须等到同东线张士诚的较量告一段落才行，尤其是待廖永安、俞通海等人的水师腾出手来。

为了加强太湖一线的防守，元璋又命俞通海等人带领水师前去攻打太湖中的马迹山。

俞通海部先是降服了张士诚的部将钮津,接着又进占东洞庭山。队伍刚刚登岸,吕珍突然带着大军杀来,气势颇为雄壮。吕珍部来得如此之快,大大出乎俞通海等人的预料,似乎吕珍早已张网以待!

事实上,自从张九六被擒,吕珍为了擒获朱家军的一员大将,早就在太湖水域布下了一个局,故意以叛将引诱朱家军深入太湖腹地,专等着朱家军自投罗网呢!偏不巧被俞通海给赶上了。

仓促之间,同行的诸将吓得想要回撤,俞通海在仔细观察了一番敌我情势后,忙劝说大家道:"此时返身而退,万万不可!如今我等已经深入张氏的势力范围,敌众我寡,一旦后撤,虚实必将暴露!沿途的敌众见我等兵少,定会加以阻截或夹击,一旦追兵再赶上,那时我等的形势就更危险了!所以此番必须壮大声势,拼死一战,争取将敌人打退,那时再伺机而退!"

诸将见他分析得有理,只得选择拼死一战。为了鼓舞士气,俞通海身先士卒,带着众人迎上前去。

眼见有人上钩,吕珍兴奋地部署各部围攻朱家军,妄图活捉对方的主将,可这样一来反倒分散了自己的兵力。俞通海以决死的勇气进行反击,双方很快就短兵相接!仗正打得激烈之时,俞通海的右颧骨突然被流矢射中,虽然血流满面,但幸而没有射穿头颅!

俞通海顾不得疼痛,拿一块白布裹住箭伤继续指挥作战,大有三国的夏侯惇之风!直到最后,俞通海终于疼得撑不住了,才命人穿上自己的盔甲立在船头继续督战。

将帅的拼命精神深深地感召了部下,兵力不占优势的朱家军不顾一切地奋勇冲杀,反倒令张家军阵脚大乱。吕珍眼见形势越发不利,只好遗憾地撤兵,朱家军得以安然返航——经不起硬仗、恶仗的考验,这就是张家军的软肋!

通过此战,也让元璋越发真切地看到了俞通海的大将之才!出于制衡廖永安兄弟的目的,元璋开始竭力扶植俞通海,令双方平起平坐,以争取分化巢湖势力。

这年的六月,元璋又命邵荣麾下的赵继祖等人夺取了长江南岸要地江阴。至此，各要地已皆入朱家军的掌握之中，整个东线的"门户战略"也算落实到位了。

在阶段性的总结通报会议上，元璋向众将宣布："咱们一步一个脚印地走下去，这很好嘛！既得了长兴，他张九四的步骑兵就不敢再出广德窥视宣州、歙县一带；得了江阴，那么张九四的水师就不敢再逆流而上，窥视镇江一带的金山、焦山这些要地了。从此以后，他张九四再想图谋咱们，那就很不容易了！不过，此番咱们还是要再接再厉，乘着当前的胜利东风再拿下他张九四的几块地盘！"

诸将听了都非常欣喜，当即摩拳擦掌，准备再在江东大展一番拳脚。

一个顺风顺水，一个却连触霉头，此时此刻，元朝及方国珍方面都在挤迫张士诚部，让他的日子非常难过。

为了调动方家军镇压张士诚，元廷晋升方国珍为江浙行省参政。为了阻止张士诚部进一步南下，方国珍在昆山发起了主动进攻，迫使张士诚分兵抵御；由于张家军的主力当时都在对抗元璋部，所以没有重视对方国珍的作战，结果七战七败，弄得张士诚一时间惶惶不安！

本来大政方针都是张士德操持的，如今张士德被俘，张士诚一时间竟成了没头的苍蝇。好在张士德先前在元璋军中布下了大量眼线，其中一人成功买通了送牢饭的狱卒，使得张士德很快就与张士诚取得了联系，对于队伍未来的去向，张士德给了哥哥两个字："学方！"

这天，张士诚召集了李伯升、吕珍等亲信将领，对他们说道："九六在西边传来了消息，就两个字——'学方'！"说着，他便把一张写着血书的小纸团给众人传阅。

吕珍目睹血书，忍不住自责，他流着泪向张士诚下跪道："都怪咱们无能，不能搭救二相公！望诚王责罚！"李伯升等人也跟着跪了下去。

张士诚忙扶起大家道："我知道大伙已经尽力了，来日方长，兄弟们再接再厉就是了！今天找大伙来，还是商议一下队伍何去何从吧！"

李伯升拱手道："二相公平素就常把方氏兄弟之事挂在嘴边，此番他的意思再明显不过了。自从我等跟姓朱的闹翻以后，我们可谓三面受敌，这实在不是长久之计！如今到了这个境地，我看咱们就向元廷示弱吧，这样咱们就可以腾出手来专心对付姓朱的了！一旦灭了姓朱的，再定大计也不晚。"

"李兄所言极是！"吕珍慨言道，"元廷如今忙于对付两大红巾军，不会对我们怎么样的！我听说东边的红巾军已经展开了三路北伐的大动作，西边的红巾军也已经打到池州了，早晚要跟姓朱的撕破脸！那时我们与之东西夹击姓朱的，形势岂不是就大好了？"

张士诚听罢，点点头道："你们说的有道理！西边的红巾军真要跟姓朱的掐起来，我等坐山观虎斗亦可，让他们斗个两败俱伤！或者姓朱的顶不住，兴许还会有求于我们呢！那时怎知风水如何转呢？放回九六也说不定啊！"张士诚这般往好处想，既是给兄弟们打气，也是给他自己打气。

"是啊！就当下而言，先保住实力再说！"吕珍附和道。

经过众人的一致赞同，张士诚于是再次向元廷投诚。江浙行省左丞相达识帖睦迩将此事报告给朝廷，元廷首肯，于是册封张士诚为太尉。

张士诚此举也颇有些意外收获，可谓失其名而得其实，不仅可以悄无声息地蚕食元廷的地盘，也让一直矛盾、观望的文人士大夫们相继涌入张士诚幕府，为其所用。此外，杨维桢等人虽然没有接受张士诚的征辟，但已经在为他积极地出谋划策；另有书画家、诗人倪瓒等人，也成为张士诚的座上宾。张士诚宽容优礼文士，吴中地区的政治、文化环境都非常宽松，对比朱元璋后来的高压、肃杀，张士诚反成了一个让一干士大夫及部分民众都非常怀念的"草头王"！

张士诚向元廷投诚的消息传到应天后，元璋当即命徐达从常熟附近回师。常熟是张士诚统治区的腹地，此番他与元廷、方国珍等方面媾和，就可以抽调出大量兵力围攻深入的徐达部，所以元璋让人转告徐达："听闻你部在常熟已有小胜，获马五十匹、船只三十艘，降兵甚众。今张九四已向元廷乞降，你部可速回师，准备攻略宜兴之事！"

徐达立即照办，不过宜兴也是敌方重兵设防的一座城池，且有太湖水路方面的援助，攻略的难度不亚于常州，因此需要进行长时间的准备。

六

为了贯彻元璋进军浙东的大方略,七月间,元帅邓愈、胡大海等相继拿下了皖南的绩溪、徽州、休宁等地,胡大海的兵锋直指浙东门户的婺源州。

此时元将杨完者率军十万想要收服徽州,身在休宁的胡大海只得立即回师。就在回师的路上,孙炎在马上对胡大海笑道:"民间有一首歌谣,唱的是'死不怨泰州张,生不谢宝庆杨',将军可曾晓得这是说的哪个?"

胡大海是个聪明人,顿时就意会了孙炎的意思,他笑道:"张九四多能爱护百姓,所以百姓对他是虽死而无怨;这个宝庆人杨完者,早就是臭名在外,百姓们都恨死了他,就算是侥幸在他手上活下来,自然也不会领他的情。军师大人,可是这个意思?"

"将军果然是英明天纵,一点就透!不过这里也有些夸大了张九四的好,此人御众无纪律,他手下那帮官吏、将士,只是瞒着他为非作歹罢了!"孙炎轻蔑道。

胡大海深以为然,忙道:"所谓无规矩不成方圆,要当好一家之主,还得严厉约束手下!要想不被人欺瞒,就得广布眼线;要想自己的规矩立得住,还得执法不避亲故才行!"

对于胡大海的这份觉悟,孙炎由衷赞佩道:"这就是法家所谓的'执法必自贵近始'了!将军虽然未曾读书,可是心里却跟明镜一样!"

两人就这样在马背上交谈着,很快就到达了徽州治所歙县近郊。当时杨完者部正在极力攻打歙县城,他们原以为胡大海部稍事休息之后才会发起进攻,而胡大海心知杨部人马不过是一群乌合之众,他当即命养子胡德济领一支人马绕到敌人侧后,然后两部人马在城内守军的配合下，很快就展开了对杨部的迅猛夹攻。

一番激烈的较量之后，杨部大败，其镇抚李才被杀，杨完者本人则侥幸逃脱。眼见胡大海部如此神勇，婺源州元帅汪同及元江浙平章夏章等人分别来降。

如果能拿下婺源，朱家军下一步的重点攻略地区自然就是浙东了。不过，元朝在浙东的势力尚强，何况此地关系重大，还须步步小心行事，这就需要应天方面集中主力前往，甚至需要元璋本人亲征。

考虑到池州城地理位置的重要性，有如西线的门户一般，所以有必要先把池州打下来；另外，通过细作的情报，元璋判断天完国下一步攻略的重心在江西等地，暂时没有大举东进的打算。更何况池州西面的安庆至今还在元朝手上，天完国在短时间内能不能拔掉这颗钉子都很难说。

还没等元璋展开布置，到了九月底的一天，突然又从西边传来了一个大消息，元璋便对李善长、冯国用、陶安等人通报道：

"西边的丞相，就是那倪蛮子，因为篡位不成，已经被其部将陈友谅杀了。陈友谅如今已是天完国的平章政事，大致接管了倪蛮子的摊子。他新官上任，恐怕要有一些大动作，立立威。诸位不妨说说，这姓陈的，下一步将进攻哪里呢？"

冯国用对于这个问题早就有所准备，他首先说道："其他方向定然都是靠后的，陈氏第一步肯定是要攻打安庆，完成倪氏没有完成之事，以彰显其威德。想来他立即东进的几率很小，如今江西大部还在元廷手中，襄阳这等大后方也未底定，陈氏必不至于急着东进，吞下一锅夹生饭！何况我等还有朝廷在北面撑腰，他们眼下断不至于得罪我大宋！"

冯国用话音刚落，陶安便说道："国用此言有理，所谓远交近攻，陈氏也犯不着舍近求远先来对付咱们！眼下元廷才是他的心腹大患，这正给我部攻略浙东留出了时间，必须在东南抓抓紧才是！"

李善长对于军事战略上的事情并不是很懂，他只得说道："那我们就赶紧趁着这个当儿扩大地盘，有了充足的人力、物力，才能应付上游的强敌！"

"好吧！咱即命廖永安水师西上，协同遇春所部，先拿下池州城再说吧！"元璋当即拍板道。

就在元璋积极部署攻打池州的事宜时，已经虚岁十九的文忠突然找到了元璋，主动请缨道："舅舅，此次攻打池州，意义非同寻常，想来也不会那么容易，舅舅就让孩儿去那里历练一番吧！"

文忠读书颖敏如素习，文的方面很有天赋，骑射、刀枪等武艺也令元璋、秀英夫妇大喜过望。元璋这个做舅舅的拍着外甥的肩膀，语重心长地笑道："此番池州之战，我部水陆并进，规模不亚于当初攻略应天，保儿想去历练一下，这当然是很好的！说实话，老舅还担心你们这些孩子娇生惯养、贪生怕死呢。既然你主动请缨，那老舅就拨给你一支亲军，你以舍人的身份带着他们，名为监军，实则要亲历血战。给老舅争气是一方面，但你自己也要多加小心啊！"

"舅舅放心，孩儿已经长成一个汉子了，论身手也不次于文正大哥呢！"说着，长相纤细、貌似儒者的文忠便做出一个雄武的架势。

"这个老舅当然信你！不过战前谋划，以及临阵交锋，还是要多动动脑子啊！"

"那是自然！舅舅便是我们的好榜样嘛！"

经过一番积极的准备，到了十月间，常遇春便协同廖永安、俞通海等自铜陵向池州展开进攻。

在进攻开始之前，廖永忠向大伙献计道："如今池州城里守御力量不强，我军是必克的，不过须尽快破城，以免遭到天完援军的夹击。一旦我们神速破城，敌人的援军反应不及，恐怕也会被我部狠狠地吃掉一口。不过要力争在一天之内破城，还是要费一番思量的。"

众人都觉得有道理，于是合计出一个声东击西、虚虚实实之策。文忠当时也在场，他不禁暗忖道："早就听舅舅说这个廖老三英果不凡、才智超群，真是名不虚传！"

攻城开始后，常遇春亲率水师直抵池州城下，两军水陆互相配合，对城池展开了猛烈进攻。常遇春这一路攻击城北，将守军的主力都吸引到了城北；随后城北攻势减弱，廖永安在城南又发动了"主攻"，将守军的主力吸引到了城南。就在守军不知虚实、疲于奔命之际，真正担纲主力的常遇春便集中全力，再次发动了猛烈攻势！战至下午，池州城北门终于被攻破，朱家军随即杀入城内，守军见势败走。

到了黄昏时分，百余艘战船载着上万姗姗来迟的天完援军赶到了池州附近的江面上，于是俞通海率领文忠迎敌。俞通海原本觉得文忠瘦削文雅，又是元璋的亲外甥，虽未必是一个纨绔子弟，但不可能是一名勇武之才。他倒是想考考文忠的智略，在开战之初询问道："小公子，听闻你喜读兵书，今日之战，不知你有何良策？"

"小子平生还未亲历过大战，若有计策，恐怕也是纸上谈兵，说出来怕俞将军见笑！"文忠谦逊道。

"说说吧，兴许果真是良策呢！"

"那就不揣冒昧了！"文忠拱了拱手，斟酌着说道，"而今敌水军仓促来援，恐怕还不晓得我已破城，现在天也快黑了，敌军更难看出我军的虚实。不如我等就逗一逗他们，先来一番虚张声势，让敌众误以为我是'空城计'，然后将敌众吸引到咱们的包围圈里，狠狠地打他一番！"

俞通海惊奇地看了看文忠，赞叹道："好家伙，小公子果真是得了主公的真传啊，今日就照你说的办，这叫逆用'空城计'！"

俞通海按照文忠的计策，将天完水师成功地引入了包围圈。就在两军乘着火光与夜色激战之时，文忠居然又一马当先，连斩敌军两员校尉，堪称骁勇冠诸将！

俞通海听闻文忠的惊人表现后，不由得对身边的幕僚感叹道："文忠这小子看上去像个弱不禁风的儒生，没想到他这初出茅庐的小子，却已是这般勇武智略，真可谓器量沉宏，人莫测其际！就是文正，也望尘莫及！来日必是主公的股肱重臣！正是天佑主公，天佑我等！"

敌人的援军在损失大半后惨败而归，池州就这样被完全平定下来，此役成了元璋部与天完方面（及陈汉）长达七年对决的一个不大不小的揭幕战。

七

继攻克了长江北岸的泰兴之后,镇江对岸的扬州也于至正十七年年底被元帅缪大亨率军攻克,守将青军元帅张明鉴率其部投降。

元璋非常清楚张明鉴的底细,此人原本啸聚于淮西一带,以青布为标记,所以自称为"青军"。张部的人马一向带有淮西人的剽悍色彩,只是他们喜欢流窜打劫,一路上由历阳和滁州附近的含山、全椒转掠至六合、天长,最后落脚扬州。他们的行径跟蝗虫一样可恶,可算把沿途的百姓都给害苦了,所以被称为"一片瓦"(只给百姓留下一片瓦,喻指破坏力大)。至正十六年初,元廷的镇南王孛罗普化奉命来扬州镇守,他成功招抚了张明鉴部,这才稍稍遏止住了张部的暴行。

由于战乱不息,社会严重失序,到了次年三月,昔日的繁华之地、江北名城扬州也出现了粮荒,于是张明鉴等人便又蠢蠢欲动。他们对镇南王软硬兼施地说道:"朝廷远离扬州,不知道这边的形势。如今队伍正饿着肚子呢,朝廷却没派人来送点吃的,真是不像话!殿下您也是世祖(忽必烈)的后代,逢着这样的乱世,何不自己就做了皇帝,然后出兵向南打通(江浙的)粮道呢?我们绝对跟着您干!要不然,人心一变,那时情况就不好说了!"

张明鉴等人说出如此不忠不义的话来,镇南王仰天大哭道:"尔等为何不知'大义'二字?若是我听了尔等的话,将来还有何面目见世祖于地下?"

见镇南王不就范,留着也没用,张明鉴干脆把他赶出了城,自己做了一城之主。当镇南王一行到达淮安时,正巧碰上赵均用、孙德崖等人,他们在粮食日渐匮乏的濠州立不住脚,正往山东准备去投奔毛贵,顺手就劫杀了镇南王一行人,也算给正在筹备北伐大计的毛贵献上了一份厚礼。

因为严重缺粮,张明鉴等人开始每日屠杀城中居民为食,最后扬州居民死的死、逃的逃，等到缪大亨率部来攻时，城里只剩下了十八户人家。此时的扬州已近于一座空城、鬼城，张明鉴等人无力抵抗，便直接投降了。

张明鉴等一干人等很快被召至应天问话，这天，元璋在大堂上对他们厉言申斥道：

"尔等作恶多端，实在是天理难容！但念在尔等乱世求生，有所不得已，姑且先饶过！过去的不再计较了，但是今后尔等要重新做人，再有伤害良民之事，定斩不饶！"元璋这样姑息罪大恶极之人，纯粹是为着壮大实力着想，此时的他越发讲求实际而不择手段了。

张明鉴等唯唯诺诺伏地跪谢，元璋又道："前番在宁国，我部降服了元将朱亮祖，不承想他复叛而去，但立即又被我部降服！这回他才心甘情愿追随王师，并交出家属做人质，以示永不再叛之意！"

元璋说到这里，众人意会，赶紧说道："我等愿学朱亮祖，也一并交出家属，以示永不背叛主公之意！"

元璋微笑了一下，又道："咱这里的总兵官，妻子儿女都留在应天居住，其他将官正妻也留在应天，子女也可留。这等妇孺不似我等汉子，禁不起这些折腾，留在应天，一则是为了安全起见，二则也是便于子女的教养。尔等觉得可是有理？"

元璋此举无非是加强对前线将领的控御，除此以外他还不许将领私自结交读书人，更不许儒士私自干政，必须是经自己仔细考察过的人方准许留在将领身边，而且数量也很少，因如今他已知晓读书人的厉害！元璋非常担心将领们会受到一些幕僚的怂恿（诸如韩信身边的蒯通），或者读书人成为将帅的死党，为此他曾做出规定："所克城池，令将官守之，勿令儒者在左右议论古今。止设一吏，管办文书，有差失，罪独坐吏。"

张明鉴等人口里称颂着"英明"便退下了，但有一位四十多岁的中年将领留在了原地，元璋好奇地问道："你何故不去？"

那人拱手道："属下马世熊，与主公也算是故人了。"

"哦？我们以前见过？"

"主公是贵人嘛，哪能记得属下！"马世熊笑道，"属下原本是六合王元帅麾下的，只因张九四拿下了六合，属下不愿受其节制，才暂时跟张明鉴他们同流。想当初，您到六合参加群雄聚会时，属下就在末席上，还向您敬过酒呢！"

元璋仔细看了看马世熊，头脑里有了点印象，忙道："哦，咱想起来了！而今你投到咱这里，也是缘分啊！"

"的确是缘分！"马世熊诡秘地一笑道，"属下手上现有一宝，愿进献于主公，他人还都受不起呢！"

元璋一时来了兴致："哦，是何宝物？"

"是一盆解语花，主公若是得空，可随属下到敝庐一叙！"

听闻马世熊要向自己进献美女，元璋当即想要拒绝，但是他又有点好奇，便问道："不会是将军家的千金吧？"

"我马世熊如果能生出这等标致人儿，那可是祖上有德！再说属下一介莽夫，也教不出这等才女！"马世熊笑道。

一听是才貌双全的女子，元璋当即来了兴趣，又问："那想必是你的义女了！"

"主公英明，什么都瞒不过主公！属下这义女原本姓孙，她的生父原是常州府判，祖籍陈州，后父兄双亡于乱世，她便跟从二哥避难于扬州；后又遭乱兵所掠，与二哥失散，这时恰巧被属下遇上，便出手救下了她。属下见她是位大家闺秀，还能作些锦绣文章，当即收她为义女，以防被人欺负。如今属下这义女正是二八妙龄，属下看着英雄与佳人才是绝配，主公身边又如何能少了服侍您的人呢？故而斗胆献'宝'！"马世熊说完，元璋会意一笑。

美女固多，但难得在读书知礼上，这就好向秀英交代了；孙氏又是官宦人家的女儿，元璋这个昔日的乡野村夫自然垂涎不已，当即表示道："好！承将军好意，明日午后咱就到府上看看宝贝呵！"

次日午后，元璋忙完了公务，便带了几十个护卫骑马来到了马世熊在应天租住的一处院落，待用过茶水后，马世熊便令孙氏出来面见元璋。

待环佩叮当的她款款而出时，元璋但见其头绾高髻，髻前插着金梳和金花钗，上身穿一件轻薄半透的窄袖短衫，束一件条纹裥裙，肩围皮帛；她弓鞋细碎，笑意盈盈，冉冉而前，面如出水芙蓉，腰似迎风杨柳……

孙氏个头虽比秀英矮一些，但比秀英多了一种风流韵致，可谓弱柳扶风、玉容花姿，元璋一时看得呆住了，孙氏忙低头含羞向他行礼道："平章大人万福金安！"

许久，元璋才回过神来，忙道："好，免礼，坐吧！"

孙氏在一旁捡了一个圆板凳半坐了，马世熊赶忙拱手退出。

元璋和颜悦色地对她道："不知小姐芳龄几何？"

孙氏轻启朱唇道："回平章大人，奴家今年十四岁！"

"哦，难怪如此粉嫩！"元璋充满色意地看着她，"听你义父说你是喜欢读书的，可是都读过些什么书？"

孙氏低着头不敢看元璋，轻声道："无非是《诗经》《文选》一类，也喜欢翻一翻班、马的史书，因一时无师，也只是自己一个人随便看看罢了！"

元璋见她如此诚实，心里顿生好感，忙道："不瞒你说，咱当初也是如此啊，后来与我家夫人成婚，不怕你笑话，咱倒是承蒙她点拨过一二呢！如今倒是好了，身边能指点咱的先生多了，可又发愁事务太忙，能读书的时间太少了……"

"那改天有幸定要向夫人请益了！"

"好！"元璋此时已分明将她视为掌中之物，"你义父有意成全你我，不知你心里是怎么想的，如果你不情愿，咱绝不勉强！"

孙氏闻听此言，当即站起身来，伏地哭泣道："贱妾遭逢乱世，无以自存，今幸蒙平章大人垂爱，怎敢不以死回报大恩！"

这样的女子本应是父母膝前娇女，而今却沦落至此！怜香惜玉的元璋忙上前扶起她，又抬起她的头道："好！从今你就跟了咱去，必定不会让你受委屈的，夫人也是再好不过的人，也只有看顾你的理儿！"

在元璋看来，孙氏的才貌、风采、身份都远在昔日的魏家大小姐之上，至此元璋埋藏多年的一颗心结才总算被解开，所以他的心里格外满足和受用！秀英因发觉孙氏性情静默，有林下风；神寒骨清，非世间俗流可比；又颇有聪明才智，处事也很有分寸，不会带累坏了元璋，反而会成为他的贤内助和自己的好助手，因此高高兴兴地接纳了她。

待元璋行过了纳妾之礼后，秀英笑意盈盈地对孙氏说道："从今以后咱们就是一家人了，你就是咱的亲妹妹了！你我同病相怜，聚在一起正是佛祖赐予的缘分！"

自从纳了孙氏，元璋对她宠爱万分，第二年，孙氏便为元璋产下一女。马世熊一家都被留在了应天，其他人眼红他，便也想如法炮制。第一个跟进的便是不久后投降的原婺源州的将领（至正十八年正月邓愈遣部将夺取了婺源州），他献上的也是一名才貌双全、善作诗文的妙龄女子。可是，这一次元璋却犹豫了：如果人人都这样做，岂不是就乱了套？往后这家还怎么当？

不杀人不足以立威，元璋当即拍案而起道："取天下者，岂以女色为心！"结果，他悍然辣手摧花，下令将这名女子杀掉，以绝进献。

第十四章
虎踞上游

一

至正十六年（1356）初，虽然倪文俊把徐寿辉恭迎到了汉阳，但是他眼见襄阳有元军重兵设防，一时打不下来，只得接了徐寿辉后便遗憾地匆匆返回。

倪文俊自为丞相，在他的主持下，天完国派兵一路向南发展，占据了湖南诸路之地，也就是陈友谅曾经设想占据的地方，而在这些战事中，自然也少不了陈友谅的身影。到了次年正月，倪文俊亲自率兵攻克峡州（今湖北宜昌），破辘轳关，打开了向巴蜀之地进军的通道，他随即令部将明玉珍到四川、峡州之间的地方去搜掠粮食。可就在这时，发生了一件非常巧合的事，让明玉珍捡到一个大便宜，使得其部轻易拿下了重庆，进而为明氏成为新一代的"四川王"奠定了基础。

在巨大的胜利面前，功高震主的倪文俊有些得意忘形，不仅不把徐寿辉放在眼里，对于徐寿辉手下的一干旧属也非常刻薄，其不臣之心已日渐显露。身为太师的邹普胜等人本来就跟徐寿辉没多大的渊源，也觉得才具平平的徐寿辉不足以称孤道寡，反而不如让倪文俊实至名归，因此都怂恿倪文俊向徐寿辉发难。

这年七月，陈友谅预感到了将有大事发生，于是问计于张定边和陈友仁，友仁带着些许兴奋道："这可是一个千载难逢的好机会，我等不正是日夜盼望着这一天吗？应该抓住这个机会，对倪蛮子反戈一击，四哥来个鹊巢鸠占，以匡扶之功再行'挟天子以令诸侯'之事！待到时机成熟，再一脚踢开姓徐的！"

张定边点头道："五兄所言极是，此番正是一举拿下倪蛮子的良机！不过，倪氏虽然骄恣，且待下属少恩，但他的羽翼已然丰满，又有邹普胜等人的支持。如果我等公然在他背后下手，即使侥幸得逞，也很难平服他的众多属下，且在徐寿辉那里也不易立脚，因此此事还当从长计议才好。"

"定边兄有何良策吗？"陈友谅着急地问道。

张定边思忖了半晌，方抒着自己的美髯道："陈普略、赵普胜、欧普祥、丁普郎等人皆是徐氏的死党，如今只有陈普略在汉阳，那几个都带兵在外。不如四兄就以个人的名义悄悄通报了这些人，表达愿与之共除叛贼的决心！一面令陈普略做好准备，一面令在外的赵普胜等人进京勤王，那时倪氏见势头不好，恐怕要加快阴谋步伐，这就容易招祸了……"

陈友谅听罢，觉得甚是有理，不禁再次微笑着表态道："总是定边兄深谋远虑。"

三人商议既定，陈友谅便去做了布置。果然，倪文俊见事情将要败露，便于这年八月匆忙发动了一场宫廷政变，意图杀徐以自代。可令他大感意外的是，在自己的严密监视下，这徐寿辉居然事先已神不知鬼不觉地悄悄溜出了汉阳！倪文俊不会怀疑陈友谅这等心腹，却怀疑起邹普胜这些脚踩两只船的家伙，他眼见汉阳已不能久待，被迫出走黄州。而邹普胜等人见倪文俊已经失势，也赶紧见风使舵，又对徐寿辉百般恭敬起来。

这天，倪文俊召来陈友谅等人，给他们打气道："咱们这次走麦城，全是因为邹普胜这厮故意害我，如今我部还控制着两湖大部，想要东山再起并不难，还望诸位多努力！"

众人虚应着，待倪文俊转身走后，陈友谅立即控制了内外，他站出来慷慨言道："诸位且听我陈某一言！我天完国一番大好局面，就这样葬送了，实在是叫人心有不甘！如果我等就此与陛下闹翻了，这不是自相残杀吗？所谓鹬蚌相争，渔翁得利，我等可不要干出这种傻事啊！"

陈友谅事先已经收买了大部分将领，这时便有人站出来附和道："陈元帅所见极是，我等还是要向陛下负荆请罪，求得陛下的谅解才是！如此我天完国才能上下一心、精诚团结，才有望一统天下！"

有些支持倪文俊的将领便站出来质问道："如何负荆请罪？难不成把丞相大人献出去？"

陈友谅大声怒斥道："那有何不可？丞相大人已经错了，难道还要一错再错吗？我们这些做属下的，难道还要看着他泥足深陷，不拉他一把吗？"

那人被陈友谅这话惊了一下，忙怒骂道："好啊！到底你小子是个外来户，居然如此忘恩负义。"

陈友谅冷笑了一声，道："到底是谁忘恩负义？没有我陈友谅，能有尔等的今天？"

那些倾向陈友谅的当即拱手道："愿听陈元帅节制！"

那些原本没有与陈友谅通声息的人中，一些眼疾手快的见此情状，也赶紧站队道："陈元帅下令吧，我等听你的就是。"

最后，在几十名将领里，仅剩下八九个倪文俊的死党还不肯屈从，结果陈友谅一挥手，一众亲兵就围拢了上来，他当即扬言道："今天就给你们一个机会，哪个敢上前来与我陈友谅决一雌雄，我就成全了他！"

那几个将领都晓得陈友谅武功盖世，吓得在那里不敢动，最后又有四五个向他跪拜道："愿受陈元帅节制！"

四个倪氏的死党拒不投诚，也没敢反抗，只是嘴上咒骂着，被陈氏亲军当即推出去斩了！

倪文俊对这一切还蒙在鼓里，当陈友谅引兵将他的住所包围时，醉醺醺的倪文俊还走出来诧异道："友谅，怎么回事？出了什么状况？"

这时，达氏突然从后面步履轻盈地走了出来，她先是跟陈友谅递了一个眼色，随即倩笑道："陈元帅想送我们回汉阳，不知丞相大人可曾乐意？"

此时神志已不清醒的倪文俊越发糊涂了，忙道："回汉阳做甚？那不是自投罗网吗？"

"回汉阳把你这个乱臣贼子交给陛下，明正典刑！"达氏一改面目地厉声说道，她一直对倪文俊抢掠自己的行径深怀恨意，这一次终于大着胆子流露了出来。

倪文俊当即脸色大变，怒斥道："你个败家娘们儿，胡言些什么？"

陈友谅一扫昔日的谦恭，大声道："二夫人所言属实，丞相大人还是回汉阳吧，与陛下修好，以求得他的谅解！"

至此，倪文俊终于酒醒了，也确信了曾经传到耳中的流言，他当即指着陈友谅及达氏斥骂道："你们——你们这两个奸夫淫妇，竟敢出卖本相！"

见倪文俊凶相毕露，达氏吓得当即扑倒在陈友谅的怀里，陈友谅温存地安慰她道："心肝儿，别怕！"

倪文俊在家里连武器都没拿，他见刀枪剑戟都对准了自己，知道反抗也无益，只得长叹一声："没想到啊，我倪某人这一步走错，人心全没了！连床上的人，也被人拉走了。"

陈友谅丢给倪文俊一把剑，道："把你押到汉阳，恐怕你会死得很难看，不如你自己就此做个了断吧！"

不可一世的倪丞相就这样含恨而终，他的部众也由此被"靖难功臣"陈友谅接掌，不仅如此，邹普胜等人也见势倒向了他。随着陈友谅战功日彰，连陈普略等人也对他青睐有加，这令陈友谅的野心越发膨胀。

自从顺理成章地接管了倪氏麾下的所有武装，又得到了徐寿辉身边一些人的支持，陈友谅的腰杆终于挺直了。起初，徐寿辉封他为"宣慰使"，不久又改称平章政事，距离丞相还有一步之遥。

自打成了炙手可热的"陈平章"，陈友谅就开始四处征战，扩大地盘，同时培植亲信势力，凭借不断的胜利来树立自己的巨大权威。对于陈氏而言，也只有通过不断地征战及胜利，才能巩固自己并不牢靠的地位，毕竟他是天完国的一个"外来户"（作为赘婿家庭出身的孩子，陈氏兄弟很清楚"外来户"意味着什么）——这是显而易见的。就如元璋等人预见的那样，陈友谅第一个要攻略的地方就是安庆。

负责守御安庆的是元河南行省左丞余阙，他本是蒙古唐兀氏，世代居住于甘肃武威一带，父亲沙喇臧卜在庐州做官时把家搬迁于此，余阙就成了半个庐州人，故而汉化很深。余阙少年丧父，但聪颖好学的他依靠教书来侍奉母亲，后因他刻苦力学，于元统元年考中了进士，这在蒙古人里是相当难得的，后来他还参加过《金史》《辽史》和《宋史》的编撰。余阙也是当时的著名诗人，汪广洋就是他的学生之一。

红巾军起事之后，元廷在淮东地区设立都元帅府，余阙最初便被委任为佥都元帅，率兵驻守于安庆。因余阙富于才略，又深得人心，从至正十二年开始，直到至正十八年，他在七个年头里顶住了西系红巾军一次又一次的攻势，成为控御长江、制约天完国进一步扩张势力的头号敌手！不过，到至正十七年时，随着庐州左君弼向天完国再次称臣，安庆彻底处在了东、西两大红巾军的全面包围之中，余阙知道，最后的时刻就要到来了……

经过两个月的准备，陈友谅率十余万大军猛攻安庆，赵普胜等人也被调来助攻，余阙以安庆西南的小孤山为屏障，令水军驻守此地，以牵制陈部的进攻。不过陈部既人多势众，又猛将如云，且士气正盛，小孤山很快告破，陈部进逼安庆。

为了彰显自己的强大武力，同时不给对手以喘息之机，陈友谅下令部队分成几拨，不分昼夜轮番猛攻，陈部的大量西域炮都派上了用场。到次年正月初七，也就是陈友谅率军赶到安庆的第五天，这座在乱世中坚守了七个年头的重要城池便被攻破了——陈友谅不禁得意万分，天下群雄也为之侧目不已，已然预见一位新的霸主就要诞生！

余阙办公的衙门前有一个大池子，在最后时刻，余阙毅然选了自刎于池，他的全家老小皆追随他而去，城中千余兵民也自焚而亡——这是元末守城将士为大元殉难最为悲壮的一幕。

元廷得知余阙的死讯后，追赠他为河南行省右丞，晋封平章政事，谥"文贞公"。陈友谅为了向对手表示敬意，也为了收取人心，于是表态道："余元帅实为天下第一人！"随后，他将余阙隆重安葬，并亲自到丧葬现场吊唁。

攻克安庆之后，陈友谅开启了四下扩张的积极进取之路。出兵之前，陈友谅也曾向张定边等人征询是否东进的意见，张定边分析道：

"我等皆以反元起家，如今不能眼看着四围皆是元兵，而先同东边的红巾军厮杀起来，不然岂不反让元廷捡了便宜？就是侥幸胜了，我们名声上也不好。何况我听说那姓朱的小子颇为诡诈，自起兵以来未尝一败，是个极厉害的角色。泰州张九四举事，其谋全在其弟张九六，而常州之役张九六却一战就擒，足见朱氏用兵之难测！今江西大部还在元廷之手，我等倾力东进，一旦攻势受挫，岂不要被他们抄了后路？必要先安顿了后方和侧翼才好，那时我等的兵力也雄厚些了，以水师建瓴而下，主动之权尽操之我手，再令张九四挠其背，那时姓朱的小子就难过了。"

陈友仁、胡廷瑞等也表示赞同，因此陈友谅便暂时放弃了东进的念头。

不过双方在边界上还是有一些摩擦，这其实也是一种试探。这年四月，"双刀赵云"率部自枞阳进犯池州，由于准备充分，又出其不意，赵普胜大逞威风，竟一举夺回了池州，还俘虏了常遇春的部将赵忠。元璋闻讯不禁吃惊地说道："池州旋得又旋失，可见天完方面实为劲敌，这也是咱的疏忽，看来此地非大将镇守不可。"

同月，陈友谅率部攻占了龙兴路，接着又派部将攻破瑞州，陈氏本人则领兵攻取了吉安，不久又攻克了抚州。

六月，由徐达、文正的老丈人谢再兴率领的朱家军一部在池州附近与一股天完军遭遇，两军随即展开激战，结果天完军数员将领及部卒四百余人被擒。

八月，陈家军主力再克建昌路（今江西抚州南城县、黎川县和广昌县）；九月，克赣州；十一月，进破汀州（今福建长汀）。至此，天完国势力范围已由江西扩展到了福建。然而，此次挂帅出征的陈氏部将邓克明遭到了福建军阀陈友定的有力反击，最后被迫退出了福建。次年二月，陈家军又克赣东的信州；三月，陈部另一支主力人马终于占领了作为鄂西北门户的重镇——襄阳。

在一年多的时间里，陈友谅部就占据了横跨安徽、江西、两湖、福建五省的广大区域，其发展速度超过了元璋所部，也对下游的应天政权构成了巨大威胁。不过在元璋看来，要巩固和消化现有成果，陈友谅还需要付出很大精力，因此他才得以挥兵重点攻略浙东，为将来应战陈友谅做好坚实的准备。

陈友谅的巨大兵威，令他成功地通过非激烈化的蚕食手段，稳稳地掌控住了天完国的军政大权，比之倪文俊当权时期，徐寿辉更像一具政治傀儡。为了学习曹操在邺城"封公建国"、另起炉灶的关键一招，陈友谅暂时选择了龙兴路作为立足之地；为了方便向长江下游进取，陈友谅又在积极营造新都江州，因为江州是陈氏的祖籍，也是长江沿线重要的城池。

在取得了军事上的重大胜利之后，陈友谅原本应该加强军队的整训与鼓励农耕，以做好称霸长江流域的准备，可是他满脑子想的都是如何取代徐寿辉。与此同时，陈友谅更应该注意发掘和使用各类文武人才，以尽可能地辅佐、壮大自己；可是他自恃身边有个可靠的张定边，而且以他的气量，对于别人也很难亲近和信任。因此，即使张定边偶尔推荐些才士，陈友谅也难以提起兴趣；对于那些山林里的高士，他更不会去主动优礼。如此一来，那些才干非凡的人就疏远了陈友谅，从而让他的文武智囊团越发得单薄——显然陈友谅还没有意识到问鼎天下尤其是治理天下的难度，因此缺少了这份虚心和耐心！

陈友谅尤其不爱读书，平素喜欢跟妻妾们消遣作乐。有一回，张定边看他因酒色过度而十分憔悴，便特意问他道："四兄，你可知魏武之事？"

通过三国说书故事，陈友谅自然略知些曹操的故事，他以为张定边问的是曹操取代汉献帝的事情，便嘿嘿一笑道："定边兄可是要说魏武手段？"

张定边知晓陈友谅在某些手段上是一个比曹操还阴险的人，也知道做大事固然要有这份狠辣，若是换了他本人，恐怕还下不去手呢。但曹操的精明、豁达等优点陈友谅还明显缺乏，于是他摇着头说道："不止于此，四兄可知魏武何以为魏武？"

见张定边如此严肃，又对自己的回答如此不满，陈友谅便敛容正色道："时也运也，再加他有手段吧！"

"那手段从何而来？"张定边直视着陈友谅。

"这个，这个……"陈友谅有些不解，"总之是他人聪明吧，'少机警，有权数'嘛！"

张定边轻叹了口气，说道："魏文曾说，'上雅好诗书文籍，虽在军旅，手不释卷'，四兄说这是何意？"

这两句话陈友谅还听得懂，他一笑道："那必是好学了！"

"不错！"为了让陈友谅听得懂，张定边故意用白话说道，"魏武甚是好学，而且是极为好学，他常在深夜或清晨时分从容读书，也常对儿子们说：'一个人从小好学，就能思想专一；年纪大了才知道学习，就容易忘记。年纪大了而能勤学的，也只有我和袁绍的从兄袁伯业了。'受父亲影响，曹子建是不用说了，魏文从小就诵读《诗经》和各种文章、经典，到成年时已阅读完了儒家五经与各种相关书籍；至于增长实际才干、扩大见识方面，像《史记》《汉书》以及诸子百家之作，更是无不毕览，方终能行尧舜之事！只可惜死得太早罢了……"

说到这里，陈友谅终于明白张定边的用意了，于是表态道："定边兄的苦心咱晓得了，从今以后咱就少消遣些，多看些书吧！更要儿子们好好读书！"

"四兄这样想就对了！"张定边满意道，"问鼎之事乃天下至要至重之事，我等不能不殚精竭虑，更要留心古事，以为鉴戒！"

陈友谅后来的确开始抽出时间读书，不过他对史书、经典等老是兴趣缺缺，反不如读些元杂剧、小说觉得快意，这方面倒进益不小；每常觉得需要了解些史事了，便请一些幕僚来给自己一边读书一边讲解。由于他自己太不用心，学习的效果自然就要大打折扣了。

另一方面，经过几年的顺利发展，陈友谅以为扫灭群雄如同探囊取物，便自视雄才大略，也自此变得愈加骄狂。这种情绪不仅让他疏远了各类人才，而且也让他与徐寿辉及其死党的矛盾越发激化，天完国内部一场新的火并已迫在眉睫！

二

在刀枪剑戟的夹缝里，也不乏一丝男女柔情……

在应天城边有一片偌大的玄武湖（又称后湖），那里东枕钟山，景色绝佳，宋人欧阳修有诗云"金陵莫美于后湖，钱塘莫美于西湖"，故而被誉为"金陵明珠"。时间再回到至正十七年初，随着大地回春，玄武湖上的游人渐渐多了起来，战乱扰攘之际，人们愈加珍视这难得的春光。

郭天珍已经长成了一个十七八岁的大姑娘，出落得明眸皓齿、亭亭玉立，元璋每次见到她，都忍不住多看几眼，最后竟有些舍不得看她出嫁。二月时节，江南草长，碧水如蓝，处处燕舞莺歌，春心萌动的郭天珍谁也没有叫，便带着两个侍女去玄武湖游玩。

这日天气晴和，春风里还带着一丝凉意，所以湖上人不是很多，三人便选择了一条小船慢慢地划了起来。天珍个性开朗，没多久便在一片荷花荡里戏起鱼来，玩得不亦乐乎！哪知乐极生悲，因她放纵太过，竟把好端端的一条小船给弄翻了，三人全部跌落水中。因她们皆不甚熟悉水性，一时间在水里拼命扑腾，情形相当危急……

远处有人听到了三人的呼救声，便一齐呼喊起来，这时湖上正有一条大船在划着，船上有十几个人。一名穿着锦袍的公子听到了人们的呼救声，立即朝四周扫视了一番，所幸荷花尚未开放，他一眼便瞧见了百步之外正在水里扑腾着的郭天珍等三人。

此人未加思索，立即脱掉外衣跳入有些寒冷的水中，他的亲随也多半跟着他下了水，其余人则划船跟进；这人有些白胖，个子也不高，看上去根本不像一条勇武的汉子，哪知下水之后却似浪里白条一般，说话的工夫便游到了三人身边。

这人先救起了一个侍女，侍女还有点清醒，忙道："快救我们小姐！"

他便将侍女拖到翻掉的小船边上，让她扒住船，然后他又去救郭天珍。这时他的亲随也游了过来，在他救起郭天珍的同时，亲随们不但救下了另一个侍女，还合力把翻掉的小船给正了过来。此时郭天珍被水呛得已经失去了知觉，那人看她被淹得不轻，连忙拖着她向大船边游去，在其他人的接应下，郭天珍被拉上了大船。

那人上船以后对亲随厉声说道："这位小姐溺得厉害，我带她进船舱，你们在外面盯住，不许任何人进来，也不许把今天的事传出去，违令者，斩！"

众人干脆地答应着，忙按照他的吩咐把好了前后舱门。那人把郭天珍抱入船舱后，便命人放下了帘子。

此时的郭天珍还有些朦朦胧胧的意识，她于水中拼死挣扎之际，仿佛感到自己被一双神奇的大手从水里拉了出来，她是多么感激这双大手，却不能说出一句感谢的话！她后来又感到自己躺在了一个温暖的怀抱里，仿佛是儿时母亲的怀抱一样让她备感安心。接着，她的嘴好像被什么柔软的东西触到了，有一股股水流从其间穿过，她感到如此舒畅……

不一会儿，郭天珍睁开了眼睛，两个侍女在外面嚷嚷着要见小姐，却被那人的亲随拦住了，只听那人对外面的人说道："小姐醒了，让她们进来吧！"

两个侍女哭哭啼啼地进了船舱，见到还有些不太清醒的郭天珍后，立即哭倒在了一旁，一个哭道："小姐啊，您可算无碍了，可吓死我们了！"另一个指着那人道："是这位公子救了我们！"

郭天珍看了看那位公子，那人相貌不算多英俊，虽然全身湿透，但依然难掩其风仪和气度。那人打了一个喷嚏，对侍女说道："快给你们小姐换身衣服吧！小心着凉！这是我的常服，小姐先将就着穿吧！"说完，他丢给她们一身男服，便退了出去。

此时郭天珍才注意到自己身上盖着一条毛毯，待她换好了衣服后，便对侍女道："快把公子请进来，我要谢谢人家！你们两个先在外面等着！"

那些没有下水的汉子也拿出了两件外衣，给两个全身湿透的侍女穿上了。待到那人进舱后，郭天珍发现他居然还是那身单薄的湿衣服，有些心疼地问道："公子何故没有换衣服？"

那人做出一副若无其事的模样，道："无碍的，咱自小是水边长大的，耐得住这点寒意。更何况外面日头这样好，晒一下就好了。"

他把自己身边仅有的一件锦袍外衣让给了郭天珍，原是想着等她走了，自己再拿毯子来捂上的。

可惜喷嚏出卖了他，郭天珍着急之下，便拿起毯子盖到了他的身上，一时间两人四目相对，颇有些含情脉脉，她的俏脸瞬时泛起了红晕。

郭天珍为了缓解自己的羞涩之情,向他询问起刚才施救的整个过程。那人简单叙述了一番,说到船舱一节时,便吞吞吐吐道:"因小姐呛得厉害,我才把你拖到船舱里,斗胆,斗胆……略施些手段罢了……"

"什么手段?"郭天珍较真地问道。

他苦笑了一下,道:"唉,小姐别问了,你就放心好了,今日之事,绝没有第二个人看见,也绝不会有人传出去的。否则,你拿我是问。"

郭天珍是个聪明的姑娘,她有些明白了,便不再追问下去,一面躬了躬身子,一面说道:"感谢公子救命大恩,来日定当厚报!可否请教公子高姓大名?"

那人一笑道:"举手之劳,何足挂齿?厚报云云,就不必了吧!"

郭天珍见这位公子也就二十岁的模样,却如此侠义心肠,不禁更生好感。为了晓得这人的名姓,她一边用纤纤玉指轻轻地梳拢着脖颈边垂落下来的一绺青丝,一边笑道:"那公子就把地址留下吧,改天好登门归还你的衣服!"

那人见郭天珍如此有情有义,也被她的大方和美貌打动,笑道:"好吧,想还衣服的话,送到长安巷廖府就是!"

郭天珍默默记在了心里,她不再多言,施礼后走出了船舱。此时船靠岸已经有一会儿了,她的马车已经等在那里,在那人的目送下,郭天珍恋恋不舍地上了车,怀揣着满腹的心事回了家。等那人再回到船舱取东西时,无意间发现了郭天珍换下来的一条石榴裙,不禁微微一笑。

郭天珍回到家以后,并不忙着归还衣服,反而赶紧命人去长安巷打听这个廖家的底细。与此同时,她又跑到秀英那里撒娇道:"哎哟,我的好姐姐,妹妹今天差点就回不来了!"

秀英手上正忙着活计,忙关怀道:"妹妹怎么了?谁欺负你了不成?叫你姐夫去替你出气!"她立即上下仔细打量了一番天珍,只见她的脸庞有些红红的,似乎是偶感风寒。

"姐夫也白搭，那可是老天爷！"说着，她便把落水的事情讲述了一遍。

"天呐！咱们可得好好感谢一番这位仗义出手的公子！哎呀，妹妹可是受惊了吧！"听完后秀英惊道，说着便把郭天珍揽到了怀里，温柔地抚慰了她一番。

"这事绝不能叫娘和哥哥他们知道，不然以后我可没法出去玩了，姐姐可要替我保密啊！"

秀英笑道："保密可以，但是你这个性子以后可要收敛了，下回要是再落水，可没这等好运气了啊！"

说到这里，郭天珍不免兴奋道："姐姐这话在理儿，回来的路上，我听丫鬟们说，当时那公子的大船离着我们还有百步之遥呢！可是他没有一点儿犹豫，他的水性又好，所以才能把妹妹从阎王殿里拉回来！丫鬟们是听船上那些人说的，嘻嘻……那公子看着不像个武夫，倒像个书生，只是，只是……"

"只是什么？"

"只是，只是觉得他有点像姐夫！想得很周到，还会体贴人，他的那些随从也都整整齐齐、利利落落的，而且还对他言听计从、规规矩矩！"

"哦？既是一位公子，又像是一位将军，心思也细致，会是谁呢？"秀英疑惑着，又故意话里有话地调侃道，"能叫妹妹这么上心！"

郭天珍看看四周无人，便小声坦言道："不瞒姐姐说，妹妹真的看上这位公子了呢！我好说歹说，他才留下了地址，我刚才已经叫人去打听了！"

天珍果然是个敢爱敢恨的直性子，秀英笑着安慰她道："好，若是这位公子也有意，那就好办了！若是他对妹妹无意，就是刀架到他脖子上，也得让他从命！不过话说回来，以妹妹的才貌和身份，咱应天城里哪位公子不得巴结？"

郭天珍有些含羞地说道："妹妹想着还是不说破身份的好，省得有不方便之处！"

"好，就是这样才好，才显出妹妹的大家风范。"秀英欣喜道。

不久后，家丁便来回报说："都打听清楚了，那个廖府就是天兴、建康翼统军元帅廖永安将军的府邸！"

郭天珍马上跑来再问秀英，秀英想了一下，恍然大悟般笑道："哦，姐姐知道那人是谁了，换了别人，我还真不知道！嗯——果然郎才女貌，和妹妹是天生一对！嘿嘿，还真是英雄救美的一段佳话。"

"快说，快说，姐姐，他是谁？"郭天珍推拉着秀英急切地问道。

秀英卖了个关子道："不是这位公子，其他公子恐怕还真救不了妹妹呢！这也是你跟他的缘分。他能那样冒寒救人，也说明他有一颗仁爱之心呢！"

郭天珍脸上略有些绯红，依旧忙不迭地推拉着秀英道："姐姐别兜圈子了，快说嘛！"

"他就是廖永安将军的三弟廖永忠，今年大概有二十岁了，应该还没有成家。你姐夫可没少在我面前夸他，说他年少有为，富于韬略，将来才干恐怕还要在你姐夫之上呢！"秀英收敛了笑容，顿了顿又说道，"吕蒙曾经在孙权面前夸赞陆逊，说他'意思深长，才堪负重，观其规虑，终可大任'，我看你姐夫也是这么个意思！"

听到这里，郭天珍心里乐开了花，忙又问："姐姐，他如今怎么在应天，不在前线呢？"

"想来是我大军在围困常州，也没有急务，这小子就偷着跑回来了吧！或者是他回应天向你姐夫报告一下战况。这会子，想必已经不在应天了！"

"那怎么办？人家想再见见他啊！"郭天珍羞涩地说道。

秀英一笑道："如今咱们既知道了他的身份，想联系到他还不是易如反掌？等他再回应天时，妹妹就约个地方，以还衣服的名义，再见见他嘛。"

"那就拜托姐姐、姐夫到时帮我把信送到吧！"说着，郭天珍就跑回了家，他让家丁再次去廖府打听，看看廖永忠是否还在应天，结果不出秀英所料。

晚上的时候，秀英便开开心心地把郭天珍的事告知了元璋，她原以为元璋会乐成此事，没想到元璋竟一脸不悦道："他两个怎么碰一块去了？这可不是好事。"

"怎么了？"秀英隐隐生出些忧虑。

元璋叹了一口气，道："夫人你想啊，天珍是天爵的胞妹，天爵与邵荣又非咱嫡系；本来巢湖这一支人马也不算咱的纯嫡系，如果廖老三再与天珍成了亲，那他势必就要受到天爵、邵荣的拉拢，即便他们不来主动拉拢，夫人你说，廖老三会跟谁更近些？何况咱常常跟夫人说，这廖老三富于才略，绝非常人，咱若能驾驭得了他，那是咱们的福气；不然，来日就难测了！"

秀英闻听此言，像身上被人泼了冷水一般，忙又问道："那怎么办？总不能拆散他们吧？"

元璋略一微笑道："这倒也无须太过担心，如今巢湖一系的兵马还是廖永安、俞通海总着，只要咱拉住他两个就行了！今日就与廖永安约为儿女亲家，可不就结了？"

秀英的身上立即回暖了，道："好，那我就放心了！咱们对不住郭家一次，这回可不能再对天珍不利啊！天珍胜似我的亲妹妹，我们可要百般爱护她，以弥补此前的过失……"

但是秀英如今已经明白了，为了顾全大局，别说是自己的亲妹妹，就是自己，包括自己的骨肉，该舍的话，也得狠着心舍出去！每当想到这里，她就只有祈求佛祖的宽恕和保佑了！

为了再次巧遇自己的意中人，郭天珍每天都会出游玄武湖，然后在那里待上大半天，但每次都是失望而归。

十几天后，郭天珍已经被自己的情思折磨得有些消瘦了，她是多么想给她心目中的"忠兄"去信，尽情倾诉一番自己的相思。可是她又觉得那样过于轻浮了，担心会被"忠兄"看扁了。

正不知如何是好，半梦半醒之间，郭天珍突然如福至心灵一般，有几句诗词浮上心头：

　　玄武一游魂丢半，多日往返觅不见。
　　借问昔日游湖人，捡得此物可否还？

郭天珍反复吟诵，觉得这诗虽不工整，倒也别致和切题，还带着一点儿少女的俏皮。既然自己暂时不方便写信，于是她便命人匿名带了这首诗去常州，把它交给了廖永忠。

廖永忠看过诗后，会心一笑之余，不免有些吃惊，他暗忖道："我如今在这里，她还把信这么快、这么准地转到了我手上，想来她必是某位文武官员家的千金小姐了。若是彼此有意，倒也门当户对。"美丽大方而不失可爱的郭天珍给他的第一印象自然是不错的，他如今也到了该成家立业的年纪，既然人家有意，廖永忠也乐得书写一段爱情佳话了。

他也立即作诗一首，命人沿来路送回应天，其诗道：

玄武一游拾魂半，皆因事急未及还。

嘱言当日游湖人，从今小心把魂看。

几天后，郭天珍就收到了廖永忠的诗，再三诵读之余，不禁喜极而泣！

于是，她又以诗代书询问"忠兄"的归期，等到这第二首诗送达时，恰值朱家军刚刚拿下常州，廖永忠正好要再回应天向元璋汇报战事情形，于是他约定了日期和地点，表示要归还她的裙子。

到了四月初七，他们终于如约在钟山上有名的报宁寺会面了。当时天已经很热了，郭天珍穿了一身轻薄鲜亮的齐胸襦裙，看了不免让人有些销魂。廖永忠则穿了一件盘领缺胯衫，还随身佩着一把宝剑，比之上次，看上去要威武多了。

两人把随从和侍女都留在了报宁寺，相携着把钟山游览了一大圈，沿途的人们看到这对天造地设的男女，真是艳羡不已！他们先去了翠微亭，其间廖永忠兴致勃勃地介绍道："这钟山又名金陵山，又曾名蒋山。话说汉末时秣陵有个武官叫蒋子文，他追逐盗贼时死于山下，吴大帝孙权便将此人封为蒋侯。由于孙权的先祖讳钟，所以他干脆将钟山改名为蒋山……"

"忠兄怎么知道得那么清楚？"郭天珍闪着好奇与爱慕的目光问道。

廖永忠一笑道："此山有帝王气象，去年我们一行人曾慕名到此一游，为添游兴，特意请了几个熟稔当地典故的先生跟着，一路上愚兄少不得向他们请教了一番。"

他们又上了玩珠峰,四月的金陵正是一年中最好的时节,草木葱茏,江山如画。二人饱览一番秀色后,廖永忠又笑问道:"此峰典故也颇多,珍妹想不想听?"

"小妹自当洗耳恭听!"郭天珍做出一副俏皮的姿态道。

"好!"廖永忠兴味盎然地说道,"此峰又名独龙阜,南梁时开善道场的宝志大士被葬于峰下,梁武帝半生奉佛,其女永定公主大概受父皇熏染,便拿出了自己的私财为宝志大士造了一座五级佛塔;后人又造了佛殿四间,并铸造了大士的铜像贮于佛塔内。佛塔内还有大士的僧履,据说塔内有时还会呈现出五色佛光呢。相传在唐中宗神龙初年,有个姓郑的人将大士的僧履擅自取出,携入了长安……"

"忠兄的记性可真好!如今你跟我说了这些,我多半也是记不住的。"

"凭着记忆而已,未必真确,珍妹见笑了!"

"哪里,哪里,忠兄客气了,便是那传说也未必可靠嘛!"

从玩珠峰出来,就到了第一山亭,廖永忠又指着亭子上方的牌匾介绍道:"此亭名字乃北宋大书家米芾所书,珍妹觉得这笔字如何?"

郭天珍含笑道:"小妹学识浅薄,哪敢妄论先贤!"

亭左有名僧娄慧约塔,塔上石碑刻着"梁古草堂法师之墓",廖永忠说道:"此乃蠕匾法,可定为梁人所书!"

再往西进了碑亭,里面有各朝代的书法作品,廖永忠又指着其中一块字体刚劲的碑道:"这上面刻着的是张僧繇画的大力相、李太白的赞及颜真卿的书法,世号'三绝'!"

眼见自己的心上人如此风流博雅,郭天珍不由得赞叹道:"忠兄仗剑之士,没想到也如此风雅、博闻!"

"我平素在武事之外,也喜欢拿文事消遣罢了。"廖永忠谦虚道。

又游赏过了雪竹亭、道卿岩与桃花坞,郭天珍走得有点累了,两人便在中途一处僻静的凉亭里歇脚,这时廖永忠才忍不住笑着问道:"珍妹,你姓什么呢?你如何那么快就找到了愚兄?"

郭天珍至此已对廖永忠全无防备,嫣然一笑道:"小妹姓郭,忠兄如此小有名望,谁人不知呢?"

廖永忠晓得郭山甫家里有一位待字闺中的漂亮女儿，便惊问道："难不成你是郭四哥的妹子？"

郭天珍也听说过郭凤的事情，而且还听说郭老爷子近来想把女儿嫁给姐夫，出于固结上下关系的需要，元璋已经答应了此事。她于是朗声笑道："如果我真是郭四的妹子，那今天你我是无法相见的，因为郭老爷子一心想要攀高枝呢！"

"是吗？何样的高枝？"

"忠兄，人家都说你绝顶聪明，如何到这里就糊涂了？高枝嘛，你就使劲往上想嘛！"说着，郭天珍还用手轻盈地指了指天上。

廖永忠有些明白了，忙道："哦，想来一定是主公了！我听说以前郭老爷子给主公算过命，他认定了咱们主公会'龙飞淮甸'！"

郭天珍看着廖永忠一本正经的神色，调笑道："忠兄，你想不想也攀一下高枝，把主公家的侄女娶回家？"这里她说的是元璋大嫂的养女。

廖永忠听罢，转身站起来看着远处，缓缓道："大丈夫生于乱世，当持三尺之剑，立不世之功，垂大名于宇宙，取富贵于当时，谈何攀高枝呢？"

这一席话深深地打动了郭天珍，她在心里暗忖道："果然是一名有志男儿！"她也忍不住站起身来，竟从身后一把抱住了廖永忠，心如小鹿乱撞般，羞红着脸说道："忠兄，实不相瞒，我是郭右丞的胞妹！"

廖永忠当即被惊了一下，刚才还在猛烈跳动的心似乎一下子就停顿了，随后他紧紧抓住她的手道："原来你是郭大帅的千金！哎呀，看来我廖永忠真的是要攀高枝了！"原本他还不算有十分的心意要娶她，可她挑明了身份，他也就没有了犹疑的理由，若是能娶到郭大帅的千金，岂不是可以大大助益自己施展才干、建功立业吗？

"什么千金万金，这辈子我只想做忠兄的女人！"郭天珍把他抱得更紧了，廖永忠转过身，两人紧紧相拥……

眼看就到了黄昏时分，二人依依不舍地分别时，廖永忠特意说道："如果你是寻常人家的女儿，我们即刻就可以把亲事成了，可你偏偏是郭右丞的胞妹！你就给我少则一年、多则两年的时间，待我在前线立了大功，凯旋之日，定然会去向郭家求亲的！今日立誓，以此物为证！"说着，他把自己随身佩戴的一块麒麟玉佩送给了郭天珍。

"好吧，只是你要常常给我写信，而且一有空回应天，就来找我啊！"郭天珍饱含深情地说道，她也把自己随身佩戴的一个玉莲花纹香囊送给了他。

三

至正十七年、十八年间，引起普天下最多关注的，还是东系红巾军的北伐之举，真可谓举世瞩目，也举世震惊！

还在至正十七年初时，红巾军一部由陕西东南的武关攻入了关中，准备夺取古都长安，三秦大地为之震动。另一方面，毛贵部在山东搞得红红火火，势力几乎遍布整个山东地区。为了迅速推翻元朝，更为了打破李察罕等部的直接威胁，刘福通不待毛贵部养精蓄锐，便毅然下令大举北伐！

北伐军被分为了三路：以山东的毛贵部为主力，由东路沿运河而上，直接进攻大都；以"关先生""破头潘"部为中路，绕道山西，转攻河北，与东路配合对大都形成钳形攻势；以白不信、大刀敖、李喜喜等部增援陕西义军，以牵制元军的羽翼。

北伐军在旗联上大书：

虎贲三千，直抵幽燕之地；

龙飞九五，重开大宋之天。

然而，整个东系红巾军实际上是一盘散沙，并没有一个强有力的领导核心，形成了互不统属、各自为战的局面，何况作为丞相的刘福通并非雄才大略之辈。整个北伐行动缺乏深入的通盘谋划，大军出动后又陷入无后方作战的困境，往往很难攻取稍微坚固些的堡垒，加上事先没有细致地掌握敌情，因此导致作战连连受挫。

起先，东路北伐军与元军大战于柳林，毛贵部失利，被迫退守济南。好在毛贵一向比较持重，对于刘福通的命令也多是敷衍其事，所以损失不算大，他们依然牢牢地控制着山东一带。但不久之后，毛贵真正的敌人来了——"老鼠屎"赵均用率部突然游荡到了山东，与毛贵部会师。

至正十九年，为人一向光明磊落的毛贵终被奸险的赵均用谋害，毛贵部将不忿，旋即又要了赵某人的性命①。经过这一番火并，山东红巾军一时间群龙无首，其势力被严重分化，形成了一盘散沙的危险局面。

元璋得知毛贵的凶讯后，忍不住对李善长、冯国用等心腹惋惜道："那毛贵是一条好汉，有他在山东主持大计，对于屏蔽江淮、南向威胁张九四，都是大有益处的。如今他这一死，势必加速元军的南下，给我们造成巨大压力。那姓赵的，固然一肚子坏水，可如果得不到刘福通的默许和暗示，定然不敢如此反客为主，可见刘福通终究是个难成大事的阴险之人，将来咱们也要防着他。"

赵均用死后，原本在泗州一带驻守的薛显无以自存，只得南下渡江投奔了元璋。元璋得迅后不禁欣喜道："早听说薛显勇冠三军，如今他能来应天投效，也算又为咱添了一员大将！"不过薛显此人不如常遇春等容易管束，还沾染了一些坏毛病，这令元璋一时不敢重用他。

中路北伐军由于在山西腹地受到李察罕部的重兵阻截，不得不退回到太行一带。后来他们得到了有力增援，便于至正十八年北上占领了大同、兴和等地，接着又一路向北。十二月，他们趁元军疏于防备，竟一举攻克了上都②，并焚毁了上都宫阙。随后，他们又占领了全宁路，并焚毁了鲁王宫府。在夺取了辽阳路后，他们杀了懿州总管吕震，并以此为跳板转向进攻高丽。

至正十九年十一月，中路军前锋渡过鸭绿江；十二月，攻占义州、

---

① 孙德崖追随赵均用去了山东，终因卷入赵均用杀害毛贵的阴谋中而丧命。
② 今内蒙古锡林郭勒盟境内，下文提到的全宁路在今内蒙古赤峰一带。

西京（平壤）等地。至正二十年，因为中了高丽方面的美人计，战事不利才又退回了辽阳。在此战中，中路军统帅"关先生"战死、"破头潘"被俘，余众退回山东后被迫降元。

中路军奉行的是"流寇主义"，显然难成大事，西路北伐军的情形也差不多。他们一开始就遇上了强敌孛罗帖木儿、李思齐等部，成果不大，最终被元兵压迫到了蜀地，先后投降了明玉珍与陈友谅。

倒是在三路大军同时北伐，吸引住元军主力的情况下，刘福通亲领所部，北上顺利攻下了原北宋的都城汴梁。于是以汴梁为都城，并迁小明王来居，他们大造宫阙，更改正朔，一时间好似恢复了北宋旧时气象。

此时，东系红巾军的势力可谓达到了鼎盛，但这不过是昙花一现，待到元军重创了北伐军后，便腾出手来反攻汴梁。至正十九年八月，在多路元军的围攻下，孤城汴梁终被攻破。

刘福通虽然带着小明王冲出了重围，并顺利到达了安丰，可是数万红巾军官员、将士及家属却悉数被俘或被杀，元气大伤的龙凤政权只剩下苟延残喘之力。

元璋时刻关注着北方的局势发展，更深以"流寇"作风为戒。

到至正十八年时，朱家军已经在江南地区站稳了脚跟，下一步他们除了继续跟敌人拼刀枪、拼勇力，更重要的就是拼消耗、拼后勤。但在天下大乱之际，青壮年从军甚多，其他脱产人员也不少，而且农时往往会因战事而耽误。即使富足如江浙，也并非如想象中那般取之不尽、用之不竭，何况战乱还造成流民四散。

为此，粮荒的老问题仍不时缠上元璋，况且当时朱家军的总兵力已不下三十万之众，是渡江前的数倍。于是，元璋不得不时常向应天、镇江、太平三地的富民们借粮，以解燃眉之急。

想当年曹操在山东的时候，面对哀鸿遍野的凄凉景象，他又是如何解决粮食问题的呢？那就是"屯田"。因此，也有下属把这一法子向元璋做了专门推介。元璋认为可以试一试，但目前只能小规模地搞，因为军队大都还在前线作战呢。于是他下令应天的卫戍部队中，凡是手上没长茧（不会种地）的士兵都负责种蔬菜，这样既可以磨炼士兵吃苦的精神，又可以让他们有所收获。

这天，元璋把元帅康茂才召了来，对他说道："比因兵乱，堤防颓圮，民废耕耨。故设营田司，以修筑堤防，专掌水利。今军务实殷，用度为急。理财之道，莫先于农。春作方兴，虑旱潦不时，有妨农事。故命尔此职，分巡各处。俾高无患干，早不病涝，务在蓄泄得宜……咱听说你以前是县里的强吏，想必对于民生之事甚是熟稔，这营田使由你来当，不知你愿否担此重任？"

康茂才回道："蒙主公信任，属下愿担此重任！"

"好！只要有粮，军民才能不慌，可见这营田司的重要！"元璋又补充道，"不过此番你走马上任，必要有些劳烦百姓之处。历来官吏多扰民、害民之举，惯于与民争利，若有这等人做营田使，实在是得不偿失。众人都说你康茂才是孝子、厚道之人，当知心存百姓，而非去妨害他们；若有司出现增饰馆舍、迎送奔走之类的劳民举动，当千万杜绝才是……"

元璋说了这一番语重心长的话，康茂才领会其意，表态道："请主公放心，属下一定与民便利，若有犯民、扰民之处，当请主公重责！"

"好，你去吧！"元璋虽然对他很满意，但为了防止被欺瞒，还是命杨宪派人去监视康茂才，此后他又派专人去地方上指导、督促老百姓多打粮食多种地。

对于司法工作，元璋也没有放松，他特意任命单安仁为提刑按察司副使，并命提刑按察司佥事分巡各乡县，对于那些在押的罪犯从轻从快发落。不久前，元璋就曾下令释放了不少轻重罪囚，他在敕令中说："天下干戈未宁，人心初附，民有冒犯禁令者，被拘禁于有司，着实可悯。故此，自今冬十二月二十日，官吏军民有犯法者，罪无轻重皆释之，敢有复言其事者抵罪。"这实为收揽人心之举。

元璋一次又一次地搞大赦，手下人有些看不过去，都劝主公须慎重些，但穷苦出身的元璋却不以为然道："自古用法如用药，药本是用来救人的，而不是用来杀人的，若是误服，倒可能会伤及性命；律法也是如此，其意在保护人，而非是杀人，一旦用刑太过，则必然要伤及人命。百姓自兵乱以来,历经战乱、流离之苦,如今他们既已归附,应当好好安抚才是;其间难免会有人误触法网,咱应当本着宽厚为本之则,给他们改正的机会嘛。所谓'治新国,用轻典',刑得其当,则民自无冤……"

这年十一月,应天方面又设立了管领民兵事宜的万户府。这是与时局紧密结合的举措,因为时当战乱,而民间一向不乏武勇之材,对他们加以训练和选拔,以编入军队之中,农时耕种,农闲练兵,无事则生产,有事则用之。

如此一来,既不用担心坐吃山空,也不用担心兵源,可谓一举两得!

至正十八年正月,张士诚部进犯常州,为守将汤和所败。也就是在常州守将任上,汤和犯了一次大错,此事纠缠了他一辈子,也让他警醒了一辈子。

话说汤和的姑父庸某,因隐瞒常州田土、不纳税粮而被人告发,元璋派人查证后,决定采用霹雳手段。他在文书中便以决绝的口气说道:"(庸某)倚恃汤和之势,不惧法度,故敢如此。诛之!"

常遇春因碍于汤和的情面,特意趁着回应天的机会站出来求情道:"主公念在汤同金的功劳,就饶他姑父一回吧!"

元璋气愤道:"咱就是杀给汤和看的!我们舍生忘死才有了今天,可他却如此纵容、包庇姑父,这岂不是挖咱的墙脚吗?"其实元璋有意借此震慑一番诸将及其亲属,因此不容丝毫情面。

常遇春到底没能挽回局面,汤和闻讯心里更不自在,等到姑父真的被明正典刑后,他才确定元璋的确不是跟他开玩笑。想到自己的发小、昔日的同袍竟如此不给面子,又想到饥荒时姑父曾收留自己一家人,一天晚上,汤和便独自喝起闷酒来,喝着喝着,他竟当着下属发牢骚道:"想我汤某镇守在这里,那不就像坐在屋脊上一样啊,想往东倒就往东倒,想往西倒就往西倒,谁能拿我怎么样……"

很显然,汤和头脑里已经闪出背叛元璋、投降张士诚的念头,尽管这可能是他一时的冲动。

这话很快就被监视的人传到了元璋那里，元璋虽然并未当即发作，但他极为恼恨。他一面悄悄地加强了对常州的控制，一面把这件事牢牢记在了心里，准备有朝一日跟汤和算总账。由于常遇春不是濠州时期的旧人，可以与濠州旧人们拉出一定距离并形成一定的制衡作用，为了笼络和重用常遇春，元璋不久后升他为江南行中书省都督、马步水军大元帅——此时在元璋帐下，邵荣、徐达、常遇春逐渐并称为"三杰"。

同月，邓愈遣部将夺取了婺源州。二月，元璋又任命吴祯为天兴翼副元帅，令其与兄吴良同守江阴重镇。此地守兵不满五千，而其地又与张士诚接壤，由于吴家兄弟训练士卒有方，并严为警备，且"屯田"以补给军需，所以众敌轻易不敢进犯，老百姓也非常仰赖他们。

吴氏兄弟都曾是元璋的帐前先锋，出生定远的吴良初名国兴，由元璋赐名为"良"，其人雄伟刚直，与其弟吴祯俱以勇略闻名。其中，吴良水性极好，可以潜水进行侦探工作，吴祯则擅长化装后充当细作，他们都曾是元璋依赖的膀臂。

至正十八年时，文忠虚岁二十了，已长成了一个勇武却又不失儒雅的美男子。元璋夫妇非常喜欢这个文武双全、器量沉宏的孩子，对他寄予了厚望。起初文忠只是名身份显贵但不负实际责任的领军舍人，由于在池州之战中表现出色，外加老舅急于培养他，文忠便被提拔为帐前总制、亲军都指挥使司左副都指挥兼领元帅府事，奉命率部到前线参与指挥作战。

这年三月，朱家军兵锋直指浙东的建德路，此战正是由邓愈、胡大海和文忠三人一齐指挥的，不过文忠的另一重要职责便是监视邓愈和胡大海。

这是朱家军大举攻略浙东的开始，部队由徽州昱岭关向建德进发，行至遂安县地界时，敌长枪元帅余子贞领兵来战，结果被邓愈击败，朱家军获战马百余匹。敌人一路溃逃，朱家军追至淳安县地界，获其战船三十艘，降其兵三千人。接着，遂安守将洪某率五千人来援，又被胡大海击败，生擒其将士四百余人，获马三十余匹。等到大军抵达建德城下时，守军已经彻底放弃了抵抗，众官员只得开城乞降。

随即，元璋改建德路为建安府，后又更名为建德府，立德兴翼元帅府。身为元江浙行省左丞的杨完者率军来犯，邓愈便对胡大海说道："这次就让我去会会胡兄的那位手下败将吧！"

结果杨完者还是不经打，被邓愈一举击溃，俘虏过万人。此战后，邓愈被升为同佥行枢密院事，胡大海被升为行枢密院判官，文忠则奉命镇守建德府。

但是杨完者不甘心失败，不久后又以水师前去攻打徽州，胡大海只好率军回援，再次将杨完者击败。杨完者听闻文忠是一个初出茅庐的后生，于是又去转攻建德，但被文忠率军击溃；五月，杨完者卷土重来，率兵攻打建德，又遭到邓愈部迎头痛击。

六月，文忠率兵攻克浦江县。在浦江县，年轻的文忠除了严禁士兵扰民，还做了一件很得人心的事情：当地有一户姓郑的人家，自宋代以来就不分家，而是聚族同居，被元朝旌表为"义门"，战乱方起，这户人家不得不暂时躲藏到山里去。文忠得知此事后，竟亲往山中探访，并小心地将他们迎接回家。

受老舅的影响，文忠平素治军相当严明，他曾下令擅入民居者一律处死。朱家军占领建德后，聪明的文忠为了表示不与前线大将结交，故意刁难胡大海，气得胡大海在背后发牢骚道："咱为主公拼死拼活打天下，他的外甥却如此刁难咱，可真是让人泄气。"

元璋闻讯后，不得不派出帐前都指挥使司郭彦仁去为两人说和。临行前，元璋特意叮嘱郭使司道："文忠是咱的至亲骨肉，胡大海是咱依仗有年的腹心，他两个不睦，令咱很是不安啊。古人云'身包其心，心得其安'，心若定，身自然而定。所以，你务必好好劝说文忠，而对胡院判也要真心相对，尽量使二人克制自己、齐心协力才好。"

郭彦仁很快就把文忠与胡大海的矛盾调解好了，归来后他对主公感概道："《史记》上说飞将军李广'恂恂如鄙人'，毫无名将风范，倒跟一个乡下老农似的；可是在属下看来，文忠舍人却是'恂恂若儒者'，全无一丁点儿将军的样子，整天倒跟个儒生似的。他颇好学问，据说有意师事婺州名儒范祖干、胡翰二先生，其诗作也可谓雄骏可观！记得舍人有两句'明月思家好还乡，汗马归来拜高堂'的诗句。

前番建德之战，舍人谈笑之间就击退了杨完者……如此文武兼资之辈，属下真的要恭贺主公生养得此子了！此天地储才以隆主公之盛业，岂偶然哉！"

郭彦仁说着便跪了下去，元璋笑着谦虚道："哪里，哪里，你过誉了！这孩子离成才还早着呢！"可他的心里早就乐开了花，因为郭彦仁实在是言之凿凿，他更坚信自己的心血都没有白费。

四

眼看着朱家军已快从战略上将自己包围，并一步步地挤压着自己的地盘，张士诚自然每日坐立不安。趁着朱家军主力南下的大好时机，短暂休整过后的张部准备再次反扑。

这年六月，张家军集结大部队试图夺回常熟。此前徐达率主力攻打过一次常熟，只取得了一次小胜后就被召回应天筹划攻打宜兴之事，徐达走时留下了赵德胜的万余人马，命其伺机攻夺常熟，至少要在主力攻打宜兴时适当地牵制住张家军。就在朱家军攻打池州的当儿，常熟的张氏守军放松了警惕，结果被赵德胜瞅准了机会一举拿下。

捷报传至应天后，元璋对李善长、冯国用等人笑道："这个'黑赵'，咱是让他唱配角的，结果这厮给唱成了主角，把咱攻略宜兴的计划都给打乱了，哈哈，看来咱们要重新部署喽。"

"常熟深入张氏腹心，张氏必将以重兵来夺，常熟这副担子不轻啊！"李善长忧虑道。

冯国用笑道："如今我部既夺下了常熟，那就照着长兴的戏路唱下去嘛！"

"嗯，国用说的是。"元璋在一幅地图边指了一会儿又道，"如今池州已被我部拿下，西边一时是无虑了！正可调出廖氏兄弟的水军加强到常熟去，以廖永安为帅，廖老三与'黑赵'为辅，让这三雄给咱在常熟先唱一出好戏。"

　　常熟地处张士诚统治区的腹心地带，元璋知道张家军势必会以重兵来夺，因此他才派出廖永安、廖永忠兄弟配合赵德胜镇守常熟，不但要击退张士诚部的反攻，还可以相机消灭一部分敌军。果不其然，张家军的反攻很快就来到了，双方十几万人马大战于福山港，结果张家军被廖永安击败。七月，廖部人马再接再厉，水师主动出击，再败张家军于通州郎山，获其战舰十余艘而还。

　　八月，张家军进犯江阴，守将吴良大败之，抓了不少俘虏，缴获了一批马匹辎重。而同样屡败于朱家军的杨完者，自从被元廷授江浙左丞，虽然无尺寸功劳，但态度却骄横无比，把江浙行省丞相达识铁木儿给彻底激怒了。于是，达识铁木儿偷偷地联络了张士诚部夜袭杨完者的营地，杨完者仓促之间无法应战，最终绝望地自缢而亡。

　　坏事做尽的杨完者死后，他的士卒大多溃散，只有部将李福、刘震、黄宝和蒋英等还想着要为他报仇，于是便向元璋方面联系投降事宜，声称"所部元帅李福等三万余人在桐庐，皆愿效顺"。元璋表示愿意接纳他们，命文忠前往招抚。

　　在挫败了张家军的这几次进攻后，元璋觉得应该有一个适度的反攻了，他便对身边的众人声言道：

　　"如今我部锐气正盛，张九四部却士气低落，看来打宜兴的时机已经成熟了。此战为求速战速决，还是令邵荣与徐达两部人马一同前去吧，廖永安部水师予以协同，廖永忠暂时留守常熟。"此时水位也较高，利于水师在江南地区调动。

　　闻听有大仗要打，一心思谋建功立业的廖永忠便力请参战，元璋让人转告他说："宜兴势在必克，不须劳烦你了。来日与西边必有决死之战，务必练好水师为要。"

　　此时廖永忠已意识到陈友谅部的巨大威胁，那才是未来真正考验自己，同时也是成就自己的机会，因此他只好把宜兴的战事放到了一边。他在信中告诉郭天珍，要她务必再耐心地等他一段时间，至少要等到自己的水师在检阅时一举夺魁才好！

　　此番还是廖永忠自南下以来跟二哥第一次分开行动，所以在为二哥送行时,他特意叮嘱道:"咱们水师作战,最易形成与敌之犬牙交错之态,虽则我等有机动之长,易深入敌之腹心,建立殊勋,但此举也甚冒险。上次俞大哥还算幸运,力战而退敌,但他也因此伤得不轻!我总觉得张九四在故意设套引诱我部,兴许也是想擒住一员大将来交换张九六吧……如今张部人马虽则一路被我等压着打,但其实力不容小觑,此番二哥前去宜兴,无非是行水上封堵之计,二哥还是小心为上,对于穷寇不要压迫太甚。张部人马动辄几十万众,也不在于一役就扫灭了他,总要慢慢来,所以二哥得胜后最好不要深入穷追,以免遭敌埋伏,或被其围困。"

廖永安一笑道:"三弟什么时候学得这等婆婆妈妈了,是不是被郭大小姐传染了?放心,二哥一定会回来喝你这杯喜酒的。"

"小心驶得万年船,二哥还是多加注意吧!该冒险的时候只有奋死一搏,不该冒险的时候还是不要贪功为好。"

"知道了,你就在常熟等二哥的好消息吧!"说完,廖永安就登船告辞而去,水师溯长江而上,然后经京杭大运河进入太湖。

位于太湖东面的宜兴是张家军重点设防的城市,也是常州南面的重镇,顶住了朱家军的一番猛攻之后,宜兴依然屹立不倒。这当然并未出乎元璋的预料,他派人给邵荣、徐达等人支招道:

"宜兴城小而坚,难以轻易拿下,但宜兴城西通太湖口,此地正是张九四给城里接济粮饷的通道。如果尔等率部将此通道切断,那用不了多久,城中缺粮,趁他们军心不稳时再攻,定能破城。"

这时廖永安部的水军也赶到了,邵荣、徐达等遵照指示,立即分兵封锁了太湖口,趁着城内人心惶惶之际加紧攻城,终于将宜兴城一举拿下。就在大家欢庆胜利之时,却有一个惊人的坏消息传来——同知枢密院事廖永安被张家军俘虏。

原来,廖永安率领水师在太湖中配合徐达、邵荣部作战,一度相当顺利。可是眼见宜兴城已经如囊中之物,廖永安不满足于守株待兔,冒险深入敌方控制区域,想主动寻找各种歼敌机会,把三弟的叮嘱全抛诸脑后了。这种冒险的举动终被有心的吕珍窥破,他立即组织起一支强大的水师,伺机对廖永安部进行围歼。

这天,廖永安被吕珍派出的诱敌部队所迷惑,他亲率一支水师再次深入太湖内部,结果被吕珍主力团团围住,一时间无法脱身。为了避免像上次围堵俞通海那般功亏一篑,吕珍还特地凿沉了一些装满石头的大船,堵住了廖永安水师的退路。

眼见孤立无援,退路又被切断,且自身已精疲力竭,廖永安想着张士德还在自己一方手上,张士诚必不敢加害自己,元璋多半会拿张士德跟张士诚交换自己,于是廖永安最终放弃了抵抗。

得知二哥被俘后,廖永忠急得火烧火燎,对大哥廖永坚埋怨道:"二哥实在是立功心切,把我的话都抛到九霄云外去了。"

把常熟的事情拜托给大哥及众人后,廖永忠便乘船回到应天求见元璋。他见到主公后,当即慷慨表示道:"今日请主公拿张九六换回我二哥,他日我若不能再擒之,甘愿以命相抵。"

廖永忠原本以为元璋会非常为难,哪知元璋竟爽快地答道:"好,那你跟咱来吧!"说完,他又命人叫来了李善长同往,这颇令廖永忠吃惊,不知主公葫芦里到底卖的是什么药。

一行人径自往钟山上而去,廖永忠不禁暗忖道:"听说张九六是被秘密关押着,不会是关在钟山某处去了吧?前阵子游钟山,居然未发现任何蛛丝马迹,也是怪哉。"

等到了一处墓拱时,元璋终于停住了,他远远地打发了众人,只留下李善长和廖永忠两人,然后便指着一个无字碑道:"看吧,那就是张九六的墓,都快一年了!"

廖永忠当即呆住了,忙走上前去查看了一番,石缝间的花草都长起来了,看来确实是时间不短了。

廖永忠满腹疑团,只听李善长在一旁解释道:"去年主公发现了张九六这小子通过细作与外面联系,就命我去羞辱了他一番,许是我的话说得重了,也没想到这小子气性这么大,居然闹起绝食来。起初我们也没太上心,以为他就是想吓唬人,可没想到几天后他就真的不行了……后来送去医治也无效,这么一条好汉,居然就这么没了。大伙都是出来打江山的,张九六又是反元大功臣,他这一去,主公可是兔死狐悲，但为了不走漏消息，并未将他大张旗鼓地厚葬，只是先修了这座无字之墓，把张九六葬在了这里。"

李善长讲到这里，不免唤起了元璋心底里的一些悔恨之意——当初发现张士诚方面的细作后，元璋庆幸之余，一面命人将张士德转移了关押地点，一面让李善长去奚落他一番，以求让张士德死心。哪知李善长不小心就流露出了自己心底里小人得志的情态，令张士德备感受辱，他本是一个心性高傲的江湖汉子，心知元璋狡诈多谋，绝然不会释放自己，他又鄙夷元璋的出身和为人，于是毅然决然地选择了绝食而死。

待李善长说完，元璋长叹了一口气，补充道："当日这张九六闹绝食时，咱也亲自来劝过他。咱说只要他能说服张九四来降，定然不会亏待他们，总比降元要好吧？又说不降也可以，但做个君子协定，待咱收服了张九四，天命已定时，他张九六就该到咱麾下效力……可是这厮软硬不吃，一意跟咱作对，跟天命作对，他的死也是自找的啊！这厮外表看着有勇有谋，内里却如此糊涂。"

听李善长与元璋说完，廖永忠忙问道："这事都有谁知道？"

"为了保密，自然是知道的人越少越好，目前除了那几个看守，就只有咱们三人晓得，若不是你来管主公要人，此事也断不会让你知道。张氏兄弟善使细作，可谓无孔不入，连我们这里送牢饭的都被他买通了。如果瞒他不住，恐怕你二哥那里就会有危险。"李善长答道。

廖永忠又转向元璋道："主公，属下想见见那几个看守可好？不是我不信主公，只是有些好奇当日的情形，这张九六着实是个好汉，值得在青史上记他一笔。"

元璋明白廖永忠有些怀疑自己动手脚，便道："为了保密，那几个看守如今已经不在应天了，这会儿你管咱要人，怕是不容易给你。不过，这事你目下最好别再提起，免得走漏了风声，恐对你二哥不利。你此刻信咱也好，不信也罢，待来日方便时，自然要正正经经地把这事公之于众。"

毕竟事情来得太突然，又让人有些摸不着头脑，廖永忠还是有些将信将疑，但为了二哥的安全，他最终还是选择了缄默。

廖永忠又匆匆把郭天珍约了出来，告知了廖永安的事，随即他面有愧色地指着自己的心说道："二哥的事情一出，我这里有些方寸大乱，珍妹，看来你我的亲事得推到明年了。"

对于婚事一再延后，郭天珍虽有些不满，但还能表示理解，她只得感叹道："幸好我不是生在帝王家，不然忠兄你这个驸马更难当了，我这个公主也更难嫁了。忠兄放心好了，我已经拜托秀英姐姐跟娘说了，要她老人家心里有个数，不要再替我张罗婚事了。"

"那就好，那就好。"廖永忠苦笑了一下，"好事多磨，待这些不顺心的事情过去之后，我一定会拿十六抬大轿来迎娶你的。好吗，珍妹？"

郭天珍不再多言，只想紧紧搂住她的心上人，尽可能搂得时间长一些……

五

廖永忠离开应天后，元璋有些心绪不宁，他思来想去，觉得廖永安被俘实在关系非小，而且他恐怕很难全身而回了，为着长远计，看来自己又不得不做一回恶人了。他不能跟任何人透露此事，也只有秀英可以帮他完成此事，因此他便来到了后院找秀英。

还在元世祖至元十四年（1277）七月时，为了加强对江南新征服区域各类文武官员的监督和"临察"，忽必烈降诏设置了以蒙古勋旧相威"为头"的行御史台。江南行台起初设于江淮行省治所扬州路，旋迁杭州、江州，还一度废罢。直到至元二十九年（1292）再迁建康路，江南行台才算稳定下来。

在元廷看来，建康路①"控扼险阻，外连江淮，内倚湖海"，为

---

① 元朝天历二年（1329）冬，改建康路为集庆路。

"东南之总"，江南行台设于此，可以避免行台、行省同处一城时"两大府并立，势逼则事窒，情通则威亵"的弊病，对控制江浙、江西、湖广三行省，"纲纪十道""挈其领而为治"，也非常有利。台院起初为三品或从二品，至元二十七年（1290）升为正二品，大德十一年（1307）九月又升为从一品，因此行台主官的府邸也越发气派。

元璋家现就安置在原江南行台御史大夫的府邸，元廷在江南行台设有从一品的御史大夫两员，因此另一位御史大夫的府邸自然就给了郭天爵、郭天珍家，两家相隔不过百十步，而且距离元璋办公的原御史台衙门不远。元璋眼下还是非常满意的，尽管他也知道，如果将来自己成了"王"，势必要另起专门的府邸。

当元璋进到秀英所住的院子时，恰巧孙氏也在，她见元璋有些闷闷不乐，便迎上前温柔地关切道："忙了一天，累了吧，要不要我让人沏杯毛峰送过来，给你提提神？"

元璋摆了摆手道："不必了，闺女呢，这会儿睡了？"

孙氏所生的女儿已有两三个月了，她难得有空出来走走，忙回道："刚睡下，所以我才到姐姐这里来透透气，不想你就来了。"

元璋没心情说笑，叮嘱孙氏道："我有件要事想跟你姐姐商量，若你没有什么要紧的事，就先回去吧！"

秀英听闻了廖永安的事情，已经猜到了元璋的苦恼处，只得对孙氏勉强笑道："妹妹明天再来吧，近日他战场上不顺，总要人开解开解！"

孙氏出门后，元璋便苦笑道："唉，真是怕什么来什么。前天我带那小子去了张九六的墓上，他好像还有些怀疑呢！"

"这事未曾走漏风声，如今突然告诉他，难免人家生疑。"秀英叹气道，"唉，没想到偏偏生出这些枝节来，说实话，我这心里比你还难过呢。"

"这个咱心里有数，咱也不希望事情到这步田地。如今又到了壮士断腕的关节了，天珍跟他的事，你究竟怎么想？我看这事如今要慎重了！"元璋试探着说道。

秀英丢下手里的活计，沉默了好一会儿，道："此是外事，也是家事，如果你真有好法子，能不强求天珍跟那小子断绝来往，我就再支持你一回。不然，我断不肯依的。"

元璋苦涩地笑道："天珍是什么人？我也敢强求她不成？此事自然是只能智取，不能强为！"

"难不成，你已经有主意了？你一向可是主意多啊！"

秀英说到元璋"主意多"时，分明有些嘲讽和不满的意味，元璋也不好分辩，只得道："暂时还没有，但是咱想着他们两人时常通信，兴许可以在这上面做做文章。"

秀英听罢，晓得元璋定然已经有了主意，于是重新拾起了活计，道："好吧，此事你就拿主意吧，我断不会做这个恶人的，不然今后如何面对妹妹？"

"嗯，不过有烦劳夫人之处，夫人还是要出把力才是！"

秀英不置可否，元璋待着无趣，便一个人去想主意了。正在苦思冥想之际，他突然记起了当初刘福通除掉杜遵道的"移花接木"之计，于是灵感忽至，兴奋之余，他打算让人把杨宪请来。可是元璋转念又一想："此事要绝对保密，除了咱跟夫人，任何其他参与者都不能窥知整个真相才是。"最后他只得决定绕过杨宪，只是命身边的亲信来跑腿就可以了。

次日，当元璋把整个计划向夫人和盘托出后，秀英寻思了半天，方道："行，还算是个说得过去的主意。用得着我的地方，我一定尽力。"

元璋当即抓住秀英的手，感激道："有了夫人鼎力相助，此事是必成的。咱看善长的大儿子不错，天珍若嫁给他，也是很般配的。"

"唉，再说吧！"秀英摆手道，"天珍这孩子有自己的主意，别说是你我，就是义母她老人家，也犟不过天珍！"

元璋在夫人的帮助下先是设了两个局，一个是针对郭天珍的，另一个就是针对廖永忠的，这是为了给二人制造矛盾纠葛。

在元璋女儿的百日宴时，秀英故意让天珍多喝了几杯，而且在酒里下了蒙汗药，结果天珍当晚就睡在了元璋家里。在廖永忠方面，元璋又派人以犒赏的名义邀请廖永忠参加宴乐,也是劝他多喝了几杯下了蒙汗药的酒,当他第二天醒来时,发现和自己同床共寝的居然是一个赤裸的歌女。

于是元璋以此大做文章,让内心挣扎了许久的秀英最终以郭天珍的口吻写了一封指责廖永忠放纵的书信,然后便命人模仿天珍的笔迹誊抄后送去;对于廖永忠,他也如法炮制,模仿他的口吻和笔迹,写了一封质疑郭天珍与元璋有染的信给她。最关键的是,元璋收买了为二人传递信件的人,将两人的真实信件统统拦了下来,导致两人想见一面、解释一下也变得极其困难。

当两人根据假信进行解释和回复时,元璋这边又代笔加重了不满和猜疑,最后经过数回"互相指责",廖永忠一面对郭天珍的小肚鸡肠、小姐脾气大为不满,另一面也对自己那晚的表现有点自责(他虽有疑惑,但终究想不到这是场阴谋)。而郭天珍被气得真想跑到常熟去找廖永忠算账,可是"信"里已经明说,他不会再见她,廖家的媳妇绝不容许有此污名。

郭天珍左思右想也摸不着头脑,她最后只得归咎于廖永安的不幸,兴许是这件事让廖永忠丧失了理智,开始对自己挑三拣四。她是越想越伤心,越伤心就越生出一种报复欲,甚至有了一种自暴自弃、破罐子破摔的冲动,最后她便费力地把元璋请到了自己家里。

这天晚间,摆好了酒宴之后,郭天珍把下人和家人都支派走了,她有些一反常态地说道:"姐夫,你难得到我们府上来一回,今天请你来,就是想让你为我做证的。"

"做什么证?"元璋明知故问。

"这个咱们待会儿再说,你先陪妹妹喝几杯吧,这几天心里不痛快呢!"说着,郭天珍便脱去了外衣,露出了半掩的魅人酥胸。

把房门关好了之后,两人便坐近了对饮起来,不一会儿,郭天珍脸上就呈现一片娇嫩的潮红。在灯烛的映衬下,任性使气的她一改往昔的婉约、青涩,越发显露出一种风尘女子般的轻浮妖媚,令本性好色的元璋竟有些难以自持。

这时,只听郭天珍开始牢骚道:"就是那个姓廖的,他不要我了,说我身上有污名，不适合进他廖家的门……他算个什么东西啊，不过是巢湖边打鱼的出身，有什么资格来挑我？我父亲好歹也是一方豪侠呢！"

元璋一边给天珍斟酒，一边假心假意地安慰道："妹子，不怕，凭你这才貌和身份，咱应天城内外多少男子不巴望着能娶到你，就是姐夫我……"

郭天珍听得真切，忙转向元璋调笑道："姐夫你怎样？也喜欢妹妹不成？"

几杯酒下肚之后，元璋分明有些不能自己，盯着她的眼睛说道："妹妹这样花容月貌，是个男子就会动心，姐夫难道是宦官不成？"

天珍开心一笑，道："好！既然姐夫这样说，那咱们再干一杯！"

喝完之后，天珍又带些醉意地说道："其实姐夫也不错呢，堂堂伟男子，又做出这番事业！多少女子不想嫁给你？就是妹子我，有时也羡慕姐姐呢！而且我告诉你一个秘密啊……"

"什么秘密？"元璋凑近了问道。

郭天珍的眼神魅惑而迷离，她娇笑着说道："就是我娘啊，其实她一直想让我嫁给姐夫呢，想让我跟姐姐做那娥皇女英！"

元璋一听到这里，胆子当即就壮了些，一把搂过天珍道："妹子，你心里怎么想？"

郭天珍没有反抗，她看着元璋说道："我能怎么想？如今我是敝履一只了，还有资格挑别谁？姓廖的说我跟姐夫有染，我白白受这场冤枉可不委屈？如今……"

说着，她便搂住元璋的头亲了一下，继续道："如今不如就坐实了，也气气他！"

元璋大喜过望，于是在酒气的刺激下将郭天珍扑倒。她到底还有些理智，自然是极力抗拒的，可她一个弱女子，哪反抗得了元璋这个大汉。她想大喊大叫，可是那种难以言喻的委屈和痛苦又涌向心头，终于让她不由自主地沉沦了下去……

两人借着酒劲儿疯狂起来，一直折腾到夜半时分，元璋才心满意足地离开了郭府。而这一切，张夫人都看在了眼里，这也正是她最希望看到的。

次日天明后，郭天珍的酒也醒了，她不禁为昨晚的放纵悔恨和痛哭起来。这时秀英及时来到，经过她的一番开导和母亲的嘉许，郭天珍终于同意嫁给元璋。而在此前不久，元璋才刚刚笑纳了郭山甫的宝贝女儿，也就是郭兴、郭英的胞妹郭凤。

要跟这么多女人分享一个男人，郭天珍的心里有说不尽的酸楚，为了排解郁闷和痛苦，她就跟着秀英念起佛来。好在秀英是真关心她，自然会要求元璋多去她房里，所以她很快就为元璋生下了一个女儿，多半心思也都转移到了孩子身上。此后廖永忠不断立功扬名，也只是一次次地揭开她心底里的伤口罢了。

为了灭口，元璋将传信的、捉刀的，以及引诱廖永忠吃下药酒的四五个人统统谋杀了，只是为了掩人耳目，现场皆制造了他们不慎落水等假象，因这几个人彼此相隔很远，所以并未引起人们的注意。

然而，经过这一系列的阴谋和变数，廖永忠对元璋的疑心和积怨有些加深了，只是他一心想建功立业，比谁都明白必须要借重元璋的这杆旗帜。而元璋为了对他进行抚慰，不仅让他接替了他二哥的职务，还亲自为他主持了一桩亲事，让廖永忠娶到了一名才貌双全的富家小姐。由于元璋娶了郭天珍，明显会让廖永忠不满，而这些猜疑和不满的情绪可能会在将来某些时候一齐爆发出来，元璋必须密切关注廖永忠的动向，便加强了对他的监视。

后来，随着元璋地位的升高，郭天珍连私自出门的机会也几乎没有了，更别提能与廖永忠会面消除误解，廖永忠直到洪武八年（1375）身死爵除之时，都不知道真相。洪武十五年，秀英临终之前不忍心将这个秘密带入坟墓，而且那时她对暴虐、残酷的元璋已经非常不满，每天只盼望着自己早死，甚至得病之后拒绝医治。眼看自己即将永辞人世，秀英才把这个尘封了二十四年的秘密悄悄告诉了病榻前的郭天珍，而那时身为惠妃的天珍除了默默垂泪，只能笃信姻缘前定了……

第十五章
亲征浙东

一

至正十六年初时，由于方国珍部一直未真正降附元朝，因此在这年的二月，危机四伏的江浙行省便起用了刘基为行省都事，到次年又改任枢密院经历，与行省院判石抹宜孙同守处州。

石抹宜孙是契丹人，此人嗜学问，好赋诗，为政颇有政绩，赢得了治下百姓的一致爱戴。石抹宜孙不伐不矜，与刘基彼此性情、抱负相契，又都雅好诗赋，因此相互间十分推重。刘基曾在诗中赞叹石抹宜孙道：

> 绿骍骅骝不服骖，王良造父亦难堪。
> 羡君名重中台上，勋业终光北斗南。
> 露井凄风残绿少，霜林落日乱红酣。
> 侯封职在同藩屏，班爵无劳阿化男。

在当时的处州，日渐汇聚起一大批有识之士，除了刘基，还有胡深、章溢、叶琛等人，他们成为对手眼里一股不可小觑的势力，是浙东文士集团的典型代表，更成为元璋日后急欲瓦解、拉拢的对象。

刘基这次被起用，被赋予的权力甚大，可以自行募集义兵，捕杀那些拒招不从的民军，因此刘基建立起了一支由自己控制的数千人的武装。当时处州一带的青田、丽水、松阳、遂昌、缙云等县都爆发了民众起事，刘基赴任后便作下《谕瓯括①父老文》，以此劝说那些起事的民众停止对官府的反抗和对地方的骚乱破坏。与此同时，刘基为石抹宜孙筹谋赞画，协助官军镇压和招抚处州一带的民军，没多久这些民军就被扫荡殆尽。

当时方国珍部经常在处州一带出没，四乡八邻的受害者不少。为

---

① 瓯括，指处州和温州。

了减少方国珍部的危害和遏制其扩张，刘基便向石抹宜孙建议道："方国珍来往于海陆之间，出没无常，我等应当在各要害之地多多修筑城池，步步为营，以堡垒之策对方部贼寇形成压迫之势，逐渐缩小其生存圈子，乃至最终灭之。"

石抹宜孙采纳了这一建议，不久方国珍部就开始吃苦头了。为了对付南下的张士诚与朱元璋部，元廷加大了招降方国珍的力度，他就顺坡下驴接受了。但刘基依然坚持认为这帮人"贼性难改"，所以建议除掉方氏兄弟，不然"无以惩后"，可昏悖在上，终究还是无济于事。

因为镇压有功，行省经略使李国凤便上奏朝廷，请求封赏刘基。此时元廷还须倚重方国珍，所以只授予了刘基处州路总管府判一职，又因担心他擅自行动，还特意剥夺了他的兵权。仕途的坎坷多舛，屡屡忠而见弃，朝廷的反复无常，让一向不愿低头的刘基彻底寒了心。于是他毅然弃官归里，隐居于青田。

刘基老家的人被方氏兄弟侵袭怕了，听说刘老爷回来，都争相赶来投奔。刘基只是略施部署，就把家乡布置得如铜墙铁壁，令方氏兄弟奈何不得。

刘基、宋濂、叶琛和章溢被时人称誉为"浙东四先生"，除了叶琛继续追随石抹宜孙，章溢也出于对时局的绝望而隐居于匡山，作为文坛领袖的宋濂则隐居于龙门山。他们与刘基一样，对天下形势隐居默察，思谋有为，希望能出现一位救世明主，然后出山辅佐于他，以成就一代王业。

婺州自古人文荟萃，在此时有"小邹鲁"②与"东南文献之邦"之称，自南宋以来先后出现了吕祖谦、唐仲友、陈亮三大婺学巨头。风气所化，影响到附近好几个州县甚至整个江浙行省。

很多深受儒家文化濡染的"忠臣义士"，对于各类反元武装还有着本能的抗拒。已经成为行省参知政事，奉命防守处州的石抹宜孙也与婺州遥相呼应，而石抹宜孙的弟弟石抹厚孙正是婺州的守备负责人。

---

② 婺州是今浙江金华。孟子在邹，孔子在鲁，春秋战国时期，邹鲁一带可谓是天下的文化学术中心。

至正十八年十月，胡大海在拿下兰溪县后，又将进攻的矛头指向了婺州。

婺州这块骨头显然不太好啃，部队打了快两个月，却没有任何进展。消息传到应天后，元璋非常着急，他已经有意亲征，于是召集来李善长、冯国用、陶安等一干心腹僚佐，向大家征询道："胡大海在婺州碰了钉子，这也算是意料之中的事情，为求速战速决，咱当再派十万大军前往增援才是，诸位有何意见？"

陶安拱手道："婺州不同于别处，此地人文昌盛，胡院判虽颇知爱民，然他毕竟是一介武夫，恐怕不易得士林推戴。不如主公亲往婺州一行，中途也可往石门拜谒一下枫林先生，请他出山固然好，便是先生不愿出山，主公也可听听他的高见！"

"好，近日邓愈也上表特意推荐朱先生，可见这邓愈还算用心。"其实元璋一向叮嘱将帅们在外要注意访查贤德之士，以充为己用。

李善长慨言道："主公亲率大军出征婺州，可彰显我部对浙东志在必得，倒是也可以向方国珍示威，让他放规矩点。"

冯国用笑道："亲军将士已经在摩拳擦掌，主公就叫他们随征吧！"

"好！那就叫杨璟率部从征吧，国胜还是与文正一起留守在应天为要！西边也很紧急，就让徐天德主持西线事宜吧！"元璋拍板道。

朱文正自常州之战后回应天主持枢密院，便与元璋稳稳地掌握住军权。临行前，元璋特意叮嘱文正道："老叔这回去浙东，恐怕少则两三个月，多则半年，外事一时无忧，唯有内事须多加留心。如今邵荣跟天德一起拿下了宜兴，功劳簿上又添一笔，他总对老叔不服气，所以你在应天要时刻对他多加防范。遇事多找善长、陶安他们商量，国胜掌握着亲军，你也要多跟他走动，拿不准的事再写信请示咱。"

杨璟本是庐州的一户儒家子弟，元璋在历阳时，他率麾下来投奔，受封为管军万户；拿下应天后晋封总管，后率部参与了常州之役，因他忠谨可靠，战后升为亲军副都指挥使，成为冯国用的副手。在决定亲征之前，元璋已经开始从各地调集人马，最后共计动员了包括杨璟等部在内的十万大军。

十二月，元璋亲率一部援军取道宣州到达徽州。在这里他稍作停留，并把一干地方上的故老耆儒召集来，向他们了解民情，事实上也是出于抚慰之意。

有儒士唐仲实、姚琏等来见，一向洞悉世情的元璋便和他们聊了起来，顺便向他们兜售了一番朱家军的政略："本军一向秋毫无犯，志在安定天下，解民于倒悬，若是有扰民、害民之处，还请众乡贤监督、指出才是。"

唐仲实随口恭维道："贵军确实与众不同，军纪严明，抢掠之事甚为鲜见。"

这几句话不咸不淡的，对方似乎有心里话没说，元璋会意，便接着问道："邓愈所部在当地修筑城防，不知百姓有何看法？"

唐仲实看元璋说到了实在处，也就没有隐瞒，答道："颇怨！"

元璋听后不免吃了一惊，道："修筑城防本是为了保护百姓，百姓何故不悦呢？"

姚琏看了看元璋的神情，惴惴不安地回答道："明公有所不知，徽州一带久历战乱，百姓困苦不已，正待休养生息，此番修筑城防，实在劳民过甚。"

听罢，元璋思忖了半晌，方道："好吧，那修筑城防之事就暂缓办理吧，也体现咱的与民休息之意。而今我大军四出，料想徽州一带暂时不会有战事之忧。"接着，元璋便正式向邓愈下达了命令。

接下来，他们又谈论了一番古今贤王仁君的事，彼此都颇多感慨。在谈话的过程中，唐仲实还希望元璋效法汉光武的宽博容纳、恢廓大度，尤其是他的博览经学、崇尚儒术，元璋觉得很有道理，不断点头称是。

但他心里也有不服的地方，比如刘秀手下的大将吴汉多有纵兵烧杀掳掠的劣迹，虽然刘秀事后予以严厉谴责，但元璋自负所部乃其一手带出，以其权威之不二、军纪之严明，断然不会出现吴汉这等莽撞之徒，若然真有，也定斩不饶。上回毅然下令处死汤和的姑父，就是最好的例证。元璋心知自己不及古代贤王之处多矣，但也自信过于古代贤王之处亦多矣。

末了，唐仲实等人才拜谢而去。临走时，元璋还特意赏赐了他们一些布帛，以示慰勉。

二

在冯国用等十余人的陪同下，元璋专程亲往休宁县石门附近的山上拜谒了当地名士朱升先生。

在登山的途中，元璋对冯国用笑道："咱虽有刘玄德三顾茅庐的心意，可没有那工夫，不知这朱先生会不会有架子？"

"想是不会吧！"冯国用答道，"听闻朱先生极为反感蒙元入主中国，今日见主公所为，必定开门迎纳啊！如今他儿子就在县里任职，主公此去，他没有不奉为上宾之理！"

"好！希望如你所言吧！"说着，元璋加快了脚步。

"何况他与主公五百年前还是一家呢！"冯国用又笑着补充道。

"如此倒也算难得之至也！那说起来文公也是咱的一家人呢！"元朝官方非常推崇理学，朱熹（文公）的地位甚高，元璋觉得这一点倒是可资利用，因为他本人就姓朱，更显得是正经的华夏正统。

朱升的住所位于一座小山的半山腰上，门前有一条小径，小径靠外的一边有几棵树，再往外就是陡坡了，一眼望去视野无比开阔，又给人一种险峻的感觉。元璋远远地望见了，不禁笑道："推门出来即可一扫天下，看来这朱先生还真是别有怀抱呵，非腐儒可足与论也！"

元璋等人在山脚下就看到了朱升居住的清寒萧条的屋舍，屋舍不远处还有一座位于山腰崖壁上的小亭子，那里的视野更为开阔，可以直接俯视山下。元璋又叹道："真不失为一洞天福地！今日太阳正好，也没有风，一会儿可以到亭子里晒着太阳喝茶了，也正可聆听朱先生高论！"

对于元璋一行人的到来，朱升并未得到通报，元璋把随员大都留在了朱家门外，他只同冯国用昂然阔步地迈进了敞开着的院门。两人迎面看到的是庭院里一座大大的影壁，元璋仔细地看了，发现影壁的前后两面都是星象图。他好奇地看了好一会儿，评论道："看来这先生颇好天道。"

进了偌大的院子后，发现四周围都是竹子，元璋又笑道："君子之友何其之众也！"

院子里居然还有几只鹤，正在一个小水池旁觅食，见了生人只是抖动了几下翅膀，元璋不禁惊叹道："先生真仙家也！"

朱家除了朱升老夫妇，还有一个家丁和一个仆妇，好像也是两口子。家丁听到院子里有动静，便出来查看，当他发现了元璋和冯国用之后，也没问询一下，便连忙进屋去向朱升通报。

朱升听闻有客人来到，忙放下笔墨出门来迎，当他见到英武不凡、相貌奇特的元璋和深沉老到的冯国用后，不禁怔了一下，忙问："二位先生，莫不是北边来的？"

元璋看了看有些瘦削、苍老的朱升，觉其人颇有神采，确乎不失智者风范，年纪有六十上下，穿着一身浆洗得有些发白的青色棉袄，于是拱拱手笑道："久仰先生大名，正是特地从北边赶来问候！"

"恕老朽冒昧，阁下莫非是朱平章？"朱升听人说起过元璋的相貌，今日一见，其相貌和气度都很像，所以他才敢大胆判断来客正是元璋本人。

冯国用忙笑道："先生慧眼，那您猜猜不才是哪个？"

朱升先是向元璋行了一礼，继而转向冯国用笑道："想必您就是冯大军师了！"

"先生谬赞，何敢称什么军师！"冯国用客气道。

朱升一面命家丁去烧热茶来，一面将二人请进了屋里，客套过后，朱升便带着二人略为参观了一下自己的各种收藏。朱升家里虽然难掩寒士之风，但窗明几净，东西都摆放得井井有条，其中最显眼的莫过于一些古朴、别致的天文仪器。

当他们来到一堆漏壶旁时，朱升便指着其中一个三只脚的漏壶笑道："明公、冯公且看，这是于今可见最早的西汉漏壶，乃单壶沉箭漏！此壶容积甚小，不能连续使用太长时辰，须不断加水，且误差很大,须时常校准!汉时又有浮箭漏,也病在时常须校准!"朱升说到自己的收藏时真可谓神采奕奕,津津乐道之情溢于言表。

那单壶沉箭漏已是锈绿斑斑,一看就知道年代很久远了,冯国用忍不住问道:"先生怎得的此物?"

"此乃前人从盗墓贼手中购得,辗转就到了老朽手上。"朱升捋着胡须笑道,"那边有些多是后人据古籍记载所仿制。"

接着,朱升又给他们一一介绍了几个不同时代的漏壶,其中一个还是东汉名士张衡改进的加入一个补偿壶的浮箭漏,最后他又指着一个造型精致、饰有莲花的漏壶道:"此系北宋燕肃莲花漏,乃是宋人燕肃创制。此物最是精巧,计时甚准,经北宋末人王普稍加改进,一直沿用至今。"

元璋想起当今元帝颇好此道,他听人说起过元帝就创出了一种形制精巧的宫漏,于是笑着问朱升道:"先生可曾听闻北边那位鲁班天子也有此雅好?"

朱升当然听过元帝的一些秽闻,只见他带着轻蔑之色道:"君王驰心旁骛,正是败亡之道啊!"

"先生所言极是!"元璋拱手道。

三人闲坐了一会儿,喝了一杯热茶后,朱升便又带领二人到了里间,他小心翼翼地从藏书的柜子里取出了两幅泛黄的布帛图,上面绘制有排列别致的空心圆与实心圆。元璋好奇地看了一下,他猜测着此物大概是什么八卦,但又觉得朱先生如此宝爱此物,说明此物断非寻常,因此就没有开口。此时冯国用忍不住惊叹道:"莫非这就是'河图''洛书'?不才当日听人提起过,至今还有些印象,不承想今日就有幸得见了!"

"不错!冯公果然见多识广,这就是河图、洛书。"朱升说着给他们拿近了图。

"真是三生有幸啊,也都是托主公之福!"冯国用一边感叹着,一边对着图细细地观摩。

元璋也好奇地看了一会儿,不由感叹道:"《易经》有言'(黄)河出图,洛(水)出书,圣人则之!',孔安国则云'河图者,伏羲氏王天下，龙马出河，遂则其文以画八卦'，这是圣人出世的征兆啊！"

"孟子曰：'五百年必有王者兴！'如今正逢其时也。"朱升捻着胡须别有所指地说道。

元璋知道朱先生所指为何，但他故意没有接茬，而是用其他话题岔开了。朱升一面微笑着，一面又从柜子里取出一个类似的泛黄的布帛图，上面绘有黑白回互的双龙图像，这一次元璋很有把握地说道："这个咱认得，一定是太极图了！"

朱升又递给冯国用看，冯国用也说这是太极图。哪知朱升却语出惊人道："以老朽多年留心所知，此太极图正是河图也！"

"啊——？"冯国用惊诧道，"若这是河图，那么刚才两幅又是何物呢？"

"刚才那两幅都是洛书，一数为十、一数为九，只不过系洛书图像的不同变体而已。"朱升将太极图方正地摆到了一张桌子上，然后指着图道，"河图即是'龙图'，它早先实际乃是一幅绘有苍龙星象的星图，慢慢地就演变为各种太极图。河即天河也，非黄河，它原初便是指此回环盘绕之苍龙也。"朱升的意思就是太极图中的那条苍龙就是"天河"，而龙原先只有一条。

"先生这般说有何根据？"冯国用兴味十足地问道。

"此事说来复杂，不过绝非老朽戏言。二位可随我到堂上，咱们一边品茶，一边坐下来细细地说。"

三人重新回到了堂屋里，稍坐了一会儿，冯国用便急不可耐地请朱升赶快讲来，于是朱升侃侃而谈道：

"河图、洛书失传已久，但在前朝时，就常有时贤言此物当在蜀汉间，盖因濮上陈抟以《先天图》传种放，放传穆修，修传李之才，之才传邵雍；种放以河图、洛书传李溉，溉传许坚，坚传范锷昌，锷昌传刘牧；穆修以《太极图》传周濂溪，濂溪传程颐、程颢，二程洛学在南宋多遗之蜀汉间。当日文公闻知，即派门徒蔡季通入蜀觅寻河图、洛书之真源，功夫不负有心人，后来果然被蔡氏访得，文公在其大作《周易本义》书首列有'河图''洛书'之像，想来便是蔡氏入蜀所得之物！"

"怪哉！既然文公已经传布天下，为何我等从未听说太极图便是河图？《周易本义》一书想来多年前不才也是看过的。"冯国用一脸惊奇道。

见有人对此这等感兴趣，朱升就越发得意道："哈哈，那是因为文公也弄错了！当日蔡氏将其从蜀地所录得三幅图只拿出其中两幅给了文公，然后一并藏于其孙蔡抗的密室，从此秘不示人。偏偏老朽自幼痴迷此道，也早在心中狐疑，于是多年亲身访求，拿了诸多财帛给蔡抗，至此才得真相大白。也足证老朽当日疑得有理！"

"哎呀，先生真是天人！这等神异之物，几百年又得重现世间。"元璋听罢不由得疑问道，"只是蔡氏何故欺师呢？"

"这个嘛，许是他有些私心，文公当日对人说及蔡氏时，就曾言'此吾老友也，不当弟子之列'。想来蔡氏也对此心知肚明，故而尊文公便不以师道。"朱升转而又感慨道，"文公当日名震天下，学者出于门户之见、嫉妒之心，对密传之学难免有所欺隐，实乃我辈君子之耻也！"

元璋听完这个故事，觉得儒士也不过如此，同样自私、狭隘，加之他接触过的那些儒士的表现往往差强人意，此时在他心底便生出几分轻蔑之情。

朱升又带着二人看了一下自己的藏书，及至用过午饭之后，他们的谈话才开始进入正题。

"先生学究天人，不知何以教咱？"元璋做谦恭状道。

朱升拱了拱手，朗声坦言道："明公行止顺天应人，加之您雄才大略，处事严明，着实有王业之象啊！"

"哦？先生整日仰观宇宙，究察天道，对外面的事也很关心吗？"元璋故意问道。

朱升捋了捋斑白的长须，笑道："如果只是闭目塞听，那不真成愚人了？当下兵戈四起，生灵涂炭，明公能够怀神武不杀之旨，抱济世安民之志，则真可谓我等之幸，天下之幸！"

听了这话，元璋心里很受用，但他此行是来问计的，于是他直言道:"而今咱据有的地盘还太小,且四面临敌,尤其是北有大患李察罕,西有大敌陈友谅,日子也不太好过啊!不知先生可有见教?"

朱升捻着长须沉思了一下,道:"据老朽所知,如今山东好歹还在大宋手上,李察罕所部一时难以威胁江南。至于陈友谅嘛,确乎是江南最强,明公一时难与争锋,可采后发制人之策应付之。"

"哦,怎么个后发制人法?"元璋急切地问道。

此时热茶已经端上来了,朱升与元璋、冯国用都喝了几口。朱升轻轻放下茶杯,道:"老朽就斗胆建言了!陈氏兵力密而锐,明公须挫伤其锐气,以静制动,令其轻易无法得逞。那时他不仅锐气大丧,且战事一旦旷日持久,其粮秣也不易维持了,此时可不正是明公后发制人之时?"

"如何以静制动?"冯国用插言道。

朱升又捋了捋胡须道:"明公所部攻略常州,八月乃下,若是城里储粮更富足些,城池再坚固些,战事不是要拖得更久吗?陈部兵精不如明公,粮储不如明公,哪受得起如此久拖?"

"先生意思是多多储积粮食,以及尽力加固城池吗?"元璋伸长了脖子问道,显然他已经笃定朱升确实不是一介腐儒。

"正是此意!"朱升微笑道,"此所谓高筑墙、广积粮也,有此保障,亦可谓进可攻、退可守,将战事主动之权操之于明公之手。不仅陈氏,就是天下群雄来争夺,也先要头破血流一番。"

元璋不住地点头道:"咱也确乎忧虑辖下地狭粮少,所以年初时设置了营田司,在军中行屯田之法。经先生这样一说,看来积粮与城守之事当与训练步伍做等量齐观才行,两者还得再抓紧啊!"

三人又谈了一会儿,此时正值午时,元璋提议道:"今日外头日光正好,不如咱们到外面亭子里坐坐吧,不知先生可方便否?"

"咳,明公提醒的是,老朽只顾着大放厥词了,此时日正当中,外面可比屋子里暖和啊!"说着,他起身领着两人出去,又回头吩咐家丁把凳子和热茶送过去。

亭子里有些阴凉,三人就在亭子南面坐了,面对着山下一派暖阳中的融和景象。

三人对眼前的景致一番评头论足后,又继续谈起了天下形势,元璋问道:"不知先生对咱刚才说的有何见教?"

朱升略一拱手,道:"今番乃赤诚相见,老朽就直言了,若有冒犯处,还望明公恕罪。"

"先生直言就是了,这里只有咱们三人。"

朱升早已胸有成竹,他侃侃而谈道:"明公如今依附在那大宋朝廷之下,不可谓不是一招高棋,如此一来,明公便享其实而不受那虚名之累了。若明公即刻称了王,虽则有了王者之尊,文武官员也鼓舞些,可做起事来,到底不如在大宋下面从容些,还可得它声援。若不称王,在与群雄关系上,也处于可攻可守之势,不至树大招风;若称了王,待至不利时,若被迫取消了名号,对于人心士气反是不小的打击,明公颜面也大损……这正是《老子》里的'柔弱''处下'之道,总之,明公切记这三个字就好……"

"哦?哪三个字?"元璋凑近了些问道。

朱升一字一顿地说道:"缓——称——王!"

元璋心头顿时一震,他当即表示道:"近来颇有些僚属劝咱称王,说是趁着陛下那里有难处,不如就此要挟他给咱一个王当当,或者干脆就踢开了他。今日聆听先生这番指教,着实获益匪浅。看来咱这战略上须后发制人,政略上也须后发制人了!"

见元璋如此明决,朱升喜不自胜,但这时他突然在日光照射之下注意到冯国用的脸色不太好看,忙关切地问道:"冯公这是怎么了,似有隐疾之象!"

"离开应天前叫名医瞧了,说无碍的,只是要多静养便可,可如今主公身边离不开人啊!"冯国用打起精神道。

元璋不无忧色道:"而今战事方殷,咱身边确实须臾离不得国用,虽则心中有些不忍,但平时杂事不再劳烦他亲力亲为,只要以备顾问就好。可他这性子,哪是肯享清闲的!"

冯国用一笑道:"主公快别说我吧,还是说说这次的婺州之行吧,不知先生有何见教?"

朱升略一沉吟,只得说道:"石抹宜孙是个文山式的人物,他必不肯轻易就范，恐怕他已决心为元廷殉葬，做第二个余阙。然浙东乃是文化昌明之地，人才辈出，此行明公要在收取人心，若他日能得'浙东四先生'等贤才之助，则……"

朱升顿住没有再接下去，元璋急忙问道："则如何？"

"则——大业必可成也！取天下务在得人，明公切记之！"朱升说着，便伸开五指用手向山下指了指。

此言与当初孙炎说的可谓异曲同工，真是英雄所见略同，元璋不禁心中又一震，忙问道："哦？咱虽也耳闻过'浙东四先生'，只是不知这四人各有何所长？"

"此四人自是当世真人物，皆王佐之才也！"朱升笑道，"青田刘基于书无所不窥，可谓学究天人、博通经史，尤精象纬之学。更难得的是刘家先世乃是武将，后世转为修文，然刘基对于兵事仍格外留心，天赋优长。西蜀赵天泽昔在余姚做官，其人虽系书画名家，却也以品评人物为世所重，他论及江左人物，便首称刘基，以为诸葛孔明之流也！龙泉章溢、丽水叶琛则长于治才，婺州宋濂精于文章、学问，乃一代之文宗也！"

"哦，难怪陶学士在应天时，说他'谋略不如刘基，学问不及宋濂，治民之才则不如章溢、叶琛'，看来果不其然。"元璋笑道。

说到这里，朱升又讲起了宋濂妹妹宋新的事情：

宋新从小知书达理，握笔写字时端庄可爱，长大后容貌秀丽、性情娴静，后来嫁给了义乌名士贾明善，但因父母不忍她远离，故而令这对夫妇在婺州潜溪（今浙江义乌）居住。

"宋新自幼为《列女传》所感动，仰慕古烈女之风。就在前两个月，明公所部攻入兰溪，远近州县无不震动，宋氏夫妇急忙往山中躲避，哪知半路遇上一股地方上的乱兵，他们见宋新颇有姿色，不禁动了邪念……"朱升讲到这里，表情变得黯然。

元璋忍不住插话道："咱常说那兵就如火一般，百姓自然唯恐避之不及，若是真能济世安民，也算民有所依了。"

"明公所言甚是。"朱升继续说道，"宋新见情形危急，便想拿出金银贿赂，可那股乱兵不依，说着就要肆行非礼。宋新急中生智，骗他们说有许多珠宝埋在附近的山上,她可带大伙去挖。这股乱兵信以为真,便押着宋新去挖宝贝,当走到一处悬崖边时,宋新便纵身一跃……那是十一月十四日的事。"

"真烈女也!"元璋感叹道,"先生之意咱懂了,宋濂之妹尚且如此贞烈,想来宋濂更是高洁之士了!"

"明公真是天纵英明!"朱升再次拱手道,"这宋濂早年虽有志于科举,然屡屡碰壁。大约十年前,元廷忽又召他任翰林编修官,按理说宋濂当感恩戴德才是,可他竟借故推辞了,盖因其对元政已失望至极。"

"哦,这样说来倒好办了。"元璋面露喜色道。

"明公若用此四先生,必须慎之又慎,必以国士待之不可。"说着,朱升的手往东南方向指了指,继续慨言道,"明公若能将浙东众名士收归帐下为己所用,则此中寓意极大。恕老朽直言,此举无异于明公脱胎换骨也。"

元璋闻言不禁激动道:"先生之言与咱麾下的孙伯融不谋而合,当真是识者之言也!是故,咱此行所以亲往。张九四自从取了平江之后,便注意延揽人才,开弘文馆,招礼儒士,深得吴中儒士的拥戴,咱又怎能落于人后呢?只是不知如何才能招致众贤士呢?且处州地近婺州,此处不知可征伐否?"

朱升一笑道:"这就要看明公的手段和胸怀了,但无论如何,必取处州,四贤才会对元廷彻底死心。刘基有近作《郁离子》,此乃寓言之作,在篇末他有云'仆愿与公子讲尧禹之道,论汤武之事,宪伊吕,师周召,稽考先王之典,商度救时之政,明法度,肆礼乐,以待王者之兴',可见他已有弃元之意。若是明公亲往访求之,最佳。若是不能亲往,也须派个得力之人代明公前往,三致意也,如此便不难招致麾下了。"

朱升讲到这里,元璋突然笑问道:"不知先生您可愿出山助咱等一臂之力？还是您也有志于做一位'山中宰相'①？"

"'山中宰相'之说，不过是好事者不知内情的讹传而已，陶隐居先生于梁武一朝影响甚微。"朱升说完沉默了一会儿，"不瞒明公说，若是老朽这把骨头争气，必定不待明公延请，而甘愿供明公驱驰。今日明公亲至寒舍，礼贤之心适足以令老朽感动，他日若身子稍好些，必定往应天拜望明公。"

"好，那咱就在应天设礼贤馆恭迎先生！"最后，元璋又询问道，"诸事方面，不知先生还有何见教否？"

朱升已经听闻元璋军中有杀降现象，出于仁爱之心，他便说道："邓元侯②曾言之光武，'方今海内肴乱，人思明君，犹赤子之慕慈母。古之兴者，在德薄厚，不以大小'。杀降不祥，唯不嗜杀人者，天下无敌。"他知道这话元璋及其所部虽未必能完全落实，但总可以遏制一下杀降之风。

经过这番对谈，元璋喜出望外，顿有拨云见日之感。朱升遂想留他住一晚，但元璋不想打搅，因此急着下山去了。不过临行前，朱升还是向元璋赠送了一部有关星相和气候的书，元璋读后倒是多了些"看云识天气"的本领——这在未来的龙湾之战中发挥了妙用。

再后来，朱升出山去了几次应天，参与了不少帷幄密议，但因他年迈，且身体一直不太好，所以每次都在应天住不长。所幸他又多活了十二年，有幸见证了一个新王朝的诞生。

---

① 指南朝齐梁时代的著名道教人物陶弘景，号"华阳隐居"，梁武帝对其遇有加，《南史》故有"山中宰相"之誉。
② 指东汉开国元勋邓禹，谥号"元侯"。

三

年底的时候，元璋一行人终于赶到了婺州前线。为了表彰劳苦功高的胡大海，元璋将他由枢密院判升为佥枢密院事，接着他又派人到婺州招降，可是无济于事。

在胡大海进攻婺州之前，石抹宜孙在侦知其进攻意图之后，便与参谋胡深、章溢等商议出了一条应对之策：处州和婺州都很重要，为了彼此呼应以防被敌人分割包围，就需要一支使用便捷的机动兵力，以备随时向两地支援；为此，他们修造了数百辆狮子战车①，组成了一支专打野战的"车师"，由文武兼备的胡深率领这支队伍。除了安排石抹厚孙负责守备婺州，石抹宜孙则亲率万余人驻屯缙云以见机行事。

时年四十六岁的胡深是浙东名士中少见的文武全才，他驭众宽厚，用兵多年未曾妄戮一人，深得上下的信任。驻扎在松溪的胡深等人得到元璋率大军亲征的消息后，一时间只得持观望态度，未敢轻举妄动。

为求尽快解决浙东的问题，元璋决定立即发动攻势，在部署兵力时，他先是对婺州的形势进行了一番认真分析："如今衢州的宋伯颜不花与婺州、处州的石抹宜孙不和，双方各自为战，这十分利于我部将其各个击破。如今我部在浙东的总兵力已近二十万众，拿下浙东的时机已然成熟，仰赖各位的努力了！婺州恰处于衢州与处州的中间地带，若率先攻取了婺州，则必定大大加快我部席卷浙东的步伐。好在张九四毫无远见，只是在北面作壁上观，不然我部可就麻烦了。"

随后，已经充分了解过敌情的元璋又跟诸将强调道："婺州之所以很难被攻下，正是因为有石抹宜孙在旁策应。咱听说他们有一支以

---

① 一种狮子外形、防护严密的单匹马拉的小型战车，车内有驭手、弓箭手和长枪手各一名，机动灵活，适合在冲锋及掩护大军后退时使用。

车载兵的'车师'驻扎在松溪，一旦婺州有事，他们就会来驰援……而今咱何不反其道而行之，让婺州守敌派不上用场呢？不待车师来援，咱们可主动先去攻打他们。另外，咱听说松溪山多路狭，不便于车行，所以，只要用精兵困住他们就行了，也就等于切断了婺州的外援。外援一失，婺州城中必定军心不稳，到时再攻城必定就容易多了。"

诸将当即深表赞同，何况如今兵力也相当雄厚了，胡大海笑着请缨道："主公，围攻松溪之事就交给德济吧，这些日子可是把他窝憋坏了，这回让他也出口恶气。"胡德济是胡大海的养子。

元璋笑道："好吧，德济也有经验了，那就让他带着杨璟等部三万精兵前往松溪。"这些精兵里面有数千是骑兵。

次日，胡德济便率军赶到了松溪，开始排兵布阵。胡深自幼喜读兵书，渴望成为班超一流的人物，可如今面对如此困局，他知道也只有尽人事、听天命了，一旦力尽，也算对石抹宜孙的知遇之恩有了回报，那时再投诚也就名正言顺了。

当他从高处望见山下朱家军的布置时，心知情况不妙，但为了稳定军心，他故意对众人惊叹道："今日有杀气！战必胜！"

胡深晓得元璋这一手的厉害，所以不待被困便选择了主动出击，但胡深手上只有不足两万人，兵力有限，显然不是朱家军精锐的对手。两部交战不久，胡深的先锋元帅季弥章就被生擒，余下的队伍力战不支，胡深只得率残部后撤。

不出元璋所料，外援一绝，婺州城里便人心惶惶，大家都晓得被朱家军长围久困的可怕，也晓得破城后的难测，于是祸起萧墙的气氛开始生成。最后，枢密院同佥宁安庆与都事李相有所动摇，他们打开城门向朱家军主动投诚，朱家军乘机杀入城中，负隅顽抗的浙东廉访使杨惠、婺州达鲁花赤僧住等皆战死，南台侍御史帖木烈思、院判石抹厚孙等被生擒。

婺州除了人文荟萃外，更是富庶繁华之地。且此地东临台州，与方国珍部接壤；北接绍兴，是张士诚的南方邻居。夺取了婺州，除了可以直接威胁处州，其实基本上就等于完成了对方、张二部战略态势上的某种包围与遏制。

除了要将此地牢牢控制住，按照朱升、陶安等人的指教，元璋决定在这里建立一个模范区，制造出有利于自己未来发展的民情舆论及士林口碑，扩大自己的影响。所以，元璋率军进驻婺州后，当即严禁兵士剽掠，可偏偏他的一名新近入伍的亲随没有眼色，竟擅取民财，结果被元璋下令当众处死。

为了尽快稳定社会秩序，元璋还下令在城内加强日夜巡逻。一天夜间，元璋带着一贴身护卫夜间巡视，中途居然被一巡逻哨军截住盘问，护卫当即上前解释道："这是朱大人，赶快放行吧！"

"俺不认识什么朱大人，只知道凡深夜外出的人，一律要捉拿讯问。"巡哨大声喝道，很有公事公办的架势。

最后，护卫好说歹说，不得已吐露了身份，才勉强让哨军放行。巡哨如此认真负责，由此可见晚间城内戒备森严，这让元璋很是高兴，次日还专门派人给那名哨军送去了二石米的奖赏。

当地百姓见到如此纪律严明的军队，也不免暗自庆幸，于是争相传颂元璋及其队伍的好名声——这对于不久后刘基、宋濂等人的来投很有作用，因为"王者之师"的口碑至关重要。

不过，带给刘基等人更大触动，使他认定元璋乃一代雄主的最大原因，还是胡大海小儿子被手刃的事件。

占领婺州之初，元璋特意开仓赈济百姓，并下令禁酒。当时胡大海年将弱冠的长子胡三舍随父在军中（次子胡关住被迫留在应天），因胡大海忙于战事，疏忽了对他的管教，结果在一些轻狂之徒的怂恿下，他居然打破了元璋的禁令私自酿酒获利。

被人举报之后，胡三舍当即被抓，按照元璋的命令，私自酿酒就是死罪，可是众人惮于胡大海的威势，劝元璋看在胡大海的面上放胡三舍一马，何况这小子实在是少不更事。

可是元璋意识到这是一个难得的机会，他一定要杀胡三舍，不仅仅是为了杀给广大将士看，更是为了杀给浙东的名士们看。元璋把这个想法告诉了冯国用，冯国用踌躇了半天，只得艰难地表态道："权衡轻重，自然是杀小胡乃大利，可是从人情上看，又确乎有些对不住胡大海，主公必须想个周全点的法子才行。"

第十五章 亲征浙东

"大海初投到咱麾下时,咱就对他刮目相看……咱相信大海是知权衡轻重之人,如果咱把这个道理说与他知道,想来他一定会体谅咱的苦衷和难处。古有埋儿奉母一类的感天孝行,大海也是忠孝之人,咱来日绝不亏待他们胡家就是。"元璋感叹道。事实上他也知道,就算胡大海敢于背叛自己,也不会有几个人跟他走的,尤其是孙炎等人绝不会支持他。

因此,再有人来为胡三舍求情时,元璋便大怒道:"执法必自贵近始,治军如此,治民也不能例外,不然何人能服气?宁可使胡大海叛我,不可使我法不行。"最后,执法如山的他眼见众人犹犹豫豫不敢下手,担心下刀不利落,竟亲自在刑场上手刃了胡三舍。

将胡三舍杀死后,元璋一面放置好了他的尸首,一面命冯国用前往胡大海处进行解释。胡大海在前线听说了儿子的噩耗后,初时的确有些责怪元璋狠心,可思来想去,还是体谅了元璋的难处,于是亲到婺州向元璋哭着谢罪道:

"都是属下教子无方,触犯主公禁令,望主公责罚。"

见胡大海果真如此顾全大局、深明大义,元璋眼睛湿润着亲手将他扶起来道:"大海啊,难得你能如此体谅咱的苦衷!你放心,你的次子关住咱一定加倍关照,绝不会亏待他的。"

胡大海谢过元璋之后,便转身退出去操办儿子的丧事,元璋看着他悲痛的背影,不禁对他愈加另眼相看。元璋忍不住对冯国用感叹道:"咱有如此大将,何功业不能成也!"

朱家军是在至正十八年十二月十九日攻下婺州的,三天后便在婺州设置了中书分省,并将婺州路改名为宁越府。

在行省的门外,竖着两面黄旗,上面写着:

　　山河奄有中华地,日月重开大宋天。

下面立着两个木牌,写着:

　　九天日月开黄道,宋国江山复宝图。

在设立了金华翼元帅府后,为了巩固这一地区的防御,元璋又特意选拔了宁越等七县的富民子弟来充当自己的宿卫,名曰"御中军"。

其实，这也是拿他们做人质，以防富民们煽动作乱。

另外，宁越当地有一名女子曾氏，自言"能通天文"，很多老百姓都对她非常迷信。元璋唯恐此人煽惑民心，一旦再出现类似彭和尚、韩山童一类的人物可就麻烦了，因此借故将其定为乱民，干脆当众杀死了事。

婺州才士云集，早已天下皆知，于是元璋先征辟了儒士范祖干、叶仪等人，想试试他们的深浅。

范祖干还是一名远近闻名的大孝子，他的父母皆年逾八十而卒，可惜他家太穷，所以同样遇到了当初重八兄弟的难题——贫不能葬。不过，由于范先生名声极佳，所以乡里人便集了资，相继为他的父母修建了坟墓。

范先生来面见时，果然不失儒士本色，手里居然还拿着一本《大学》。于是元璋问他道："敢烦劳先生，治道当以何为先？"

范祖干举了举手中的《大学》，正色道："不出乎此书。"

"恕在下愚钝，还请先生明示。"骨子里乃是一代枭雄的元璋其实有些瞧不起儒学。

范祖干慷慨言道："帝王之道，自修身、齐家以至于治国、平天下，必上下四旁均齐方正，使万物各得其所，而后可以言'治'。必先有内圣，然后才有外王。"

元璋知道历朝历代的长治久安都离不开儒学，故而出于表面的客气，便搜肠刮肚道："圣人之道，自当堪为万世之法。愚自起兵以来，号令赏罚如有不平，何以服众？来日武定祸乱，文致太平，必循圣人之道以治天下。"

这些人深受儒家忠孝观念所影响，不肯轻易"事二主"，所以叶仪以疾病为借口，范祖干以守孝三年为托辞，皆不愿出仕。元璋有些无奈，只得应允，不过为了表彰范祖干"悲哀三年如一日"的孝行，也便于收揽人心，元璋后来便命人旌表其所居曰"纯孝坊"。不久后，范祖干就成了文忠的老师，也算间接投效了应天政权。

元璋自己也很注意加强学习，所以他在婺州又召儒士许元、叶瓒玉、胡翰、吴沉、汪仲山、李公常、金信、徐孳、童冀、戴良、吴履、张起敬、孙履进入自己的幕府，每天让其中的两人来为自己讲解经史，敷陈治道。此事也迅速传开，婺州一带的士大夫纷纷议论道："这朱公虽然出身低微，年少失学，可如今这般有志于学，可见其抱负不小，也必将有所大成。"

为了恢复文教，正月二十七日，宁越知府王宗显便开办了郡学。当时丧乱之余，学校久废，至此始闻弦诵之声，人们无不欣悦。

王宗显本是和州人，他也是一名博涉经史的儒士，宋濂以前在严州时与之结识，王宗显的投效，对于带动"文章天下第一"的宋濂等人投效，也起到了很大作用。到后来，元璋又将儒士许瑗等留置幕府，并成功延请了宋濂等人为"五经"老师，戴良为学正，吴沈、徐原等为训导。

此时，元璋听说了神龙见首不见尾的王冕先生的大名，想要征辟他为谘议参军，可忽而又听说王先生已不在人世。元璋对此不免有些遗憾，但刘基深知王先生闲云野鹤一般的志趣，更何况他已是衰朽残年。

四

至正十九年春节，有些春风得意的元璋亲自写了一副春联，命人贴在了自己临时办公的中书分省的衙门大门上，其联是：

六龙时遇千官觐

五虎功成上将封

当时，宁越地区既已安定下来，元璋自然还想着要进一步拿下浙东未下诸郡。为了让战事更加顺利，他召集诸将做了一次长篇训话，这主要是近来队伍在作战时出现了大肆扰民、害民的情形，由于大力扩充和招降纳叛，朱家军也越发鱼龙混杂。

元璋语重心长地告诫道："仁义足以得天下，而威武不足以服人心。攻克城池虽少不了武力，但安定民心必须依靠仁义。咱队伍入应天之时，秋毫无犯，所以才能一举让应天安定下来。最近咱们又攻克了婺州，百姓重获生机，此时正是抚恤他们的时候，这样百姓才乐于归附。而那些还没有拿下的郡县，百姓也一定会闻风归附咱们……咱每每听闻诸将下一城、得一郡，不妄杀人，心下都喜不自胜。这行军打仗，就好比烈火一般，人人都避之唯恐不及。这就像鸟不到有猛禽的林子中去会聚，野兽不去钻猎人布下的罗网，而百姓必然会归附施行宽厚之政的人啊！"

体恤百姓，宽厚仁政，不妄杀人，历代取天下者，诸如唐宗宋祖等等，都明白这个道理，但感同身受者则莫过于元璋本人，因为他是从社会的最底层一步步爬上来的，所以他深知老百姓最渴望的是什么。

讲完了道理，接下来元璋又向诸将表达了自己的心愿："凡为将的人，能够以不杀人为追求，这不单是国家的幸事，也是尔等自家的福祉，尔等的子孙必会因此昌盛，这全是仰仗尔等的余泽啊！因此说，尔等若用心记下咱今日之言，并努力做到，则大事不难就，大功可成矣！"

元璋非常清楚，虽然队伍有严明的军纪，但刀兵混乱之际，少不得就会有将士浑水摸鱼，或者杀得性起，一时无法收敛。虽然自己苦口婆心，但将领毕竟多是粗人，且其本性多自私自利，能听进去多少还是个未定之数，在执行过程中也总要打些折扣。何况广大将士之中多是有心要发战争财的，能听进去多少也在他们个人了。

不过，常遇春的表现令元璋分外高兴，觉得他的确是可以寄予厚望的。

话说有一次在婺州，常遇春的部将因骚扰百姓，被地方官王恺拿住，王氏命令将此人捆到街道通衢，鞭打示众。常遇春认为此举很不给自己面子，于是命令王恺前来解释，哪知王恺来后正色道："百姓乃是国家之本，打一个部将而令百姓得安居，不正是将军求之不得的吗？这有什么错？"听完这话，常遇春立时气消，反倒向王恺道了歉。

"浙东接下来的事，交给大海和遇春，看来咱是放心了。"元璋对冯国用说道。

这边元璋刚给诸将训过话，那边就从北面传来了好消息：左丞邵荣在余杭附近大破张士诚部，兵锋已直指杭州。

婺州紧接方国珍的地盘，元璋便先行派出了主簿蔡元刚等前往庆元路（今浙江宁波）招谕方国珍，其实主要也是想试探一下对方的态度及实力。

自从元廷对江淮失去控制，京杭大运河告急，元大都便开始频频缺粮，元廷只得对方国珍多加笼络，巴望他手下留情，能够经海路往大都送点口粮，至少不要阻截从福建、广东北上的海船。如此一来，令方氏兄弟更加不可一世，后来他们逐渐发展到拥有海船一千三百余艘，部众数万，牢牢地盘踞于浙东沿海一带。

当时有一个叫张子善的人，属于那种唯恐天下不乱的"纵横家"坯子，他发现了方国珍这种独一无二的优势，觉得自己成为"帝王师"的机会来了。

一天，张子善跑到方国珍那里，游说道："而今天下分崩，豪杰奋起，方公不如趁此机遇，以舟师溯长江而上取江东，然后再北略青州、徐州，乃至辽海，到时天下大半尽收囊中矣……"

将整个中国东部沿海都据为己有，这是多么诱人的前景。可方国珍晓得那简直是白日做梦，他只是淡淡地答道："有劳先生费心，愚志不在此。"便拿点钱打发了张子善。

方国珍明白，能够据有浙东三郡就已经很不错了，等到大敌来临时，大不了就做吴越（投降北宋）第二嘛。朱家军大举攻略浙江的消息传来后，方国珍密切注视着形势的变化，当元璋的使者蔡元刚到达庆元后，他便召集兄弟及诸将说道：

"而今豪杰并起，遍观诸强，唯有姓朱的号令严明，几乎是所向无敌。如今他又打下了婺州，实话说，咱们肯定不是他的对手。再看看咱们周围，西有张士诚，南有（福建）陈友定，都跟咱们关系很僵，所以，不妨暂时向姓朱的称臣，以观其变吧！"

众人对此都无异议，不久后方国珍便遣使前来，表示愿意归降应天、归降龙凤政权，声言将配合朱家军共灭张士诚，并献黄金五十斤、白金百斤，金织、文绮若干。但是方国珍暗地里还是阴持两端，因此在对付张士诚时并不会积极出力，但元璋一时腾不出手来跟他一一计较，对付张士诚才是当务之急。

得知朱家军主力南下的消息后，至正十九年二月，张士诚又派出重兵去打江阴，战舰蔽江而下，阵容空前。

张家军的主帅同金苏某驻兵于君山，张士诚则对水师进行遥控指挥。江阴守将吴良眼见此景，立即向诸将下达了紧急动员令，不过他告诫大伙道："不要轻举妄动，敌众我寡，要见机行事。"

当张家军的水师布满于江阴水面时，吴良才命自己的弟弟吴祯领一军出北门应战。两军刚一交锋，吴良又派出王子明率一支勇猛的敢死队悄悄地从南门溜出，钻到敌人的侧翼，像徐达当初对付张士德一样，对敌人进行迅猛突袭。

在守军出其不意的铁钳攻势下，一贯不抗打的张家军很快就撑不住了，最终阵脚大乱，被生擒和溺死者甚众。元璋闻报后，大喜道："前者耿炳文在长兴以寡击众，力抗张家军，如今吴家兄弟在江阴也这般智勇兼备，真是让咱安枕无忧了！"

余杭之战得胜后不久，朱家军一部开始攻打杭州，张士诚立即派出坐镇湖州的李伯升来援，结果被朱家军击败。不过杭州毕竟是一座重要的城池，又是南宋故都，所以防守极为严密，想要轻易拿下显然不太可能。

与此同时，元璋又任命耿再成为行枢密院判官，率兵屯缙云县黄龙山，伺机攻打处州。此后胡大海率兵攻取了诸暨，元璋又命他秣马厉兵，准备进一步攻略绍兴。

不久后，邵荣又率兵攻打湖州，城中敌人倾巢杀出，打了朱家军一个措手不及，不得不退回余杭一带。邵荣料定张家军得胜后一定会乘胜追击，便预先在沿途设下了埋伏，他还告诫将士们："敌人来时，坚守勿动。待我在山上举起大旗，再一齐杀出。"

这边刚布置好，那边李伯升就亲自带人杀来了。他们攻打了一会儿朱家军的壁垒，没能取得什么突破。邵荣料定敌人此时已经疲乏，于是举起大旗，招呼众军一齐杀出。敌众顿时大乱，自相践踏，死伤者很多。

李伯升又羞又愤，他急于翻盘，不久便带兵卷土重来，可还是被邵荣部打败，最后只得重新退回湖州坚守。朱家军乘胜攻城，但是久攻不下，只得罢兵退回。

　　到了四月，元璋立枢密分院于宁越府，以常遇春为镇国上将军、同金枢密分院事，驻守宁越。随后，元璋又命帐前元帅陆仲亨试着攻打衢州，不克而还；又命金院胡大海率元帅王玉等攻打绍兴侧翼，结果大破敌军。不久，张士诚派兵再次攻打建德，但连遭文忠部的迎头痛击；常州、婺源也先后遭到张家军的进攻，但都取得了保卫战的胜利。

　　可就在胡大海报捷的同时，一个巨大的噩耗也从绍兴前线传来：四月十五日，帐前总制亲兵都指挥使冯国用暴卒。

　　此前，冯国用率领一支亲军参与了绍兴之役，终因劳累过度而病发，结果一下子就去世了，年仅三十六岁。元璋不能接受这个现实，忙拉住报信人的衣襟道："浑蛋，是不是你搞错了？你是哪个派来的？"

　　等到尸首送来时，痛失股肱的元璋不禁抚尸大哭道："孟德失奉孝，咱亦失国用！这是天意吗？"随后他便与身边的幕僚一一痛陈同冯国用运筹帷幄、艰辛备尝的往事，内心充满了悲伤与感慨。如果不是后来刘基的到来，元璋身边就缺少了一位真正可以对他的谋划斟酌损益的杰出谋士。

　　为了祭奠冯国用，元璋后来命人在应天鸡笼山筑坛。因冯国用的儿子冯诚年幼便没有袭其职，但已积功为元帅的冯国胜得以承袭兄职，典掌亲军，从此后冯国胜才崭露头角。

第十六章
平定方略

一

鉴于元璋在浙东的开拓之功,这年五月,小明王又提升元璋为仪同三司、江南等处行中书省左丞相,邵荣则进位为平章。

眼看自己来浙东的日子已经不短了,元璋打算返回应天。此时西线战场上已经有些风云初现,也催迫着他赶紧回到应天坐镇,以稳住大局。

还在年初时,赵普胜侵袭太平,结果被花云部击败,损失了粮食一万七千余石。赵普胜不甘心失败,又侵袭附近小县,双方战于栅江口,结果他还是没捞到便宜。

这年的四月,朱家军又一举收复了池州。先前,赵普胜攻破池州后让部将留守,而他自己则驻扎于枞阳水寨,以伺机寇掠朱家军的地盘。徐达到西线主持大局以后,考虑到赵普胜的巨大威胁,便命"双刀赵云"的老熟人俞通海等率水军去攻打枞阳水寨。俞通海不愧为一时豪杰,很快就打败了有勇寡谋的赵普胜,赵氏的部将赵牛儿、洪钧等皆被俘,赵普胜本人则弃舟从陆上逃走。朱家军缴获了大小战船数百艘,借着胜利之余威,一举收复了池州。

元璋听到收复池州的喜讯后,便立即擢升徐达为奉国上将军、同知枢密院事,俞通海则被升为金枢密院事。

当月,俞通海又率军攻打赵普胜,这回运气就差了一些,被赵氏扳回了一局。对此,元璋与心腹幕僚们说道:"如今那陈友谅代徐氏自立,'双刀赵云'乃是徐氏嫡系,欲除掉他,恐怕还要借陈友谅之手。"

就在临行前,元璋特意把胡大海召了来,吩咐道:"宁越为浙东重地,需要有可靠的人来把守,所以让大海你来担此重任。大海啊,你的任务很明确,就是守备宁越,并伺机进取衢州、处州和绍兴。但是,有几个人你一定要当心,一是衢州守将宋伯颜不花,其人多智术,不可小觑;二是处州守将石抹宜孙,其人善用士,也不易对付;还有就是现正驻守绍兴的张九四的大将吕珍,此处兵重,也不是仓促之间可以图谋的。这三个地方与宁越都靠得很近,你应当与遇春同心协力,看准时机再有所行动,千万不可贸然出击。"

在回应天的路上,元璋又召见了常遇春,对他叮嘱道:"如今胡大海后来居上,大有赶超你的势头。遇春,你要努力了!衢州就先交给你了,恐怕这会是一场硬仗,你可要做好持久作战的准备,有需要大海帮忙的地方,尽管开口。大海人如其名,度量很大,前番咱处置了他的儿子,他仍能与咱赤诚相见,令咱十分感动。可惜他教子无方,偏往咱的刀口上撞,叫咱十分为难,尔等也要引以为戒了。"

常遇春当即表示道:"主公请放心,拿不下衢州,属下愿提头来见。"

元璋拍了拍常遇春的肩膀,又说道:"你小子的勇力咱是服气的,三军也是服气的,不过克敌在勇,全胜则在谋。昔日关云长号称'万人敌',结果被吕蒙所败,身死人手,这就是无谋啊!你当以关云长为戒才是。也不要做薛万彻,李卫公曾说他'勇而无谋,难以独任',太宗皇帝说他非大胜则大败,此番正是考验你的时刻,望你能够成为独当一面的大将。"

"谨记主公训诫。"常遇春顿首道。

待到六月时,元璋一行人终于回到了应天。在元璋返回应天的路上,吕珍突然率部围攻诸暨(当时已改名为诸全州),胡大海率兵前去援救。敌军以堰水灌城,胡大海夺堰,反过来水淹吕珍。

眼看将入绝境,吕珍于是在马上折箭向胡大海请求罢兵,胡大海眼见有些胜之不武,便答应了吕珍的请求。当时有部将曾劝说胡大海,应该一鼓作气收服吕珍,可是成竹在胸的胡大海却道:"他若敢再来,咱这里可是有准备的。"

有人在双方罢兵后又劝胡大海去偷袭敌人,一向光明磊落的胡大海笑道:"既然已经答应了人家,若再违背誓言,就是无信义。放人家离开,又去偷袭人家,胜之不武!"于是引兵而还。

七月,常遇春率兵攻打衢州。朱家军建奉天旗、树栅等围攻衢州的六个城门,又造吕公车、仙人桥、长木梯、懒龙爪等攻城器械,还于大西门、大南门下挖掘了地道。

衢州的元朝守将宋伯颜不花率众全力抵御，他们以芦苇灌油烧吕公车，架千斤秤吊起懒龙爪，又用长斧劈砍登城长梯，还修筑了夹城来防备地道。攻守双方皆使出了浑身解数，无所不用其极，战事异常惨烈。

正如元璋所料，宋伯颜不花是个劲敌，所以常遇春一时未能得手。可是常遇春又急于证明自己不是薛万彻之辈，也不想给敌人以喘息之机，所以一天都没有闲着。在两个多月的时间里，鲜血浸透了衢州城垣，确乎是空前未有的恶仗。

瓮城是城门外修建的半圆形或方形的护门小城（也有在城门内侧的特例），属于城墙的一部分。瓮城两侧与城墙连在一起，设有箭楼、门闸、雉堞等防御设施，可加强城堡或关隘的防守。当时衢州南门瓮城中就架设了许多抛石机和火铳，对于攻城的一方威胁很大。

这天，常遇春召集了将领及幕僚商议："南门瓮城里的西域炮大伙都看到了，如果想拿下城池，总得先想个法子把这些炮都毁掉才行，不然我部即使胜了，也是惨胜啊，太苦将士们了。"

近两个月的血战，大伙早已精疲力竭，所以当常遇春说完，大伙只是面面相觑，鸦雀无声。此情此景，让常遇春越发着急，不禁暗忖道："难道我常遇春真的要在这衢州城下碰壁吗？不行，我要做出个样子来给主公看看，给大伙看看。主公每每出奇制胜，为什么我们就一点儿都不如他呢？"

会议不欢而散之后，通过一番仔细观察，常遇春注意到在攻城遭到重挫时，守军往往会杀出城来乘胜追击。这时城门和门闸都开着，如果有一支小规模的奇兵以迅雷不及掩耳之势突入南门瓮城，趁着敌人反应不及，毁掉他们架设的投石机，还是有一定的成功把握。

可是怎么才能让这支奇兵悄悄地接近城门而不被发现呢？那就是夜里了，在攻城时，这支奇兵可以事先隐藏在护城河的水里。为了做好掩护工作，也有必要加强南门方向上的攻城力量。

想到这里，常遇春不禁大笑，他一面组织部队连续打了几天夜战，一面挑选了上百精壮又识水性的兵士，让他们拿着芦管躲在水里训练了几天。待训练完成后，敌人也已习惯了夜战，常遇春便命这支奇兵准备出击。

队伍出发前，有一人请缨参战，他就是常遇春的小舅子、管军镇抚蓝玉。只听蓝玉意气风发地说道："姐夫，如今你已经是主公麾下的大将了，我追随在你身边，虽然也立了不少小功勋，可是比你还差得大老远呢！此次夜袭瓮城，你就让我带人去吧！"

"胡闹，你去干吗？他们都是在水里训练过的！"常遇春怒道。

蓝玉诡秘一笑道："姐夫，你晓得我这几天为什么改去附近搜罗器械吗？"

"哦——？"常遇春恍然大悟道，"你小子在这里等着我呢！难不成这几天你也去水里训练了？"

"嘿嘿，正是！"蓝玉憨笑道，"此次夜袭，定然是九死一生，姐夫既然不能亲自带队，那我蓝玉自是义不容辞，不然那些弟兄心里也难免有些不痛快。若是功成，到时候你别忘了在主公那里为我请功就是，给我也弄个行枢密院佥事当当。"

虽然常遇春已经给上百名敢死队员发了厚赏，但他知道他们心里多少会有些芥蒂，士气可能也不会太高，如果自己亲自带队，那必然会士气大振。可如今自己已身为大将，上下都不希望自己这般涉险，既然蓝玉表示愿意去，他的身份又如此特殊，的确是两全其美了，只是他还是有些担心蓝玉的安危。

"你小子要是有个三长两短，我可怎么跟你姐姐交代啊？"常遇春搂着小舅子的肩膀道。

蓝玉拍着胸脯道："姐夫放心就是，我会多加小心的，如果实在不行，我到时绝不蛮干。"

蓝玉一向临敌勇敢，所向皆捷，常遇春也曾多次在元璋面前夸赞他。对于蓝玉的身手，做姐夫的还是比较放心的，于是常遇春勉强同意道："好吧，那你一定要保重。成，固然好；不成，千万不可强为！"

由于衢州攻防战已经打了数十天，双方对于战事早已麻木，只不过是凭借本能在厮杀。当守军追过护城河时，隐藏在河里的奇兵竟真的没有被发现，结果蓝玉率人迅猛杀出，一鼓作气杀入了瓮城。

冲进城门后，蓝玉大喊道："不要恋战，快点放火，把这些西域炮统统烧掉。"由于守军反应不及，再加上瓮城面积本来就不大，蓝玉等人在不到一刻钟的时间里就把整个瓮城给点着了，熊熊烈火中不断传来阵阵火药的爆炸声……

不过，蓝玉等人在撤退时着实经历了一场血战，连蓝玉也多处受伤。虽然有主力部队的接应，可是上百名好汉中仅有二十多人突出重围，而且人人挂彩。

待到蓝玉凯旋之时，常遇春看看小舅子并无大碍，兴奋地说道："看来姐夫我还是有一定智谋的。当然，你们都干得不错。"

为了不给敌人喘息之机，常遇春随即又督率将士加紧攻城。战至九月，元枢密院判张斌认为大势已去，联系常遇春开小西门投降，朱家军终于如愿攻克衢州，宋伯颜不花等人被生擒。然而，眼看着满目疮痍的衢州城，以及伤亡近半的所部将士，常遇春倒流露出了一丝伤感，对身边的蓝玉感叹道："真是一将功成万骨枯，尸山血海，到底所为何来啊！"

随后，元璋下令改衢州为龙游府，以武义知县杨苟知府事。又设立金斗翼元帅府，以唐君用为元帅，夏义为副元帅，朱亮祖为枢密分院判官，命宁越分省都事王恺兼理军储。常遇春则带兵回到宁越，伺机攻打杭州。

不久，鉴于取衢州之功，元璋将常遇春的金行枢密院事升为金枢密院事。

二

就在常遇春率军围攻衢州期间，元璋竟然以一招反间计成功除掉了赵普胜，让西线得以暂时安稳了些，在他看来，这真是一个大大的吉兆。

话说当时赵普胜身边有一名门客颇通兵法，常常为他出谋划策，被赵普胜视为自己的"谋主"。元璋方面的细作侦知此事后，元璋便派人私下与这名门客取得了联系，说服对方待情形不利时再转投应天方面不迟。由于贪财，这名门客还收受了应天方面不少贿赂，泄露了赵普胜的很多机密。

　　为了挑拨他与赵普胜的关系，元璋的细作故意将门客与应天双方往来的书信遗失，让赵普胜的人捡到。赵普胜看到信后，便对这名门客产生了怀疑，乃至处处对他加以防范。门客发觉异常后，担心无法自保，干脆归顺了应天方面。

　　元璋自然不会放过这样的良机，门客随后把赵普胜的事情全部交代干净，他说道："'双刀赵云'本是徐寿辉的亲信，自然不满陈友谅所作所为，可如今陈氏风头正盛，'双刀赵云'不敢与之争锋，只得暂时隐忍着。不过，他暗地里的小动作不少，经常与那些老兄弟暗通消息，以待来日时机成熟时便除了陈友谅……"

　　得到了这些有用的消息后，元璋立即重金收买了一位说客，让他到陈友谅的亲信那里去告状。陈友谅历来猜忌心就重，且又做事果断，当即暗下决心拔掉赵普胜这颗异己的钉子，可赵普胜对此却浑然不觉。

　　当时张定边还曾规劝陈友谅道："'双刀赵云'是个有勇无谋之辈，留他打前锋就好了，何必除掉他呢？若他一死，恐怕徐寿辉的其他亲信都要惶恐不安，那时倒不好了。"

　　可陈友谅不听，道："定边兄是一位仁人，但我陈某人可不能养虎遗患，这小子有那么多老友在姓朱的那边，万一他投过去可怎么办？就是留着他，早晚有一天他还是会对你我不利，我不能因为妇人之仁，重蹈倪蛮子的覆辙。如今我水师就要练成，明年就可以大举东进了，那时还用得着一个'双刀赵云'吗？"

　　张定边又转而道："那不如先等等看，不然容易扰乱军心。"这话陈友谅倒是听进去了。

　　这年的八月，元璋的养子之一、元帅朱文逊等人攻克了长江北岸的无为州①，此处位于安庆东北约百里。

不久，徐达等率兵乘夜偷袭浮山寨，打跑了屯驻于此的赵普胜的一名部将；朱家军又一路追敌至青山，再败敌人；再继续追至潜山地界时，遭遇了陈友谅麾下的参政郭泰率领的一支队伍。双方在沙河一带展开激战，结果郭泰被斩，所部溃散，损失军资无数，朱家军乘胜攻克了潜山县。

潜山之败加重了陈友谅对赵普胜的不满，他对众人说道："那'双刀赵云'一向吹嘘自己多么善战，可总是败多胜少，如今还连累咱们断送了一员大将，这厮着实可恶。"

这时，不少见风使舵之辈都出来数落赵普胜的不是，更有人指责他有投应天的嫌疑。新恨旧怨加在一起，终于让陈友谅下定了立即除掉赵普胜的决心。

陈友谅借口到安庆视察大军，路过赵普胜寨子时，特请他来见面一叙。赵普胜闻讯后，准备了烤羊烧酒来款待，自己还亲自登舟去拜见陈平章。哪知他一上船，陈友谅二话没说，当即就命人将赵普胜给绑了，然后直接杀掉扔进了江里，赵氏的队伍也迅即被陈友谅部将收编。

赵普胜被杀的消息传到应天，元璋立即利用这一有利形势，派俞通海之父俞廷玉试攻安庆——这位老将出马也是受耿炳文之父耿君用的激励。安庆本就是长江沿岸的要地，此时已经成为应天与天完方面的重要分界点，由于敌人防守严密，俞廷玉一时未能得手，最后还病死军中——果真成了耿君用第二，尽管他的功劳不大。

赵普胜之死，令徐寿辉的那些亲信深感不安，有的人建议"徐皇帝"偷偷领着大伙到四川去找明玉珍，但更多的人则怂恿"徐皇帝"去龙兴，以就近挟制陈友谅。徐寿辉不甘心做缩头乌龟，以为还可以像除掉倪文俊那样除掉陈友谅，于是便向陈友谅表示要迁都到龙兴来。陈友谅自然拿出各种理由来搪塞，但在众人的怂恿下，徐寿辉还是决

---

① 今安徽无为市、庐江县和巢湖市。

定强行迁都，他们不相信陈友谅敢冒天下之大不韪对"皇帝"不利。

听闻徐寿辉要率兵来龙兴的消息后，陈友谅当即集合众人商议此事，张定边晓得自己有些过于仁慈，便率先道："如今还不宜对上位直接下手，其余的，诸位看着办吧！"

陈友仁继而说道："那仅仅剪除其羽翼就可以了，此事在龙兴恐怕不可为，一来他们会加强防范，二来江州已初具规模了，不如就定在江州另开新局。"

胡廷瑞附和道："当断不断，反受其乱，此番正是行曹孟德之事的良机。"

众人计议已定，陈友谅便上报徐寿辉，表示自己将出迎于江州。

至正十九年十二月，就在徐寿辉一行人甫一到达江州时，陈友谅伪装出迎，伏兵于城西门外。待到徐寿辉一行几百人入城后，陈友谅当即命人关闭了城门，将徐寿辉的数千亲军挡在了城外，伏兵迅即杀出，居然将徐寿辉的部属杀了个精光。目睹此情此景，张定边不禁哀叹道："杀戮过重，不祥也！"

此时，留守在汉阳的邹普胜等人早已向陈友谅示好，在牢牢地控制住徐寿辉之后，陈友谅便自封为"汉王"，立王府于江州城西门外，并设官置属，一应大小权力尽归于己。胡廷瑞则出任江西行省左丞相，负责留守龙兴。

由龙兴路移驾江州，是为了就近指挥作战，踌躇满志的陈友谅显然已蓄志于扫清长江下游。在剪除了徐寿辉的羽翼，又自封为汉王之后，陈友谅注定要有大动作。

元璋时刻关注着陈友谅的一举一动，他迅速做出调整，以应对可能出现的危机。

先前在九月中旬，经过小明王的批复，元璋派出了博士夏煜去宣布对方国珍兄弟的任命：授方国珍"福建等处行中书省平章政事"、方国璋"福建行中书省右丞"、方国瑛"福建行中书省参政"、方国珉"枢密分院佥院"，各给符印，仍以本部兵马守城，并听候进一步的命令。

夏博士来到庆元后，方国珍深感进退两难：不接受吧，毕竟自己已经宣布投降了；接受呢，又唯恐将来受制于人，而且还得罪了元廷。正在左右为难之际，在亲信幕僚的指点下，方国珍便使出了一个两全之策——装病！他只是接了印，但却告病不任职，这样他仍可暗中操控军队，也可应付元廷使者的质问。

对待使者，方国珍的态度也很倨傲，弄得夏博士一肚子怨气。不过，这方家兄弟里面，还是方国珉识得大体，只有他开枢密分院署事，正式走马上任开始办公。

几个月后，夏博士从庆元回来即向元璋告状道："那姓方的甚是无礼，看来主公须教训一下姓方的，他才知您不是跟他玩闹的！"

元璋为难道："这厮怕也是吃准了咱目前无暇南顾，如今咱们正与那张九四较着劲儿呢，西边又来了一只虎，实在分身乏术，权且忍忍吧。"

在痛失股肱冯国用之后，元璋暂时有一种无力感，这也是他此时小心从事的缘由之一。不过，敲打一下不听话的人还是有必要的，起码颜面上好看。于是元璋派出都事杨宪、傅仲彰前往告谕方国珍，大意无非是指责和威胁。

不想方国珍根本不吃这一套，他对兄弟们说道："那姓朱的说咱们阳交阴备、首鼠两端，必须予以改正，不然没咱们的好果子吃，这真是可笑至极。如今咱们无须怕他了，且看看他究竟敌得过陈友谅与否吧，他姓朱的想一统天下，还早着呢。"

这年十一月，胡大海经过一番苦战，终于攻克了处州，获得了在浙东地区的又一次重大胜利。至此，浙东战役算是大致完成了目标。

先前，元璋在平定婺州后，即命耿再成驻兵于缙云的黄龙山，伺机谋取处州。处州守将石抹宜孙则派出麾下元帅叶琛屯兵桃花岭，参谋林彬祖屯兵葛渡，镇抚陈仲真等人屯兵樊岭，元帅胡深守龙泉，以抵御耿再成部的进攻。久而久之，由于士兵长期驻扎在野外，吃不好睡不香，慢慢地就懈怠下来，直至斗志皆无。

已经领教过朱家军兵威的胡深眼见大势已去，不禁感叹道："我将是半百之人，却功业未就，如果就这般死了，真是不甘心啊！对上对友，我胡深皆已力尽，如今还是顺应天命吧！"

元璋手刃胡大海之子的事情也颇令胡深动容，由此他认定了元璋乃雄才大略之辈，立身扬名、厕身云台的千古良机，真可谓稍纵即逝。深受儒家思想浸染的胡深左思右想该何去何从，这时他突然想到了当年大器晚成的李靖李卫公：唐高祖父子起兵之前，李卫公曾经向隋朝告警，等到李氏父子举兵以后，李卫公还想着效忠隋炀帝，结果他在长安滞留时被攻入长安的唐军俘获；就在引颈就戮时，李卫公学着淮阴侯韩信的法子大呼，向李氏父子自荐其才，结果竟真的一举改变了自己的命运。

"识时务者为俊杰"这话虽然不可取，可是在仁至义尽以后，胡深认为自己也没必要为了一个无道的旧王朝殉葬，何况也并未受它多少恩惠。后来，胡深向胡大海投诚，把处州兵弱易取一事相告知，胡大海大喜之余，当即嘉勉道："处州一下，咱定然会为先生请功！"

胡大海率军抵达樊岭，与耿再成合兵，连拔桃花岭、葛渡二寨，一路打到兵力空虚的处州城下。最终，石抹宜孙战败，后不幸被乱兵杀害。叶琛逃奔建宁，林彬祖出逃温州，于是处州所属七镇都归了朱氏。

占领了衢州、处州两座重镇，其意义相当重大，这就相当于为自己装上了两颗结实的门牙；而常遇春与胡大海二人的能力及功劳不相上下，大有比翼齐飞之势，令元璋颇感欣慰。

接着，元璋便改处州路为安南府，以义乌知县王道同知府事，并设立安南翼元帅府，任命自己的养子朱文刚为元帅，李祐之为副元帅，耿再成为枢密分院判官，孙炎总理军储。次年年初，元璋又将宁越府改名金华府，又改淮海翼元帅府为江南等处分枢密院，并以缪大亨同金枢密院事，总制军民。缪大亨此人有治才，且宽厚待人，甚至于提刑审问、剖析狱讼都很有几手，元璋一向很看重他，老百姓也乐于拥戴他。

至正十九年十二月，朱家军再败张士诚于分水县附近，从此，张家军不敢再来窥视严、婺地区了。

这年年底，再接再厉的常遇春又率兵攻打杭州，因杭州地近张士诚的统治腹心,且已经营日久,这注定将是一场比之常州之役更为艰难的攻防战。而另一方面,元璋也没有更多的生力军能派来支援常遇春了,因为他预感到陈友谅明年将有大动作,因此必须早做布置。

元璋就此对幕僚们说道:"力分则弱,陈友谅乃是咱们的劲敌,我等总要用力不分才是。遇春那里,能尽快拿下杭州,固然是上天垂青;不能的话,也只能走一步看一步了。"

冯国用的死让元璋越发感到身边缺少强有力的参谋,尤其是一位可以运筹帷幄、决胜千里的人物,因此在急需用人之际,他越发寄望于把刘基请来,也许他真的就是张良、房杜一流的人物呢!

三

石抹宜孙被杀的消息传到青田后,刘基遥为祭奠之余,不禁感叹道:"如今连文山都不存了,社稷又将何存?"他分明已看到了元运将终之日,至少在江南半壁,大局已然确定。

在天下群雄里面,刘基比较了解也最为看重的自然还是朱元璋,他已有意出山为元璋效力。但和胡深不同的是,他这个山野闲人还须摆摆架子,一来让他看看元璋的诚意和胸襟,二来也可以堵住天下人悠悠之口,让自己少背负一些"贰臣"的骂名。

在总制孙炎的建议下,胡大海曾向元璋力荐"浙东四先生",所以拿下处州后,元璋便立即正式行文给胡大海,命他代自己前往征聘四先生到应天来。

刘基与宋濂年轻时在处州相识,时有书信往来。不久之后,宋濂便向刘基讲述了自己的应召之路:

至正十八年十一月二十七日,也就是妹妹死后十几天,忽然有几个陌生人来到了宋濂避兵乱的诸暨山中,声言要见宋濂。他们自称是元璋所部参谋王宗显派来的使者,还特意奉上了礼币和书信,表示要请宋濂出山去担任婺州郡学五经师。

宋濂因久在诸暨山里，对外界的情况知道得很少，对于使者的来访，他不禁惊愕万分。许久，他才试着问道："感谢王君好意，只是不知婺州系何时被贵部拿下的呢？"

"如今浦江、兰溪皆已被我部攻下，现婺州正在我部围困之中。朱平章已亲率十万大军前来浙东，婺州旦夕可下。浙东大势已定，故而王掾史才欲早做准备。"使者回答道。

不过一聘即往不是宋濂的性格，而且他也需要进一步观察形势的变化，于是他便写了一封答书给王宗显，以多病、亲老、性懒、朴憨等理由辞谢征聘。等到至正十九年年初，婺州的郡学在荣升知府的王宗显主持下开设后，很多浙东的文士有感于元璋部的英勇善战、纪律严明及重视文教、礼贤下士，纷纷应召而至，宋濂闻讯颇为心动。

宋濂及其好友们早就对元廷失望已极，他们也预感到"大乱极而圣人出"，改朝换代大概就在今日了。因此当王宗显再次以厚礼来征聘时，宋濂便欣然前往婺州，担任了郡学的五经师。

等到胡大海将征聘"四先生"前往应天的文书送达时，宋濂在孙炎的授意下致信刘基，劝他出山跟自己一起去往应天。刘基得信后异常鼓舞，但自负甚高的他更要摆摆架子，况且他还写诗骂过元璋所部，这笔账总需要元璋答应一笔勾销才好。

孙炎自告奋勇，表示有信心可以请来刘基，于是胡大海便同意由他专门负责邀请刘基。孙炎自然把握十足，但他也知道得按部就班，所以他首先便以元璋的亲笔书信邀请刘基出山，刘基则回信表示："上有七旬老母需要照料，恕难从命！"

孙炎对此一笑置之，然后便派人前往刘基处相请，刘基又觉得孙炎的身价还不够格请自己，于是拿出一柄宝剑，让来人带了回去，表示若要强逼便以死明志。孙炎接到宝剑后，让人将剑送还刘基，并表示："剑当献天子，斩不顺命者，人臣不敢私！"这就有些威胁的意味了，表示不吃这一套。

接着，孙炎又亲笔写就了一封数千言的劝谏书信，其中仔细列述了元璋自起兵以来的种种作为，也说明了元璋不能亲往青田的缘由，并着重指出:"朱公爱才如命,允升先生已领教之,亦必再三请先生,若先生即刻寻了短见,千载之下,焉能得一忠臣美名?先贤有'圣人革命'之义,今有'华夷之辨'之急,后世之人必以先生抱残守缺、不识时务,百代皆哂之也!先生不世聪明,望深察之!"

从朱升先生的待遇看,只要元璋能有机会,他还是不乏"三顾茅庐"之意的。经过孙炎的这番力请,刘基在面子上有些过不去,不好再婉拒了,于是逡巡着来处州见孙炎。

孙炎立即摆酒设宴款待刘基,刘基尚有个心结,便是元璋本人没有亲往青田,只是让孙炎这等"军师"代为致意,偏巧他还是个跛子,又身负重任,非得自己来见他孙某人不可。为了考察一下孙炎的才学,刘基便在酒宴上就古今成败等事与孙炎展开了一番讨论。

刘基率先问道:"阁下如何看朱公之事,论列古来贤王遗迹,可有何成例乎?"

孙炎一笑道:"朱公确乎出身微贱,汉高尚且是一亭之长,又有萧、曹辈为之张目,朱公则起于游丐,朝不保夕,无所凭借,欲成大事,原本难如登天!然史无定规,世无常法,后来者居上,也自在情理之中也!"

"此论甚当!"刘基捋着自己的虬髯道,"那阁下初时缘何认准了朱公呢?"

孙炎敬了刘基一杯酒,道:"不敢瞒刘兄,当日不才与夏煜、杨宪等十余同辈寄身于金陵,我等亲见朱公用兵如神,且秋毫无犯,非王师何以至此?苦于生计,又自知才薄,只好毛遂自荐了。"

"刘某听闻张氏求贤若渴,也甚是礼遇贤能,高邮一战可谓声震寰宇,且其为人又忠厚,阁下初时何故未去平江呢?"

孙炎老实答道:"初时也是消息不甚灵通嘛,也唯恐路上有不方便之处。不过当日细较权衡,也颇以为朱公有高过张氏之处,而此处甚为紧要。"

"请教阁下,乃系何处?"刘基拱手道。

孙炎微微一笑,道:"打天下、谋天下之重在用人,那张氏之大将,全系他的结拜兄弟,虽则不乏才勇,然终究有限;我等再看朱公,大将者如邵、徐、常、胡诸辈,虽则全系江北旧属,然皆为万里挑一之士,论及才勇,岂是张氏所可比拟?"

这个问题确实是刘基先前所忽略的,待孙炎一针见血地指出后,刘基不禁起身拱手道:"阁下别具慧眼,刘某受教了。"

"于今而言,张氏之事成败已可知矣!"孙炎接着说道,"士诚之心,知施恩而不知施威,知取之易而不知守之难!其麾下之为将帅者,有生之心,无死之志;其麾下之为之守令者,有奉上之道,无恤下之政;其麾下之为亲族姻党者,无禄养之法,有行位之权……长此以往,不有内变,必有外祸,不待智者而后知也。且张氏狃于小安而无长虑,东南豪杰又何望乎?"

"阁下所言极是!"刘基慨言道,"论列古来贤王遗迹,朱公之严威确乎罕见。其杀汤公之姑丈,又杀胡公之幼子,此等魄力,着实古今难寻也!"

见刘基已然心归应天,孙炎便进一步说道:"朱公麾下非无猛将锐卒,所或缺者乃系各路豪贤,尤在刘兄这等子房之流。不才初见朱公之时,便以'招豪贤,成大业'为旨,并劝诱朱公首谋浙东,务必将刘兄等大贤招致麾下,只要贤士归心,则朱公之大业必成!而为天下生民计,刘兄等出山相助朱公,也自是当仁不让啊!"

刘基谦抑道:"而今朱公身处四战之地,上游陈氏屯兵数十万,尤虎视眈眈,刘某或恐无扭转乾坤之力啊!"

"哈哈!"孙炎笑道,"若朱公不先取浙东,不得刘兄等襄助,以陈氏这等劲敌,朱公确乎难以招架。然今日陈氏既已得江西大半,而朱公已得浙东,决胜之要在于人心。陈氏得位不正,将帅不谐,稍遇挫折,必定分道扬镳。而如今朱公在守,陈氏在攻,朱公得地利、人和,陈氏必略占下风也……"

孙炎侃侃而谈,刘基觉其深中肯綮,忙惊问道:"阁下何不留守金陵呢,却偏处浙东一隅?"

"不瞒刘兄说,不才虽或有些见识,但并不长于军争之事,此等军国重事,自非刘兄莫属了!"说着孙炎又敬了刘基一杯,"去岁冯公暴毙于军中,朱公身边正乏谋划之人呢!且如今朱公重视火器,不才听闻刘兄于此道亦颇有建树,而今可不正是刘兄宏图大展、垂名宇宙之千载良机也?"

刘基见孙炎议论如倾河决峡,略无凝滞,不禁深为叹服道:"阁下过谦了!刘某初时自以为胜过阁下,今观阁下论议如此高明,刘某何敢望其项背也!承蒙朱公与阁下看得起,刘某只有效犬马一途了!"

"那就有劳刘兄了!"孙炎忙上前握住刘基的手,两人最后喝了个一醉方休。

到此时,刘基对于前路已经欣欣然了,颜面上也已大为满足,能与孙炎这等贤士共事,佐一代贤君,创一代王业,也的确算是千载一时的良机了!他又听说叶琛、章溢等人都已接受了应天方面的征聘,于是便吩咐同来处州的长子刘琏道:

"爹就要亲往金陵了,此一去恐怕真要步子房、房杜之后尘!尔等且须小心防备方国珍,不过这厮听闻爹去了金陵,恐怕今后也要三思而行了!"

章溢字三益,处州龙泉人,年轻时与本邑的胡深、叶子奇①及丽水叶琛等一同受业于当地硕儒王毅门下,因学业出众被称为"高弟子"。

至正十二年,一股西系红巾军从闽北入浙,攻打龙泉县城,章溢的侄子章存仁被红巾军捉住,章溢毅然挺身而出,道:"我哥哥只有这一个儿子,不如拿我换他吧!"红巾军素闻章溢名望,企图迫他投降,于是将他捆绑在一根柱子上,可是章溢终不为屈。

到了夜间,章溢骗过了看守的士兵逃归家中,遂召集乡民组成了一支武装,协助石抹宜孙来拼死守卫城池,最终将红巾军赶出了龙泉一带。后来石抹宜孙被一伙海寇围在了台州,章溢便亲率乡兵前往救援,终于帮石抹宜孙成功解围,从此以后章溢就成了石抹宜孙最可信赖的得力助手。

---

① 《草木子》的作者。

叶琛字景渊,别名伯颜,处州人,其人博学有才藻。至正九年时,叶琛曾出任青田县尹,他在任期间颇有政声,深得上司赞许,至正十二年三月,他被调到婺州负责城防的修葺事宜,次年三月又从戎为行军都事,参与了徽州、饶州一带的"平乱"。

至正十四年,叶琛来到杭州,正赶上青田的吴成七等人作乱,官兵在与之作战中屡屡失利,因叶琛在青田县尹任上颇有民望,行省于是在次年六月征辟他为同知处州总管府事,前往青田参与平乱。叶琛到任后,青田民众奔走相告,都前来归附,部分"山寇"也赶来自首,但吴成七并不归降,反而于十月间将叶琛劫持到了黄坦。

叶琛乘机秘密观察贼寇的出没规律,将其要领都一一掌握。至正十六年四月,吴成七因叶琛始终不为所动,只好将其放归。因叶琛有这段"深入虎穴"的经历,加之其富有治才,他自然就成了石抹宜孙手下的重要谋士。

相对来说,因宋濂从未食过元禄,所以他比之于刘基、章溢和叶琛等人都更容易接受朱元璋的征聘。章溢和叶琛同刘基一样,经过再三斟酌和多次征聘,才最终决定出山辅佐元璋。

至正二十年三月,刘基、宋濂、章溢和叶琛四人结伴前往应天,他们经金华双溪买舟溯桐江西去,经安徽然后沿江至应天。

在船行至桐庐江边时,忽见一名头戴黄冠、穿着白鹿皮裘、腰绾青丝绳的美男子,此人见到刘基后作揖而笑,还戏谑道:"刘兄这是往何处高就?"

刘基也不答话,只是笑着把那人延请到了船上,章溢和叶琛也认识此人,便都来与之欢谑,还分别取其冠服穿戴上。一时间船上充满了调笑声,刘基还想把那人载到黟川再下船,结果被那人发觉后赶忙制止。

那人下船后,一脸疑惑的宋濂忙问刘基道:"此人是谁,你们三位竟如此厚爱于他?"

刘基笑道:"此人乃是桐庐的徐舫徐方舟也。"

接着,三人便为宋濂讲述了这名美男子的逸事:徐舫出身于书香门第,自幼有侠气,好驰马试剑,兼善攻球鞠之戏,将那些拘泥于礼法的儒士视若无物。他早年也曾为科举业，但不久弃去，开始学古歌诗，以吟咏性情，乃至诗名日盛。江浙行省参政苏天爵闻其贤，力荐其出来为官，但徐舫却远避江湖，只以著述、写诗为乐事。

不过欢笑过后，刘基等人的心情忽而又变得复杂、凝重起来，于是他们一路上便互相写诗唱和，既为了送别往昔，也为了迎接将来……

四

一个月后，即至正二十年四月，"浙东四先生"一同到达了应天，元璋对此欣喜不已，他先将四人安排在临时设于孔庙中的客栈居住，为了彰显自己礼贤的诚意，他又命人专门建造了一座"礼贤馆"供四人居住。

不过，由于刘基、章溢和叶琛都有点芥蒂在心，显得有些拘束，毕竟他们都为元朝出过力，不像宋濂那样很快就与当地儒士打成了一片。

在召见四位先生时，元璋一面亲自安排座位，一面虚心请教道："今日咱为天下屈四先生，而今四海纷争，不知何时可定，望四先生畅所欲言才好！"

客套过后，章溢当即站起来拱手答道："天道无常，唯德是辅，唯不嗜杀人者能得之。"

这跟朱升的论调差不多，但还不够具体，但元璋见宋濂、叶琛二人也出来附和，便道："咱平素都是这样教导将士们的，但是咱的军令总有不到之处，往后还得严加管束才是！"

其实对于军、民，元璋总是会分开对待，尤其是针对张士诚的部队。因张士诚大方又无纪律，甚得广大将士的欢心，此人又好谋迭出、细作广布，所以元璋总是对被俘的张家军士卒不太放心，思来想去，忍不住痛下杀手：比如至正十七年八月，耿炳文部生擒张部一千余人，这些人后来都被押到应天处死了；至正十九年五月，元璋在浙东曾将张部降卒五千余人分与帐下，以便留守婺州，但又担心他们心生叛意，欲带回应天，中途则又担心他们逃亡，最后干脆都斩杀于双溪之上，一时间把双溪的水都染成了红色。

显然，章溢等人都听闻了有关元璋杀俘的风声，他们出于最基本的道义立场，想要委婉地劝说元璋慎杀。可是在元璋看来，宋濂、叶琛、章溢不免都有些书生气，自己何尝是喜欢杀戮、惯于造孽之人？只是如今身处这种环境和地位，为求自保，不得已才出此下策，也许只有等到天下一统了，才真正可以一切都付诸法制（他已经注意到，自秦汉以来，历朝取天下的，还真没有一个可以做到慎杀的）。不过，对于为什么人与人要这样互相残杀，元璋自己心里也不那么清楚，只能归咎于天命了。

刘基如今已是面黄貌癯，枯瘦自如，目光炯炯峻厉，鼻梁挺直，稀稀疏疏的胡子略显花白，两只耳朵的耳轮阔厚外向，使得他的整个神态显得坚强而有劲力。因此，元璋眼见形貌非凡的刘基一直没有开口，心下更觉得刘基定然会有高见，于是转而问他道："伯温先生，不知您有何见教？"

刘基早已对元璋的形貌惊奇不已，等到元璋来问时，他站起来拱手道："老朽没有他言，都在这《时务十八策》里了！"说完，他从怀里掏出了一份章奏，命人转呈给了元璋。

元璋不禁笑道："看来先生是有备而来！"

元璋迅速翻了翻刘基的章奏，因字数太多，他一时无法细读，便又笑道："还是先生先说说大意吧，待稍晚些咱闲暇了，再伏案细细拜读！"

刘基站了起来，刚要说话，元璋挥手示意道："先生还是请坐着说话吧！"

"谢主公，那就请恕老朽大发厥词之罪！"刘基随即面向众人侃侃而谈，"明公因天下之乱，崛起草莽间，尺土一民，无所凭借，名号甚光明，行事甚顺应，此王师也。我有两敌：陈友谅居西，张士诚居东。

友谅包饶、信，跨荆、襄，几天下半；而士诚仅有边海地，南不过会稽，北不过淮扬，首鼠窜伏，阴欲背元，阳则附之，此守虏耳，无能为也。友谅劫君而胁其下，下皆乖怨；性剽悍轻死，不难以其国尝人之锋，然实数战民疲；下乖则不欢，民疲则不傅，故汉易取也。夫攫兽先猛，擒贼先强，今日之计，莫若先伐汉，汉地广大，得汉，天下之形成矣！"

此语一出，果然把元璋给折服了，他心中大悦，暗忖道："先生果然名不虚传！"但他装作不动声色地问道："那北边之事呢？如今那里也好热闹！"

刘基沉吟了一会儿，答道："北方无论如何，不如先示以卑弱，总要先处置了南方之事，方可筹谋北方，此所谓远交近攻之策！主公可还记得诸葛亮'隆中对'中的一句？正可作为今日我等进图中原的方略。"

"哦？'隆中对'？"元璋想了一下说道，"莫不是中原有变那一句吗？"

"正是！所谓'天下有变，则命一上将将荆州之军以向宛、洛，将军身率益州之众出于秦川，百姓孰敢不箪食壶浆以迎将军者乎？诚如是，则霸业可成，汉室可兴矣。'主公天性颖悟，不用老朽赘言了吧！"刘基过目不忘的本事，让很多饱学之士都羡慕不已。

"确实如此，先生好记性！"元璋点头微笑道，"古往今来，北伐全胜者几乎绝无仅有，远如桓温，近如武穆，虽败因各有不同，然从来都是北统南，未有南统北者。今日我南方虽兵多将广，然步骑、水陆作战有别，气候亦有所不同，非北方鹬蚌相争，则我南方断无渔利之机。"

众人对元璋与刘基的这段对话纷纷点头称是，章溢忍不住赞叹道："刘兄此一番《时务十八策》，青史上注定要留下浓墨重彩之一笔呵，可谓暗夜之烛照！远有淮阴侯登坛拜将后与汉高的一番宏论，又有邓元侯在河北进言光武，诸葛氏的隆中对，近又有王文伯的《平边策》①……"

叶琛接言道:"真是破空一语,解去无穷迷厄!"

刘基对此颇为得意,过了一会儿,自负的他突然又进言道:"主公,请恕老朽直言,如今那大宋朝廷偏处于安丰一隅,不过只剩下一个空架子了,主公欲欢元廷之心,使北面无忧,不如且与那小明王……"

刘基唯恐冒犯了元璋,没有说出最后一句话,但他晓得众人都已知其意。元璋没想到这刘基为人如此刚直,已微露不悦之色,最后他拊掌道:

"好一个先南后北、先西后东之计,先生不愧在世子房!至于是否遥尊陛下一事,以后休要再提,咱不是那种见利忘义、落井下石之徒!"

至此刘基才明白,原来元璋竟如此看重这个忠义之名,而且也不愿轻易向元廷妥协。不过由于元璋已经见识到了刘基之才,当即将他留置幕下,充作贴身参谋,只是由于元璋还不能太信任刘基,所以刘基暂时并不算元璋的心腹。章溢、叶琛二人也各有分派,元璋准备把他们像孙炎一样分派到地方上任职。

宋濂出生于浙江婺州潜溪的一个传统的耕读之家,他自小刻苦攻读,跟从名人游学,转益多师,最终成长为一代名冠天下的文宗。此人品学兼优,于是元璋专门设置了一个儒学提举司,以宋濂为提举,并专门负责教导自己的儿子们学习经学,希望他们彻底脱去草莽之气。

---

① 王文伯即周世宗的重要谋臣王朴,在统一方略方面,他提出了先弱后强、先近后远、先南后北的规划。

五

元璋所说的北方的"好热闹",正是让他与陈友谅敢于放手大打的契机,这源于李察罕与孛罗帖木儿等人之间的内讧。

话说至正十七年时,红巾军攻入了关中,在接到陕西省台的告急后,李察罕即领大军入潼关拒敌,结果红巾军一败涂地,李察罕又因功授资善大夫、陕西行省左丞。

次年,为了应对红巾军对大都的围攻,李察罕受诏亲率一军屯驻于涿州以拱卫大都,其他军队仍驻留关中一带;东路红巾北伐军被击溃后,李察罕又受命前往镇压中路北伐军。等到河东之地被基本平定后,李察罕被晋升为陕西行省右丞,兼陕西行台侍御史、同知河南行枢密院事。

此时李察罕已俨然成为大元帝国的柱石,为了便于指挥军队协同作战,皇帝于是下诏,命李察罕守御关陕、晋、冀,抚镇汉、沔、荆、襄(即西系红巾军的地盘),"便宜行阃外事"。如此一来,李察罕已形同一方诸侯,于是他更加紧练兵训农,并以平定四方为己任。

至正十八年,刘福通攻克中原重镇汴梁后,为了占据有利地形,李察罕北塞太行山,南守巩、洛一带,与红巾军展开对峙。不久,他又被加封为陕西行省平章政事,仍兼河南行省同知行枢密院事,握有便宜行事之权。

次年,李察罕欲收复汴梁,他部署诸军步步紧逼,对汴梁展开了越来越紧密的围攻。到这年八月,汴梁城已是粮尽援绝,终于被李察罕率领的元军攻破,而刘福通等则带数百骑掩护着小明王从东门突围而去,最终在小城安丰落脚。

河南之地的红巾军势力皆被平定,于是李察罕派人前往京师报捷,眼见社稷、国脉终于被暂时保住了,一时间元廷欢声动中外。河南被再次平定,江浙的方国珍、张士诚又都再次被招安,此时大元颇有点振作起精神的迹象。朝廷自然也不会亏待李察罕，更不敢亏待他，于是又将他拜为河南行省平章政事，兼知河南行枢密院事、陕西行台御史中丞，仍便宜行事。

此时，李察罕既定河南，便分兵镇守关陕、荆襄、河洛、江淮等地区，而以重兵屯驻于太行山要地，营垒旌旗相望数千里。一时之间，李察罕成了手握重兵的中原王，更成为各路反王的可怕死敌——元璋此时尚处于事业的起步阶段，自然颇为忌惮李察罕的势力。

如果不是山东地区还威胁着李察罕部的侧翼，李察罕下一步肯定就要伺机挥师南向，这对于朱元璋与陈友谅而言，都不是什么好消息。山东当时属于中书省，既是红巾军的一大根据地，且又地近大都，李察罕自然不能无视这块心腹之患。于是，李部每日修车船、缮兵甲，务农积谷，训练士卒，图谋尽快收复山东。

可是，就在李察罕已经将进攻的矛头瞄准山东时，他的后方却出了纰漏。知枢密院事答失八都鲁曾节制过河南诸军，也曾是李察罕的上司，当时作为答失八都鲁儿子的孛罗帖木儿率军驻守在大同，本来山西与河北的大部分地区都是李察罕平定和掌握的，但是孛罗帖木儿看着眼热，也想将山西与河北收入囊中；李察罕自然不依，结果双方竟至兵戎相见。

朝廷多次下诏调解无效，如此一来，也就延迟了李察罕进攻山东的时间，更大大推迟了他率军南下的时间，朱元璋与陈友谅都因此获得了发展壮大、雄踞江南的宝贵时机，也为他们的互争雄长留出了时间。

陈友谅对于北方的情势变化自然也非常关心，至正二十年三月的一天，陈友谅召集了一应骨干及幕僚计议东进事宜，顾盼自雄的他率先说道："眼下北方正打得难解难分，正好给我等腾出了收拾朱家小子的时机，诸位也说说，此事当如何着手！"

筹谋战术方略是张定边义不容辞的责任，如今他也已成为掌握最高军权的太尉（张必先为左丞相，留守岳州，平章陈友贵留守襄阳，两处皆为重地），当即开口说道："如今我部水师已训练日精，自可直下金陵。不过为稳妥计，最好先拔掉池州、太平、采石这几颗钉子，即使不能一一拔除，也要首先拔除采石。采石乃是金陵的江上屏蔽，夺下采石，即可挥军直指金陵。不过我听说近年姓朱的小子颇下了一番功夫经营应天，恐怕短期内无法奏效，我等总要从长计议。"

熊天瑞站出来说道："汉王，我部的战船高大坚固，'塞断江''撞倒山''江海鳌''混江龙'等等，皆为当今天下之巨制，不妨先吸引金陵方面与我等在江上水战，以挫其锐气。"

"只怕姓朱的小子一看我们的阵仗，会不敢出战啊！"陈友谅笑道。

陈友仁此时站出来说道："我部以水师之长，自然要首战金陵，金陵也是姓朱小子的巢穴，打金陵对于摇撼敌人军心也是有益的，此为攻心之战。不过我听说姓朱的小子很善于控御诸将，且其兵精粮足，谋臣良将不乏其人，也颇受百姓拥戴，这就像当年的孙吴，谋朱之事，恐怕还要再多花点心思。"其实他最担心的还是自己内部，毕竟陈友谅是凭借血腥的政变上台的，很多人都对他颇为不满，只是暂时隐忍未发而已。

"老五，你是不是怕了？"陈友谅不解道，"如今兵力、地利的优势可皆在我等手中，定边兄，你觉得呢？"

张定边捋了捋自己的长须，笑道："五兄的忧虑自有道理，如今我等虽然号称江南之兵中最强，但还是利在速战，一旦战事旷日持久，我等千里馈粮，必有饥荒之忧啊！此番东进，形势迫人，于内于外，都不宜再耽搁，只是务要持重，不可轻敌冒进。当然，为了分散金陵方面的兵力，总要向张九四打打招呼，也让他在东边出点力才好。"

其他一些与会的心腹幕僚也站出来附和，陈友谅至此总算放了心，对于问鼎江南进而问鼎天下，他已经有些不耐烦了。他当即拍板道："好吧，那我等就先试攻一下池州，池州与安庆相邻，又是江上重镇。当初除掉'双刀赵云'时，我就想一鼓作气拿下池州，可是听闻徐达好生了得，才未敢造次，如今重兵集结，定要争取首战告捷！"

会议过后，陈友谅一面往安庆调兵遣将，一面又派出使者游说张士诚出兵。可是张士诚心知元璋不太好打，且帮着陈友谅打垮了元璋，最终自己也不会有好果子吃，此时他已经预感到张士德遭遇了不测，因此在出兵配合方面并不积极。

张士诚一直以来都非常善待廖永安，希望他能够归顺自己，这样就可以把廖永忠等人都拉拢过去。可是廖永安认定了张士诚难成大事，所以拒不顺从，张士诚无奈，只好一连关押了他八年，直到他病死狱中。

陈友谅之所以选定江州作为自己的临时都城，不仅在于江州土地肥沃、物产丰富，地处长江与鄱阳湖的交汇点，乃水陆交通之要冲、历代兵家必争之地，还有一个原因是从唐宋开始，义门陈氏逐渐成为江州地区人口最多、文化最盛、团结最为紧密、合族时间最长的"天下第一家"。曾创造了十五代、三千九百余口、三百余年不分家的家族奇观，受到唐宋时期七位皇帝先后二十七次旌表。

义门陈氏系南陈开国皇帝陈霸先的后裔，身上流淌着皇家的血脉，所以难免有些不太安分，家族内部一度流传着一句谚语："金鸡叫凤凰啼，不出天子到何时。"正是鉴于当时义门陈氏家族势力庞大、朝野大盛，宋廷唯恐其将来危及政权统治，仁宗皇帝便于嘉祐七年（1062）七月初三下旨勒令其分家，从此义门陈氏被迫分迁到了全国七十二个州县。不过，陈氏的大多数成员分布于江西、湖北、安徽、湖南、江苏、浙江等地区，而且家虽然分了，但当时还留下了近三百人固守故土。到元代时，又经过二百余年的发展，义门陈氏故居已繁衍为二千余人。

俗话说"打虎亲兄弟，上阵父子兵"，祖籍江州的陈友谅没有忘记义门陈氏的传统与精神，而且分散在长江流域各地的义门陈氏后裔就是陈友谅统治天下的有生力量。不过，后来随着陈友谅的战败，虽然义门陈氏后裔还不断有零星反抗，但都遭到了朱元璋的严厉镇压，甚至位于江州的祖坟也遭到了破坏，这就是后话了。

第十七章
喋血龙湾

一

眼见陈友谅在安庆调兵遣将，元璋预感到了陈家军有大举东犯的意图，因此在这年四月，将常遇春从杭州前线紧急召回。

当时杭州战事也很不顺利，由于常遇春急于求成，结果不仅数次失利，连他麾下元帅刘忙古歹及橼史商尚质也战死了。常遇春到达应天后，元璋便吩咐道："杭州的事情不用再去想了，那本来就不是一蹴而就的事情。此番恐怕我们要有一场恶战了，你这全军的头号战将可要做好准备。"

常遇春对于杭州未克之事还有些耿耿于怀，愤愤道："此次杭州战事，伤亡了几千将士，来日主公一定要让咱再攻杭州，一雪前耻，不然实在咽不下这口气。"

元璋为着鼓舞士气，便一笑道："那张九四屡战屡败，你就是胜了他，夺下了杭州和平江，也是顺理成章之事。此番陈友谅那厮将大举来犯我等，若是痛快、漂亮地打垮了他，那才是男儿本色。"

"主公放心，他陈友谅敢来，属下绝不会放他回去。我们打杭州，我军处于攻的地位，多有不利，可是陈友谅那厮打上咱们的门，就不一样了。"常遇春当即表示道。

元璋拍了拍常遇春的肩膀，道："志气和勇气，我们一定要有，但是此番绝不能轻敌。陈友谅不用说了，他麾下的张定边，你也已有所耳闻，这可不是'双刀赵云'之流，此人可谓深不可测。还有那'独眼'陈友仁，论勇论谋，恐怕也在尔等之上呢！所以此番要你去池州，务必与天德精诚携手，以共御强敌，如果可以首战告捷，必定可以大大振作我部的士气！"

"主公放心，咱知道自己几斤几两，到了池州，定然唯上将军马首是瞻！"

"好！"为了继续鼓励常遇春，元璋继而道，"遇春啊，你虽不习书史，但用兵也颇能与古兵家相合，这大概是你的天资所在。上次打衢州，你奇兵用得不错，让咱心里甚是喜慰。此次也望你有上佳表现吧，咱在应天静候你的佳音。"

"这都是仰仗主公平日的指点啊，嘿嘿！"常遇春傻笑道，他这样恭维元璋，加上他平素惯于察言观色，足以让元璋看到他的聪明、忠顺之处，大可倚为心腹。相比之下，徐达、胡大海二人都有些太直了，不太会看眼色，不会顺风倒。但话说回来，如果元璋不能彻底让常遇春服气，那么这份忠诚就不如徐达、胡大海等人靠得住了。

待到五月间，常遇春率部刚刚经由水路到达池州不久，陈友谅的三万大军便由参政姚天祥挂帅，从安庆出发大举进犯池州。姚天祥系有勇有谋的帅才，是当初从倪文俊帐下转投过来的，是陈友谅一向较为器重的百战之将，由他首战池州无疑是众望所归。

在出发前，姚天祥特意召集众将说道："据线人来报，池州守城的兵力不过一万余人，我以三万之众攻城，又有十几万大军做后盾，所向是必克的。至于说攻城的方略，首在全面攻城、重点突破，即便短时期拿不下池州，也要力争把敌众困死在城里，不使其成为我大军东进的掣肘。"

面对池州之战的严峻形势，元璋在应天与李善长、陶安、刘基等僚属进行了紧急磋商，元璋首先忧虑地开口道："陈友谅没有把他最精锐的力量与最出色的将领放在池州，看来他对池州并非志在必得，只不过是想把天德他们缠住罢了。如果天德他们一味死守城池，日久天长，陈部一定会在城外大肆筑垒，那时天德他们想突围都不容易了。看来天德他们既不能死守城池，也不宜长期困守，总要先机破敌才好。众位都说说，看看有何破敌良策。"

说完，元璋便命人搬出了一个大的沙盘，上面主要是池州及其周遭的地形地貌，陶安在向大家介绍时说道："此地是九华山，在池州城东南约四十里。"

刘基思忖了一会儿，插话道："也许可以在九华山这里做做文章，池州城里不必把全部人马都押上，守城而不限于城，我看守军主力宜安插在九华山附近，实行机动防守。"

元璋想了一下，道："先生所言甚是有理。困住池州后，陈部定然还要攻打太平和采石，进而来犯应天，那时我等分不出兵力去救池州。看来只能把守军的主力放在城外了，守得住固然好，守不住就收缩兵力到应天或者其他城池去吧！"

朱文正此次也出席了会议，他大声说道："四叔，我看不如就多分点火器给徐达他们，应天这里一时半会儿恐怕不会有太大的战事。"

"嗯，这话固然有理，不过这可是我部的杀手锏，不到关键时刻，不可全部亮出家底。"元璋话音未落，一阵灵感涌上心头，他不禁喊道，"有了！咱想到了一个破敌之策！"

众人忙问，元璋于是解释道："池州城内就留下五千人，另派精兵万人埋伏于九华山下；待敌兵临城之际，城上守军即可扬旗鸣鼓、大造声势，而后伏兵杀出，断敌归路，必获大胜。"

刘基因为还不甚了解徐、常所部的战力，觉得计虽然是好计，但以寡击众，未必就能如意，只得道："眼下也只有这个办法了，希望徐、常能切实贯彻主公良计，向应天报捷吧！"

众人商定之后，元璋立即将这一计划通报给徐达和常遇春。徐达接报后，召集众将笑道："主公一向料敌如神，看来首功是咱们的了！"这其实主要是想给大家打气，因为他还没有正式跟陈家军的主力交过手，所以心里确实没有多少把握。

徐达、常遇春等按照元璋的吩咐，重新调整了兵力和部署，九华山这边刚刚扎下营地，陈家军就杀到了，其锋甚锐，一路直奔池州城下。

池州城内的守军在徐达的亲自率领下顽强坚守，在顶住了敌人的前几波攻势后，徐达便发出了第一个信号，命埋伏在九华山下的常遇春部秘密出动。常遇春部沿着九华山山麓，绕道池州城西，从那里的一些小港陆续登船，然后顺江而下，切断了陈家军的归路。

当时徐达在池州城内大张旗帜，姚天祥等据此认为城外的朱家军只是一支偏师，因此只派出了几千人马迎击常遇春部。

虽然前往阻截的陈家军有一些大船，船上也备有一些西域炮，但在常遇春部可以远射的火铳打击下,很快便烧着了一片,陈家军顿时慌作一团。常遇春部以群狼搏虎之势将敌人团团围住,最后陈家军大部被歼,剩下的两千人做了俘虏。常遇春继续率众向池州城杀来,徐达眼见两军已经在江上混战,于是一面扬旗鸣鼓,虚张声势,一面率领城内守军杀出城去。他身后还跟着上万名化装为朱家军的老百姓,以迷惑敌人。

姚天祥见状,不禁惊呼道:"情报有误,看来敌众兵力少则三四万!"

在徐达和常遇春的前后夹击下,姚天祥竭力想稳住阵脚,奈何手下见对方"声势浩大",自家后路被断,再加上朱家军火铳的巨大威慑力,很快就陷入了慌乱之中。徐达所部本就是朱家军中最精锐的部队,一场血战之后,姚天祥部惨败,死伤过万,三千余人被俘。

对于俘虏的问题,常遇春向徐达建议道:"恐怕陈友谅马上又要卷土重来,我等押着这三千多俘虏不太方便,不如都杀了吧!"

徐达立即阻止道:"兹事体大,容我向主公请示了再说。"

很快,应天方面就做了批复:"战端初开,切勿杀降以绝人望。所擒之敌可悉数放归,以图将来。"

等到徐达拿着元璋的批示去找常遇春时,这才发现常遇春已经擅自做主,在江边将那些俘虏杀得仅剩下三百多人了。

徐达怒不可遏,忙问常遇春缘故,常遇春嘿嘿一笑说道:"如今江上浮尸甚多,咱想着不如都凑在一起得了,众人也看不出哪个是降兵来。若是等过阵子再杀,倒不方便下手了。"

"遇春兄,你在此事上先斩后奏,可是犯了主公的大忌。"徐达生气道,"主公的批示现已下来了,要我等立刻放归这些俘虏,以动摇敌人的军心,如今你既已做下如此劣行,叫我如何向主公交代?"

常遇春眼见徐达如此一本正经,他更晓得徐达一向喜怒不形于色,此番动怒一定是真的触到了他的底线。他当下就慌了,当即下跪道:"属下知罪了,还请上将军息怒!此番遇春立下尺寸之功,不足以掩此大罪,还请上将军责罚!"

常遇春比徐达大两岁,此番他居然向自己下跪求饶,可见是真的知错了，而徐达也正可借机立威，让常遇春从此对自己敬畏有加。只见他正色道："你是大将，临战之际我虽有处置你的权力，但这会儿还得有请主公发落你。"

徐达立即将此事上报给了元璋，元璋大为光火，但是念在常遇春有功，且池州依然面临强敌重压，他只能派出使者口头警告常遇春："池州初战破敌之功一笔勾销，今后再有如此逆举，定当重处。"

好在幸存的三百多人被关押在别处，他们对于杀俘之事一概不知，元璋除了命令释放这些俘虏，还特别关照徐达要严密封锁消息，并派人将一干假扮的俘虏沿江押赴应天。

对于池州之败，陈友谅感到了极大的羞辱，他气愤道："此役竟折损我一万精兵，实在难以忍受，不杀姚天祥如何让人知赏罚！"

此次惨败，令张定边的心情也非常沉重，他遂举手阻止道："若说姚天祥有罪，我等也有失察之过，真没想到那火铳威力如此之大、射程如此之远，姓朱的小子也着实诡诈。"

"那怎么办？如今我部财力、人力都在赶造大船和西域炮上，就是想改弦易辙，也为时已晚。"陈友仁忧虑道。

张定边捋了捋自己的美髯，道："好在他们的火铳数量大概不算多，我等作战时可以迎上去打，而且船体、橹桨最好都用铁皮包裹一下，以增强防护。不过，看敌众火铳威力如此之大，想必他那里有研制的高人，我等在这方面的确是追不上了，不过我们也可以适量花点力气，以备将来之长计。"

"好吧，那就不杀姚天祥了，就治他个督兵不力之罪。这口恶气，看来本王要亲自来出了。"陈友谅自负道。

十几天后，池州方面把陈家军的俘虏给送了回来，陈友谅装作若无其事，把自己的一腔愤恨都埋藏在了心底。他立即派出使者向徐、常致谢，另外又派出使者到应天向元璋做了解释："池州一战非我之意，乃巡边者偶战耳，望多海涵。"

正在磨刀霍霍的陈友谅显然是想麻痹对方，以放松对自己的警惕，然后出其不意，报此一箭之仇。但他怎么可能瞒过元璋的眼睛，元璋对几个心腹幕僚说道："听说陈友谅这人颇为急躁，如今看他的表现，倒有些处变不惊的模样。想来他要对我们出重拳了，恐怕接下来的日子不会好过。"

元璋当即传令，要沿江守军做好警戒工作，尤其传令身在太平的花云及自己的养子朱文逊等人，要他们马上进入临战状态。

二

闰五月，眼见部分战船已经包裹上了铁皮，陈友谅按捺不住自己的复仇之心，毅然亲率上千只战船、十余万将士绕过池州，向太平城直扑而来。这一次他使的是"跳蛙战术"，想以迅雷不及掩耳之势走一走直攻应天的捷径。

花云在城楼中眼见江上密密麻麻的敌船，不禁有些胆寒，太平的兵力不足万人，面对如此庞大的敌众，恐怕是不会有池州的幸运了。

花云不得不召集众将打气道："咱们在太平经营也有三四年了，论城防的坚固程度，只会在池州之上。俺跟常遇春是同乡，他在池州立了大功，大伙也争口气，别叫他小看了俺。主公前番说了，只要咱们坚守个十天半月，挫伤了陈家军的锐气，他就会派出水陆援军，从上下游夹攻敌人，那么咱们太平就是他陈友谅的葬身之地。"

这番动员之后，花云立即组织军民合力守城。很快陈家军一部就蜂拥而至，在火铳与西域炮的激烈对战中，朱文逊一时不慎被击个正着，当场毙命。花云心知不好向元璋交代，只得改换了一身丧服继续指挥作战。

坚城本来就不好打，而花云又是元璋麾下有名的猛将，所以陈家军几万人马猛攻了三天毫无进展。陈友谅非常着急，气量也小了三分，他对众将征询道："如果我等顿兵于太平城下，姓朱的小子一定会伺机反扑，那时我等倒被动了。诸位赶快想想辙，如何能尽快破城。"

就在这时，水师的王统领跑来告诉张定边："太尉，属下已有破敌之计，不过还请您跟随属下走一遭。"

于是张定边跟着王统领上了他的座船，这艘船是水师里相当高大的一艘，当船只载着张定边等人来到太平城西南的姑溪时，王统领命人掉转了船头，把船尾遥遥对着城头。

当时船只与城墙之间约有几百步，王统领把张定边引到了船尾，然后指着太平城头道："太尉，您来看看，那里的高度与我们船尾的高度，可是相差无几？"地势低矮的太平城西南角的城墙本就要比最高的北面矮了近一丈，由于连日暴雨，江水猛涨，白浪已经能直接拍打墙角了。

为了能尽量看清楚，张定边不顾危险，毅然命令船只尽量靠近城墙，当两者仅剩下约一百步时，张定边仔细做了目测，突然笑道："好！王统领，你可是立了一大功啊，我马上去汉王那里为你请功！"

"攻城刻不容缓，待城破之日，再赏属下吧！"王统领豪迈道。

张定边立即将这一喜讯报告了陈友谅，陈友谅欣喜若狂道："好！果然我们的心血没有白费，这战船之高大，今日总算是有用武之地了！"

在张定边的亲自督率下，几十艘巨舰被安排到太平城的西南角，在其他方向的配合下发动了一场猛攻。由于巨舰的船尾近乎与城头齐平，又紧靠着水边，所以陈家军直接将船贴靠城墙，士卒竟如履平地般蚁附登城……

守军反应不及，被迅速突入的陈家军击溃，城防很快失守，大部分守军突围而走，太平城终被陈友谅拿下，随后他们又乘势拿下了采石矶。

花云本人固然勇猛，但好虎难搏群狼，最终力尽被擒。

敌人将他紧紧捆住带到了陈友谅面前，花云大声骂道："有种的放开爷爷，姓陈的，你妄称好汉，敢不敢与爷爷斗一斗？"

陈友谅比三十九岁的花云年纪略长一两岁，他不禁嗤笑道："你这黑厮，只有匹夫之勇，不过是姓朱的小子的一条狗，也配与本王交手？杀了你，还怕脏了本王的宝剑呢。"

花云被这话彻底激怒了，嘴上又骂道："那也比你这个不忠不义的贼奴强，今日你绑我，来日我家主公必灭了你，将你千刀万剐。"他使劲挣扎着，居然就把捆绑在身上的绳子给生生挣断了，连陈友谅也被惊了一下。

花云趁机从身边的士卒手上抢过一把大刀，高喊着一连砍翻了五六人，接着直奔陈友谅而去。陈友谅身边的人立即拥到他前面试图保护，只听他大呼一声："都让开，让本王看看这黑厮有什么手段。"

众人不敢违逆，立即给花云让开了一条路，花云倒是有些吃惊，他早就听说陈友谅剑术高超、力大无匹，看来这一次是有机会领教了。

为了让花云彻底服气，陈友谅的宝剑并没有出鞘，他只是试图夺下花云的大刀将其生擒。花云毕竟力战大半天了，后劲不足，没几个回合，陈友谅就单手紧紧抓住了他的刀背，花云夺了好一会儿，也未能挣脱。陈友谅于是问道："黑厮，你服不服？"

"爷爷不服。"花云满脸都是杀气。

陈友谅觉得花云是要一条道走到黑了，于是用尽力气将长刀从刀柄处一折两断，左右的侍卫乘机再次制伏了花云。然而花云依然骂声不绝，陈友谅被彻底激怒了，吼道："把这黑厮给我吊到桅杆上，乱箭射死。"

一代悍将、曾经叱咤疆场的花云就这样壮烈殉职了，院判王鼎、知府许瑷也一并被陈家军俘获，他们同样抗骂不屈而死。

因为花云一直不愿纳妾，又见他是孝子，元璋便将他的老母、兄弟留在了应天，特许郜氏带着三岁的幼子花炜在太平居住。当陈家军攻进城的消息传来时，郜氏自知大势已去，立即将家人都召集来，带着花炜先行祭拜了一番家庙后，对丈夫深为了解的郜氏便对大家诀别道：

"太平城将破，官人必定要为国捐躯。他若死了，我一个妇道人家，活着还有什么意思？只是我们花家这根幼苗，就麻烦你们好生照料了！"实际上她是唯恐被俘受辱。

获知花云的死讯后，众人虽百般阻拦，可都架不住郜氏的决绝，她将花炜托付给了侍女孙氏，选择了投河自尽。

当花云夫妇的死讯传到应天，元璋沉痛地对大家说道："想当初在江北时，咱在战阵中每每遇险，多赖花云为咱解围，他就好比是咱的尉迟恭！后来咱常命他护卫左右，如同魏武帐下的典韦、许褚……渡江以后，花云多有战功。此子骁勇绝人，有一回他带人赶往宁国，当时有不少匪盗啸聚山泽，所以路上并不太平，可他提刀在前，遇敌即斗，遇寨就拔，一路上斩首数百级，自个儿竟毫发未损，大有秦王当初之风范！如今他不幸战死，实在是叫人伤心！"

一年后，侥幸脱生的孙氏历尽千辛万苦，携年幼的花炜见到了朱元璋，元璋在庆幸之余，便将花炜抱在自己的膝上，边哭边感叹道："此乃花云之子，将种也！"

三

攻破太平和采石之后，陈友谅决定集中全力直下应天，以"猛虎掏心"之势捣毁朱家军的老巢，即便一时拿不下来，也要让应天周遭一片废墟，至少要把抓到的男女老幼都掳走。

不过在此之前，已然志得意满的陈友谅还有一件紧要的事情想先办了，他向张定边等人征询道："我原想着拿下应天之后再正大位，可是为了鼓舞士气，不如就在这采石把大事办了，如何？反正带着那位也是个累赘。"在进攻太平时，徐寿辉也被一同胁迫了来，以免他在江州被人劫持了去。

张定边晓得，对于南面称孤，陈友谅和身边的一干人等早就不耐烦了，如果继续压制他们的这种想法，恐怕会让他们士气消沉，倒不如索性顺着他们，或许会让他们爆发出惊人的战斗力。于是张定边缓缓说道："事已至此，只好顺势而为，那就让太平成为我等的脱胎换骨之地吧！"

对于张定边的意见，陈友仁表示赞同道："虽是战地称君，也不可草率，总要办得隆重些！"

众人尤其是陈友谅特别看重这二人的意见，因此欣喜道："不妨的，来日回江州再补办一次就可以了嘛！"

不久之后，陈友谅移师采石矶。这天，他便派人去把徐寿辉请了来。

待到徐氏坐定之后，陈友谅一边向他假意陈说近来的军情，一边暗示徐氏身后手持铁锤的壮士，趁着徐氏侧耳倾听之际，突然从其脑后击碎其首。

由于徐寿辉完全没有防范，作为傀儡皇帝的他就这样一命呜呼了！陈友谅一面检视着他的尸体，一面还振振有词道："陛下啊，您也别怨我心狠无情，我想来想去，还是这等手段让您受苦最少！您泉下有知，还该体谅一下我的良苦用心！"随后他便将徐氏草草葬了。

为了显得名正言顺，陈友谅让人假扮了一回徐寿辉，然后上演了一出禅让的好剧。直到很久之后，陈友谅才向世人公布了徐氏"病殁"的消息，原徐寿辉的属下、已经成为新一代陇蜀王的明玉珍决心自立门户，他为了收取人心，便追尊徐氏为"应天启运献武皇帝"，庙号"世宗"。

采石矶上有座五通庙，陈友谅决定在这座庙中举行登基大典，于是便命人将庙中的神像都搬到门外。陈友谅宣布国号为"汉"，改元"大义"，除了他的兄弟们封王以外，仍以邹普胜为太师、张必先为丞相、张定边为太尉，只是赐予了较高的爵位，其他文武百官也各有封赏，一时间群情颇为振奋！

在举行仪式时，因为五通庙实在太小，所以容不下那么多人在里面三跪九叩，大多数臣僚只得挤到江滩上行礼。此时正是盛夏时节，天气说变就变，一场瓢泼大雨不期而至，把大伙给浇了个七荤八素，弄得一时间人心惶惶。

为了鼓舞士气，陈友谅佯装镇定道："好啊！如今我等正在艰苦创业阶段，经受这一番风雨也是天意，望诸位多多坚持！"

为了体现与臣下同甘共苦的心意，陈友谅也在雨里站了一会儿，可是由于大雨持续不断，登基仪式只得草草结束，众人心里不免都有些不祥之感。张定边不禁叹气道："也许是我等有些造次了！来日举步更要小心了！"

已经成为皇帝的陈友谅在完成了登基仪式之后，一面继续抽调后方精锐兵力到太平、采石一带集结，一面又派出使者到张士诚处知会，再次请求张士诚能够在东线积极配合一下，可是张氏只是一笑了之，最后不过是象征性地表示了一下。

自从占据应天以来，已经四年多过去了，朱元璋和应天城要面临的第一次重大考验眼看就要来临！面对汉军的巨大威势，坐镇应天的不少人都有些慌了，元璋自己也难免有些紧张，为确保应天不失，他已经命徐达、常遇春率主力由陆路回师。

在讨论会上，李善长率先建议道："我部应该夺回太平，以便从侧后牵制进攻应天的敌众！"

李善长其实并不长于军事，尤其是在面对复杂、艰危的局面时，包括李善长在内的很多人都难以应付。对于他的意见，元璋不以为然道："太平乃是我们新近加固过的堡垒，堑深濠阔，敌人若只是从陆地来攻，必不能破！偏他们有巨舰的优势，这才让他们侥幸把城给攻破了。而今敌人既占据了上流，顺势来侵袭应天，其水军十倍于我，仓促之间实难应敌。"

显然，战争的主动权已经操之于陈友谅之手，应天方面只能被动接招，除非有什么方法能把这一形势扭转过来。此时大家都有点慌神了，有的幕僚道："不如放弃应天，退守他城，避敌锋芒，以保存实力，伺机与敌进行陆战，以展我骑兵之长！"

另有的幕僚则道："钟山有帝王之气，不妨退据钟山之上以期自保！"

更有一些欲言又止，明显是想怂恿元璋干脆投降陈友谅算了，反正朱、陈之间也没什么深仇大恨。

面对这些馊主意，元璋一时也没了与之争论的兴趣，他只是佯装镇定道："应天乃是龙盘虎踞之地，如果轻易就能易手，岂不是笑谈？

那陈友谅水师诚然众多，可应天不是太平，敌众没有空子可钻，破敌之计可徐徐图之！"

陶安立即站出来附和道："陈友谅固然有其所长，我等这里也有所长，总要让大家都见识一下厉害！"他是火器方面的主要监制者，知根知底，底气明显比那些不知底细者大得多，而这些利器此前一直是保密的。

徐达、朱文正和邵荣等人也毫不示弱，纷纷向元璋请战，但元璋一时还是提不起精神来，他见刘基也没有发言，便叫大伙先散了，准备次日再议。

在众妻妾里，能够讨论大事的只有秀英和孙氏了，不过元璋心底里并没有把此次危机视为致命的威胁，也没有传令让被他视为奇锋的廖永忠到应天来，只调了他训练的一部分水师，所以还轮不到他跟秀英商议何去何从。不过，为着开阔思路计，元璋还是来到孙氏的房里，对她笑道："近来的事情，你可是听说了？"

孙氏一面上前为元璋打扇，一面又命人去取冰块，然后微笑道："如今天气炎热，我出去更少了，外面的事，如何得知？"

元璋坐下道："这事说大也大，说小也小，就是西边的那位打上门来了，不让咱们有好日子过喽！近日这位老兄还在采石称了帝，排场不小哇！"

孙氏听元璋及众人提到过陈友谅的事，那的确是不小的威胁，不过冰雪聪明的她还是给元璋打气道："西边的那位得位不正，又是出头的椽子，恐怕不会长久呢！如今他又急急忙忙来攻打应天，想来是不能持久的！您也是用兵如神了，何必惧他呢！"

"哈哈，如神？"元璋大笑道，"你可真是举贤不避亲！咱不是神，那西边的，也不可小看啊，他在三两年间就席卷了大片土地，其人必有非凡之处！"

孙氏娇媚地笑道："那跟您也不能比啊，您从前可是连肚子都吃不饱呢，可不是古今稀有的？"

听了这话，元璋非常受用，忍不住抓起孙氏的手，握了好一会儿才道："有一件事，咱还有点拿不准，你来帮我断断吧！"

"何事？"

"就是咱想着把应天四郊的百姓都组织起来做民兵，还想着将城外百姓的积蓄悉数运进城来，以免资敌。你觉得此举可行否？"

孙氏想了一下，皱眉道："此举恐怕不妥吧！"

"如何不妥？"

"民兵一事，甚为扰民呢！也容易加重眼下的混乱情形，若是再没收了百姓的积蓄，那百姓心里更没底了，无恒产者无恒心，恐怕还会抗拒呢！"孙氏又道，"而且应天若遭遇不测，那府库所藏之金银又有何用处？依我的愚见，不妨反其道而行，给将士们分了算了。如此一来，百姓不受打搅，便可民心安定；将士得了封赏，士气才能更高嘛……"

元璋细细思量了一下，不禁站起来道："哎呀，这几天咱心里着实有些畏敌如虎了！居然还不如你有识见，看来眼下安定人心才是上计啊！咱若显得慌了，恐怕有些人更慌了，说不定那大胆的还敢投敌呢！那时可就坏了大事！"

元璋竭力让自己显得镇定和自信，于是他一面安顿居民，将应天方圆十几里范围内的百姓分散撤离；一面又将府库中剩余的金银全部分赏给将士，部队士气本来就高，现在得了封赏，因而更加奋勇了。

第二天上午，众人又聚在一起商议守城大计，就在大家七嘴八舌之际，刘基却依然是一副闭目养神的悠闲之态，仿佛周围的纷扰都与他无关，元璋对此颇有几分不悦。

过了许久元璋才恍然大悟，刘基必然有一些密计不便于让众人知道，以免有人通敌泄密。元璋立即命众人暂且退下，单留下了刘基一人奏对。

这时元璋才微笑着开口问道："先生是卧龙凤雏一般的人物，想必定有高论，还望不吝指教咱才是！"

刘基一揖道："主公过誉了，不才只有三句话要说。"

"先生请讲！"为示器重，元璋还特意命刘基靠近自己坐下。

刘基咳嗽了一声后，道："第一句，主降及逃奔之人，当斩！此为宣示誓死抗敌之决心也！"

听罢此言，元璋不禁身上一凛，道："这个，这个，恐怕有些不妥吧！想那官渡之战时，曹孟德尚且体谅人之常情，咱也该大度一些才是。若杀之，有些可惜！不如就暂且拘禁吧！"

"也好！第二句，倾府库，开至诚，以固士心。"

"咱也正有此意呢！"

刘基又道："这第三句，就是具体的兵事应对策略了，即是诱敌深入而以伏兵邀击之。"

听到这句，元璋的兴致马上就高涨起来，忙问："如何伏兵邀击呢？不知先生有何良策？"

"如今主动之权操之于敌手，他来攻我来防，处处防备而处处虚弱，若将主动之权操之于我手，引诱敌人攻我防备坚强之处，那时岂不美哉？"刘基做出一副成竹在胸的坦然姿态道，"主公尽可放宽心，如今贼势甚骄，用计取之，易如反掌也！所谓天道后举者胜，吾以逸待劳，何患不克！取威制敌，以成王业，在此一举！"

元璋不禁击节赞叹道："好！先生一席话，令咱茅塞顿开，只是这用计之事，还要从长计议才行！"

"如今人心确乎有些摇动，主公可专挑一将向陈友谅私自投诚，陈氏自有五分信他！此将与陈氏约定日期，命陈氏来攻，以里应外合，那时纵然陈氏将信将疑，也定然难逃我之掌握也！"刘基慨然道。

这时元璋突然想到了已经被提升为都指挥使的康茂才，觉得他是再合适不过的人选，于是向刘基专门做了一番推介，其中道："这康茂才乃是一大孝之人，陈友谅那厮又对他有恩，想来必不疑他！两人有这番旧情，也自比他人较易得陈氏信用！"

"好！既然主公这样说，那就确定康指挥使吧！"刘基赞同道。

两人又就细节问题商议了半天，等到元璋把众人重新请进大厅，众人这才发现主公的脸上已经一扫阴霾，满面春风了。元璋欣然宣布道："诸位莫急，如今已经有了破敌之策！且看我部军威大展吧！"

众人虽将信将疑，但事到如今，也只能死马当活马医了。

四

当为康茂才送信的人被带至陈友谅面前时，他忙按照康茂才的吩咐下跪道："陛下，您还认识小的吗？"

陈友谅仔细看了一下眼前这个人，突然想了起来，顿时欣喜道："呀！三虎，怎么是你？你这些年都去哪里了？"他最开心的就是让故人都看到他今日的威势和富贵，此举不异于衣锦还乡。

"陛下，您还记得吗？那年您打发小的去服侍康茂才康相公，后来小的觉得康相公待人甚好，又害怕被官军追捕，就去投奔了康相公！如今小的不打杂了，在康相公府上做门房，也已经有家口了。"

"哈哈，你小子命不好啊，也是没眼光的，若是一直追随朕，如今至少可以给你弄个官儿做做！"陈友谅并不计较过去的事情，"不过，你我主仆一场，也算是故人了，你如今来投奔朕，朕也不会亏待你的！"

那人听了非常高兴，忙磕头谢恩不迭，以为康茂才真的要领着自己来投已然成为大汉皇帝的陈友谅，他又从怀里掏出了一封书信道："不只是小的要来投奔陛下，连康相公也有此意，特让小的代为投书！"

侍者把信接了过去，三虎继续补充道："只因避人耳目，小人把这封信七藏八藏，所以弄得信有些破烂，请陛下勿怪！"

陈友谅接过信，道："不碍事，只要意思看得明白就行。"

粗粗看过康茂才的书信之后，陈友谅不禁大喜道："康茂才不愧是知恩图报的君子，如今他来投诚，真是及时雨啊！你先下去吧，随时听朕吩咐。"

当陈友谅兴奋地把信拿给张定边和陈友仁等人看后，他又把自己与康茂才的交情略叙了一遍，进而道："对于康某的投诚之真意，朕虽不敢说有十成的把握，但至少有八九成的把握。"

陈友仁也觉得康茂才是真心来投，于是附和道："如今我大军将建瓴而下，应天方面必定人心不稳，像康茂才这般自谋出路者，必定大有人在！康相公又是一名孝子，籍贯又在蕲州，于情于理都该如此！"

如果朱元璋不了解陈友谅与康茂才之间的交情，尤其是在朱家军战事不利时，那么康茂才完全有可能向老相识投诚，如今倒不能不谨慎些，因此张定边捋了捋长须道："不怕一万，就怕万一，纵然是千真万确，我等也要慎重才是！何况朱家小子甚是狡猾，他若知康氏之事，能不提防吗？"

"嗯，小心驶得万年船！"陈友谅点头道，不过他心里还是觉得康茂才必定不会有意诈他。

次日，陈友谅又把送信的人叫了来，问道："康相公如今在何处？"

"回陛下，康相公如今是都指挥使，驻守在江东桥。"

"哦，江东桥？这是一座什么桥？"

"回陛下，是一座木桥。"

那人又仔细为陈友谅描述了江东桥的具体位置，陈友谅不禁暗忖道："那里可是应天的门户之一啊！"他据此判断水师正可通过江东桥进占周遭的有利地势。

将送信人款待了一番后，临送行时，陈友谅特别叮嘱他道："三虎啊，你回去后转告康相公，朕大军到时，即呼其名为号，切记！"

此时已经是六月初，送信人返回应天后，次日便是陈友谅约定好来攻打的日子。元璋这边即行动，李善长命人赶紧拆掉那座木质的江东桥，换成铁石材料的。几千人经过一个通宵的奋战，这桥终于建成，如此一来，大船就很难闯过去了。

这时正巧有一富户因畏惧汉军的抢掠，带着家小来应天落脚，他被带到元璋面前时说道："因我过去常往来应天，所以陈友谅特意把我叫去，问及新河口道路的事情。"

看来陈友谅对于新河口颇有兴趣，于是元璋又命人在新河口一带连夜跨水筑了一座虎口城，派了重兵把守，以阻截敌军从此地通过，从而彻底打乱陈友谅的部署。

由于整个的部署是放陈友谅大军到龙湾一带来，所以元璋将自己的兵力都围绕着龙湾一带的山岭部署，他下令道："冯国胜、常遇春率军伏于石灰山侧；徐达军于南门外集结；杨璟驻兵大胜港；张德胜、朱虎率领水师出龙江关外待命。邵荣军担当机动主攻任务。"因为要防备张士诚，所以元璋没有调俞通海部东来，而且陈友谅的水师过于庞大，此战注定还是会以陆战为主。

元璋则坐镇紧靠长江边的庐龙山（今狮子山）上，这座山约有百步之高，可以清晰俯视山下龙湾一带的情形。元璋命人拿着黄旗埋伏在山的东边、拿着红旗埋伏在山的西边，并且告诫大家道："敌人来的时候就举红旗，见举黄旗时，伏兵就一齐杀出！"

朱家军严阵以待，专等着汉军的来临，当时天气甚为炎热，将士们虽有些难熬，却又难掩大战前的兴奋和紧张，一个个都在那里窃窃私语。

元璋这里刚刚部署完毕，汉军的先头部队就如期而至，他们顺流东下来到大胜港，发现那里已经有一支朱家军在驻守；另外，大胜港的水道异常狭窄，汉军的战船又多是特大型的，所以只能容三艘船并行入港。

眼见大胜港水路不易突破，无法发挥自家的战船优势，陈友谅马上命令船队退出长江干流，改为直扑江东桥，以期尽快与康茂才会合。尤其是他听说江东桥是一座木桥，船队完全可以从那里破桥而过，直逼至应天城下。

很快，船队就到达了作为滨江要隘的江东桥，四周一片死寂，只有炎夏的知了令人烦躁的叫声，根本看不见人影。陈友谅命人连呼了几次"老康"的暗号，见没人回应，心里有些打鼓："莫不是此事被姓朱的小子发觉了？还是老康骗我呢？"

"报——陛下！江东桥不是木桥，而是新改建的铁石桥！"这时，一名亲信来报，陈友谅闻听此言，更加惊疑了。

又喊了一会儿"老康"，见还是无人应答，陈友谅至此才确信康茂才这个内应是指望不上了。不过他还是有些自信汉军水师的巨大实力，更不相信朱元璋有能力击败自己，于是他命人传话给陈友仁道："你先率所部开到龙湾去！"

"五王"陈友仁部有千余艘战船,龙湾一带地势较为开阔,利于汉军展开攻势。陈友仁到了那里以后,先派出万人抢占滩涂,立栅筑寨,为的是站稳脚跟。这时零星有一些朱家军前来骚扰,但都被汉军打了回去。

当时正值盛夏,骄阳如火,元璋身着紫茸甲,坐在一把大伞下指挥着诸将。眼见士卒一个个汗流浃背,他当即命人撤去了自己的伞盖,表示要与大家同甘共苦。

看了看天,元璋突然对大家说道:"要下雨了,大家先赶快吃饭。待雨住天凉后再行攻击不迟!"当时,天上并无明显的云彩,丝毫没有要下雨的征兆,所以大家都对元璋的话有所怀疑。

可过了没一会儿,黑黑的云头就从东北方向涌来,很快便大雨倾盆。众人无不惊服道:"咱们主公不是凡人呐!"其实,这是元璋多年流浪江湖积累的经验,也是朱升赠书的结果。

正在众人说话间,红旗突然举起,眼见雨势消歇,元璋立即命令邵荣的部队冲向龙湾。陈家军草草转入应战状态,双方顿时短兵相接,原本死寂的江湾顷刻间杀声震天,吓得周边躲避风雨的鸟雀四处乱飞。

邵荣部的出动只不过是朱家军试探性的进攻而已,意在引诱陈部的主力全部钻进这个大口袋。就在双方杀得难解难分之际,陈友谅果然亲率大军赶来助战。此时,雨也恰好停了。

眼见敌人已大部钻进了自己的伏击圈,元璋便命人把鼓敲得震天响,山西边的人听到鼓声,便将黄旗挥舞起来。接着,冯国胜、常遇春的伏兵迅速杀出,徐达一口气冲下山来;张德胜、朱虎的水师也呼喊着蜂拥而至,截断了陈部水师的退路。

与此同时,各处的火铳一起发射,其威势相当震撼人心,威力更是不容小觑,凡是被击中的汉军船只都起火燃烧。顿时,喊杀声、奔跑声、混战声及火器的爆炸声都交织在了一起……

当时双方军队的数量差不多,只是由于龙湾地区不够开阔,汉军又大多在战船上,部队无法迅速展开,所以才稍微落了下风。令汉军大感威胁的是火铳,不仅数量众多,而且破坏力巨大,偏偏射程还非常远,尤其是卢龙山上的火铳居高临下,直打得汉军不敢抬头。

摆在陈友仁部面前的，则是朱家军手里的小型火器，由于当时汉军的队形非常密集，更令朱家军的火器几近弹无虚发，他们只好躲在盾牌后面不敢冒头，如此更形成了被动挨打的局面。

此情此景令陈友仁不禁惊呼道："今日苦矣！"

待在船上的陈友谅见势大为不妙，便想着要赶紧撤退，他传令给陈友仁要他断后。此时陈友谅手下的人也都个个慌乱，汉军的阵脚很快就开始松动。

已经登陆的汉军抵挡不住徐、常部精兵的连续冲锋，陆续往船上退却。由于两军混战在一起，所以船上的西域炮不敢大肆发射，而等汉军上了船才发现，船居然已经不能动了。

这时，有人大喊道："不好了，江水退潮了。"

原来此刻潮水消退，很多大船都搁浅了，元璋在卢龙山上不禁欣喜道："真是人算不如天算，陈友谅这厮的长处，在老天爷面前，也成了短处了。"

惊慌失措的汉军彻底大乱，陈友谅手刃了好几名退却的士兵，却根本压不住阵脚。在一浪高过一浪的喊杀声中，汉军慢慢变成了被人斩杀的对象……

五

龙湾一战，汉军被杀死、淹死的不计其数，仅被俘就有两万多人。"混江龙""塞断江""撞倒山""江海鳌"等百余艘巨舰及数百战舸都被缴获，这些部队几乎全是追随陈友谅多年的主力部队，此役朱家军真可谓大获全胜。

此外，陈氏的部将张志雄、梁铉、俞国兴、刘世衍等或被俘或投降，陈友谅本人则改乘一条小船侥幸逃脱，他的旗舰最终也被朱家军缴获。

当有人把康茂才的那封书信从陈氏旗舰的卧房里搜出拿给元璋看时，元璋不禁朗声大笑道："古人言，三寸之舌强于百万之师，如今这小小的一封书信，也可谓抵得过千军万马了！"

张定边指挥着后队，原本是准备随时上前支援的，但他万万没有想到陈友谅和陈友仁兄弟失败得这么快，乃至一发不可收拾。当陈友谅灰头土脸地见到张定边后，不由得面有愧色地慨叹道："这回输惨了，没个三四年光景，恢复不了元气！真没想到，姓朱的小子如此狡猾，更没想到他的火器这样多，还那么厉害！"

"事已至此，悔也无益！陛下先走吧，这里我来断后！"张定边手持着长剑说道。

话说那张志雄本是赵普胜的部将，其人颇为善战，被人称为"长张"。赵普胜被杀之后，他对陈友谅一直相当不满，所以龙湾之战他完全是消极应付。他主动投降之后，又赶紧向元璋汇报了一个重要情况："姓陈的这次率军东来，把安庆的主力都抽调空了。我们今天的这帮降兵，此前都是驻守安庆的，现在安庆空虚，主公尽可以派兵去取，事不宜迟！"

于是，元璋即刻命令徐达、冯国胜、张德胜等率部追击败逃的汉军，一面又派出一名姓余的元帅就近领兵去攻打安庆。

张德胜部在慈湖一带追上了汉军残部，纵火烧毁了不少敌人的战船，连陈友仁也差点遭遇不测。但张定边有所准备，他掩护着陈友谅兄弟边打边退，退到采石矶之后，张定边见张德胜部孤军冒进，于是挥军将其包围，双方展开了一场激烈的水战。由于张定边部元气未损，在他的亲自指挥下，张德胜的部队被击溃，连张德胜本人也战死了。

冯国胜因为一向驻守在应天，战场上立功不多，所以此次追击残敌时他表现得异常积极，继张德胜之后，他率先领军赶来。陈友谅一见张定边稳住了阵脚，索性也不走了，他叮嘱陈友仁道："老五，你先带着队伍回江州吧，这里就交给我，好歹出出这口气！"

于是陈友谅便与张定边一起坐镇一艘名曰"黑旋风"的巨舰上，他振作精神指挥诸将迎战，因冯国胜部不习水战，且过于轻敌，结果也遭大败，损失不小。

水陆的追兵源源不绝，汉军毕竟元气大伤，在连续打赢两仗之后，陈友谅无心恋战。眼看太平城也无法保住，陈友谅只得收拢了太平的守军，率领大伙一块向西逃去。徐达亲率水师主力一路追至池州，眼看将要进入敌人的势力范围，这才领兵而还；而另一路的余元帅则顺利拿下了安庆。

　　至此，整个龙湾之战才算正式落下了帷幕。

　　在龙湾之战进行的同时，胡大海也没闲着，反而乘机拿下了衢州西南方向的广信（今江西省上饶市信州区）。

　　原来，就在陈友谅大军集结于太平窥伺应天时，为了在其他方向上牵制敌人，元璋特命胡大海出兵直捣广信。本来，胡大海觉得陈友谅既然已将主力集中到了太平一带，那么广信必然就空虚了，所以他只派出了部将葛俊率兵前往。

　　葛俊的军队途经衢州时，被当街责打常遇春部下的都事王恺给拦了下来。王恺又赶紧来到金华面见胡大海，他指出："广信乃是陈友谅伪汉国的东面门户，如今他既敢以倾国之力进攻应天，那就说明他对广信的防守是有所准备的，所以卑职建议大帅应该亲自带兵前去为好；否则，一旦失利，那么不仅广信拿不下，恐怕衢州也会受到牵连。"

　　胡大海觉得是这个理儿，当即决定亲自出马。当他领兵到达灵溪时，广信城果然有步骑兵数千人出来挑战，可是没一顿饭工夫，这帮人就被胡大海打得狼狈逃窜。胡大海随即督兵攻城，朱家军的兵力是敌人的数倍，且士气正盛，所以广信城很快就被拿下了。

　　不久，元璋改信州路为广信府，以段伯文为知府，立龙虎翼元帅府，以葛俊为元帅、周隆为副元帅守之。

　　龙湾之战是应天方面创下的一场空前未有的大捷，它狠狠地打击了陈友谅的嚣张气焰，使得应天的局势转危为安。由于此战消灭了陈友谅多年培植起来的精锐部队，令其短时期内难以完全恢复战力，所以元璋一时心情大好，在视察了刚刚收复的太平城并祭奠过花云、张德胜等人之后，他便携着徐达等人微服出游了一番。

　　这一天天气晴好，天也不算太热，半路上，元璋对徐达笑道："此番大破那陈老四,真是让人畅快至极!我等难得出游,今日必要尽兴而归!"

眼见主公一路上有些得意忘形,徐达微微一笑道:"那陈友谅骄兵致败,我等也别乐过了头才好!那张定边着实可畏,仍是我等劲敌!"

"敢如此直言的也就你天德兄了,只要有你在咱身边,咱就不会乐过头!"元璋笑道。

"前番主公夜不能寝、食不甘味,如今自然要快活一回嘛。"随行的郭英笑道。

几人走着走着,发现了一处有些别致的寺庙,叫"不惹庵",徐达问道:"主公与佛祖缘分不浅,可晓得'不惹'二字之意?"

元璋想了一下,不禁大笑道:"这可把咱给难住了,咱前前后后也做了三四年和尚,佛经却正经没读完一部,哪里懂这个意思!不过夫人近年来常诵读佛经,咱也受些熏染,想来这'不惹'二字,当是不沾染凡尘之意吧!正如六祖慧能大师所言'本来无一物,何处惹尘埃'……"

"想来也就是这个意思了吧!"徐达笑道,"这寺院如此之小,恐怕也没有什么高僧,来取一个高深莫测的寺名。"

说着,几人就进了不惹庵,住持法师见他们形貌非凡,便亲自来问候,且三番两次想打听元璋等人的身份,以求得些便利。

可是元璋不便亮明身份,在庵里吃过午饭后,一行人便离开了。住持法师非常失望,可是在收拾碗筷时,寺里的和尚却发现墙壁上用刀刻下的一首诗:

杀尽江南百万兵,腰间宝剑血犹腥。
山僧不识英雄汉,只恁哓哓问姓名。

元璋确实难掩心头的狂喜,更觉自己已是天下群雄之执牛耳者,于是题写了这首诗。

住持法师参悟了半天,又联想到朱元璋近日回到了太平,便已猜到了七八分。几天后,有人给不惹庵送来些粮食等物,住持法师更确信不疑了。

第十八章
再破陈汉

一

就在龙湾之战后的几天,元璋特意召开了一次盛大的庆功会,在此战中立下功勋的将士一律得到了重赏,而那些没有得到奖励甚至还挨了处罚的人,随后元璋也进行了劝勉。

当时胡大海因人在浙东,所以没能躬逢其盛,不过元璋并没有忘记他。元璋特意对众人说道:"前番胡大海建议罢除各郡县寨粮,说是劳民太甚,如今军屯也有了不小的起色,所以此番就采纳胡大海的意见吧,暂行罢征寨粮,以使百姓感念大海的恩德。从前文忠也有此意,求咱勿增农人田赋,如今咱们宽裕多了,就先一并成全了文忠的好意,让百姓们都知他的仁义之心……"

所谓"寨粮",就是指一些新近被招抚的郡县,当军队经过时,当地百姓必须主动提供粮草,或者由军队就地征粮,这样能免除军队的部分后勤压力。可是,任何地方的粮食产量总是有限的,如果过往的军队人数过多,就会把一个地方狠狠地刮掉一层皮,断了当地老百姓的活路,甚至会引发一些反抗的举动;即使生活宽裕些的地方,老百姓也会怨声载道。胡大海长年身处前线,对这些基本情况很是了解,民情骚动对长远统治很不利,于是他就把这一情况向元璋做了汇报。

此外,元璋还专门立下了一条规矩,即在实施军屯的队伍里,用粮食的产量来决定赏罚,这等于是把生产粮食视作与作战近乎同等的大事。之后他还强调:"兵不贵多而贵精,多而不精,徒累行阵。"减少冗兵,等于在节约粮食。

通过抓生产和精兵简政的措施,元璋的队伍搞得有声有色,士卒训练得以加强,士气普遍很高,老百姓也比较拥护。

这年的六月底,元璋任命安庆总管童敬先为省都镇抚兼安庆翼统兵元帅,算是担负起了守御一方的重任。童敬先名气不大,但也算谨慎和得军民之心,较为适合驻守城市。那名奉命攻取安庆的余氏元帅凑巧拾到了这份功劳，他想像耿炳文那样巩固住自己的这份成果，因此向元璋打包票说一定可以固守安庆——有童敬先这位不那么强势的主帅，才便于他余某人发挥！近来元璋确实有些骄傲，所以就依了余元帅。

不久，元璋又派人加筑太平城，以免重蹈覆辙。

先前，因为太平城西南俯瞰姑溪，所以才被陈友谅的水师从这里突破，如今汉军败走，常遇春带人收复失地。他特命将城市的西南角向后缩了一些，与姑溪拉开二十余步的距离，同时又增高加厚了部分楼堞。这样一来，敌人再想依靠大船靠近城墙攀爬上来，就完全不可能了。

此外，为了加强应天的守备，元璋还命人在龙湾修筑了虎口城。

张士诚没想到陈友谅会败得如此迅速，等到龙湾大战的消息传来后，他对吕珍等人说道："那姓陈的几十万水师，竟这般惨败，往后恐怕咱们的日子不会好过了，尔等赶紧趁着姓朱的主力在西边，去攻一攻他的城池！哪怕打不赢，就当是练兵了！"

因此，就在元璋刚开完庆功会之时，吕珍等人率领水师自太湖分三路进攻长兴。

长兴守将还是耿炳文，获悉吕珍领兵来犯，他派左副元帅刘成出五里牌，总管汤泉出蒋婆桥，张琪出下新桥，与敌人展开了针锋相对的较量。由于吕珍兵力雄厚，分兵阻敌的耿炳文出师不利，在激战中，汤泉和张琪两位将领先后战死，刘成与敌人相持一昼夜未分胜负。形势非常危急，耿炳文不得不亲率精兵增援刘成，经过一番苦战，把敌人的气焰给压了下去，还缴获了大量兵器、盔甲和船只。

到了九月，为了重用外甥，元璋特将文忠提升为同金枢密院事。随后从浙东传来了一个坏消息：张士诚兵入侵诸全，朱家军统兵元帅袁实战死。

不过，此后又传来了一个好消息：原徐寿辉的部将欧普祥等人以袁州来降。元璋不免幸灾乐祸道："袁州可是彭和尚的老家，看来彼等要有大乱子喽！"

袁州地处龙兴路西南约四百里处，朱家军的兵锋距此还有五六百里，中间尚隔着陈汉控制下的大片疆土，实际上不利于朱家军前去支援，欧普祥此举无疑是出于对新败之后的陈友谅的蔑视。而且当时胡大海部占据了广信，欧普祥觉得如果自己归附了应天方面，说不定朱元璋就会挥大军乘机夺取江西，只要自己可以在接下来的袁州保卫战中支撑几个月。

元璋自然没有轻举妄动，他要先看一下袁州方面的战事如何。欧普祥等人投降的消息传到陈友谅那里后，为剪除侧后方的威胁，他果然立即派陈友仁率兵前往征讨。

袁州本是彭和尚的家乡，众乡民都非常气愤陈友谅的举动，所以众志成城抵抗汉军的进攻。陈友仁一看大势不妙，也清楚新败之后的陈家军需要时日恢复元气，便打了退堂鼓。可是陈友谅严令道："如果平不了袁州，今后还如何震慑他人？"陈友仁只得硬着头皮继续进攻袁州，汉军的士气也非常低落。

陈家军里有不少虔诚的彭和尚信徒，他们同样很不满陈友谅的所作所为，纷纷向欧普祥投诚。更有一些人颇知陈家军的部署，因此在一天夜里，欧普祥带人出城偷袭，居然把一时疏忽的陈友仁给活捉了——袁州的情势一下子就出现了重大转机！

为了让众人泄愤，陈友仁便成了欧普祥的出气筒，他不仅狠狠鞭笞了陈友仁，还把他关在囚笼里示众，真是折腾苦了这位陈"五王"！

陈友谅顾念手足之情，只得派太师邹普胜前往袁州与欧普祥讲和。在邹普胜的斡旋下，双方约定以后各守其境，不互相攻伐，欧普祥这才同意释放了陈友仁。

元璋得知这个消息后，欣喜地说道："连一个小小的袁州都平不了，如今他陈老四的日子不好过了啊！"

此时，他开始酝酿西征之事，但此举需要做好水师等准备工作，还要瞅准北方有利于己的形势，不是短时期内可以付诸实施的。

十一月间，江阴守将、枢密院判官吴良被召至应天入见，元璋当众表彰他道："吴院判保障一方，使我部能够无东顾之忧，其功甚大！"为了有所表示，元璋还特命宋濂等人为吴良写了几首歌功颂德的诗作为褒奖。

为了再次敲打一下方国珍，十二月，元璋又派出夏煜等人前往训诫方国珍道：

> 福基于至诚，祸生于反覆，谲诈者亡，负固者灭，隗嚣、公孙述之事可以鉴矣。汝首致甘言，终怀反覆，大军一出，不可以甘言解也。尔宜深思之。

想那陈友谅是何等霸气的人物，都被朱家军打得那般狼狈，自己又有何德何能？方国珍这一次是真的怕了，所以他特意对夏煜等人致歉道："都怪鄙人有失检点，还烦劳使者特来训谕！"

使者要返回的时候，方国珍还专门派人送别，后来他还命人送一副金玉装饰的马鞍辔到应天进献元璋，元璋于是回话道："我如今有事于四方，所需者文武材能，所用者谷粟布帛，其他宝玩非我所好，你们还是带回去吧！"

最后这些礼物被拒收，方国珍心里越发忐忑不安。

二

转眼间就到了至正二十一年（即龙凤七年，1361）的正月，小明王方面鉴于元璋在南线取得的辉煌战绩，也不得不有所表示，于是加封他为"吴国公"。

元璋于是乘机提拔同金常遇春为中书省参政，金院邓愈也被任命为中书省参政，但仍兼金行枢密院事，总制各翼军马。

按照元朝的行省制度，一省的最高决策层通常都是由左丞相、平章、右丞、左丞、参知政事等六七人组成。不过元璋麾下的这些武将只是霸占着主要官职而已，实际负责行政事务的还是留守应天的一应文官。此时，主要是考虑到这些文臣功微位卑，且未必可靠，暂时还不宜给他们安排较高的职位，需要一步步提拔。

其实，元璋之所以不敢摆脱小明王以自立，还有一重顾虑，便是来自邵荣、郭天爵等人，假如他想像陈友谅一样早正大位，就得先摆平邵荣等人，因为这些人对于元璋荣登大宝是不会服气的，那就意味着彼此彻底成了君臣关系——他们的翻身空间就完全被堵死了。

因此元璋晋封吴国公的消息传来后，邵荣便对心腹赵继祖说道："那个主儿的位置如今越来越高了，下一步就要封王了，一旦他成了王，我们的关系就成了君臣，如果再行忤逆，就是谋逆了，名声上不好听！而在此之前，他心知我等会不服，那时定要加紧对付我们！与其等到他来对付我们，不如我们早早下手为好，拼个你死我活，也算不白白起事了一场！"邵荣没有说出的话是，一旦不幸失败，就去西投陈友谅或者东投张士诚。

赵继祖愤愤不平道："我等在外面常年奋战，不能与妻子儿女相聚，他倒好，整日躲在应天，妻妾、儿女成群，享尽天伦之乐！想到这里，我就不服！"

"好！如今我们手上只有这十多万人马，只能在方便的时候下手，擒贼擒王。以后大家就准备起来，只要看准了时机，就立刻行动。就算我们成不了大业，他姓朱的也别想成。"邵荣决绝道，从此后他们就开始了积极准备。

到了二月间，应天方面又改分枢密院为中书分省，接着擢升金院俞通海为同知枢密院事。三月，改枢密院为大都督府，命枢密院同佥朱文正为大都督以节制中外诸军事，实际上这是一种越级提拔，但因为朱文正名义上是元璋的亲侄加养子，所以大家说不出什么。

当时，枢密院虽改为了大都督府，但先行任命的一干在外武官既不做调整也不改换名头。很显然，元璋任命侄子担任武官统帅，正是意在让他紧握住军权，以抑制邵荣等人。文正在至正十九年的时候，还曾闻风上奏说"徐达有叛意"，以此取得老叔的特别信任。

在此之前，元璋曾把文正叫来，私下问他道："你想要个什么官？说出来，让老叔考虑考虑！"

不料文正却客气地答道："爵赏不先赏众人而急忙授予私亲，会令众人不服。而且，四叔既成了大业，做侄儿的又何愁富贵呢？"其实这不过是幕僚教他说的，意在博取元璋的好感。

元璋一听这话，不禁暗忖道："好一个识大体的孩儿，看来是没有什么野心了！这回咱就放心了！"于是他语重心长地说道："近来老叔封了公爵，下一步可就要封王了。你想啊，那些个资格老的家伙能服气吗？所以老叔才留你在应天给咱看着，如今更是不同于往日，这兵权咱爷们儿更要牢牢抓紧，老叔不指望你别的，就负责看好那几个老家伙就行。最近他们拉着郭老三蠢蠢欲动，依老叔看，早晚有一天是要撕破脸的。"

"那四叔的意思是？"

"趁着老叔刚做了吴国公，咱就想着把枢密院改为大都督府，由你出任大都督府左都督之职，替老叔握紧兵权，如何？是咱自家骨肉，老叔才能放心！"大都督府掌管军官和将领升迁，可以从人事上为元璋把关。

"既然这样，那侄儿就挑起这个担子吧！"文正话是这样说，但心里却不免喜滋滋的。

这一年，朱文正只有二十四五岁，十分缺乏历练，加上其本性有些不学无术，而元璋将他提拔至如此高位，日久必令其生出骄逸之心。这是元璋夫妇都不难预料到的，可是眼下元璋也只能采取这等权宜之计，毕竟他没有其他年长些、中用些的亲属可用，诸如二姐夫李贞，纯粹是一个无半点豪气的乡巴佬，根本指望不上。

后来元璋跟文正的关系破裂，他虽然气愤侄子的行为不端，但也确乎有些自责，所以对文正的处置就不是极端严厉。

至正二十一年年初，在众人的建议下，元璋又命李善长等人专门制定了盐法、茶法和钱法等，以从根本上保证财源之活水。

日子似乎一天天好起来了，但元璋并不敢掉以轻心。有一天，他在东阁视事，南京本是火炉之地，当时又值盛夏时节，所以他坐得久了，竟然已汗透衣襟。身边的侍从赶紧另拿了一套衣服进来，都是一些浣洗过多次的旧衣服。

这时，旁边的参军宋思颜忍不住插话道："属下见主公躬行节俭，穿的皆是旧时衣服，有类当日那讨厌新衣服的大禹，您今番的举动足以示法于子孙后代。但是，属下仍不免有所担心，今日危难，主公可以如此，他日一旦走出困境……恕属下直言，唯愿主公能够始终如一！"

闻听宋思颜的这番忠言，元璋当即大喜道："先生如此忠直，咱当闻过则喜才是！"说完，他便让人拿了些赏赐给宋思颜。

宋思颜客套了几句后，趁着元璋高兴的劲头儿，又说道："近来听说句容有老虎为害乡里，又听闻主公已经派人将它们给捕获了，还听说您已经把它们给豢养起来，让老百姓拿狗肉去喂养它们。这有何益呢？"

元璋没怎么见过老虎，一时图个新鲜有趣，但这般劳民伤财，跟迷恋"花石纲"的宋徽宗又有何区别呢？而且慢慢地，就可能变成宋徽宗。元璋一时有所顿悟，忙道："此事确乎毫无益处，都是咱一时糊涂。"

随即元璋便命人把两只老虎与一只熊都给杀了，然后煮了分赐给百官品尝，以向大伙表明自己改悔的决心。

至正二十一年四月，元璋改宁国府为宣城府，以中书省参议李善长为参知政事。五月，以枢密佥院胡大海为中书分省参知政事，镇守金华，总制浙东诸郡兵马，都事王恺为左右司郎中。同时，元璋又命文忠在严州一带修筑城防，因为那里距离杭州很近，不多做点准备显然是不行的。

就在不久前，院判朱亮祖曾率兵攻打陈友谅的一处地盘，不利而还，但元璋养子之一朱文辉引兵攻打池州附近的建德，结果得手。

陈友谅虽然新败，但他并非只会被动挨打，陈氏部将李明道奉命进攻信州。为阻截胡大海的援兵，李明道预先抢占了玉山县草平镇，胡大海的部将夏德润在进兵过程中遭到伏击，力战身亡，李明道乘胜攻打信州。信州守将正是胡大海的养子胡德济，他的兵力单薄，信州危在旦夕。

胡大海闻讯随即率兵由灵溪西进，当胡德济听闻援军已到，便引兵出城，与李明道展开激战。胡大海的援兵及时赶到，父子二人合兵夹击敌人，结果大破敌军，生擒了李明道及宣慰王汉二以下千余人，缴获了不少战马兵器。

这王汉二本是王溥的弟弟，而王溥又是饶州的地方军政长官，所以文忠闻讯即命王汉二以书信招降哥哥。但王溥一时犹疑不定，于是文忠只得把李、王二人送到了应天，李明道将陈部的具体情况向元璋做了详细汇报，最后他强调："陈伪主自从篡弑以来，将士皆离心，且政令不一，擅权者多，骁勇之将如赵普胜等，他又忌而杀之，兵力虽众，其实不足畏也！"

元璋听了，心里便多了几分底。他又见二人态度不错，于是恢复了他们的旧职，还决定任用他们作为将来攻取江西的向导。

六月初，由于各处的驻军不断被抽调去加强西线，镇守长兴的耿炳文有些担心了，他给元璋上书说自己这边地接敌境，应该把广兴翼的驻军留下作为应援。但他的请求遭到了拒绝，元璋只是让耿炳文加强长兴守军和民兵的训练，自谋镇守之计。

耿炳文不禁心情复杂地对费聚等人说道："看来主公要在西边搞大动作了，我们东边要受点苦了。"

八月，邓愈大军在经过一番周折后攻克了鄱阳湖附近的浮梁，但与此同时，一个坏消息传来——重镇安庆失守了。

攻陷安庆的敌方主将正是张定边，因为安庆的位置太重要，所以他亲自带兵出征。

战前经过一番缜密侦察，张定边发现安庆守军并非一支精兵劲旅，倒有些像诱饵，意在引诱汉军来攻，援军则配合守军里应外合，对汉军进行有力打击。张定边看破了这种别有用心的布置，于是集中主力昼夜不停地猛烈攻城，结果还没等援军集结完成，安庆就已经告破了。

安庆守将余某等逃回应天后，常遇春立即求情道："主公息怒，张定边着实了得，余元帅也是情有可原。"

元璋大怒道："这厮当初信誓旦旦，声言定可确保安庆！咱想着安庆确乎是一座坚城，敌众攻拔不易，便没有太放在心上。如今这厮不予死守，仓促弃城，也是他的失职，若不重处，如何服人？"于是下令将他们全部处死。

不管怎么说，安庆一失，长江上游的防守便被撕开了很大的一个口子。当时李察罕部正在对山东用兵,一时无法分身。元璋考虑良久,又和大伙做了反复的分析比较后,最终决定亲率主力伐汉,要狠狠教训一下陈友谅才行。

此时刘基建议道:"去岁我们重创伪汉,若放任其恢复元气,日久必为心腹大患。主公可派出使者结好北边,使我不致有北面之忧,如此我部就可在江西放手大打了。一旦我部取了江西,便形同斩断伪汉一条手臂,那时他再直下应天,可就要仔细掂量了。从此以后,主公便可从容图之。"

元璋对此深以为然,不过,此番毕竟是他生平第一次对西线主动大规模用兵,准备工作自然是非常审慎和细致的。

三

其实元璋发动西征,还有一个难以启齿的目的,那就是他对达氏也早已有了觊觎之心。

当初赵普胜的门客来投诚时,元璋就曾好奇地问他:"听说姓陈的有一个爱妾,其人美貌非凡,又颇具才艺,陈氏爱若珍宝,可是当真?"

那门客微微一笑道:"这个小的没有亲见,也都是道听途说罢了,风闻陈氏的这名爱妾乃是杨妃转世,还传言此女如夜明珠一般,晚间身上还会发光呢!"

"哦?"元璋越发好奇了,尤其是对所谓"杨妃转世"的说法,"此事别人如何得知?"

"这个小的就不晓得了,大概是倪文俊那厮酒醉时说过吧,那厮喝醉了一向口无遮拦,放言甚是粗鄙!"

"那陈氏钟情于她可是真?"

门客拱手道:"回主公,此事倒应是千真万确,从来英雄爱美人嘛！"

　　至此元璋就想，定是那达氏乃系绝色佳人，不然断不至于陈友谅之辈如此钟爱有加，于是男人的占有欲发作，同样作为英雄的元璋对于达氏越发垂涎三尺。

　　这些年以来，尽管陈友谅少不得沾花惹草，可他对达氏也的确未改初心，既满怀感激又无比宠爱。何况达氏才美兼善，使人如饮醇醪，如对名花，有时还颇善解人意，与陈友谅真可谓是天作之合。

　　话说就在陈友谅从应天败归后的一天，郁郁寡欢的他暂时摆脱了各种军政事务的纠缠，又一次来到江州行宫的后庭，进入达氏的寝宫……

　　此时已入深秋，有些秋风萧瑟的味道。就在达氏寝宫的石阶上，虽然随行的太监已经通报了"陛下驾到"，但陈友谅却并未立即进去，反而忍不住面向西方，看着将要落山的夕阳，不禁怅然良久。

　　达氏微笑着出来相迎，陈友谅也没有转头去看她，只是向她感叹道："真是'夕阳无限好，只是近黄昏'呐，人世光阴，倏忽弹指，百年富贵，一朝归尘！"

　　聪明颖悟的达氏晓得陈友谅一向顺遂惯了，此番突遭重大挫折，再加前番袁州之事，难免有点心灰意冷，于是笑着安慰他道："上位，生老病死乃是天意，无人可以违逆，莫如遵李太白之言，'人生得意须尽欢，莫使金樽空对月'。上位既然到臣妾这里来了，就暂时忘却那些烦恼吧！"

　　陈友谅也不愿在自己的爱人面前过分流露出沮丧，因此转愁为喜道："朕前日送你的那幅《西园雅集图》，可还喜欢？这可是朕费尽周折才寻到的，只是朕也不在行，唯恐不是真迹呢！"

　　《西园雅集图》乃南宋马远所绘，描绘的是苏轼、苏辙、李公麟、米芾等名流在驸马王诜家的西园聚会情景，这些人流连歌舞，啸傲湖上，以忘却现实之痛。因此达氏别有意味地笑道："上位送给臣妾什么，臣妾自然都欢喜不已，只是这一回，真迹或者赝品，皆是不足道的小事，上位知臣妾之意就好。"

　　陈友谅沉思了一刻，至此才恍然大悟道："你啊，可真是用心良苦，真是不能不叫人多疼你些。"

两人相拥着进了寝宫，一进门，陈友谅但觉一股沁人心脾的香气，让他顿感精神焕发。他好奇地问道："这是什么香，何故比麝香还香？"

达氏一面命宫女添置了精美的火炉以供取暖，一面笑答道："上位何故如此孤陋寡闻，这可不是龙涎香吗？相传是海中之龙睡觉时的涎液，极是珍贵。此物又有活血、益精髓、助阳道、通利血脉之功效，若入药，便可化痰、散结、利气、活血呢。"

陈友谅坐在了一张胡床上，一把抓住达氏的手笑道："你如今越发博学多才，真是让人汗颜。"

达氏娇笑着坐在了陈友谅的身边，道："平日无事，除了玩乐，也会读些闲书打发闲暇，哪里比得了上位通今博古，还有各位大儒指点着。"

陈友谅微笑了一下，自从遭遇挫折以来，他在读书上也确实用心了不少。

"咱宫里不是也有女官嘛，你闲暇了也可以听她们谈谈古今，你天资非凡，说不定也能成为一个女先生呢！"

"上位您还是饶过我吧，我一听那些，就有些犯困，还是琢磨琢磨如何让上位高兴吧！"达氏温柔地倚靠在陈友谅的肩膀上道，"这阵子臣妾又学会一套新乐舞，叫《天女散花》，上位可有兴一新耳目？"

陈友谅如今已经有些痛自悔悟，觉得自己这样耽于逸乐，有些亡国之君的苗头，但是他不禁又想，自己只是由衷欣赏阿娇一个人的，这也算不得什么，于是欢喜道："好，难为你这么有心！"

过了一会儿，装束一新的达氏便从屏风后面伴着乐曲翩然而出，她向陈友谅笑着躬着身子行礼过后，便舞起了长袖和飘带……

她一会儿如同凌波仙子在水面漂动，一会儿又旋风般飞转，越转越快，快得不见人影，竟似一个五色缤纷的彩团。她又猛地一顿脚，身子突然停住，彩色飘带像飞花一样纷纷落下，宽大的绫罗翠袖也因她双手高举而一直落到肩窝，露出两只粉光洁白的臂膀。

沉烟笼罩中，恍觉上清宫阙，即现眼前，不知身在人世间也。许久，陈友谅才醒转过来，他于是一边饮酒，一边喝彩道："好！好！"

不一会儿,他看她已经有些香汗淋漓,忙招呼道:"行了,先歇了吧!"

顿时乐曲骤停,达氏娇喘微微地凑近了笑道:"可得君王带笑看?"

陈友谅被逗得乐不可支,忙道:"从此君王不早朝!"

这时,晚膳的时间也到了,达氏便陪着陈友谅吃喝了几杯,待醉意醺醺时,两人便在一起沐了浴,一时间欢爱无比。上床的时间还没到,于是达氏又为陈友谅演奏她新学的琵琶曲。

由于那把珍爱的象牙琵琶很久没有弹奏了,达氏调弦时颇费了些工夫,陈友谅不禁笑道:"让他们来吧!"

"他们也没我技精!"达氏嫣然一笑道,看她那认真的劲头儿,陈友谅越发觉得她百般秀美可爱,似乎也更能理解为何当初唐明皇与杨贵妃的情意那么绵长了。

调了半响,那弦依旧高不能成声。再调,不料在系弦的地方竟然断掉了。达氏只得换了一根新弦,这边刚换好,哪知外面突然有人大喊:"走水了!走水了!"

陈友谅心里一惊,忙命人出去打探,不一会儿便有内侍官进来禀告道:"夜间灯烛倒了,烧着了大殿里的帷幔,不碍事的,已经救下去了,请陛下宽心!"

陈友谅却不免面有忧色地说道:"五是主火之数,应在琴弦的中断上,难道是上天在向朕示警吗?"

经过这场小小的火灾,陈友谅听曲的心情也没有了,达氏只得陪他静坐着聊了会儿天,直到三更,二人方才就寝。

自从上次在袁州受到了一番羞辱和鞭打,陈友仁身上的伤和心里的伤,两个多月以来一直都没有痊愈。张定边夺回安庆的消息传来后,陈友仁一时心情大好,便在这天晚间与夫人余氏聊起了心事。

"要说还是定边老兄,居然一气就收复了安庆,总算让我们兄弟有了些颜面!"陈友仁放下了手里的书,凑近了夫人笑道,虽然一只眼已经近乎失明,但陈友仁晚间无事也常喜欢读点书。

如今虽然已经贵为王妃,但余氏依然不改本色,她一边忙着自己手里的活计，一边感叹道："真没想到东边的那位如此狡猾，往后你跟四哥可要多加小心了！还有上次，真是平添那么一场灾祸，险些毁了咱们这个家！"

陈友仁心里清楚，这些都是因为四哥做事缺乏深思熟虑招来的，很早以前他跟张定边就发现了这些不好的苗头，极力规劝。可是每当遇到顺境，陈友谅就容易刚愎自用，反之才容易察纳雅言。因此陈友仁不禁感叹道：

"此番接连两次碰壁，我看四哥谦敬了不少，只望他能始终如一吧！"

"五哥，不知何故，我近来总是心神不宁，实在是有点怕！"余氏忧虑道。

其实陈友仁最近心里也有些不祥的预感，看来他的确是跟夫人灵犀相通的。可是作为一个大男人，他不能说一些丧气话，以免增加夫人心中的恐惧。于是他温存地搂住夫人，笑道："古人云，胜败乃兵家常事，如今我们兄弟已经举事十年了，可谓已雄跨江汉，最困难的日子已经过去了，哪一路敌众敢打上门，都没有他们的好果子吃。除非像上次那样，我们打上别人的家门，中了人家奸计！但有了上次的教训，今后我们一定会多加小心的！"

余氏停住了手里的活计，拥在夫君怀里道："话是这样说，可你若在外面有点意外，像上次袁州那样，我们娘们儿可怎么活？"

如今陈友仁已经是两个儿子和一个女儿的父亲了，以余氏这样刚烈的性情，万一自己遭遇了不测，她很可能会殉葬，甚至有可能会带着孩子们一起上路。此时他想起了去年在太平发生的花云夫人殉葬的一幕，于是他强作微笑道："万一我在外边真的遇到不测，阿兰，你怎么办？"

余氏沉默了一阵，道："这个我早想好了，反正宁为玉碎，不为瓦全！"

"我等双亲尚在，他们怎么办？"

余氏在家里是一个孝女，到了陈家自然更加注重孝道，此时夫君一问，她心里难免有些矛盾，只得道："那时看情形再说吧！"

"放心吧,如今四哥已经贵为天子,双亲又与有荣焉,这就是天命啊!"陈友仁安慰夫人道,这也是他内心的一种自我安慰。

彼此沉默了半晌,余氏又幽幽地说道:"其实这些我也不懂,但是我总觉得有些道理还是浅显的。我自己奔走在外面,听到了一些传闻,又让丫鬟们四处去打听,现在是怨声载道,到处是咒骂咱们的声音。那些官吏还是跟从前一些凶恶、贪腐,苛捐重役,百姓四处逃亡,如今又加紧修造大船,催迫甚急,那民众就更苦了。我想着,就是四哥果真得了天下,又如何呢?"

这些陈友仁也知道,他只得分辩道:"难为兰妹如此上心了。如今是功业草创期,自然是艰难些,但也就苦百姓这几年。至于官吏,如今我们兄弟刚坐了那个位置,还需要这些新近归附的将官和地方官的效忠,对于他们的恶行,只能暂且容忍,等将来得了天下慢慢整肃,也就好了!"

"五哥,你真觉得四哥在乎百姓的死活吗?如今尚未真正得天下,四哥就急于在咱家乡大兴土木、大造宫阙,这是不是有些小家子气了?"余氏突然提高了声音说道。

夫人居然说出了这些话,这让陈友仁心里不由得一惊,这话可算是戳到了他的痛处,以至于他半天沉默无语。许久,他才强作辩解道:"那人心也不是天命,不然蒙元如何取了天下?不管怎么说,将来总要选贤任能的。至于衣锦还乡、光宗耀祖,确实是急迫了些,下回我劝劝四哥先收敛些。"

余氏欲言又止,沉默了一会儿又道:"嫂子那个人过于宽纵,侄子们有些胡闹,不喜欢读书,我看也都不太成器,将来如何是个了局?我还真不信皇帝是谁都可以随便做的,五哥,你觉得呢?"

夫人的话如此直白,陈友仁又沉默了,最后不得不自我安慰道:"不管他们怎样,我们俯仰无愧就好!"

有那么一刻,陈友仁想着,假使做皇帝的是自己,而皇后是自己的兰妹,那么将来的胜算会不会多几分呢?应该是的!难不成也让父母学着赵太祖之母杜老太后的样子搞一回兄终弟及吗?想到这里,陈友仁不敢想下去了,他摇了摇头,此举实属下策,还是巴望着将来可以做一个合格的"周公"吧！

四

至正二十一年初，李察罕获悉山东的红巾军群龙无首，陷入了自相残杀的境地。李察罕看准时机，决定把自己跟孛罗帖木儿的恩怨先放到一边，待平定了山东再说。

六月，李察罕拖着病体由陕西抵达洛阳，大会诸将，商议征讨山东事宜。八月，一路高奏凯歌的元军紧紧包围了山东的东平城。

东平原是红巾军严密设防的一座重镇，守将田丰等人都龟缩于城中，元军只要一番强攻，东平旦夕可下。可就在这时，老谋深算的李察罕考虑到田丰久据山东，军民都对他甚为服膺，李察罕很想收服此人为己所用。他专门写了书信去招降田丰，结果就坡下驴的田丰和王士诚等人便投降了李察罕。

之后，李察罕又继续攻略山东其他地区，其中济南在被围三个月后终被元军收复。为了表彰李察罕的卓越功勋，朝廷再次下诏拜李察罕为中书平章政事、知河南山东行枢密院事，陕西行台中丞如故。

到至正二十二年，山东地区已基本被李察罕平定，只有孤城益都（今山东省青州市）还未拿下，但这只是时间问题了。

其实早在李察罕攻取汴梁时，为了慎重起见，元璋便派出了使节到他那里通好。李察罕对来使相当热情，分明有拉拢之意，元璋评论道："李察罕果然是阿瞒之流，我等正可利用之！"

眼见北线已可保暂时无虞，那么就可以全力以赴进攻西线了。不过元璋明白，要沿着长江仰攻上游，没有一支强大的水师是无法奏效的，因此他不得不考虑起用廖永忠的问题，而且，要对付张定边这样的劲敌，恐怕还得依靠廖永忠这等雄才、奇才，所以元璋特意把他从常熟召了回来。

元璋知道，廖永忠不仅足智多谋，在练兵方面也很有一手，甚至比徐达还要高明。徐达主要是训练士兵的基本功，诸如劈刺、投射等，而在廖氏的部队里，不仅注重水军所必须的游泳和攀爬等技艺，廖永忠还会尽量保证士兵有足够的饭食，让大家务必吃饱吃好，有足够的体力来完成最严格的训练。为了鼓舞士气，他还注重精神灌输，鼓励士兵建功立业，奖惩方面他也力求公正，因此士卒都对他异常爱戴和敬服，甘愿为他效死。

廖永忠治兵的灵感来源，主要是吴起的"魏武卒"，以及李靖麾下征服恶劣环境、打遍天下无敌手的精锐部队，所以廖永忠同样刻意强调兵贵精而不贵多，认为一支训练有素、指挥有方的部队足以战胜十倍甚至几十倍的乌合之众。他麾下的主力部队一般只维持在五千人左右，龙湾大战时，元璋就调了他麾下的两千兵卒，他们在大战时表现得异常勇猛。

在召见廖永忠时，元璋笑道："永忠啊！想必你在常熟这几年有些寂寞了吧！不过咱不是不用你，而是原想留着你这柄利剑做杀手锏的，实在不好轻易使用啊！望你多加体谅！"这话也是一种期许和鼓励。

廖永忠一拱手道："属下明白，前年收复池州，我水师破'双刀赵云'的栅江营，主公能调派麾下加入，便是器重之意了！去岁大战龙湾，主公又调麾下前来参战，麾下立功不小，属下也是与有荣焉！所谓养兵千日，用兵一时，咱这精兵没个三四年的工夫，说实话，其实也是练不成的，这也是主公的厚待啊！"

"那是因你训练水师有方嘛，每遇强敌，咱都非常倚重！原本不想动用你部的，但为求必胜，也就忍不住了！"元璋又补充道，"龙湾一战，你部水师大呼突阵，诸军从其后，真可谓卓尔不凡！只是当时咱没舍得调你来，致张德胜丧命，不然何来此一劫！"

"属下已经听说了，张世兄丧命于张定边之手，此人身怀百艺，深不可测，想来主公是有意要属下去为张世兄报仇雪耻了！"

"正是此意，不知你可有信心压制一下那张定边？"

廖永忠沉思了一下，道："张定边着实可畏，但陈友谅不足畏！"

"说得好！永忠啊，不知你可有破敌良策？"

"所谓'人心齐，泰山移'，若是人心不齐，自然要分崩离析！"廖永忠胸有成竹道，"属下愚见，此番西征，我部定要大张挞伐，揭橥陈氏之恶，以彰显我部之仁德，如此一来，我军兵威所到之处，负隅顽抗者应该就少多了！"

听闻廖永忠如是说，元璋不禁暗忖道："这小子深谙兵机韬略，对政略也如此洞悉，不可不用，也不可不防啊！"

元璋对于廖永忠的建议深表赞同，因此在出师之前，他特意告谕诸将道："陈友谅那厮贼杀徐寿辉，僭称大号，此乃天理人情所不容！偏他又不度德量力，肆骋凶暴，侵我太平，犯我建康。他既自取祸败，尤不知悔悟，如今他又以兵陷我安庆，观其所为，不灭了他不行，尔等各厉士卒以从。"

徐达忙在一边附和道："师直为壮，今我部为理直，陈部理屈，焉有不胜的道理？"

刘基也从容地站了出来，向元璋拱手道："不才昨夜坐观天象，金星在前，火星在后，此乃师胜之兆。愿主公顺天应人，早行吊伐！"

经过这一番动员，众将自是群情激昂，个个摩拳擦掌，表示要跟陈友谅拼了。

元璋非常满意，然而不巧的是，就在大军出征前夕，刘基突然哭丧着脸跑来说道："主公，不才八十岁高堂驾鹤西去，请主公允准不才回乡丁忧！"

丁忧一般要二十七个月①，在这个节骨眼上，别说离开二十七个月，就是二十七周乃至二十七天，都万万不可。因此元璋顿时一脸为难，劝道："先生节哀，如今咱这里怎能离了你？古人言忠孝不能两全，舍家事而为国事，愿先生体谅！"

其实刘基也不想此时就回乡奔丧，大战在即，所谓"金革之事不避"，只需要对众人有个交代，所以元璋便亲自撰写书信表示了慰留之意。刘基实质上是"夺情起复"，自然顺坡下驴，直至这次西征归来，

---

① 名义上是守制三年，实际上不是三周年，而是到第三年的第三个月即可。

元璋才特准他丁忧一年。

眼见应天方面频繁调动人马，陈友谅有些坐不住了，忙召集了一次重要的会议。

待幕僚介绍过基本情况后，陈友谅不由得对张定边等人忧虑道："姓朱的小子这次恐怕要主动上门了，如今人心有些不稳，如之奈何？"

张定边沉思了一会儿，道："他们此次西来，定然意在夺取安庆和江西，赣州是我大汉的南大门，非心腹重将不能守，我看就派熊天瑞去吧！抚州是江西中部的重地，就派邓克明去吧！安庆是一座坚城，如今我等依然握有水上优势，大可不惧！"

陈友仁起身道："如果姓朱的小子以重兵从陆上进攻，我等不必与之对战，尽可从水路切断其补给就可以了，那时他必不战而自溃！不过他那里火铳众多，我们还是要加强战船的防护！"

陈友谅恨恨地说道："如今龙湾之役已经一年了，真是余痛在身！为了思谋报此一箭之仇，咱们一年来拼命打造巨型战舰、训练水师，可惜还不能一蹴而就！今日那厮主动来挑衅，咱们一定要小心应对，也力争让他有来无回！"

当时汉军正在沔阳一带赶造超大型战舰，此事是由罗复仁具体负责的，于是张定边问罗复仁："巨舰赶到江州参战，还需要多少时日？"

罗复仁恭敬地答道："回太尉，目前已完工的在百艘左右，如果传令他们东来江州，顺流而下的话，加上准备的时间，不足一月应该就可赶得到！"

"好！"张定边捋了捋胡须道，"就算我等在安庆万一不利，在江州一带坚持月余也无问题！"

集议过后，陈友谅立即给诸将下了紧急动员令，要他们加强备战。他还特意发圣旨给坐镇龙兴的胡廷瑞，要他发兵两万来江州待命。

胡廷瑞立即照办，不过他还有自己的小算盘。这天，他跟祝宗、康泰二人悄悄地说道："如今大战在即，陛下那里若取胜了，那自然是再好不过了，可是万一那东边的取胜了，我等又将何去何从？不能不细加思量啊！"

第十八章　再破陈汉

胡廷瑞这人还算厚道，也有些眼光，他有感于陈友谅在对待徐寿辉问题上的草率，对于陈汉的前途越发感到悲观。虽然祝宗、康泰二人不相信陈友谅会失败，但胡廷瑞还是跟他们打赌道："若是此番东边的取了安庆、江州，又兵临咱们龙兴城下，我们就归顺如何？"

许久，祝宗才表示道："丞相大人高瞻远瞩，若到时不幸被您言中，那也只此一途了！"

康泰则勉强表示道："好吧，舅父大人看得高远，若果真陛下再败，咱们就只能先求自保了！"

五

等到应天方面的各项准备工作妥当后，元璋便率领着徐达、常遇春、廖永忠等各路大军共计十余万众，由龙湾逆长江西上。

元璋乘坐的是一艘龙骧巨舰，远远地便能瞧见一杆大旗竖立于船头，上书八个大字："吊民伐罪，纳顺招降！"

船队乘风逆流而上，第二天就顺利到达了采石。当时这一带有不少汉军的侦察船只出没于江上，他们见到朱家军的雄壮气势后，即刻望风而逃。几天后，船队就到达了安庆附近，安庆守敌龟缩在各类防御工事中，只是坚守不出。

到达安庆外围的次日，元璋便召集了刘基与廖永忠等人来商议对策，他率先说道："安庆是一座坚城，又有重兵驻扎，想要凭借强攻拿下，恐非易事！不知诸位有何高见？"

刘基慨言道："我部不可迁延时日，不然敌大部水师来援，必陷我等于苦战之中！为今之计，务须速速破城，而欲破城，正兵是行不通的，只能出奇兵！"

"怎么个出奇兵法？先生可有成算？"元璋急切地问道。

刘基多次观看过廖永忠的水师训练，也听闻过廖永忠的不凡表现，因此他看了看廖永忠，道："奇兵就近在眼前啊！"

廖永忠见刘基如此看重自己，一笑道："禀主公，如今陈友谅他们尚摸不清我水军虚实，必有轻我之心！属下有一计，不知行不行得通！"

"什么计策？说来听听！"元璋惊喜道。

"就是陆上做正兵，水路做奇兵。以陆路全力攻城，佯装败绩，安庆守军必定出城追击，那时城内空虚，我水军正可作为奇兵迅速杀出，力争一举破城！"廖永忠亢声道。

元璋心知这是一条好计，不过最关键的地方在于水军能否迅速攻入城去，于是元璋便道："好吧！不妨一试！此次水军由你全权负责，咱静候你的佳音！"

"多谢主公的信任！"廖永忠拱手道。

已经三年多没有亲自领军上阵杀敌了，接到这次重要的任务后，廖永忠心里不免有些兴奋和紧张，此次西征重在水军之扬威，正是他大显身手、建功立业的良机！对于三年多的训练成果以及多年来的指挥经验，苦读兵书的廖永忠还是非常自信的，不过他也知道，在安庆坐镇的乃是陈汉第一大将张定边，所以绝对不可轻敌。

可是他又有理由轻敌，这就是张定边没跟他交过手，因此并不了解还有他廖永忠这样强劲的对手存在。廖永忠暗下决心：这一仗一定要打好，将其作为建功立业、青史留名的一个真正起始！

为了摸清安庆周围的地形和敌情，廖永忠不惮涉险，亲率几只轻便的小船及几艘战船抵近安庆水域进行侦察。在侦察的过程中还算顺利，可是等到他们即将返航时，守军终于派出了二十余艘战船横江拦截。

身边的人见状，忙对廖永忠说道："将军，不好了，我们被敌水军拦住了去路，不如驰往南岸弃船登陆吧！"

哪知廖永忠不慌不忙道："这等训练的好机会不可错失啊，怎么能急着逃呢？"

"训练？训练什么？"手下人问道。

廖永忠从容言道："训练敌船中的穿插战术啊！兄弟们放心，我定有办法带你们脱身!"

众人见廖永忠丝毫不惧,也就放下心来,听从他的号令大胆迎上敌前。廖永忠指挥船队一面开炮,一面加速前行,摆出了与敌同归于尽的架势!廖永忠知道,即便敌人真的敢于同归于尽,那么凭借所部出色的游泳技艺,也不会遭殃。

结果不出他所料,汉军战船受惊后四散开来,由于江上船只不多,廖永忠一行乘机穿插而过。可他既然说了要训练一下穿插战术,自然不会轻易撤退,结果小小的船队竟在敌船中间左冲右突,肆意开炮。汉军以西域炮还击,但因其总是不敢靠得太近,所以命中率有限。

慢慢地,一艘汉军战船与友军拉开了距离,廖永忠抓住机会指挥自己的小船队包围了落单的敌船,然后集中火力猛轰,终于将其击沉。眼见自己的弹药所剩不多,廖永忠也担心过于炫技会被敏锐的张定边识破自己的实力,这才不慌不忙地命令船队扬帆顺流而下……

元璋得知了廖永忠此行的表现后,笑着对刘基说道:"永忠这小子如此胆略超群,看来安庆可破了!"

次日,元璋令徐达、常遇春率军从陆路对安庆发起了佯攻,大军一连猛攻了两天两夜,伤亡着实不小。眼看戏已经演得差不多了,徐达便命令大军后退二十里休整。这时,张定边目睹朱家军力竭后撤,为了扩大战果,他果然亲率主力人马出城追击,双方在安庆外围又展开了一场激烈的大战。

此时,早已虎视眈眈的廖永忠和张志雄立即率领水师,以雷霆万钧之势向敌人的水寨发动了猛攻,一时间进展颇为顺利。而徐达和常遇春则与张定边打得相当吃力,徐达不禁对身边的幕僚忧虑道:"如果水师方面不能尽快突破,我们这台戏就唱不下去了!"很快,徐达把最后的预备队也压了上去。

然而,仅过了小半天工夫,张定边就听说了水寨被攻破的消息,他吃惊道:"何故陷落之速也?"

廖永忠攻破了水寨之后,又立即展开了对安庆城的攻击,张定边担心城池有失,只好试图收兵回城。徐达一见敌人的动向,就笑着对常遇春道:"看来水师已经得手了!我们可不能放走了张定边,一定要死死缠住他！"

就在汉军首尾难顾之际，安庆城被迅速攻破，张定边丧气之余，感叹道："看来朱家小子那里有高明之将啊！"眼见大势已去，张定边只得收拾残兵撤退。

接到安庆告破的消息后，元璋顿时欣喜道："昔日余阙守安庆七年不破，结果被陈友谅那厮五天就拿下了！这厮乃一世豪雄，令今人无不瞩目，而今我部三天就夺下了安庆，岂不愈加震动世人？哈哈，恐怕李察罕也要高看咱几眼了！"

当朱家军一路长驱追击残敌至小孤山时，驻扎在这里的汉军守将傅友德及丁普郎直接率部投降了。张定边听到这一消息后，不禁感叹道："这一次，算是蛟龙入海了！"

傅友德及丁普郎这两条"蛟龙"面见元璋时，丁普郎首先痛陈了陈友谅加害徐寿辉、打压徐氏嫡系的恶行，最后他表态道："明公您大兴吊伐之义师，我等兄弟愿誓死追随，若有悖逆，神人共诛！"

丁普郎曾是彭和尚的嫡传弟子，身手极为了得，有"狂人"的绰号，元璋见他是个忠义之辈，安抚道："咱信你是诚心来投，今后望多加努力！"

元璋先让丁普郎退出去，单独留下了傅友德一人，元璋以试探的语气说道："傅老兄，从你的履历看，咱不太好信你啊！"

傅友德的先祖是宿州人（秀英的同乡），后迁徙到北面的砀山。红巾军起事后，他先是一路跟随刘福通的部下李喜喜入陕、入蜀，李氏失败后，傅友德又归降了明玉珍。明氏不敢轻易信任他，因此一直未加重用，空怀一身才干与抱负的傅友德一气之下又改投到陈友谅麾下。

闻听元璋此言，傅友德当即拱手道："世人皆说明公何等英明云云，今日看来不过尔尔！您岂不闻那张文远？曾先后追随丁原、董卓、吕布三人，直至下邳之战后，才归顺曹公，从此一路征战杀伐，终与乐进、于禁、张郃、徐晃并称为曹魏'五子良将'！可见不是张文远不能善始善终，而是先前那些主子不值得他效死罢了！"其实他还想举韩信的例子，但觉得有些不太适宜，一来韩信乃是旷古名将，二来他的下场也有些悲惨。

"哈哈，好厉害的一张嘴，倒把咱给噎住了！"元璋笑道，从刚才那番话里足可见傅友德的品性和胆识，何况此人的确有勇冠三军的美名，"看来你傅老兄是以张文远自命了，咱索性信你一回，咱虽未必有那曹氏之英明神武，但你傅老兄确乎不在张文远之下啊！"

傅友德见元璋已经接纳了自己，便立即伏首感泣道："刚才小的失言，望明公责罚！看来这一次我傅友德真的寻到自己的'曹公'了！"

"刚才不过是咱故意试你，想来你也是故意激咱！其实先不论其他，只说你我本有乡土之亲，你又原系我大宋将士，仅凭这两点，也是你我有缘！"

"不瞒明公说，咱先前孤陋寡闻，没怎么听说过您的大名！乃至到了陈氏麾下，您的大名才时时入耳，咱不禁有些窃喜，没想到咱淮人里竟出了明公这等英雄人物！虽则陈氏本性雄猜，不能重用咱，咱却不免有些塞翁失马之感，因为如此一来，咱就可名正言顺地来投效您了！"

"好！你不仅自己来了，还给咱拉来一个丁普郎。你二人皆是善战之将，偏那陈友谅不能用，陈氏之运，可见一斑！你们两个尽管放手去干吧，咱信得过你们的人品和才能！"元璋最后勉励他道。

傅友德最后建议道："陈氏一路攻城略地，多赖水师之力！如今主公既得安庆，当速战江州，以防陈氏水师重兵集结！属下听闻他们在沔阳一带打造了一批巨舰，不久便要东来参战！主公还当速速筹划，分而歼之！"

"好！这个咱自有计较！"元璋故作神秘道。

六

综合种种情报及傅友德的建议，在夺取安庆后的第三天，元璋便亲率水师溯江西上，准备直捣江州，不给陈汉方面喘息之机。

当朱家军水师到达鄱阳湖湖口时，恰遇汉军的一支江上巡逻船队，元璋命常遇春去收拾他们，一番激战后，敌船很快就退走了。朱家军一路追赶至江州附近，陈友谅见状气愤道："朕要亲自去会会姓朱的小子！"

当时张定边初到江州尚喘息未定，陈友谅于是命陈友仁留守江州，自己亲率水师主力迎战。

眼见对方在江面上一字排开，摆出了决战的架势，元璋据此判断道："必是陈友谅那厮恼羞成怒，要同我等决一死战！"在廖永忠的建议下，元璋迅速将水师分为两部，准备从汉军水师左右两翼寻求突破，进而包抄敌船队。

廖永忠建言道："一旦我部包围了敌船队，立即予以合击！因陈部素来打的是以大压小、顺风顺水的胜仗，缺乏纪律和约束，几无水上恶战的经验，见被我包围，必定陷于恐慌，那时我部即可轻松破敌！"

元璋即刻命廖永忠指挥一路水师，自己亲自指挥另一路，展开了对汉军的合力夹击。果不其然，当包抄形势已然形成时，汉军水师立即陷入混乱之中。陈友谅忙指挥部队变换阵形，可是在朱家军水师的奋勇冲击下，汉军水师还没怎么鏖战，便败下阵来，最终被缴获了舟船百余艘。

陈友谅在部将的拼死掩护下才冲出了包围圈，可是尾随而至的朱家军很快便包围了江州。元璋立即召集诸将道："江州乃江西门户，我部一定要拿下江州！陈友谅巨舰已经东来，我部要力争三日内破城，不然，必将功亏一篑！"

陈友谅的家小大都在江州，听闻朱家军已经围城，众人无不慌乱，已经成为皇贵妃的达氏赶忙前来询问道："上位，江州可守得住吗？要不要臣妾做点什么？"

陈友谅一向在自己最宠爱的达氏面前坦诚无隐，他只得说道："江州城里兵力众多，储粮也较为厚实，按常理守两三个月都没问题！可是近来我军一败再败，姓朱的小子着实神鬼难测，我怕他再出什么幺蛾子，你们就赶快收拾下细软吧！"

"上位有天命在身，自当化险为夷！不过眼下大概真是您倒霉运的时候，但又未尝不是您反败为胜的契机！望陛下坚定信心吧！"达氏鼓励陈友谅道。

龙湾之败归来后，陈友谅为了符合他帝王的身份，一连纳娶和册封了十几个妃子。因达氏一直不孕，为了固宠，她时常会钻研一下心术和媚术。尽管她长期专宠，已经有两个儿子的陈友谅并不太在乎她有无子嗣，甚至还答应要把次子陈理过继给她，可达氏心里到底有些不太踏实，所以每常总希望陈友谅能对她刮目相看。

闻听此言，陈友谅当即欣喜道："你这一句话，在我心里可是胜过十万雄师啊！不过转败为胜的契机未必就在江州，你们还是好好去做两手准备吧！"

江州城墙也跟太平一样，张定边带人巡防到靠近长江的一侧后，不禁忧虑道："此地只比太平城高出不过一丈有余，若是姓朱的小子也造出了巨舰，恐怕就要在江州如法炮制了！"不过，他一直没有发现也没有听说应天方面打造巨舰的事，何况巨舰需要倾尽民力，为此沔阳一带已近乎民怨沸腾了。为了保险起见，张定边还是在此地加派了人手以严防朱家军从此处寻求突破。

可是廖永忠乃是有备而来，先前他听说了太平城破的惨痛教训时，便想着自己也可以还以颜色。为了增加大船的高度，他命人在船尾造桥，这种桥还可以相应调整高度以便使其与城墙齐平，廖永忠将它命名为"天桥"，有了这种桥，就易于突破敌人的城防了。

经过一番侦察，廖永忠主动向元璋请缨道："主公，打江州的主攻任务就交给属下吧！不用三日，一日之内属下定当破城！"

元璋听完精神为之一振，便壮其言道："好，早知道你小子那里有货，只要拿下了江州，咱就晋升你为同知枢密院事！"

徐达和俞通海的职位便是同知枢密院事，当初二哥也是同知枢密院事，目前能做到这个位置，廖永忠也算满足了。他拱手道："那就请主公在我等身后听传捷报吧！"

徐达率军从陆路展开了对江州的进攻，廖永忠则指挥水师从水路发起强攻。战斗一开始，廖永忠就命人将船顺风倒行，使船尾的"天桥"与城墙连接，朱家军将士借势攀援而上。尽管汉军拼死阻挡，张定边也亲自坐镇指挥，可还是挡不住潮水一般的朱家军，尤其是那些打前锋的廖部将士……

张定边见大势已去，不得不匆匆告知陈友谅："敌军已经杀入外城了，看样子江州是守不住了。真没想到朱家小子那里竟有如此富于巧思之人，令我江州一日就城破了。"

陈友谅丧气不已，只得道："事已至此，看来只能弃守江州了。过去都是我太骄狂了，今后定要小心从事，望我等卧薪尝胆，以图再举吧！"

在诸将的掩护下，陈友谅乘夜带着家眷突围出城，一路逃往了武昌。朱家军随即占领江州，元璋又命徐达、俞通海等人领一支水师前往追击，以求扩大战果；等到徐达追至汉阳附近时，汉军的巨舰总算及时赶来。徐达出于慎重考虑，未敢轻举妄动，只得将部队屯集于汉阳的沌口，做好进一步应敌的准备。

就这样，在不到一个月的时间里，朱家军就连夺陈汉两座重要城池，且又一次歼灭了陈友谅的部分精锐。元璋不点名地夸赞道："陈友谅那厮固然外强中干，可是我等若无精兵强将，定然不易得手！众将士劳苦功高，此次定要好好嘉奖一番！"

江州作为陈友谅的临时都城，连此地都被轻松夺下，这显然为元璋最终扫灭陈汉政权树立了坚定的信心。不过，成功如此轻易取得，反倒令元璋有些飘飘然，何况他这些年来一直较为顺遂。

自从攻占了江州这处战略要地，朱家军席卷江西的局面已经非常明朗。

不久，元璋即派兵攻取了龙兴路北面的南康路（今江西省星子县、都昌县和永修县），接着，陈友谅政权的平章吴宏献出了龙兴路东北的饶州。这年九月，一直处于观望状态的王汉二的哥哥王溥也献出了龙兴路东南的建昌，至此，龙兴路已经基本处于朱家军的包围之中。

就在西线继续扩大战果的时候，张士诚又坐不住了，他气愤地对李伯升等人嚷道："世人都说陈友谅如何了得，前番龙湾一战固然是朱重八那小子狡猾，可是此番姓朱的主动前去挑战，他居然在一月内连丧安庆、江州两城，照此下去，不出一年，姓陈的就要玩完了！这家伙可真是不争气啊！"

李伯升安慰道："大概是去年龙湾一战把陈友谅伤得太厉害，至今还没有缓过来吧，不过属下听说陈友谅在家乡一带正赶造一批巨型战舰，他日卷土重来，也未可知！"

"希望如此吧，咱们就等着看好戏，看他们两败俱伤才好！此番趁着他们在西边咬得厉害，咱们就集结大军再攻长兴，那里兵少，大伙也争争气，夺回长兴一带必有重赏！"张士诚许诺道。

经过一番准备，李伯升再次率兵十余万进攻长兴。面对来势汹汹的敌人，耿炳文对身边的幕僚们忧虑地说道："咱们长兴去年遭了一劫，至今仅有七千人马，我先前就向主公诉过苦，可是他不答应给咱们增兵，现在看这架势，必是一场苦战啊！还得赶紧给主公通报敌情才是。"

数日之后，人在江州的元璋终于接到了长兴的求援信，眼见张家军此次是有备而来，元璋只得立即从各处抽调人马前往支援。由于援军赶路太急，又有些轻敌，李伯升见状不禁窃喜道："这回咱们也打个翻身仗！"于是他乘夜组织了一支精兵劫了援军的大营，援军猝不及防之下，竟一下子溃散了。

耿炳文在城内闻报后，失望之余，也想以其人之道还治其人之身。次日，他派左副元帅刘成出西门突袭张家军，结果先胜后败，刘成率部从西门一路打到东门，反被兵力占优的敌军围住。耿炳文无法施救，只能眼睁睁地看着刘成喂了虎口。

李伯升此次攻长兴志在必得，击溃朱元璋的援军后，他不仅在短时间内建起了防止守军偷袭的连环寨，还打造了可以俯瞰城中情况的楼车，又运土石填埋护城河、放火船烧水关，攻城势头也更加猛烈。

耿炳文衣不解甲，率领部下昼夜应敌，在内外联系完全中断的情况下，又艰苦卓绝地坚持了一个多月，令李伯升也不禁对他刮目相看。李伯升对部将们感慨道："还是他姓朱的会用人，手下那么多善战之将，此番若是能生擒耿炳文，一定要叫他为我所用才好！"

到了十一月间，元璋不得不把常遇春找来，叮嘱道："长兴耿炳文那里正在遭李伯升的围攻，此次张九四好似下了决心一般，不仅打退了咱们的援军，把长兴也围得很苦。如果李伯升那厮得手，将是对其部士气的大提振，恐怕接下来宜兴、常州等地就要遭殃了，这对咱们在江西的行动可是很大的牵制。咱原不想跟张九四一般见识，但他得寸进尺，所以此次才抽调你部解长兴之围，务必要痛歼敌军，扬我军威。"

"主公放心，此次乃系野战对敌，属下一定要重创敌军！"常遇春拱手道。

常遇春得令后，立即马不停蹄地率五万援军赶往长兴，才八九天时间就杀到了长兴外围。李伯升早就知道常遇春的威名，一听说无往不胜的朱家军精锐杀到，便不假思索地弃营逃遁。常遇春见状，率军一路穷追逃敌，结果俘斩了对方五千余人。

长兴解围之后，元璋终于松了一口气，随即便命投诚的吴宏等人率兵取抚州。吴宏不想跟邓克明刀兵相见，于是先礼后兵，派人去招降邓克明。

面对朱家军的严重威胁，邓克明不敢力抗，但他作为陈友谅的心腹，又不情愿轻易献城。他恰好听说邓愈率领的另一路朱家军此时正驻兵于不远处的临川平塘，于是他暗忖道："我可以向吴宏表面应承，以减轻其部对我的压力，但暗地里再主动派人到邓愈处联络，表示要以抚州请降。如此就可制造两部的不和，便于我从中渔利。"

邓克明一向鬼得很，邓愈早听说过此人的名声，于是他心里犯了嘀咕："吴宏招他，他不去，为何偏要投到咱这边来呢？这里面想必有名堂，不如就给他来个先发制人。"

机警的邓愈一面应承接洽事宜，一面率军星夜兼程直扑抚州，第二天黎明时分，大军出其不意地突然从东、西、北三门闯入城中。邓克明闻讯彻底蒙了，一时间方寸大乱，仓皇上马准备从南门出逃。但是跑出去没一会儿，鬼点子甚多的邓克明考虑到单枪匹马恐怕很难冲出去，弄不好在乱军中还会掉了脑袋，他只得又匆匆打马溜回了衙门，赶紧亡羊补牢，向邓愈正式投降。

邓愈将邓克明留在军中监视起来，他又命邓克明之弟邓志明前往新淦，去收拢邓氏旧部。邓克明借口说要到九江去面见元璋，邓愈只好派兵护送他前往，可狡猾的邓克明却在途中伺机逃走了。

元璋闻讯气愤道："邓克明这厮果然是个诡诈之徒，今后如果抓到他，一定不能轻饶，否则难保会纵虎归山。"

作为陈汉江西行省左丞相的胡廷瑞、平章祝宗等人，面对战略上的被包围态势，按照此前胡廷瑞的预案，毅然选择了明哲保身。他们遣使到江州去面见元璋，谈判龙兴路等地的投降事宜。

使节郑仁杰带来了胡廷瑞的书信，信中写道："明公英武盖世，海内豪杰皆延颈倾心，乐为任使。廷瑞等欲归命久矣……"在这封信里，胡廷瑞还特意指出：投降是可以的，但是希望不要拆散其旧部。

这个条件有点苛刻，元璋担心将来一旦有个啥风吹草动，这些人难保不会出现二心，所以他一时间犹豫难决，陷入了艰难的抉择……

一向头脑异常灵活、反应神速的刘基每遇急难，往往勇气奋发，就在元璋与使节陷入沉默之际，刘基竟突然从后面轻轻地踢了一下主公所坐的胡床。

元璋一时顿悟，忙道："好吧！请回去转告胡丞相，他的要求咱已应允，望他早日来归！另请再告知众人，他们担心我会拆散他们的部属，那是多虑了。咱自起兵以来已有十年了，四方的奇士英才前来投靠的不知凡几，都是想立功在当时，名垂于后世的。大丈夫相遇磊磊落落，一语契合，洞见肺腑，故尝赤心以待之。随其才而任使，兵少则益之以兵，位痹则隆之以爵，财乏则厚之以赏，初无彼此之分，此吾待将士之心也。咱怎么会去拆散其部属，让人产生疑虑而怀疑是否应该来投的心呢？且看原先陈氏诸将，如那'双刀赵云'麾下的张志雄便是一例……"

送走使者后，元璋不禁对刘基笑道："亏了先生那一脚，不然咱险些误了大事！"

刘基拱手道："龙兴固然兵马众多，但主公尽可选派一得力的大将镇守此地，动之以情，临之以威！再将胡廷瑞等人控制在手，料想龙兴必不至有大事！"

"哈哈，先把这块大肥肉吞到咱嘴里再说，慢慢地嚼着！"元璋得意地笑道，整个龙兴地区降军不下十万之众。

转眼就到了至正二十二年（1362）正月，胡廷瑞等人终于决定向元璋正式投降，朱家军进驻了龙兴路。

这时他们竟不期遇到了久违的邓克明——当龙兴路及其附近地区都被朱家军占据时，无路可走的邓克明惶惶不安，这一回他是真的想投降了，可是又害怕元璋杀了他。最后他化装成小商人乘小舟来到龙兴城下，想先找个算卦的卜上一卦，看看该何去何从。可是不承想，卦还没算完，邓克明就被守军抓了个现行。

为表重视和礼遇，也为着怀柔之意，元璋特由江州亲赴龙兴路，以高规格仪式接受了胡廷瑞等人投诚。当元璋等一行人即将到达龙兴城时，胡廷瑞率大批官员出城相迎，元璋慰劳了他们一番，并当众再次承诺众人官职一律照旧。

入城之后，军令肃然，民皆安定，一切如常。元璋先是拜谒了孔子庙，接着又参拜了道家著名宫观铁柱观，然后开城摆宴，在滕王阁与当地名流儒士赋诗为乐，以这种方式来笼络当地的士大夫之心。

次日，元璋又下令抚恤全城孤弱百姓，并于西山放生了陈友谅之前在当地蓄养的一群鹿。最后，筑台于城北龙沙之上，元璋特意召集城中父老乡亲集会，告谕众人道：

"自古攻城略地，刀枪弓箭之下，百姓多受其祸。现尔等的性命及家产，皆赖胡丞相之福而得以保全！想那陈氏初据此地时，苛捐杂税众多，百姓负担很重。现在，我宣布将这些统统免除，军需供应也不须拖累百姓。尔等可各自从事本业，不要游走懒惰，不要胡作非为惹上官司，不要交结权贵侵害好人。各保父母妻子，好好做吾治下的良民吧。"

大伙听完这番话后，心里的确都暖洋洋的，但听其言还须观其行。

随后，元璋改龙兴路为洪都府，以"浙东四先生"之一的叶琛出任知府。为了震慑龙兴的一干人等，元璋最终决定杀鸡儆猴，他斥责邓克明为人反复，将其囚送应天明正典刑。

胡廷瑞是真心觉得元璋必成大事，因此为了换取元璋的信任，便将自己原本要嫁给陈友谅儿子的爱女菲儿许给了元璋。元璋为了固结二人的关系，便顺水推舟笑纳了胡菲儿，何况胡家女儿出落得果真是国色天香。此外，为了避元璋"国瑞"之讳，胡廷瑞更名为胡廷美，后来则干脆改为"胡美"。

在巡行洪都时，元璋发现城防大有增修和改进的必要，于是朱家军入驻洪都城后，便开始加固城池。血战太平的教训实在太深刻，考虑到旧城西面临水的问题，元璋特意命人将城墙向后缩进了约三十步；而东南方向空旷，便向那边扩展了二里多。如此一来，洪都城就坚固多了。邓愈不久后被任命为江西行省参政，留守洪都，都事万思诚、知府叶琛等人予以辅助。

夺取了洪都一带后，出于休养生息和收缩主力的考虑，朱家军没有继续向南、向西攻略。眼见此次西征任务圆满达成，元璋便带着胡廷瑞等人回到了应天。

就在刘基将要回乡守孝时，元璋特意询问道："不知先生还有什么要交代的吗？"

刘基正色道："如今，陈友谅、张九四短期内都不会有何大动作了，老夫所担心的，一为浙东投诚的苗兵，一为洪都新附的降将。因为彼等皆有自己的将校部曲，一有疑惧和时机，便可能要生乱……"

元璋对此先是一惊，但继之以一笑道："先生过虑了吧，浙东有胡大海，洪都有邓愈，料想不会有什么大的差池。就算他们敢作乱，也不会有好下场的。"

刘基见元璋的得意忘形之态，仍然提醒道："小心驶得万年船，主公万不可因骄忽而取败！"在刘基看来，元璋既然对他知遇如此之隆，他也只能知无不言了，但这又往往惹得元璋不快，以致让他给了刘基一个"峻隘"的评价。

元璋自忖道："如今陈友谅那厮都被咱打得抱头鼠窜，浙东的苗兵和洪都的降兵，除非是自己找死敢反叛咱。如今咱跟胡廷瑞关系也亲近多了，不足为患。"但为表示感谢刘基的好意，元璋只得恭敬地以厚礼赠送刘基，也算是他吊唁的心意。

第十九章
祸起萧墙

一

刘基在家丁忧期间，居然接到了来自方国珍的吊唁信。方氏虽然一向对元璋首鼠两端，但他内心里却是非常敬畏刘基的，所以书信的措辞相当谦敬。

为了让方国珍彻底对元璋臣服，刘基便在回信中大大地夸赞了自己的主公。方国珍看过信后，便对众兄弟、子侄说道："连刘伯温先生都对姓朱的如此佩服，甘愿供其驱驰，而今那小子又再破陈友谅，夺了江西大部，真是举世震惊！我看咱们赶快向应天正式进贡吧，也约定个投诚的确切时间，比如待其收服了张九四，我们兄弟也就顺从天意吧！"

方家兄弟、子侄对此多无异议，于是方国珍遣使正式向应天朝贡。经过一番讨价还价，最终约定：待朱家军打下杭州以后，方国珍便以庆元等三郡正式请降。

因为方国珍之事，元璋越发得意，接连几天纵酒高歌，玩得不亦乐乎！这天他特意对秀英说道："自从咱们落脚应天，已经快六年了，到今年来讲，咱才总算可以松一口气了呵！"

秀英自然也非常高兴，应和道："我们娘们儿虽然不贪图什么富贵，但总算不用受辱了！"近来她见过几次郭天爵，但她敏锐地发现郭老三的目光居然有些躲闪，于是提醒元璋道："不过你也别高兴得太早，天爵好像一直有些不平之气，近来又故意绕着我走，在他身上，你总要加意才好！"

"不用担心，一切尽在咱的掌握之中！"元璋得意道，他倒是对于自己的细作系统非常自信。

二月眼看就要过去了，元璋在应天还没得意几日，突然从浙东传来一个惊天噩耗——驻扎于金华地区的苗军元帅蒋英、刘震、李福等突然发动叛乱，杀死了镇守在此的参政胡大海及郎中王恺、总管高子玉等人。

元璋初时完全不敢相信，待其恢复了神智以后，痛心、伤心之余，不免对众幕僚悔恨道："伯温先生回乡之前，曾告诫咱注意浙东之事，居然被他不幸言中，真是咱的失计！可是真没想到，连大海本人也蒙了难！可怜大海如此将帅之才，没死在沙场上，却丧命于叛将之手，真是令人遗憾、痛心！"

经过一番了解，整个叛乱过程大致是这样的：

当初，胡大海拿下严州时，苗军元帅蒋英、刘震、李福等人来降，胡大海喜其骁勇，便将他们留置麾下，待之不疑。后来这帮人因在元璋麾下待遇不好，也颇受管束，故态复萌，于是渐渐起了反叛之心。

不过因胡大海一向对刘震甚好，等到这帮人谋反时，刘震有点良心上过不去，总不忍痛下杀手，但李福却怂恿大伙道："胡参政待咱们是不错，可是大权在主将之手，如果不杀主将，那么事情就很难成功。如今我等既要举大事，就顾不得私恩了！"

大伙觉得他说得有道理，于是便下定了决心，又通知了衢州和处州的苗帅李佑之等人，约定二月七日这天一同举兵。

到了这天，蒋英等人先是假装请胡大海到金华城内的八咏楼下观看弓弩表演。待到观看完毕，胡大海将要上马之际，蒋英的部下钟矮子突然跪倒在胡氏马前，装出一副可怜相大喊道："蒋英等人想要杀我，请大帅救命！"

胡大海是个厚道人，于是转身想要问问蒋英究竟是怎么回事。只见蒋英从袖中拿出一把铁锤，做出要砸钟矮子的假象，然后虚晃一招，趁胡大海不防，竟一锤猛砸到了他的头上。胡大海受伤倒地，蒋英立即上前割下了他的首级。

接着，蒋英提着胡大海的人头出示各处，试图胁迫其他文武官员就范。胡大海的死讯在金华地区传开后，当地人无不哀恸流涕，如丧考妣。

随后，叛军又袭杀了胡大海仅剩的亲生儿子胡关住，又擒住了郎中王恺。王恺誓死不从叛兵，他大义凛然道："我王某职居郎署，与胡参政同守此土，其义当死！奈何从贼？"刘震赞佩王恺是个义士，再次心生恻隐，想要放了王恺，可是有人和王恺有些私仇，结果王恺父子等人皆一同被害。

苗军反叛的消息很快就传到了坐镇严州的文忠那里，他立即派出元帅何世明、掾史郭彦仁等率兵征讨。当征讨部队到达兰溪时，蒋英等未战先怯，在城中劫掠一空后，便投降了张士诚。

元璋在痛定之余，遂上表小明王，追赠胡大海为"开国辅运、推诚宣力武臣、光禄大夫、同知大都督府事"，谥"武庄"。随后他又命宋濂为胡大海的墓碑写下了一篇铭文，以旌表胡氏的功业[1]。

就在金华噩耗传来后不久，还没容元璋做出应对，处州又相继传来同样令人震惊的噩耗：蒋英等人谋反成功的消息传到处州后，处州苗军元帅李佑之、贺仁德等也闻风而动，作乱杀害了院判耿再成、都事孙炎、知府王道同及元璋养子朱文刚等人，一举占据了处州城。

话说就在李佑之等人作乱时，耿再成正在陪一帮客人吃饭，闻讯后他立即上马，可还没来得及整顿兵马应敌，叛军就杀来了。耿再成迎着他们骂道："你们这帮贼奴！主公怎么辜负你们了，你们居然造反？"叛军一拥而上，耿再成招架不及，被刺中了脖子，不久便殉难了。

孙炎被生擒后囚禁于一间空屋中，叛军对他百般胁迫，但他就是誓死不屈。叛将贺仁德请孙炎宴饮，试图软化他，但孙炎且饮且骂，贺仁德终于被激怒了，拔出刀来逼迫着孙炎脱下外衣。孙炎毫无惧色道："此乃紫绮裘，系主公所赐，我定要穿着它死！"贺仁德就这样成全了他。

孙炎被害时不到四十岁，正是少壮有为的年纪，元璋惋惜道："孙都事虽不良于行，其人却志虑宏远，且明敏干练，近如说动伯温先生

---

[1] 曾出入于李文忠幕府的刘辰所著的《国初事迹》中记载："太祖尝使人察听将官家，有女僧诱引华高、胡大海妻敬奉西僧，行金天教法。大祖怒，将二家妇人及僧投于河。"可见在朱元璋做了皇帝以后，为了维系自己的统治，并未对胡大海家多存感念。"金天教"到底是一种什么教派，今人无确证，可能是元明之际南方人对伊斯兰教的称谓，也可能是袄教。

来归一事，即可窥见一斑！若非遭遇此劫，他日定是朝廷的股肱重臣啊！"后来孙炎被追赠丹阳县男爵，建像于耿再成的祠庙，与之一同配享。

胡大海一死，大局无人主持，而浙东重地，非心腹重臣不能镇守。于是，元璋升同佥朱文忠为左丞，都事杨宪及胡深为左右司郎中，仍驻扎于金华，以统领浙东军马。

文忠毕竟还是一个年轻人，威德远不如胡大海，所以真正来填补这个空缺的人，元璋心里更为倚重的还是文武兼备的胡深。当初向幕僚们坦陈自己的意见时，元璋就曾感叹道："浙东这一东南屏障，咱如今还是要多多仰赖胡深啊！"后来胡深在处州经营有方，军民都很感念他的嘉惠，可惜在至正二十五年，因朱亮祖的乱命，致使坐骑受惊的胡深竟不幸被陈友定方面俘杀，留下了这位文儒"出师未捷身先死"的千古遗恨！

文忠得知处州的噩耗后，又立即派出元帅王祐等率兵屯缙云，伺机收复处州。不过由于处州叛兵众多，且考虑到张士诚势必要来浑水摸鱼，为了稳住浮动的人心，元璋即刻命令平章邵荣率十万大军前往征讨。

果不其然，张士诚见浙东有利可图，便派出其弟，也是其丞相的张士信率兵围攻诸全。诸全守将谢再兴率军迎敌，两军鏖战近一个月都未分胜负，后来谢再兴设伏兵擒杀了张家军千余人。张士信大怒，增兵加紧攻城，谢再兴部力不能支，才赶紧向文忠告急。文忠派胡德济率军增援，但胡德济的援军兵力也很有限，谢再兴只得再请增援。

此时金华叛乱初定，而严州靠近敌境，处州又为叛苗所据，文忠一时甚是为难。正在犯愁之际，他手下的都事史炳进言道："邵平章所统大军不日即到，敌众必定惊心，我等不如先声而后实，唱一出空城计出来。属下听说张士信本是纨绔子弟一个，女子、戏子、骰子是他的随军必备，手下诸将有样学样，是故该部一向就缺乏斗志……"

文忠觉得这一建议非常可取，于是派人到处扬言徐达、邵荣等率领大军已到严州，不日就将进击诸全。为了把戏演得更真，文忠还派人到各处张贴榜文。张士信的探子见到榜文后，多半信以为真，消息逐渐扩散开来，于是军心骚动，很多人竟商量着乘夜逃遁。胡德济侦知这一情况后，与谢再兴乘着夜半突袭了张家军的营地，张士信大败，诸全之围得以化解。

等到邵荣率大军赶到处州时，进展也变得更为顺利。他先是令院判张斌、王祐、胡深等分攻处州城四门，并焚烧了其东、北两门，将士们得以登城而入，最终李祐之在绝望中自杀。

处州复平后，元璋改任王祐守城，邵荣则即刻率大军返回应天。

浙江的局面算是暂时稳定下来了，应天政权的一臂得以保全，元璋也稍稍安了几分心。可是不承想，江西的问题也不幸被刘基言中，虽竭力避免，却还是闹出了一场不小的风波。

当初洪都投降时，祝宗、康泰二人心里其实还是有些不情愿的，渐生悔意，后来经胡廷瑞百般安抚，才令二人暂时安生下来。等到胡廷瑞去往应天后，他想到祝、康二人的行止，唯恐他们再生变乱于己不利，便率先向元璋禀报道："祝、康二人一直对献城之事有些不悦，属下若在洪都，还能约束他们些个。如今浙东闹了这么大动静，属下人又远在应天，祝、康二人恐生异动，还望主公早做打算！"

元璋于是下令：令祝、康二人带所部兵马前往湖广一带听从徐达调遣。

祝、康二人感到情况不妙，担心元璋会对他们不利，因此当他们率领所部抵达女儿港（今江西省德化县东南处）时，突然发动叛乱！当时港内正有运送布匹的商船，他们随即抢夺了船上的布匹做旗号，向洪都发动袭击。

黄昏时分，叛军突然杀至洪都城下，他们击鼓举火，一举攻破了新城门。时为行省参政的邓愈当时正住在原廉防司，他闻变之后感到仓促之间不易招架，担心遭遇胡大海、耿再成之祸，只得带着数十骑出逃。途中，邓愈与叛军几次遭遇，他一路且战且走，随从大都战死。

幸亏邓愈身经百战，再加上养子将马让与了他骑，邓愈才侥幸得以脱身。元璋自责己过，所以并没有追究邓愈失职，邓愈侥幸捡回了一条命，可惜万思诚、叶琛等皆死于这次叛乱。

洪都叛乱的消息传到应天后，元璋震怒之余，当即命徐达等人从湖广回军前往征讨。很快，徐达就攻破了洪都城，祝宗在逃亡中被邓志明所杀，康泰则被生擒，因他与胡廷瑞的特殊关系，最终被从轻发落。

重新稳定江西的大局很重要，元璋说道："得了江西，如同斩下陈友谅之臂膀。此地是故楚中心，应天的西南屏障，而今的首重之地。加之本地人喜诉讼而难以管制，贼寇甚多，非心腹干练之人不可守！"

考虑到文忠已经主政浙东，一心渴望外出建功的朱文正此时便向元璋主动请缨道："文忠老弟如今已俨然成为四叔在浙东的柱石，多年来他在那边独当一面，可是得了不少历练！侄儿虽然蒙受四叔恩宠，忝居左都督一职，可实在没做过几件响当当的事，不如您就把我安排到洪都去，让侄儿给您把守好西大门吧！"

由于要挟制邵荣等人，元璋一时犹豫不决，此是外事又是家事，于是他便找秀英商议。秀英思量半晌，觉得此事乃是义不容辞，最后方举重若轻地说道："所谓'当局者迷，旁观者清'，你这等聪明人，怎么反倒糊涂了？你可以使一招欲擒故纵嘛！"

元璋一下子就被秀英点醒了，当即赞叹道："夫人如今虽不过问外事了，可是竟还那么有心，这回咱懂了！"

"应天的事想是无虑了，你好自为之便是了！但是放文正这小子一个人出去，他跟匹野马一样，恐怕不是长计！"秀英提醒道。

元璋只得点头答应着："好，先放他出去一年再说吧。"

至正二十二年五月，元璋命大都督府左都督朱文正镇守江西，还特命儒士郭子章、刘仲服等为参谋，此外邓愈、赵德胜和薛显等猛将也一同协助镇守，元璋这回才踏实多了。

朱文正到达洪都以后，继续增浚城池，严为守备。他还招谕山寨贼寇来降，结果绝大多数头目都表示归顺。而对于当地那些纠缠诉讼、好打官司的人，出于社会安定的需要，文正更是使出了霹雳手段，竟下令将其一律处死。如此一来，号令严肃，远近震慑。

可是正像秀英所忧虑的，一旦脱离元璋及众亲属的视线，朱文正就如同脱了缰的野马，好色、残忍的本性立即暴露：他任用卫达可等人为心腹,帮着自己到处搜罗美女,宠幸几十天后,要么抛弃,要么干脆投到井里淹死以掩人耳目,弄得民怨甚重。而元璋每次派人到洪都巡视,朱文正都重加贿赂;对于那些敢去应天举报的人,他便派人到中途截杀。因他是元璋的亲侄子,又是养子身份,众人只得睁一只眼闭一只眼,由着他胡作非为。

实际上,元璋还是听到了一些风声,但出于安定江西计,一时之间他才没有发作。

二

朱文正离开了应天,徐达、刘基、杨宪等人也都不在应天,胡大海、耿再成、孙炎等人又刚死,元璋方面的实力一时大损,这被邵荣等人视作了千载良机。

这天,邵荣、赵继祖和郭天爵聚在一起开始秘密计议。邵荣首先申明道:"去岁我部再破陈友谅这只纸老虎,北边的也快撑不住了,看这架势,他早晚是要称王称帝的,那时我等是跪还是不跪?若是不跪,只有死路一条。何去何从,不能不早做定夺。"当说到"他"时,邵荣用手伸出一个"八"字,以指代元璋。

赵继祖接口道:"近来浙东、江西连出叛乱,朱重八的根基有所动摇,我等又有新近平定处州之威,足以向他发难了。"

郭天爵虽然憎恨元璋谋害了二哥、霸占了妹妹,更瞧不起元璋的出身,但跟他不同母的郭天叙毕竟是自己找死,郭天珍又是半自愿,所以他对元璋的恨意还是有限。而元璋一路所向披靡且心机颇深,令本来就有些心虚的郭天爵越发惧怕,此时他不得不说道:"虽然朱文正、徐达、刘基、杨宪等人如今都不在应天城里,但我总觉得他一定会有所布置,可能正张网以待呢。我等还是要小心为上。"其实从个人利害而言,就算元璋成了帝王,他也是皇亲国戚,实在没必要跟着邵荣等人犯险。即便他们政变成功，自己也不过是小明王之流。

赵继祖见郭天爵有些打退堂鼓，当即就要发作，不想邵荣抢先一步道："三公子的忧虑很是有理，不过我等实在不愿让这个后生小子总骑在我们头上，骑在三公子这样的郭公子嗣头上，不然将来到了地下，还有何面目见郭公？"

"我知道你等是好意，可这毕竟太冒险……"郭天爵争辩道。

"我等出生入死已经整整十年了，如果怕死，还会走这条路吗？我知道三公子是好意，这样吧……此事三公子就不要直接参与了，成了固然好，不成也是命，但三公子就不会受牵累了。"邵荣试探道。

郭天爵虽然才干平平，但跟他老爹一样是性情中人，邵荣一向对他结以同心，如今他见邵荣如此说，便当即表示道："此事我等已经谋划多年了，如今我郭天爵半道退出，还算是条汉子吗？你等既然都不怕，那我也只有舍命陪君子了。"

"好，三公子果然不愧是郭公之子，有了三公子这份决心，我等就多了五分胜算。"邵荣欣喜道。

经过一番商议，三人确定了一套实施方案，决定于七月初五这天动手，因为当天元璋要在三山门外阅兵。元璋之所以选择在这种三伏天阅兵，其实正是出于锻炼将士的考虑，使其不至于太过安逸。

七月初五阅兵结束后，元璋原本是要从三山门原路返回的，可是他却神不知鬼不觉地改装易服从其他道路返回了城里。在三山门附近带兵埋伏的赵继祖迟迟不见元璋通过，不禁有些慌了，赶忙去向邵荣请示。

当赵继祖找到邵荣时，发现郭天爵已经在邵府了，从两人的脸色上看，谋反之事定然是走漏了风声。好半天，赵继祖都没有说什么，最后邵荣对二人说道："事已至此，认命吧！"

不一会儿，元璋派人来请邵荣、赵继祖二人，二人不晓得到底哪里出了纰漏，假如此时就兵戎相见，显然没有胜算，还连累无辜；而应命去见元璋，也许还有一线生机，因此二人只得硬着头皮去了。

当二人到了元璋的吴国公府时，发现他们手下的将领宋国兴正站在那里，再看他那躲闪的眼神，他们一下子就明白了。原来，是宋国兴这小子告的密，只是不清楚他到底是何时投靠元璋的。

元璋正襟危坐在座椅上，他没有绕弯子，以一副无辜的面目质问道："我与尔等同起濠梁，切望大业有成，共享富贵，尔等何故要谋害我呢？"

邵荣心慌得厉害，他竭力控制着自己的情绪，避重就轻地说道："我等长年在外，取讨城池，多受劳苦不说，也难能在家与妻子儿女相守同乐，所以才行此昏招！"

元璋想了一会儿，道："换了尔等在咱这个位置上，尔等如何处置？难道是咱狠心吗？实在是没有办法，才出此下策啊！"

邵荣一时无言以对，元璋于是请二人宴饮。由于担心元璋在酒里下毒，邵荣坐着一动不动，只是有些追悔而泣，不是为自己，而是为妻子儿女。

赵继祖一看邵荣居然垮了，于是大声向他说道："以前我就劝您早早动手，可是您瞻前顾后，不然怎见今日猎狗死于人家床下？事已至此，哭有何用？"

邵荣颇为所动，于是用衣襟擦干了眼泪，从容地对元璋说道："我等有死而已，只是希望你高抬贵手，放过我等的妻儿老小，就是把他们流放也好！"

元璋对此不置可否，他只是先将邵荣等拘禁，又将郭天爵软禁。这天，元璋便将在应天的诸将召集起来，商讨对邵荣等人的处置办法，这一方面是向大伙表明，自己念及袍泽之情，不忍擅自诛杀之；另一方面也想看看诸将的态度，让大家站好队。

此时在应天的诸将里面，就属常遇春的地位和声威最高，作为元璋的嫡系，常遇春对邵荣的举动自然痛恨至极，可是作为多年的袍泽，他未免会有些兔死狐悲之感。

邵荣等人形迹败露之后，常遇春便与幕僚们商议自己该如何选择立场，一名幕僚指出："主公眼里一向容不得沙子，邵荣等人此次定是必死的！如今诸将中说话最有分量的，自然非您莫属，如果您力主杀之，那么主公一定对您感念在心，他日自当厚报！"

蓝玉一直地位不高，其实他也清楚这主要是因为自己投奔元璋的时间太晚，立功又不多，所以他也站出来劝说道："姐夫可别忘了，主公是一个什么样的人，我等又是何时来投奔的。你想救下汤和的姑父都不行，如今也只有顺水推舟啊！"

常遇春深以为然，自己肯定是救不了邵荣等人的，但却可以因此让自己的地位更稳固。于是在计议时，当元璋提出要给邵荣等人留条活路，"禁锢终身，听其自死"时，常遇春第一个站出来极力反对道："邵荣等人无法无天，忘恩负义，他们图谋叛逆，这不仅将会危及主公您一个人，势必也将加害我等，一旦他得势，我等妻子儿女岂不要被收为奴婢？好在主公有天命在身，让这等奸行暴露，这真可谓天诛地灭了！主公您纵然大人大量不忍杀之，可是我等岂能与这等人同生于天地之间？这不但是违背天意，也是教后人效法啊，遇春等心里实在不甘！"

常遇春的这一番准备充分、言之凿凿的表态，就算是为此事定了调子，其他有异议的将领也都不敢多嘴了，毕竟保一个将死之人于己何利？于是，大伙只得齐声说"杀"。元璋见众人态度如此坚决，只得装出为难的样子，顺从了众人的意思。

几天后，在为邵荣、赵继祖二人送行时，元璋内心还是涌出了几丝伤感之意，因此在与邵、赵二人饮酒诀别时，背负着诡诈之名的他也不免流下了两行热泪……

事情涉及了郭天爵，何况兹事体大，因此秀英不能不站出来问元璋道："你如今读书多了，可曾读过《晋书·宣帝纪》？"

司马懿的传记元璋肯定是读过的，但秀英这一问，他先在心里猜测夫人究竟是何意，半晌他才想起《晋书·宣帝纪》末尾处提到的司马懿的滥杀："帝内忌而外宽，猜忌多权变……及平公孙文懿，大行杀戮。诛曹爽之际，支党皆夷及三族，男女无少长，姑姊妹女子之适人者皆杀之，既而竟迁魏鼎云。"以至于到了晋明帝时，丞相王导侍坐，明帝突然问及本朝何以得天下，王导于是谈起了司马懿滥杀的事情，结果明帝听完就以手掩面悲泣道："若如公言，晋祚复安得长远！"

很显然，秀英是劝元璋慎杀、少杀，她深信天道好还、报应不爽，即使不报应在本人,也会报应在子孙。元璋当然明白这个道理,为了给秀英一个面子,他只得说道:"夫人的意思咱明白,其他人等自可从宽发落!"

"那你好自为之。"秀英对于元璋的回答还算满意。

将邵荣、赵继祖二人勒死之后,元璋只是抄了二人的家,并未赶尽杀绝,这也是他在诀别时答应了邵荣的。不过等到他称帝以后,还是将两家人打入另册,作为军户打发到了边疆,以绝后患。而颇富侠义精神的郭天爵却不愿独活,不愿忍受元璋的威迫,于是在邵、赵二人被处死之后,毅然选择了自尽,令应天上下不禁对这位贵公子刮目相看。

张老夫人因悲伤过度,也于不久后去世。郭家所遗下的儿女便交给了郭子兴小妾所生的郭老舍代为抚养。郭天珍因为已经接连为元璋生育了两个儿子,对于娘家之事也更不上心了。而到了洪武时代,郭老舍因为触犯法网畏罪潜逃,从此竟失去了踪影。

三

因为脱脱的事情,妥懽帖睦尔悔恨不已,自从中兴之局渐成泡影,他那耽于逸乐的心收敛了不少。环顾烽烟四起的偌大帝国,他最清楚不过:如果自己还不能奋起,必将把祖宗的基业丢个干干净净!

好在脱脱之后,李察罕等人横空出世,有力地遏止了红巾军席卷北方的势头。不过随着李察罕的坐大,皇帝也非常担心他会成为曹操之流的人物,因此为了制衡李察罕,皇帝开始竭力扶植孛罗帖木儿等人。可没想到的是,他们之间那么快就陷入了激烈的纷争之中。由于朝廷权威的丧失,未来无论哪一方获胜,都必将危及黄金家族的统治。可是为着迫在眉睫的威胁,皇帝又不能不希望李察罕等人尽快削平反叛。

第十九章 祸起萧墙

这是至正二十二年五月的一天，掌管天文的太史突然上奏道："近日天象颇为异常，据臣推算，今年山东或恐会有大水！"

此时李察罕大军已近乎拿下了整个山东，太史的意思是希望朝廷下旨提醒李察罕等人适当注意水情，以免遭受水灾之害。皇帝却忧虑地说道："我大元起自漠北，乃为水德，如今山东既有水患之象，或恐不是应在大水肆虐害人上，而是应在我大元身上，如今朝廷正用兵山东，或恐将失一良将啊！"

皇帝这样说，无非是一种臆测和推断，为了谨慎起见，他当即下诏，告诫李察罕等人要留心。可是使者还没到达，李察罕已经毙命了！

话说原已投降李察罕的田丰、王士诚等人一直心有不甘，他们暗中联络原红巾军将士，准备发动一场叛乱。而自打田丰等人投降后，李察罕一者是为了彻底收服人心，以便为己所用；二者也是过分自信，对田丰等人居然未予多加防范，甚至有好几次，他只带着少数随从就亲往田丰营中巡视，这正给了田丰等人以可乘之机。

六月初的一天，已经打定主意的田丰主动邀请李察罕到他的营中视察，李察罕的部属已经听到了一些风声，所以力阻其前往。可是李察罕却解释道："既然推心待人，又怎能处处提防他人呢？"部属们又建议他多带些随从，结果也被李察罕拒绝了。

李察罕只带着十一名轻骑来到了田丰的营地，哪知他一进得营来，早已埋伏好的王士诚等人就率众一拥而上，不由分说就将李察罕刺死了事。得手之后，他们便逃往益都，那里尚未被元军攻下。

大元柱石一倾，皇帝震悼不已；朝廷公卿及大都四方之人，不问男女老幼，无不为之恸哭。为尽哀荣，皇帝下诏追封李察罕为"忠襄王"，谥"献武"。等到下葬的时候，又改赠他为"宣忠兴运弘仁效节功臣"，追封"颍川王"，改谥"忠襄"。

李察罕死后，王保保接掌其众，朝廷拜其为银青荣禄大夫、太尉、中书平章政事、知枢密院事、皇太子詹事，仍便宜行事。随后，万分悲痛的王保保开始了对益都的疯狂围攻。由于益都是一座重兵设防的坚城，又是山东红巾军最后的据点，所以元军付出了巨大代价。

十一月，元军通过挖掘地道破城而入，益都陷落，红巾军首领陈猱头等二百多人被押赴大都献俘。为了报仇雪恨，王保保专门挖取了田丰、王士诚二人的心脏以祭奠养父。

不久后，山东地区被元军彻底平定。至此，河南、河北、陕西、山东等地一时间晏然无事，大元帝国似乎又恢复了久违的太平景象。山东平定后，王保保遂将主力移驻开封和洛阳一带，其意在稳定中原，以坐观天下形势。

李察罕、王保保之所以长期容忍小明王等人在安丰苟延残喘，正是出于以安丰为屏障、暂时隔绝南北势力集团的目的，以免双方过早发生激烈的冲突。另外，也是元璋的通好之举产生了效果。

为了不多树敌，李察罕还活着的时候，元璋就曾两次派杨宪等使者去面见李察罕，并送上重礼和亲笔信，要求通好。不过为免引起小明王和刘福通等人的警觉，元璋私通李察罕的事做得相当隐秘，很多人都不知晓内情。

在李察罕被刺前不久，他的亲笔回信也送到了元璋的手里。看过信后，元璋不禁对左右说道："以李察罕的书信观之，其措辞婉媚，分明有利诱我等之心，哈哈，这点小把戏能迷惑得住谁？何况他只是送来了书信却不放还咱的使者，其用心已是昭然若揭！"

李察罕扣押使者，目的在于想从使者口中多了解一些元璋方面的情况，这显然有图谋之意。不过元璋与李察罕都是同一类人，他实在没有理由批评李察罕的诡诈，但出于贬低李察罕的目的，元璋有一次便当着众人的面道：

"这个李察罕，虽然假借义师之名图谋恢复，可他却与孛罗帖木儿等人斗争不止，而且多次不遵从皇帝之旨，这岂是忠臣之所为？若是忠臣，就当先国家之急，然后才是个人恩怨……还有那个田丰，其为人倾侧，居心难测，而李察罕却待以腹心，可谓昧于知人了。古来之名将，识察几微，智谋宏远，让人无从窥测，可这李察罕能知其中的道理吗？"

不过说归说，颇为忌惮李察罕的元璋还是不能不做两手准备，因此后来他还是加派了使者到李察罕那里。后来，为了有所回应，李察罕特意向朝廷请了旨意，并派出户部尚书张昶等人带了御酒、八宝顶帽及任命元璋为"荣禄大夫、江西等处行中书省平章政事"的宣命诏书，准备前往应天。

到了七月份，李察罕的死讯传到了应天，元璋兴奋地脱口而出："从此天下无人矣！"

在如何应对元朝使节的问题上，元璋原本还颇有些为难，可是李察罕一死，问题就自然化解了。张昶等人到达应天时已是至正二十二年十二月，不仅李察罕已死，北方的威胁也一时缓解了——原来王保保的后院又起火了。

李察罕的死，让孛罗帖木儿喜出望外，他趁机侵占了不少李氏的地盘，越发骄狂。元廷内部也随之纷争不已，到了至正二十三年，因为皇帝的舅舅、御史大夫老的沙与知枢密院事秃坚帖木儿的事，皇帝与太子竟然分化成为两大阵营，一向与老的沙等人不睦的爱猷识理达腊倚重于王保保，而皇帝则选择包庇孛罗帖木儿。如此一来，双方更是争得难解难分，也就暂时无暇他顾了。

当时到达应天的元使有三位，他们是户部尚书张昶、郎中马合谋、奏差张琏。张昶等人先是通过海路到了方国珍那里，然后又转往福建、江西等处办理相应事宜，最后才前往应天。当张昶等一行人到达衢州时，早已大变脸的元璋立即将他们押解，在进入应天时，还逼迫他们以裸体入城，以示羞辱。

元璋就是要做给世人尤其是小明王、刘福通等人看，让他们知道自己的反元态度是何等坚决。不过这几个使者也不甘示弱，他们入见不拜，其中马合谋居然与元璋针锋相对，而且口出不逊之言："你不过是淮右一贱民出身，如今小人得志，居然也学起翻手为云、覆手为雨了。在我大元使节面前，真是不自量力。"

恼羞成怒的元璋于是叫嚷道："元朝不达世变，竟敢派遣尔等来煽惑我民。来啊，都给我拉出去砍了。"

不过，元璋见张昶一言不发，他也有心多掌握一些元廷方面的情况，而且他听说张昶乃是元朝高官，将来是自己用得着的人才，因此便用一死囚代替了他。马合谋、张琏等人被杀后,为了尽量封锁消息,连监刑官韩留也被元璋灭了口。

至正二十三年春节刚过,"丁忧"的刘基返回应天,半路上他还顺手办了件大事。

当时刘基途经金华,恰巧遇上张家军一部去攻打建德,坐镇金华的文忠准备奋起还击。与刘基还算交情不错的杨宪适时进言道:"伯温兄一向智略非凡,计划立定,人莫能测,有当世子房、再世诸葛之美誉!主公对他向来任以心膂,每常召他密议大事,往往深夜乃止。刘兄前在家丁母忧,如今期满返回应天,近日他正好落脚金华,左丞何不征询一下他的意见?此乃兼听则明也。"

文忠还没见过刘基,他对久负盛名的刘先生也有些好奇,于是采纳了杨宪的建议。文忠一向认为刘基是一个干瘪的瘦老头儿,及至他见到体貌修伟、虬髯长须、慷慨大节的刘先生时,不由赞叹道:"先生真乃豪爽伟男子也!"

刘基对此颇为自得,面对文忠的征询,他还是一本正经地答道:"如今敌众新至,锐气正盛,如果正面应战,虽可将其击败,但我等要承受的代价有些偏重。而敌众远攻建德,乃是孤军深入,其后援乏力,日久必然难以支撑,不如先等几天,再反击不迟!"

文忠对此深以为然,为了确保反攻的顺利,他便邀请刘基来帮衬自己几天。三天后,刘基前往建德外围观察张家军的动向,他发现虽然敌方旌旗如故,但营垒内部人员往来不绝,刘基据此断定道:"此大张之旌旗必是掩护撤退之假象,此时不攻,更待何时?"

文忠于是立即发起了进攻,终于重创了这股敌人,随后刘基便欣然上路。

待到正月底,刘基终于回到了应天,元璋先向他通报了李察罕、王保保等人的事,刘基当即向元璋贺喜道:"恭贺主公去一大敌,真是天佑我中华!只要咱们收拾了陈友谅,则天下不足定也!"

元璋笑道:"是啊,李察罕一死,天下形势为之一大变,咱北面无忧了!近日咱反复思度,今年必是关键之年,下半年或恐将与陈友谅有一决战！"

刘基捋了捋虬髯道："老朽也有此感觉！如今陈汉疆土日蹙，他不甘坐以待毙，必定会伺机决死一搏！"

"主动前来挑衅的话，咱看他恐怕没这个胆量了！何况而今江西大部已为我有，陈友谅两遭大损，元气在今年恐怕还难以恢复，且他手下多的是庸兵庸将！"元璋得意道，"不过近来据报这厮颇有一番振起之象，咱想的是，下半年可抽调三十万大军再次西征，水陆并进，力争拿下武昌，一举消灭陈汉主力，以防其东山再起！"

刘基沉思了一会儿，道："恐怕粮草方面压力甚大，上半年还须多多努力才是！"

"这是自然，先生不须虑此！"元璋慨言道，"过些日子咱就重申屯田之令，号召军民致力田耕，待秋收之后，我大军再与那厮一决雌雄！成败尽在今年看了！"

随后，元璋又谈起了张昶等人的事，然后他对刘基、宋濂等人说道："元廷为咱们送来了一个大贤才啊，你们商议大事时，可以征求下他的意见嘛！"

为了继续贯彻广积粮的明训，元璋在一开春便传谕诸将士道：

> 兴国之本，在于强兵足食。昔日汉武帝以屯田定西戎，魏武帝以务农足军食，定伯兴王，莫不由此。自兵兴以来，民无宁居，连年饥馑，田地荒芜。若兵食尽资于民，则民力重困。故令尔将士屯田，且耕且战。今各处大小将帅，已有分定城镇，然随处地利，未能尽垦，数年以来，未见功绪。惟康茂才所屯，得谷一万五千余石，以给军饷，尚余七千石。以此较彼，地力均而入有多寡，其故何哉？盖人力有勤惰故耳。自今诸将宜督军士及时开垦，以收地利，庶几兵食充足，国有所赖。

就这样，各地驻军都被迅速动员起来，且战且耕，将士们转眼间俨然成了农夫，到处是一片春耕景象。不过，祥和的田园景象还是很快被打破了，真是计划不如变化快！

四

新年刚过,张士诚不想坐以待毙,也想在新的一年里有所作为,这天他把吕珍等大将召来,想要听听他们的意见。

吕珍于是建言道:"如今南边、西边都攻不动,不如在北边想想办法吧!"

张士诚一向不过问细事,大小政务都交给其弟张士信打理,而张士信特别倚重黄敬夫、蔡文彦和叶德新三位参军。经过三人的合计,张士信进言道:"我看就打安丰好了,打了安丰,擒杀了小明王、刘福通等人,元廷定会给咱们好脸色!另外,拿下了安丰,就让咱们的地盘与王保保等人接了壤,一旦江南事急,我们就转战江北,可望与王保保等共同抗朱!"

张士诚不晓得黄敬夫、蔡文彦、叶德新三人皆是迂阔书生而不知大计,但因张家兄弟分辨不出这些佞幸之臣,所以三人一时间可以蛊惑视听,把持政柄,乃至令国政日非。当时,百姓相当痛恨黄、蔡、叶三人,所以平江一带有民谣云:"丞相做事业,专靠黄、蔡(菜)、叶。一朝西风起,干瘪!"

张士诚未予深思,只好死马当作活马医了,于是命吕珍于二月间率部攻打安丰。安丰城内不过是一群红巾军的老弱病残,根本不是张家军的对手,于是小明王不得不向元璋求救。

在召集众人商议时,元璋佯作义愤填膺道:"明王系我等之君,臣子为君分忧,实乃天经地义,不容推辞!至于刘丞相,所部横据中原,十有余年,而今虽然式微,却保障江南,使我等得以从容进展!这个王必是要勤的,只是怎么个勤法,众位也谈谈想法吧!"鉴于陈友谅的教训,为了占据一个道义制高点,元璋决定在天下大势未定之前,绝不轻易抛弃小明王。

徐达此时正在应天,他首先站出来说道:"北边群雄皆虎视眈眈,形势异常复杂，我等若派出一支偏师前往勤王，恐怕会遭到众敌围攻，那时对陛下也是惊吓。依我看，还当以主力重兵勤王，以保无虞！"

"嗯，天德所言极是！别的人不说，那庐州老左就有些难测！"说到左君弼时，元璋就有些皱眉，"元朝占上风时他降元，陈友谅那厮猖狂时，他又向陈友谅献媚！如今他必然惧怕被我等吞并，不顾早年的盟约，遣将前去偷袭我们，因此不能不防！"

听闻要出动大军北进，刘基当即反对道："应天这边，陈友谅、张士诚两部都在伺机进犯，主公，我大军不能轻动啊！再者说，明王来了应天，又往哪里安置呢？"刘基认为小明王实际上已经失去了利用价值，但是元璋一心想博个贤良、忠贞的美名，所以还是死死抱住小明王的牌位不放，可是他晓得元璋的脾气，所以不敢明讲。

"哈哈，先生过虑了！陈友谅这厮近来必不敢大举来攻，至于那张九四，更不在话下，江阴这关他若是过了，也是他的造化！如今滁州清静，我等可以先把陛下安置在那里，待应天这里宫室齐全了，再恭迎不迟！"

眼见元璋如此虚伪，刘基忍不住道："将来若行禅让礼，不过又是一曹丕！若不行禅让礼，明王如今青春正好，一旦崩殂，世人必定生疑！不如顺其自然，趁机甩掉这个包袱算了！"

闻听此言，元璋当即羞得脸色通红，但他还是强忍住愤怒道："陛下终究于我等有恩，报他一年是一年！再者，此番若不狠狠教训下张九四，他必定愈加猖狂，说不定还要联合元军，继续给我们在北边捣乱！行了，此事就这样定了吧，若生变故，咱一肩承当就是！此行为表勤王诚意，咱还要亲征，先生不方便去，就留守应天吧！"

陶安比较倾向刘基的忧虑，但他见主公如此坚决，也不好力阻了。李善长近年来位置越坐越高，但是胆气却越来越不足，在大事方面开始有些谨慎过度，他也不希望出动主力去救安丰，更不希望元璋亲征，可是他也越发觉得自己是个军事外行，根本无从置喙。

经过一番紧急动员，到了三月间，元璋便率领着右丞徐达、参政常遇春等部二十万大军驰援安丰。这是自至正十六年离开淮西以来，第一次重新踏上这片熟悉的故土，元璋和徐达等人不由得感慨万分。

253

部队从滁州向西行进，定远、濠州已经在望了，当时这一带被张士诚的部将李济占据。这个李济与李善长既是同乡，也是同宗，此人本是心向元朝的地方豪强，虽然名义上归附了张士诚，但暗中却观望未决。元璋出于同元军隔绝计，所以并不愿意收拾李济，等到将来干掉张士诚以后，再让李善长写封信，大概就可以不战而屈人之兵了。

大军所过州县满目疮痍，百姓稀少，田垄荒芜，到处有豺狼出没。目睹此情此景，大家的心情非常沉重，很多人的思乡病都犯了，更有甚者居然低声啜泣起来。元璋于是笑着对徐达等人说道：

"古有大禹为治水三过家门而不入，今日你我为勤王事亦如此！那就让队伍先停一下，让我们面向北方，遥祭一番故土吧！"

大约耽误了一个时辰后，思乡情绪有所缓解的部队才继续上路。听到元璋率军来援的消息后，刘福通便带着小明王从安丰城中突围，试图与元璋会合。

在此之前，元璋悄悄叮嘱徐达道："接陛下一个人来就可以了，至于刘大丞相，交战激烈，突围艰难，刘大丞相当死保陛下出围，以成其美名！"

徐达知其意，不过他生性光明磊落，这种事情根本不好意思去找别人商量，因此在接应过程中他颇费了一番心思——而元璋为求尽量保密、稳妥，执行力强又一贯低调的徐达自然是不二人选！

当时，眼看刘福通带着小明王就要同自己会合，徐达担心吕珍部不敢来追，便冒险带着百余精骑前往迎驾。吕珍部看见朱家军这边人少，于是继续穷追。会合之后，徐达又故意放慢脚步，终被吕珍部包围！

刘福通见徐达带的兵马如此之少，便询问缘故。徐达回道："我部皆以一当百之精兵锐卒，丞相勿忧！我们主公为保陛下早一刻脱困，特遣我等精骑先行一步，他自率大军随后即到！"

刘福通晓得徐达乃是元璋麾下第一亲信大将，也不好怀疑什么，于是跟着徐达且战且走。面对着四周的数千追兵，徐达命人将小明王死死护卫在中央，然后对刘福通说道："属下自为先锋，为陛下开路，望丞相为陛下断后！"

已经力战而竭的刘福通无奈，只得接受了徐达的建议。尽管最终真的将刘福通巧妙地留给了敌人，成全了主公的"借刀杀人"，但因徐达带的人确实少，结果多次遭遇险情！为了确保小明王万无一失，在这场突围战中徐达被惊出了生平最多的冷汗⋯⋯

徐达在大军的接应下护送小明王见到元璋后，元璋很是感激地对徐达说道："天德兄辛苦了，咱必铭感不忘！"

小明王等人撤出安丰后，吕珍部立即进占，但元璋打定心思要教训张士诚一顿，于是兵锋直指安丰及其外围的张家军。

吕珍见元璋亲率大军赶到，吓得一时手足无措，忙命人向庐州的左君弼求援，在获得后者允诺增援后，吕珍才稍稍有了些底气与元璋对战，开始大力部署防御。元璋首先命汪元帅率领两万余人发动攻击，以诱使吕珍部主力掉以轻心。

汪元帅攻入敌方中军营垒后，遭到了吕珍部主力近十万人马的围攻。元璋看准了时机，对常遇春下令道："遇春，又到了你宝剑出鞘的时候了！为壮我部军威，也让陛下出口恶气，此战你须一鼓作气，不三败吕珍，不得收兵！"

常遇春领命而去，等待着他的是元璋点给他的五千铁骑及两万精兵。为了准备将来和元军进行大规模陆上决战，自重占滁州以来，元璋就在当地大规模养马、驯马，因此渐渐训练出了足够一万多骑兵所需的马匹。不过，他的目标是组建至少三万骑兵，这样未来才有北伐决胜的把握，因此他在江南规定每十户人家必须供养一匹马。

对付吕珍之流，五千骑兵自然是绰绰有余。常遇春立即率领着这支精兵排开宽达十余里的长阵，骑兵为前驱，步兵紧随其后，以雷霆万钧之势横击敌阵，一举打乱了张家军的阵形，将战场局势彻底扭转了过来！吕珍果然没有任何长进，不仅三战三败，结果连安丰也不敢守了，只得带着残部仓皇逃走。

小明王见状，高兴地对元璋说道："吴国公真是神兵天降，从此以后朕就安枕无忧了！"

元璋得意地自谦道："哪里，哪里，不过是奉陛下威德，将士拼命罢了！"

此时左君弼麾下的五万援军投入了战场，在大军离开庐州时，老奸巨猾的左君弼还没忘叮嘱领兵的张焕道："切记不可轻易与敌交战，必待朱部与张部两败俱伤之时再行出击不迟！"

当吕珍部已经被打得丢盔弃甲时，张焕才急急领兵出击，然而此时已经错过了较为有利的时机，左家军有点精明过头了。常遇春再鼓余勇，另率一部分主力迎击，最后将想打滑头仗的张焕打得狼狈逃窜。

元璋见教训张士诚及勤王的目的已经达到，在将小明王安置到滁州后，匆忙赶回了应天。不过，他临行前特意叮嘱徐达、常遇春等人道："庐州对我长江一带的城池威胁甚大，咱本无借口收拾那老左，如今他打错了算盘，竟率先背弃盟约，那就别怪咱不客气了！"

于是，徐达、常遇春带兵杀向了庐州，而安丰则迅速被一伙元军占领。面对来势汹汹的朱家军，左君弼眼看对方军容壮盛、部伍严整、器甲精良、兵马众多，不住地赞叹道："朱元璋这小子果然是治军有方，他的身子骨如此雄壮，今非昔比，今非昔比啊！难怪两次都打得老陈那么惨！"

一向富于智略的左君弼清楚，庐州城虽然经过自己的十年经营，是一座重兵设防的坚城，短时间内朱家军无法破城，可是对方只要拿出对付常州的法子，别说坚持八个月，庐州城内的几十万军民就是想坚持半年都难。摆在左君弼面前的只有两条路：一是赶快投诚，还能求得元璋的谅解；二是寻求强大的外援来帮自己解围。

对于投诚，左君弼期期以为不可，因为他知道元璋的性情和手段，到他手下去任职绝不会舒服，个人的身家性命也未必可以保全，除非将兵马尽皆交出，或许可以做一个享清福的窦融！可是眼下左君弼还心有不甘，他暗忖道："如今这天下纷乱至极，鹿死谁手，还很难说呢！何况咱还可以请到外援嘛。听说这一年来老陈卧薪尝胆，兴许大有可为呢！"

主意既定，左君弼连忙派出使者赶往武昌，向陈友谅转告："如今应天方面以二十万大军攻我庐州，应天空虚，陛下何不乘机大举东征，以报前番一箭之仇？陛下大军截断扬子江，令朱氏贼军退无所据，我部跟从后,定然一雪前耻,助陛下踏平应天,一统天下!"

陈友谅接到左君弼的通报后,立即兴奋地对达氏说道:"快两年了,终于让我们抓到了复仇的机会!此番一定要痛歼顽贼,打下我大汉坚实基业!"

"此番东征,上位就带上我吧,让我也为将士们加油助威,做一回梁红玉!"达氏诚恳地说道。

"难得你有这份心意,不过你这话倒是也提醒了朕!此番东进乃是决一死战,为求将士用命,不妨多多携带些家属前往,一来免除将士们的思家、寂寞之感,二来也可激励将士们背水一战!"

"愿与上位同生共死!"达氏深情地握着陈友谅的手道。

听到这个"死"字,陈友谅心里不免一惊!不过他还是装作若无其事,用感激的胸怀回报了达氏。往事顿时悠悠浮上心头,他怎能忘记自己的阿娇这一年多来为自己的付出⋯⋯

自从退到武昌,尤其是当胡廷瑞等人投诚的消息传来后,陈友谅的胸中仿佛压着一座大山一样,他反复自问:"何以至此?何以至此?"

至正二十二年的整个春天,陈友谅的心情都非常抑郁,乃至患上了一种非常奇怪的病征,肠胃中像积了一大堆石头一样,身体也忽冷忽热,或者几日几夜昏睡不醒,或者突然说一车子没头没脑的胡言乱语!

御医来瞧过了,只是先试着开了一些补药,但病情依然不见好转,仅滴水未进的日子就达二十多天。眼见四哥瘦了一大圈,陈友仁紧紧抓住张定边的胳膊问道:"定边兄,快点想想法子救救四哥吧,咱们大汉国不能没有四哥啊!"

张定边一阵长吁短叹,然后便指着心口道:"药石所能治疾而不能使人无疾,四兄是病在这里啊,为今之计,只有静待他心情好转了!好在四兄身子骨一向雄健,待他过了这一关,我等再好言劝慰,希望那时能改观吧!"

陈友谅倒下后,别人也不敢靠近,达氏便每日侍奉在他的病床前,或为他擦拭,或为他喂药,六十天里一直没有间断过。也亏了她整日在陈友谅耳边说些鼓励的话,这才重新激发起了陈友谅不服输的劲头儿,待到春夏之交的时候,他终于振作了起来。

陈友谅首先对自己的阿娇感激道:"朕病了这一场,也多亏了你每日照顾着,又说了那些话,有时朕虽不能言语,但心里却清楚得很!从今以后,朕要重新做人,再不会如此英雄气短了!"

达氏喜不自胜道:"上位恢复如初,也令臣妾能够有所倚靠!前贤有诗云'胜败兵家事不期,包羞忍耻是男儿。江东子弟多才俊,卷土重来未可知'。上位平生以楚霸王为戒,今日不正是您效法越王、超越古人之时吗?"

"是啊,今日我等处境,比之越王当日可是优越太多,有什么借口不发愤图强、一雪前耻呢?何况朕的佳人还没有做美人计送到人家那里去。"说着,陈友谅就把达氏深深地拥入怀中。

又经过一个月的恢复,陈友谅虽然无法再像以往那样睥睨当世、叱咤风云,但已经重现了昔日的光彩。他立即把张定边、陈友仁和罗复仁等人召集来,宣布道:"此番欲图奋起,必有新政才行。朕已经想好了,当先行下一番《罪己诏》,厚葬徐氏,并册封徐氏后人,再推行仁政,以令百姓欢心!"

众人听了都非常振奋,当即纷纷建言,比如张定边说道:"还要厚葬死难将士,厚恤其家属,要开源节流,减少宫廷、官府开支……"陈友谅一向比较奢侈,张定边早就对此看不惯了。

陈友仁道:"当务之急还是军争,为发挥我水军之长,还是要壮大水军,加强训练,严格军纪!"

罗复仁则道:"要鼓励农桑,此乃固本之策!"

对于上述建议,陈友谅大都予以采纳,但是事有轻重缓急,为了打造出一支强大的新军,陈友谅坚持每天都去各营慰问将士,有时甚至还会与将士一起训练,军队士气果然为之一振!

经过一年的整训,陈家军水师虽然还未达到最为理想的程度,可是由于其数量庞大、簇然一新,陈友谅、张定边等人认为已经足可一战。

五

左君弼信使到达武昌后的次日，陈友谅便召集了张定边、陈友仁、邹普胜、陈普略等一干重臣及军师僚佐前来商议东征之事。

听完哥哥的通报后，陈友仁兴奋地说道："这果然是一个千载难逢的好机遇！如今我等的巨型战舰已经完工千艘以上，且有铁甲防护，足以应付东征之用！"

邹普胜早已打定主意做一个随风倒的墙头草，只是他更希望陈友谅可以取胜，所以他提议道："如今边防一时无忧，陛下可尽量抽调主力东征，也大可将七王调回，以加大我军取胜的几率！"

"太师所言极是，我部可倾巢而出，抱定必死之心，方可死而后生！"身为平章的陈普略附和道。

再次听到这个"死"字，陈友谅还是忍不住一惊，吐出一口气后，他便转向意见最为重要的张定边，问道："张爱卿，你有何高见？"

张定边也认为这是一次绝佳的复仇机会，只是东征方略还须从长计议，因此他说道："左君弼所言，未尝不是一条良策，只是这一招有些过于冒险！"

"如何冒险呢？"陈友谅忙问。

张定边捋了捋长须，道："千里长江，如果我等尽行将其封锁，有兵力分散之虞！而鄱阳湖、长江沿线城池如今皆已不在我手，彼见我军封锁长江，必然四处袭扰我军，令我疲于应付！再者，左君弼乃一奸滑之人，未必靠得住，那时我军压力可就大了！"

陈友谅先前兴奋的劲头一下子减去不少，他又问道："既是这样，那该如何是好？"

张定边思忖半晌后，缓缓道："险招也有险招的好处，那就是一旦得手，整个形势立马会翻转过来！不过我这里还有一个稳招……"说着，张定边走到挂在墙上的地图旁，指着地图继续说道，"我军可以主力出鄱阳湖,首战洪都!如果那姓朱的小子敢来救援,我等就与他在鄱阳湖进行决战,以我军几十万水师之众,料想不难取胜!如果他不敢来,我等就先行攻取洪都,巩固鄱阳湖一带,然后以此为基地,再行次第攻略,将安庆、池州、太平尽皆拿下,然后挥兵再指金陵!那庐州乃系坚城,至少可守三个月,时间上也来得及!"

"好一条稳妥之计!"陈友谅站起来说道,"无论何计,此次务必要让左君弼、张九四等人尽量配合,如此就又增加了两成胜算。"

"是兵行险招,还是行稳妥之道,还请陛下定夺吧!"张定边最后说道。

陈友谅、陈友仁在龙湾之战中都被打怕了,两人都倾向于行稳妥之计,因此东征方略就这样大致确定了下来。

为了尽量壮大力量和提高士气,陈友谅不仅将陈友贵部尽皆调来,令其出征的总兵力达到空前的四十余万;而且将一些将士的家属也请到了船上(既能激励士气,也便于挟制将士),陈汉太子及一干文武大臣等也被打发上船,再加上数万船工,以至于将所有人众凑到了六十万之巨!达氏主动请缨,得以随同大军一起出发。

临行之前,陈友谅特意给诸文武大臣训话道:"此次,我等空国而出,务求一举制胜,不成功便玉碎!望众文武臣卿齐心协力,开创我大汉万年之基业!"

陈友谅的父母、发妻,陈友贵的一帮妻妾并陈友仁的夫人都特意前来为大军送行,余氏心里很清楚,这一次四哥的决心如此之大,看来没有一个结果他是不会轻易罢兵的,而此一去毕竟胜负难料,跟以往情形大为不同。因此她虽然竭力克制着自己,装出一副笑脸,可是在跟夫君挥手作别时,她还是忍不住泣下沾襟。

该叮嘱的话,在家里的时候陈友仁就已经叮嘱完了,最后诀别时他只是说道:"阿兰,你是个有主意的人,如果我回不来,你自己看着办吧!"然后,他毅然上了船。

庐州城三面环水、易守难攻,果然是一块难啃的硬骨头,徐达一时间陷入了进退两难之境:如果继续强攻,不仅伤亡很大,拿下城池的希望却很小；如果停止进攻，那么就会迁延时日，恐怕会给陈友谅等人以可乘之机。

因为俞通海比较熟悉庐州一带的情况，所以元璋特意派了他来。这天，徐达不得不把常遇春、冯国胜、俞通海等人召集来，想征求一下他们的意见。

常遇春率先道："主公交代任务时，并没有规定我们在固定期限内拿下庐州，如今既然强攻速胜无望，不如我等就此转入持久围困战，免得无谓流血！"

冯国胜忧虑道："徐帅担心的是给陈友谅等人以可乘之机，不过依我之见，既然主公放手让我等打庐州，必是料定了陈友谅、张九四等人不敢妄动！即便他们敢于妄动，那我等弃攻庐州就是了，但总要保住我部的元气为上，不然将陷入被动！"

徐达见冯国胜分析得有理，笑道："都是我心急了，忘了这一层！只要我等实力尚在，就是不辜负主公了，至于这庐州拿不拿得下，只能看造化了！"

徐达又转而看了看俞通海，俞通海会意，于是仔细分析道："这老左甚是狡猾，此番我等围攻庐州，他必不肯轻易服输！我料定不日陈友谅那边定然会有所行动，我部乃是主公所依仗的精锐，诚如冯兄所言，总要以保全元气为上。眼下这个情形，确实不宜强攻庐州，不如长围久困，静观其变吧！"

"好，既然大家都是这个意思，那就先这样办吧！"

就在徐达叫停攻势的次日，他在前方视察时突然注意到庐州城在城门口新设了吊桥，徐达不仅暗忖道："左君弼这个老小子，像老鼠一样缩在城内那么多天不出来，今日他突然如此，莫非是想劫我军大营吗？"

为了防止意外发生，徐达便令军中严加戒备，尤其是夜间更要万分小心。果然，几天后的一个夜半时分，哨兵听到吊桥那边有声音传来，于是徐达传令设置好埋伏。不一会儿，左君弼的偷袭队伍就摸到了朱家军的大营边。就在左家军准备大开杀戒之际，徐达的大营里突然四处举火，让偷袭的敌军无所遁形，随后万弩俱发、火枪齐鸣，打得来犯之敌心胆俱裂！左部人马见势不妙扭头就跑，徐达下令大军围追堵截，打得左家军大败而归，从此以后再不敢出城了。

徐达围攻庐州三个月不下，对于军力与士气多少有些消极影响。此时，陈友谅部围攻洪都的消息早已传来，徐达不免着急道："如今陈友谅以重兵围攻我洪都，洪都朝夕之间恐怕难保！可主公不为所动，依然命我等在这里围攻，真不知他是何盘算！"

冯国胜纳闷道："这也是奇了！我军全力围攻庐州，他陈友谅全力围攻我洪都，如今他们那边也两个月过去了，我们双方都困兵于坚城之下！下一步该何去何从？"

常遇春忍不住夸口道："陈友谅不过是我等的手下败将罢了，别说他打下了洪都，就是他把安庆、池州都拿下又如何？我看他最后还得乖乖吐出来！主公英明，定然自有妙计，咱们还是静候命令吧！"

俞通海不免忧虑道："此次陈友谅空国而出，大有破釜沉舟之意！想来主公还在犹豫，究竟要不要救援洪都……"

"先前北来时，刘先生就有异议，我跟主公还有些不以为然！如今看，打庐州确乎是鸡肋之举，使我大军长期暴露于外，疲于应付，日久必失锐气！若是陈友谅以重兵阻我回江南，可就不妙了！"徐达一向不会批评元璋，但这次在自我批评时，着急上火的他竟不小心也把主公扯了进去。

就在众人焦灼不已时，元璋的命令突然来到："停止攻打庐州，全军转向长江一线，等待与西出大军会合后，一同杀向鄱阳湖！"

第二十章
鏖战洪都

一

元璋回到应天，刘基见主公没有把队伍带回来，忙惊问道："主公莫不是把徐、常主力滞留在江北了？"

元璋若无其事地答道："是的，那庐州老左也敢摸咱的屁股，咱正好顺手先收拾了他！"

"没想到那吕珍如此不抗打，元军也都不来助他，此行真可谓万幸了！可是如今主公又调兵去打庐州，陈友谅断然不会放过这个机会的，望主公三思！"刘基着急道。

"先生过虑了，陈友谅那边咱有情报，目下这厮还在练兵、储粮，他倒有励精图治之意，不过索求百姓太急，还是弄得有些怨声载道！就是他敢来，我看他后院起火，到时进退失据，我等正可将其一举成擒！"

近年来处处出乎意料地顺利，确实令元璋有些翘尾巴了，刘基只得争辩道："陈友谅那里巨舰甚多，若他倾巢而出，不出一月尽可阻断长江南北，我江北大军馈粮有虞，必定军心不稳，一旦左君弼与之极力纠缠，大势可就难说了。陈友谅精兵虽少，然其土地广大，兵众动辄数十万，观其近来行止，又颇有卧薪尝胆之意，主公怎能大意？"

"先生所虑甚是，咱也不是没有想到这一层，只是那陈友谅两遭惨败，怕他是没这个胆量深入了。至于说他那几十万众，倒的确可虑，除非他敢空国而来，不然，我等何惧？"

刘基还想继续争辩，元璋一摆手道："好了，就让咱们静观其变吧，先生也养足精神，好用心筹划下半年的西征之事！"

几天后，西线就传了消息："陈友谅大军直逼洪都，已将整座城池团团围住！"

元璋为之一动，忙问来人道："有多少兵力？"

"战舰源源不断，恐怕在两千艘以上。至于兵员，连同百官、家属，都把船上挤满了。"

元璋不禁暗忖道："连家属都带来了，看来陈友谅这次真的是空国而来了。"元璋当即被惊出了一身冷汗，他连忙找到刘基通报了情况，并补充道："真是老天有眼，没有让陈友谅这厮直接东进，不然我部真的有大麻烦了！先生，你看下一步，我等该何去何从？"

刘基思忖了一番，道："看来这次陈友谅走的是稳妥路线，如此就给了我们应对的时间，若是洪都能够长期坚守还好，若是不能坚守，主公当速命徐、常回防，以便我等伺机出击。"

"文正这小子虽不太稳重，但不服输的劲头还是有的。邓愈年纪虽轻，却也是一员老将了，咱对他最放心。另赵德胜、薛显皆是全军闻名的猛将，咱看洪都坚守两个月以上当无问题。"元璋深入分析道，"就是陈友谅侥幸打下了洪都，他也会疲惫不堪，数月间他一面休整一面攻略江西，不会轻易以主力东进的。因此庐州之围先不能撤，若是能抢在陈友谅前面攻破庐州就好了！"

"好吧！主公可命廖永忠部水师巡弋江上，以备不测！"刘基最后建言道。

三年前的龙湾惨败，虽有些偶然，自己的水军并不弱，但应天方面水军火器之强大也给陈友谅留下了惨痛的印记。

为了彻底扭转战局，更为了在水军方面尽占优势，蓄谋已久的陈友谅才倾尽民力、不惜血本，用两年多的时间打造了一支空前强大的"无敌舰队"——这支舰队中的数百艘主力舰只比从前的那些什么"混江龙""塞断江"等体形还要巨大得多。船高数丈，表面饰以丹漆，分为上、中、下三个层级，每层都设置有走马棚，下层以板房为掩蔽，安置了几十支长橹；每层之间高约丈余，以至于每层上的人说话其他层级竟听不到，船体和橹桨都用铁皮包裹，防护力非同一般。除了原来的西域炮，汉军也装备了一些火炮，虽然数量和性能远不如朱家军，但杀伤力也不可小觑。

陈友谅对此非常得意，这两三年来，他郁积在心头的愤怒和仇恨终于有了发泄之日。汉军大举出动时还是闰三月间，到包围洪都时已经是四月了，洪都不仅是江西重镇，而且毗邻鄱阳湖，紧靠赣江水道，正好发挥汉军的水师威力。

陈友谅对部下说道："攻打洪都，正可施展我水师之长，若是能够速胜，不仅可扬我水师之威，也可大大提振士气！诸位务必尽心竭力！"

当朱文正与邓愈等人看到江上密密麻麻的汉军水师时，其超豪华的阵容和铺天盖地的气势，让任何久经沙场的老将见了都不免有些胆寒。朱文正也不禁先惧了三分，他对众人说道："幸好四叔有先见之明，靠江的一面城墙向里缩了三十步，不然我等就得做花云第二了。此番力战拒敌是首要，不过也要保存一定实力确保可以在危难之际突围，我看这架势，四叔的援军不一定敢来。咱们城中有兵两万，如果能坚守一个月，算是对四叔有个交代了。"

邓愈见自己的主帅如此缺乏信心，便使用激将法道："都督此言有些长陈氏威风啊！我洪都城内虽只有两万兵力，但还有十数万民力可用，更有令敌众胆寒的一应大小火器，不要说一个月了，守两个月也不在话下！若是都督没有信心，此战可交由邓某全权指挥！"

邓愈此言一出，弄得文正当即有些脸红，他暗忖道："自来四叔都是要我向邓愈看齐，没想到这厮也如此轻看我。此次保卫洪都，我确实要争气了，可不能叫人家看扁了。"

这时，一旁的赵德胜突然笑道："守一个月也好，守两个月也好，想要拿下咱们洪都，他陈友谅不拿出十万条人命来，我老赵绝不会答应。我就看他有没有这个气魄。"

薛显也在一旁应和道："想当年，我们八个人在徐州大闹了一场，那是何等快意。后来元军大举围城，我们一群乌合之众，还硬顶了一年呢。此番敌强，我们也不弱，怕他个什么？"

朱文正心知自己的劣迹众人必都有所耳闻，自己又一向功勋不著，恐怕大家心里都认定自己是一个只会胡来的纨绔子弟，所以他越发有点受辱的感觉，于是亢声道："我朱某人不是怕死，是怕在这洪都城无谓牺牲，我等突围出去，一样还是汉军的侧背威胁。既然尔等皆有死守的决心，我朱某人也不是孬种，那咱们就放手一搏，除非全体同意，否则到时绝不突围。如何？"

众人一致表态道："好，就这么办。"

朱文正立即召集诸将开了一个临战会议，会上的主要议题是防守任务的分配，大致如下：

参政邓愈率军五千防守正面的抚州门；

元帅赵德胜等人率军六千防守宫步、士步、桥步三门；

指挥薛显等人率军四千防守章江、新城二门；

元帅牛海龙等人率军四千防守琉璃、澹台二门；

主帅朱文正除了居中节制诸军，另率最精锐的二千人马担任机动力量，以随时到各处救急。

大家都知道，接下来要在这"物华天宝、人杰地灵"之地进行的，必是一场空前惨烈、九死一生的大血战，所以几乎人人都留下了遗书，交给专门负责的人保存，希望能够在方便的时候带出城去交给家人。

经过两三天的侦察和准备，汉军首先借重战船优势向面向赣江的抚州门发起了第一轮攻势，他们各自携带着如簸箕状的竹盾，如洪流般滚滚而来……

在撞墙机、部分火炮及各类西域炮的猛击下，洪都正面的城墙很快就被撕开了一道三十余丈的裂口。在远处观战的陈友谅不禁惊喜道："这等坚固的城墙，第一天就被打坏成这个样子，看来破城就在旬日之间！"

眼看敌人就要从破墙之处涌入，邓愈急令将士以火铳进行齐射，居然稳稳地压制住了汉军。随即，守军就在被打坏的城墙上竖起了木栅栏，汉军又立刻冲上来争夺木栅，于是双方隔着木栅栏展开了一场血腥的争夺战。由于汉军人多势众，一时间形势异常危急。

到了申时，朱文正、牛海龙等相继率领援军赶到，朱文正一面督率将士继续同敌人展开激烈搏斗，一面派人加紧挖土搬石修补城墙。激战持续竟日，到次日天明时分，裂口处的尸体摞了好几层，好在破损的城墙修补完成了。

经过一昼夜的血战，朱文正的眼睛里布满了血丝，他对邓愈感叹道："想必是陈友谅发了狠，他手下的将士也今非昔比，好生能打啊！再这么拼十天的命，我看咱们不是战死，也要累死了！"

想当初在龙湾大战的时候，朱文正指挥的只是预备部队，所以他跟邓愈其实都没有同陈友谅的主力军正经交过手，这次甫一过招，便留下了深刻印象！而陈友谅也不甘心失败，又另调部队进行强攻，结果又连攻了两天才罢手。

经过这场异常惨烈的攻防战，朱家军的总管李继先，元帅牛海龙、赵国旺、许珪，万户程国胜等先后战死，汉军方面的伤亡自然也不小，真是一场少有的血战！

为了取得战略上的有利地位，陈友谅一面命坐镇赣州的熊天瑞向北攻取吉安；一面又命陈友仁率一部人马绕过安庆，攻陷长江北岸的无为州，摆出了支援左君弼的架势。在张定边的建议下，汉军又转攻薛显负责的洪都新城门，经过一连几天的猛烈攻击，结果同样被挫败。

薛显的守城经验远比其他诸将丰富，不说徐州之役，就是他在防守泗州的七八年间，也曾多次遭到各种敌人的围攻，但最终都能够化险为夷。薛显故意对外示以松懈和薄弱，以致张定边都着了他的道儿，误以为新城门应该是最好攻的。

在汉军的消歇期，薛显却没有松懈下来，他立即组织起一支千余人的精锐之师，趁敌人不备杀出城，一举重创敌人，斩杀了陈友谅的平章刘进昭，又生擒了副枢密赵祥，真可谓战绩辉煌。张定边见状大惊失色道："此门的守将必是一极为善守的名将，看来攻势要缓一缓，让将士们先喘口气再说。"

就这样，两轮疯狂的猛攻之后，汉军的进攻势头才稍稍和缓了一些，两军进入短暂的相持阶段。

薛显麾下有一个名叫徐明的百户，为人油嘴滑舌，军中给他起了一个"胎里谎"的绰号。此人异常机智且胆子极大，于是薛显便命他率领一支几十人的敢死队乘夜去袭扰汉军营寨，徐明几次得手，甚至还缴获了一些良马，但终于引起陈友仁等人的注意。在陈友仁的亲自设伏下，徐明等人钻进了陈家军的包围圈，力战后被擒杀。

二

　　正当元璋密切注意洪都的战况时，不承想东线也传来了一条颇令人震惊的消息：诸全守将、枢密院判谢再兴发动叛乱并投降了张士诚。

　　谢再兴的反叛，纯粹是由他跟元璋的个人恩怨引起的。此前，谢氏麾下有两名心腹，两人常被派去杭州一带从事私盐、铁器等违禁品的贩卖；此事被元璋侦知后，他除了恼怒二人以身试法，也唯恐因此泄露了机密，因为杭州当时尚属于敌占区，张士诚又善使细作，所以元璋便下令斩杀了二人。为了达到威慑和警示的目的，又将他们的首级悬挂于谢再兴的门厅上。

　　死了心腹之人，谢再兴原本就很痛心，没想到元璋居然还要对他如此羞辱，他便对夫人愤怒道："我们做军的辛苦，所以我才想着偷偷换几个钱，给将士们改善一下生计。应天那位倒好，根本不知体恤将士们的难处，就算是犯禁，大不了责罚一顿就是。他不仅把人杀了，还把首级挂起来给我看。从前女儿们出嫁，应天那位就擅自主婚，分明就是看不起咱们，无非是把咱们女儿当工具一样。这个气，没法受了。"

　　朱文正和徐达这两位女婿都还算知礼，让谢再兴的不满减轻了不少。可是后来元璋又命参军李梦庚到诸全去节制军马，要谢氏听从其调遣，谢再兴于是对自己的心腹倾吐不满道："我是主将，他是参军，我倒要在暗地里听他的，姓朱的这是置我于何地？还要我这张老脸往哪里放？"他原本跟邵荣等人的关系也不错，邵荣等人一死，他也颇有些兔死狐悲之感，再加上郭天爵的死，令他觉得元璋为人实在太毒辣，乃至后悔与之结亲。

　　人活一口气，谢再兴决定干脆跟元璋拼了。他想着自己家好歹也是朱家和徐家的亲戚，自己一个人反叛，断不至于连累一干家人亲属，因此经过一场出其不意的政变，谢再兴杀了知州栾凤，擒住了李梦庚等人，并率全城军马赴绍兴投降了张士诚。

听闻谢再兴反叛，元璋大感意外之余，不禁反思自己平素对谢氏的一言一行，发觉其中确实有些苛刻及不近人情之处。可是从他的身份和地位出发，他是不能随意认错的，因此他对刘基等人说道："谢再兴这厮一定是被鬼迷了心窍，要么就是老糊涂了。"

刘基忧虑道："要不要派人去庐州跟徐将军解释一下？"

"那倒不必！天德乃是识大体之人，何况我等之情胜过手足。"元璋自信地说道。

果然，当徐达听到谢再兴反叛的消息时，虽然觉得非常遗憾，也有些难以面对夫人，但元璋在他眼里，是绝对不容怀疑和叛逆的。他立即修书一封给应天，表示坚决支持主公的处置。

谢再兴反叛时，他的弟弟谢三和谢五正在余杭驻守，不过谢再兴根本没有把反叛的图谋透露给他们，以免连累他们。可是文忠唯恐有变，便率先带兵将余杭围了起来，文忠派人前去招降谢氏兄弟，谢五在城头便跟文忠约定道："只要左丞能保证我们兄弟的性命，我们就跟你走。"

文忠指天发誓道："我言出必行，绝不会杀尔等，在主公面前也会尽力为尔等求情。"

谢三和谢五好歹还有朱文正、徐达这两个侄女婿，如今又得了文忠的保证，于是放下了武器。可是谢家兄弟被押赴应天后，元璋却执意要从重从严发落，文忠上奏说自己有言在先，不然将失信于人，但元璋却回复道："谢再兴是我亲家，反背我降张九四，情不可恕！"

元璋明白，随着自己地位的抬升，树立绝对的个人权威日趋重要。谢再兴谋反这件事，本来是自己理亏，可自己非但不能认错，还必须以残忍的手段处死毫不知情的谢家兄弟，这种变本加厉的惩戒，用意就在于警示来者，表明自己对背叛行径的极端仇视和不可饶恕。

谢家兄弟终被凌迟处死，这件事在应天内外引发了一场不小的风波，大多数人都非常同情谢家兄弟，对于元璋的狠辣相当反感。可是他们都惧于元璋的威势，敢怒不敢言，且越发谨言慎行，以免惹上类似的麻烦。

打狗还要看主人，当朱文正在洪都解围后得知此事时，对自己的心腹愤愤道："逼走了一个，杀掉了两个，这回好了，亲戚也没的走了，面子上也光彩了。"

朱文正的老婆不似徐达的老婆那么贤惠，她本就有些大小姐脾气，她可以对朱文正在外面胡搞睁一只眼闭一只眼，但却不能容忍娘家遭此重大变故。为此她整天在家哭闹不止，埋怨文正无能。朱文正无可奈何，情绪也越发恶劣，对于元璋的不满更是与日俱增。

原本文忠是可以极力为谢氏兄弟求情的，可是谢再兴之事也触动了他心底的敏感之处，因为他当初也差一点儿做了谢再兴，虽然他与元璋尚有骨肉之情。

事情还要从两年前说起，那时文忠尚在严州坐镇。为了拉近与华云龙的关系，元璋便安排文忠娶了华云龙的妹妹，虽然华氏也可谓贤淑，可毕竟读书不多，所以手不释卷、诗书风流的文忠始终不能与之达到琴瑟和鸣的理想境界。

话说这一天，因华氏带着孩子去应天的娘家已有多日，文忠有些意兴阑珊，便在一位心腹幕僚的带领下，慕名微服去了一户娼家。那里有一位风月女子，据说是色艺双绝的佳人，文忠于是特意请出她来给自己演奏一曲，以资消遣。

那娼家布置得极为精致，格调显得甚为高雅，在这战乱不息的年月，文忠实在没有想到严州居然也有这等旖旎人家，不禁让他想起当年那位令道君皇帝也拜倒在其石榴裙之下的名妓李师师。当他看到阁楼上悬挂的一张唐玄宗画像时，不由得注目良久，然后便对身边同来的幕僚戏谑道："想当初，明皇在梨园之中教习数百宫女曲乐，明皇自任教练，校正曲音，后世传为佳话。今之戏班多自称为梨园子弟，一应艺人皆崇奉明皇为祖师，甚至塑像供奉，每演出前必上香祈祷。真没想到明皇虽几为亡国之君，却能得后世这般礼敬，况与杨妃谱成一曲传诵千古的《长恨歌》，也是值了。"

不一会儿，在鸨母的引领下，一个头梳倾髻、插金饰戴耳环、内穿窄袖圆领裥褶长裙、外罩广袖对襟短衫、腰系腰彩的妙龄女子，便从里间款款走出,怀里还抱着一个造型别致的琵琶。那女子美姿仪,貌亦端好,文忠一见之下便心生好感。她向客人行过礼后,演奏了一曲《阳春白雪》。

文忠本就是慕名而来,乍闻此清音,便令他遥想起当初杨贵妃"每抱是琵琶奏于梨园,音韵凄清,飘如云外",恍如一缕冰汽侵入了炎夏之人的心间!待一曲终了,文忠不禁赞颂道:"果然名不虚传,姑娘好手段,好才情!咱这二十余年的尘垢,今番得一洗而清。"自次日起,文忠便接连造访,慢慢地他得知女子姓韩,乃是鸨母从小收养、调教的贫家女,如今芳龄将有二十。她确实兰心蕙质,不仅精通各种乐器,甚至还会写诗填词。更难得的是,她能够出于淤泥而不染,一副娇羞婉转之态,终令知音无觅的文忠很快就爱上了她,以致夜间开始留宿于此。

后来有几天,文忠因为事务繁忙,便没有去韩氏那里。韩氏颇为思念文忠,为脱风尘,有意以身相许。于是她暗拨情丝,填写了一首《浣溪沙》,命人给文忠捎了去,其词道:

生小人间薄命花,鹃红点点渍轻纱。一般补恨学笙娲。

寄与柔情和泪裹,摹来艳态趁风斜。莫随流水去天涯。

看着她那娟秀的字迹,读着这情意绵绵的诗词,文忠一时大起缱绻之心,冲动之下竟犯了一个让他后悔终生的大错误——他当即命人悄悄把韩氏接到了自己的宅邸来!

由于韩氏出身娼家,文忠担心舅舅不同意自己将她纳为妾室,一时之间颇为踌躇。他想着等哪天自己立了大功,趁着舅舅高兴,便先请准了舅母,然后两相请托之下,让舅舅务必答应自己与韩氏的事情。

可是,文忠怎么也没有想到,由于元璋的眼线到处都是,他将韩氏私藏在家的事情还是被元璋知晓了。元璋一向特别看重文忠,不希望他沉溺于男欢女爱,以免耽误了大事,而且他知道张士诚善使细作,更担心韩氏这样一个来历不明的烟花女子会泄露军机。元璋一向果于杀戮,于是他为免除后患,毅然决定辣手摧花。

这天,文忠到城外巡察,待他回家后再去别院找韩氏时,所见到的已不再是一个鲜活的多情女子,不再是一个经常蹙眉微颦、笑靥如花的可爱女子，而是一具悬挂在房梁之上被缢杀多时的冰冷尸体。文忠目睹此情此景，顿时完全失去了平日的温文尔雅，拔出宝剑发狂般四处追杀凶手，吓得家丁仆妇到处闪避。

许久，文忠才意识到仇人正是远在应天的舅舅，不然没有人敢这么大胆跑到自己家里来杀人，而且若不是有家里人做内应，此事断不会做得如此顺利。还没容文忠恢复理智，元璋的使者便到了。

文忠被召到了应天，元璋对他大加训斥，让本来已经悲痛欲绝的文忠愈加痛苦不堪。秀英忙出来劝解和抚慰，文忠这才得以全身而退。

连一个自己心爱的女人都保护不了，这让文忠大受刺激，他的心腹幕僚赵伯宗和宋汝章适时向他进言道："这一次您侥幸回来了，那么下次呢？希望您早做打算。"

的确，舅舅是一个铁面无私的人，这一次虽然没有责罚自己，可难保下次不会要自己的好看。而且原本都是骨肉至亲，舅舅竟这样不问青红皂白就处死了自己的心爱之人，自己在他眼里可能也不过是一个工具而已，这让文忠实在不能接受。忧心忡忡之下，他就秘密指使赵伯宗到杭州的张氏部将那里去通好；赵伯宗回来后，文忠又与郎中侯原善、掾史闻遵道等商议着要向张士诚写一道降书。

对于文忠的事情，秀英是非常上心的，她经过一番仔细的了解，才弄清楚了事情的原委。于是她奉劝元璋道："文忠毕竟是咱自家孩儿，如果一味责之以严，易伤及骨肉之情。依我看，不如你好言好语地写一封家书给文忠，把他再召到应天来，向他当面赔个不是才好！"

元璋当时也是被愤怒和失望冲昏了头脑，过了些日子后，他慢慢意识到自己确实做得过分了，因此高高兴兴地采纳了夫人的意见，写了一封言辞亲切的家书给文忠，信中说尽了自己何以如此的苦衷，尤其是道出了自己对外甥的殷切厚望。

文忠读罢舅舅的来书，可谓悲喜交集，骨肉亲情顿时被唤醒，对前番的通敌之举有些后悔。后来文忠到了应天，元璋对他又是好言抚慰，又是赐以良马钱财，最后则令外甥速还严州，用心镇守。

从应天回来后，文忠对舅舅的恨意已然全消，他不禁暗自追悔，忍不住对侯原善等说道："我几乎被尔等误了，此事当如何区处？如果此事泄露，我还有何面目见舅父大人！"

最后，出于自保，也为了保守秘密，在侯原善的建议下，文忠不得不设计除掉了参与此事的赵伯宗和宋汝章等人。此事一直被掩盖了十多年，直到后来洪武一朝大兴冤狱时，有知情者为了自保，才把这一段往事揭发出来，导致了文忠的猝死。

三

东线的局势经过这一场反叛风波，虽然有些略微动摇，但好在未出大的纰漏，张士诚部经过安丰大败，竟然一时间失去了斗志。元璋只能暂时搁下谢再兴的事情，待来日一同解决。

完成了短暂的休整后，汉军又对洪都城四面展开了新一轮猛烈进攻，守城官兵拼死抵抗，其间有几处城墙出现了重大险情，引发了血腥的争夺战。

在敌人的猛烈进攻下，眼看洪都已经坚守了近一个月，此时守城的战具几乎完全消耗殆尽，而援军还不知在哪里。就在这危急时刻，文正听到了一个惊人的噩耗："流矢射中了赵元帅的腰臀，赵元帅当场成仁！"

赵德胜一向具有大将之才，且善于随机应变，其人料敌如神、练兵有方，有名将之风范，是元璋特别倚重的贤才，所以派遣他一路辅助文正。在来洪都之前，元璋还曾特意交代赵德胜道："你是咱倚重的大将，又曾是文正的师傅，这小子好歹要给你三分薄面，洪都之事你多操点心吧！"

有感于元璋的知遇之恩，在这场洪都保卫战中，赵德胜及其麾下展现出了惊人的战斗力，杀伤敌人无数，吓得汉军不敢轻易用步兵攻击赵德胜防守的宫步、士步和桥步三门，只是不断以火炮、西域炮和弓弩向三门发射。

这天夜里，赵德胜领着几个兵丁到城上视察，借着空中的明月，他不时探头察看城外的情况。城下的汉军哨探发现了赵德胜一行，便向自己的主将报告："城墙上有人往下面察看，好像是个将军。"这名主将怀疑对方也许来头不小，便报告了张定边，想请太尉大人定夺。

张定边早已对宫步、士步和桥步三门的攻击无果着急不已，接到报告后，他连忙说道："好！待我亲自去看看，不论何人，都要叫他有去无回，杀杀敌人的锐气！"

张定边带人悄悄地来到了城墙下，为了掩人耳目，他还故意让各处闹出些动静，以分散赵德胜等人的注意力。很快，张定边就靠近了赵德胜，仔细观察过后，张定边断言道："看其人雄壮之轮廓，必是大将无疑，甚而就是'黑赵'本人，一定要除掉他！"假如此人就是'黑赵'，那么一旦得手，势必将对整个战局产生重大影响，为保万无一失，张定边决定亲手射杀这个疑似"赵德胜"的人。

由于赵德胜身披重甲，又戴着一顶几乎遮面的头盔，在月夜的城下射中其要害的概率极小；加之赵德胜曾经生擒过张士德，早已威名在外，因此张定边不得不慎之又慎。

经过一番缜密的思量，张定边精心设计了这样一个射杀方案——为了照明，也为了在瞬间吸引赵德胜的注意，张定边命人在营地上空燃放了几枚花弹；就在花弹燃放的瞬间，张定边踏着城下的木石和尸首累积的小山，以轻功跳上城头。然后以迅雷不及掩耳之势在近距离内一箭射向赵德胜的腰臀，嘴里还喊了一句："'黑赵'，看箭！"

那人在听到叫声的一瞬间有些发愣。而张定边的动作极快，还没等守城的士卒反应过来，他就已经跳下城去了。等守军冲到城墙垛口边想要射箭时，城下早就预备好的汉军弓箭手立即开弓齐射，把他们压制住了。

张定边学艺半生，其实还没有用箭射杀过一个人，此番他亲自出马，也实出于万不得已。好在他居然得手了，箭镞穿过盔甲缝隙射入腰部六寸有余，而且对方正是赵德胜。

被射中了要害之后，赵德胜不顾伤痛，喃喃道："此人必是张定边，都怪本帅太大意了，有负主公所托。"从对手不凡的身手与智略看，赵德胜显然不会再怀疑有第二人。

没出一个时辰，赵德胜就在剧痛中死去了。朱文正闻知噩耗后，不禁悲叹道："此战以赵师傅功劳最大，今他不幸殉职，乃是上天去我一臂啊！"

将赵德胜草草安葬后，面对空前的危机，文正不得不思谋起应对之道。

"报——，龙兴使节求见陛下！"手下进来向大帐里的陈友谅报告道。

此时张定边也在一旁，他捋了捋长须道："恐怕是城里撑不住了！"

果不其然，朱文正的使者正是前来商谈投降事宜的，使者道："前番张太尉神技，射杀了我们赵元帅。如今我部出于明智计，愿向陛下投诚。"

使者还提出了三个条件：第一，全军放下武器后，可去往两湖地区戍边，但不参与对朱元璋的作战；第二，主要将领可任意决定去留，陈汉方面不得阻止；第三，停止攻势十天，以示诚意，顺便让城内百姓作为见证。

对于这些条件，陈友谅一时难以作答，只得道："你两天后再来吧，到时答复你。不过为示诚意，从今起两日内不再攻城。"

使者走后，陈友谅于次日召集了主要将领前来商议。通报完情况后，他不禁松了一口气道："血战快一个月了，终于就快有结果了。诸位都说说，这朱家小子是不是缓兵之计？他的条件能否答应？"

陈友仁首先轻叹道："没想到龙兴这么难啃，我军已伤亡五万有余，照这么打下去，不等那姓朱的来，我们就已先折损大半了！不管他是不是缓兵之计，我们也该好好休整一下了！但话说回来，如果是真的呢？那我们更赚了。"

陈友贵附和道："五哥所言有理！"

其他人也同意陈友仁的看法，接下来又该张定边贡献关键意见了，只听他说道："城里一旦喘过气来，势必更加难攻，但容我等也喘过了气，倒也是好的！如今他们既折损了大将，想必士气受了重挫，我等下一步即使再攻，也是捡了便宜的！那就接受他们的投诚条件吧。只是有一点……"

说到这里，张定边突然停住了，陈友谅忙问："有一点什么？"

"他们的条件我们不能完全接受，那样就显得咱们虚了！必要强硬一些，方显得咱们底气十足。"张定边笑道。

经过众人一番商议，又将条件修改为：第一，全军放下武器后，可去往两湖地区戍边，想要参与对朱元璋作战者可允准；第二，宗旨上不准许主要将领任意决定去留，但在一年后可自由决定去留；第三，十天内不予强攻，但为防诈降，将继续加紧攻城准备；第四，以上三条不容讨价还价。

次日，朱文正的使者来了，把陈友谅的意见带回了城里。第二天，使者又跑来做了正式答复："大都督已许可，约定五日后正式举城出降！"为了提防朱文正变卦，以便到时拿来出气，陈友谅便把使者给扣下了。

汉军随即放缓了对洪都的攻势，只是仍旧继续做着攻城准备；而城内的朱家军乘机救死扶伤，加紧生产所需弹药，搬运滚木、礌石，在短短的十天休战期内已经恢复了部分元气。

朱文正确实是在诈降，虽然他在为赵德胜送葬时对洪都的前景感到绝望，但是他眼见民心士气依然旺盛，感动之余，便想到了这招诈降的缓兵之计。与邓愈、薛显等主要将领商讨后，文正便开始着手实施。

当约定投降的日期到来时，洪都城上的旗帜全部更换为"陈"字，这让陈友谅有些喜不自胜，他也没加细想，便命一部将士开到洪都城下准备接防。就在汉军将士在城边列队等待城门打开时，突然间，城头上火铳和弓弩俱发，打了汉军一个措手不及，连忙四散奔逃……

"浑蛋！朱家老小果然没一个老实人！"陈友谅快气疯了。

为了泄愤，陈友谅忙命人将朱文正的使者当众砍杀，旋即又命加紧攻城，但此时守军已经获得了喘息的机会，依然抱定了拼命坚守、等待援军的必死决心！

陈友谅见陆路不克，便打起了洪都城水关的主意，于是增修攻城器械，准备破水栅而入。

为了反制敌人，朱文正立刻命令一批精壮的士兵专门操着长槊从栅内刺杀敌人，汉军士兵一时不能靠近，就试着抢夺伸出栅栏的长槊。朱文正见状，忙又命人将铁戟、铁钩一类烧得通红，然后再用它们去刺杀敌人。汉军士兵还要来夺，结果手都被灼烂，依然无法攻破水栅。

攻守双方在水关附近不断斗法，几乎都使出了浑身解数，汉军还是没能攻破水关。当时正值盛夏，高温天夹杂着暴雨，攻守双方都异常辛苦，由于大量人员伤亡，导致局部生成了小的瘟疫，好在医官们防治及时，几次险情都被压了下去。

陈友谅感到技穷了，张定边倒没有那么忧虑，安慰他道："如今我军伤亡虽众，但水师实力尚在，洪都两月不下，那姓朱的都不敢来救，他的大军也受困于庐州城下，我们真是不分彼此。不过现在我们稍微放松些攻势，示以疲弱，以吸引那姓朱的来鄱阳湖决战，那样兴许可以将其一举击败。塞翁失马，焉知非福？"

"好吧，那我们就做两手准备吧！"沉思了半晌，陈友谅表态道。

第二十一章

决战鄱阳

一

元璋密切关注着洪都的战况，一转眼，洪都被围已经近两个月，与外界的一切联系都被切断，他焦急地盼望着能从城里传出些消息，以决定下一步的行止。

这天，他对刘基、陶安等人说道："陈友谅那厮打洪都，算是碰了大钉子，文正这小子确实没有辜负咱对他的厚望！不过天德、遇春那里也不顺利，整整三个月了，没想到老左这个老小子那么抗打，看来咱有点小瞧他了！近来咱也确实有些自大了。"

"庐州不能再打了，应该让队伍休整一下，主公难道没有发现这是个绝佳的决战机会吗？"刘基恳切陈词道。

"哦？你是说咱们可以兵发鄱阳湖吗？"元璋心里打鼓道，"陈友谅战舰蔽江，而且巨舰甚多，想要一击而胜，恐怕不容易啊！"

陶安建言道："伯温兄所言有理，那庐州毕竟是小敌，我们不如先放过它，而将我部主力掌控在手，一旦西边出现合适的战机，到时岂不容易得多？"

刘基向陶安投去了赞许的目光，道："先前我攻庐州，伪汉占据了主动；如今它陷在洪都，一旦我部从庐州抽身，主动之权将操之我手！"

元璋一时大悟，道："两位先生所言有理，庐州实在不是急务，好，咱即刻下令天德、遇春回师。"

徐达等人早已对短期内攻下庐州城不抱期望，自从汉军占据庐州东南百里外的无为州，面对这种前后夹击的危险，他们越发持重起来。在保存实力之际，他们也做好了随时听令撤军的准备，因此，待元璋的命令下达后，他们便连夜撤围而去。除少量部队直接回到应天，大部分将士都分散到了滁州、太平和安庆等地，再陆续回到应天集结。

就在此时，朱文正手下的千户张子明突围赶到了应天，元璋向他问及洪都的情形，张子明做了详细汇报，并说道："属下从水路昼伏夜出，赶了半个月的路程才到达应天，如今洪都被围已一月有余，军民虽死伤枕藉，然斗志旺盛，大都督也已抱定必死之心，以报主公厚恩！"

张子明完全没有表达出求救的意思，因为朱文正明白，如果想要救援洪都，就得出动主力跟汉军决战于鄱阳湖，没有七八分的胜算，老叔是不会轻易冒险的。但是张子明此行反映的情况将会影响到主公的决策，从而间接达到请援的目的。

"如今陈友谅兵势如何？"元璋不动声色地问道。

这正是张子明最想听到的问题，在来之前，朱文正、邓愈等人对他反复交代；在来的路上，他自己也反复思考将如何回答这一问题。正因为张子明为人一向忠谨明敏，所以朱文正才派他前来应天。

竭力抑制住自己的激动心情后，张子明缓缓说道："那伪汉军兵力虽盛，初来时锋芒也甚锐，可是经过我部拼死抵抗，伪汉军伤亡已不下七八万人，早已没有了先前的锐气。如今雨季就要过去了，江水日涸，敌人的巨舰将难以施展，而且他们出师日久，其人马如此之众，粮草供给想必要接济不上……总之，如果主公出动大兵到洪都，我等里应外合，定可毕其功于一役，一举消灭伪汉军的主力。"

元璋听罢此言，确实为之一动，他起身思忖了半响，然后对张子明说道："好吧，你先下去好好休息。咱明日召集诸将集议一番，晚间你再来听结果吧。"

此时徐达、常遇春、冯国胜、俞通海等人已经先行回到了应天，廖永忠在将无为内外封锁后也早就被元璋调回了应天。在得到参会通知时，廖永忠隐隐感到一个决战的时刻似乎即将到来，他一定要抓住这个机会建立旷世之功，结果兴奋得一夜未眠。

元璋将大体情况通报给众人后，常遇春率先说道："既然这样，那就跟姓陈的拼了吧，我部至少已有六七成的胜算。就是一时无法取胜，我部握有主场优势，进可攻，退可守。"

冯国胜附和道："遇春所言有理，我们不妨把湖口封住，困也要把陈友谅困个半死。"

刘基缓缓道："如今虽尚不知陈部巨舰战力如何，但彼等毫发无损，恐怕已在静待我部来战。眼下江湖水溢，若是出师，不妨再等一个月，那时较现在更有胜算。成败皆在洪都能否再坚守下去。"

"先生所言有理，天德，你意下如何？"

徐达沉思了片刻，道："前番大军围攻庐州三月未下，士气、战力都有些受影响，确实需要一个时期来休整，不宜马上投入大战。"

"好，那就让文正、邓愈他们务必再坚守一个月，若是实在守不住，那时再视具体情形而定。"元璋又转向俞通海、廖永忠道，"通海、永忠，你们精通水战，有无办法对付敌人的巨舰？"

俞通海面有难色道："不瞒主公说，恐怕有些困难，我们还都没有见识过，有些难讲之处。不过我们可以跟陈友谅打持久战，在鄱阳湖里熬死他。"

"嗯，有理。不过陈友谅兵马有四十万，如果不能将其重创，恐怕很难围堵住他，何况他那巨舰之战力也是难测。永忠，你的意见呢？"

廖永忠因为没睡好，所以有些神思恍惚，但经元璋这一问，他立即振作起精神说道："要对付敌人的巨舰其实并不难，三国周郎赤壁就是借鉴啊！"

"哦，你是说火攻吗？"元璋精神为之一振道。

"正是！巨舰原本就行动不便，汲水不便，如果我们找好位置乘风放火，那时巨舰还有何惧？"廖永忠竭力抑制着内心的激动道，"刚才伯温先生也说了，必待一个月后出兵，那时江湖日涸，敌人巨舰越发行动不便，岂不是天助我也？"

元璋拍案道："好！就给他来个火攻！不过这个风要够大才行，而且一旦决战开始，我们不能马上就被人家打得狼狈逃窜，怎么着也得撑到大风刮起来的日子。"

"主公放心，我水师如今也是枕戈待旦，只盼一战。"廖永忠拱手道。

至此，元璋觉得胜算已经有八九分了，如果还能得到大风助威，那取胜几乎毫无悬念。于是在众人没有异议后，他当即决定道："那就一个月后出师，此次水陆舟师出动共计二十万众，大伙务必好好准备！此番若是真的可以决战鄱阳，乃系史上空前未有之水战啊，我等想不名垂青史也难了！若是一举制胜，天下可尽在掌握，望诸位务必拿出死战之精神，大伙建功立业的机会到了。"

"主公放心，我等必一往无前！"众人拱手道。

"好！"最后元璋又转向李善长、陶安说道，"善长，陶先生，应天就交给二位了！"

当晚，张子明前来询问结果，元璋一脸决绝地说道："你回去告诉文正，让他务必再坚守一个月，不久援军必到。"他没有说明一个月后才正式出动，只是强调一个月内必然出动，从而给朱文正等人更多的希望。

张子明有些失望，但也来不及多思考，便兴冲冲地往回赶，路上他决定不告诉朱文正尤其是广大将士实情，只说大军已经在准备出动，以便提振洪都守城将士的士气。当张子明来到鄱阳湖口时，却不幸被巡逻的汉军抓获，陈友谅亲自向他诱降，张子明只好点头应许。当他来到洪都城下，陈友谅原本希望他向城内招降，可是张子明却突然大声喊道："大军马上就要到了，请务必固守以待。"

陈友谅大怒，喝令立斩张子明。张子明后来被追封为"忠节侯"，配享洪都功臣庙，其功劳显而易见，若是没有他，日后这场惊心动魄的鄱阳湖大决战恐怕就不会上演了。

张子明的行为让张定边越发意识到元璋的援军大概真的要来了，于是他不得不劝说陈友谅道："如今洪都只派出一支偏师去打就行了，主力当做好迎战朱元璋的准备，决战的时刻就要到来了！如果在鄱阳湖与敌决战，成功的希望终究大些，不过一旦战败，将退无可退！置之死地而后生，望将士们都心知此意，抱定必死之心！"

陈友谅沉思良久，方慷慨道："好吧，那就这么办吧！是生还是死，就让我等在鄱阳湖里做个了结吧！"

陈友谅、张定边又跟几个主要将帅做了沟通，大伙暂时达成了一致意见，所以这一个月来对洪都的进攻势头比之先前要大减，洪都守军终于又拼命坚守了一个月。

消息传到应天后，元璋立即召集了数百将领，对他们鼓舞道："陈友谅再三挑衅，又围困了洪都近三个月，这厮累败不悟，是天夺其魄而促之亡也！此次大军出动，咱要亲自前往督率，尔等回去之后各整舟楫，率兵马以从！"

秀英等亲眷虽然不问外事，但眼见元璋又要亲征，且此次非比寻常，所以特意在家里举行了一次盛大的饯行宴会。席间秀英悄声表示道："若你有个三长两短，我等必不苟活，愿阖门以殉！望你在前方多加努力才是，家里的事尽可放心！"

听到这句话，元璋心里不免一惊，忙故作镇静道："夫人说哪里话，咱可是有天命在身的，你放心就是！"不过他还是很感佩秀英的贞烈和决绝。

两天后，朱家军在龙湾祭起大旗，清点舟师约二十万众（另有数万船工），其中右丞徐达，参知政事常遇春，帐前亲军指挥使冯国胜，同知枢密院事廖永忠、俞通海等随从出征，参谋刘基等人也一同随行。

船队经过新河口时，在江里发现了两条奇怪的大鱼，不少人都将它称呼为"龙鱼"。元璋得知此事后，心里不禁得意道："出门就见到了"龙"，岂非吉兆！"

不过也有倒霉的人，一阵大风突然把冯国胜的座船给吹翻了，元璋认为这很不吉利，于是不得不命令冯国胜返回应天。冯国胜身居高位，本来就因战功不多而颇受一些将领嫉视，此次又与鄱阳湖大决战的机会失之交臂，后来便成了他一生的遗憾。

为了激励将士的必死之心，陈友谅特意把鄱阳湖湖口的有限兵力都早早地撤走了，所以当元璋率领大军到达湖口时，便留下一部人马封锁住了湖口，将陈友谅的后勤供应及归路彻底堵死。

此时，距离首战洪都的日子已经过去了八十五天。陈友谅获知元璋大军出动的消息后，强作轻松地对张定边等人感叹道："该来的终于来了，此乃空前一战也，水师数十万在此角逐，无论胜败，青史必赋予浓墨重彩之笔。"他随即下令解了洪都之围，率领全军东出鄱阳湖，迎战朱元璋亲率的水军。

元璋率领诸军由松门入鄱阳湖时，显得踌躇满志，他再次晓谕诸将道:"两军相斗勇者胜,陈友谅久围洪都,如今听闻我军到来而退兵应战,其势必死斗!诸公当尽力,有进无退,剪灭此贼,正在今日!"

鄱阳湖大致有三四个县的总面积之和,的确是水军决战较为理想的场地,这天是七月二十日,两军水师终于在湖中的康郎山(今康山)附近水域遭遇。开战在即,陈友谅便让他的巨舰群紧密地排列在了一起,以求从整体气势上压倒朱家军,而且汉军除了船体巨大,还占据了上游,比较顺水顺风,因此陈友谅鼓舞大家道:

"从前我等战败,都是中了人家的奸计,此番他们若再行奸计,就没那么容易了!如今我等兵众,又有巨舰之长,且水流于我有利,众将务必努力一战,成败利钝,皆在此一役!朕就站在尔等身后!"

朱家军的船只总体偏小,数量上也只有对方一半不到。面对这种现状,元璋给诸将打气道:"敌巨舟首尾连接,不利进退,可破也!"

元璋还有针对性地把大军分为了十一队,火器、弓弩依次而列,他还特别告诫诸将:在接近敌船时,先发火器,再用弓弩;等到靠上去后,再短兵相接。

第一天,双方进行了总体部署,并没有正式交战。

到了夜间,元璋还有些不放心,便询问刘基道:"我部船体实在太小,不比不知道,一比着实吓一跳。且我等处于仰攻及下游的不利地位,先生看着胜算能有几成?"

继陶安之后,刘基也投入了对火器的钻研,凭借非凡的聪明才智,他渐渐取代陶安等人成为火器方面的权威人士。他以坚定的语气答道:"此战定然是一场恶战、巨战,想求速胜是不可能的,所以主公要做好这方面的准备!"

"嗯,咱不敢奢望速胜!"

"我部有火炮、火铳、火箭、火蒺藜、大小火枪、大小将军筒、大小铁炮、神机箭等各类大中小型火器,不但射程远、杀伤大,而且适宜各种情况下的作战,今日全然排开了阵势。敌人的战力虽可以充分施展,而我部亦然!"刘基侃侃而谈道,"且我部训练有方、军纪严明,抗得住硬仗、恶仗,想来总有机会的,主公放心!明日先打它一打,明晚我等不妨再细较!"

"嗯,如果说咱平生有何骄傲和可以依恃的,便是我部的训练和纪律,此外还有骑兵!如果是在陆上决战,那姓陈的定然没有胜算,可惜江南还是以打水战为主!"元璋最后说道。

陈友谅这边也是一样,经过前两次的惨败,他多少还是心有余悸。于是他在晚间又特意找来了张定边,悄声问道:"定边兄,我这心里还是有些没底,不知你可有破敌的奇谋?"

张定边思谋了良久,方道:"说到奇谋,也不是没有!朱家小子兵少、船少,便于我等以斩首之计先给他来个擒贼擒王!明日一交战,我必亲率一队精锐,瞅准了朱家小子的所在,出其不意,然后一击制之,上位以为如何?"

"定边兄难得亲自出手,此一去,必定如射杀'黑赵',马到成功!"陈友谅欣喜道,"好!就这么定了吧!"

二

二十一日一早,元璋即命徐达、常遇春、廖永忠、俞通海等率军发起全线进攻。一时之间,呼声动于天地,炮声雷訇,矢锋雨集,波涛起立,飞火照耀,百里之内,水色尽赤。

徐达身先士卒,率部奋勇向前,最后一举击败汉军前军,计杀敌一千五百余人,缴获巨舰一艘,一时间军威大振!接着,俞通海又乘风发射火炮焚烧了敌船二十余艘,汉军因此被杀及被淹死的人甚多。但是,面对强敌,朱家军付出的代价也不小,元帅宋贵等先后战死。

徐达的先头部队冲锋在前,炽烈的大火也烧到了徐达的船上,汉军乘机来攻,徐达一边救火一边继续指挥作战,眼看已有些力不从心。元璋见状,忙招呼身边的郭英道:"郭四,你领一队人马去援助徐达!"

郭英领命而去,没一会儿他就与徐达部成功会合,在两部人马的力战下，汉军最终不得不选择了退却。

张定边将船队的指挥大任都交给了陈友仁，他自己则努力寻找着元璋乘坐的旗舰。当郭英的人马离开主力船队时，因行迹较为明显，让张定边大致瞅准了元璋的位置。于是他亲率一队舰船向元璋的旗舰冲击而去，很快两部人马就遭遇并混战起来。

对于张定边的到来，元璋不禁有些惊慌，他一面令将士与敌人缠斗，一面适时向后转移，以便摆脱掉张定边部的围攻。

起初元璋与刘基等人并不敢肯定是张定边本人到了，但是观察了这股汉军的战术后，元璋据此判断道："此必是张定边舍身一搏，如果诱敌深入，或许可将其一鼓成擒！"

"恐怕没那么容易，老夫听说张定边身手超凡，深不可测，主公不宜亲作诱饵，以免涉险！"刘基劝谏道。

"好吧，那我们就赶快回撤，免得被他咬住！"

可就在回撤的过程中，元璋的座船竟不幸搁浅了，张定边见此良机，忙指挥几艘巨舰迅速围拢过去。好在此时这支汉军的炮、石等已经快发射光了，他们只得蜂拥着往元璋的座船杀去。情急之中，元璋亲自上阵指挥船上的数百亲军极力反击，在火枪和弓弩的打击下，方令张定边等人一时无法靠近。

此时，张定边已经从巨舰上俯视到了元璋，刘基也无意中瞥见了张定边，刘、张二人形貌、智略有些接近，刘基不禁心生惺惺相惜之感。这时，韩成、陈兆先等将领迅速来援，经过一场激烈的搏杀，这些奋不顾身的将领皆先后战死，依然未能挡住张定边进攻的脚步。

张定边在感叹朱家军将士敢于前仆后继的同时，更赞叹朱元璋居然可以令部属如此死战，真是不容小觑！他指挥部众加紧围攻元璋座船，眼看双方已经发生了肉搏战，他便步下巨舰试图亲自加入战斗，一时间形势异常危急。

"嗖——"一个不防备，张定边的后背居然中了一箭。

他一面去拔箭，一面向四周扫视了一圈，原来是朱家军的援军又到了。他注意到一个长臂、伟身的敌将立于船头，手里还拿着一张强弓，紧接着他又朝张定边射出了第二箭，但竟被张定边一把接住，着实让人震惊不已。

"大胆贼人，休伤我主，常遇春来也！"原来射箭的大将正是常遇春，他远远看着那员敌将的身形，就觉得酷似传说中的张定边，再看其徒手接箭的本事，更是确定无疑。所幸刚才趁着对方一个不防，竟然得了手，迫使张定边暂时退到船舱里去包扎伤口。

就在张定边包扎箭伤的当儿，常遇春指挥援军加紧进攻，这才让张部人马不得不暂时退却……

接着，俞通海也率部来援，他的座船船身激起的大浪一下子冲撞上元璋的座船，这才让受困的船只重新浮了起来，迅速驶离了战场。

不过，俞通海的座船却顿时陷入了险境，裹着伤的张定边指挥巨舰直接撞上了俞通海的船，由于张氏巨舰实在太过高大，竟将俞氏座船的大半个船身都压在了身下，眼看着就要灌水沉没。

在这千钧一发之际，俞通海高声喊道："弟兄们不要慌，都跟着我学！"然后他率领将士以双手及头顶住敌舰，由于用尽了全身的气力，把头盔都顶坏了。所幸人多力量大，俞通海最终得以脱身。

张定边继续率军追击元璋的座船，可是四面越来越多的朱家军船只令他一筹莫展，只好暂时叫停了攻击。在回撤的过程中，双方不断进行缠斗，一时间打得不可开交。

这一切都没有逃过廖永忠的眼睛，他密切注视着张定边的一举一动，就在张定边部被死死咬住、难于脱身之际，廖永忠妄图一举成就奇功，亲率一大批轻快的小船向张定边展开了反扑，顿时形成了群狼搏猛虎的架势。

元璋在远处仔细观察着战况，但见廖永忠的部下在密集箭矢的掩护下，展现着训练有素的身姿，用带有铁钩的长梯，勇敢地向张定边的座船攀缘而上，很快就冲上敌舰，与汉军战成一团。

目睹此情此景，元璋不由得赞叹道："永忠这小子总是有意外的惊人表现，若此番他擒杀了张定边，那可谓是咱的第一功臣了！"

刘基面有忧色道："恐怕很难，老夫远观张定边近乎天人，从今起，我等还要小心防范才是！"

在双方的混战中，元璋也看不清具体情形，不免有些着急，于是他催促着将座船尽量往前移动，但被刘基制止了。

廖永忠见张定边的部下无法击退自己攻上船的将士，于是也毅然登上了敌船，想要尽量靠前指挥。当然，廖永忠最大的心事还是要活捉张定边，以立不世之功，所以他带齐了身手敏捷的弓弩手。

在朱家军的勇猛厮杀下，陷入包围之中的汉军无法招架，死伤严重，现在轮到张定边的形势岌岌可危了。友军想要接应他突围，可是都被朱家军的船只拦截，根本无法靠近。

危急之中，张定边似乎顿悟到了一些什么，他暗忖道："指挥部下围攻我的是哪个？莫非是破安庆、下江州的那位？这人奇招迭出，且练兵有方，看来今番要决死一战了。"

此时，张定边身边的部下已不足百人，好在这些人多是追随他十多年的能战之士，都是他亲手训练出来的"弟子兵"，面对数倍于己的敌军，大伙依然坚持着苦斗。张定边非常感动，对部下喊道："大伙今天都尽力了，那么就让本太尉出把力吧！"

说着，张定边手持一杆七八尺的红缨长枪冲入朱家军阵中，只见寒光闪处，一片片血肉飞溅，还没容廖永忠看个清楚，他手下冲在最前面的数十人都已经或死或伤躺了一地，顿时一片哀号之声，张定边身后则传来了一阵巨大的欢呼声。

"放箭！快放箭！"廖永忠被张定边的身手吓住了，弓弩手不分敌我一通乱射，在射倒了己方十几个兵卒的同时，也把躲闪不及的张定边给射成了刺猬。廖永忠不禁狂喜，身中几十箭的张定边想来必死无疑了。

然而谁都没想到的是，身穿宝甲的张定边非但屹立不倒，仍挥舞着红缨长枪打倒了数十名冲上去的廖永忠部下，长枪的红缨上吸饱了鲜血，随着枪身舞动向四周挥洒着血滴。

廖永忠见状惊骇不已，不禁暗忖道："被射得跟刺猬一样的家伙居然没伤到要害！"他正要指挥部下再一次齐射张定边，可是对方已经不给他下令的机会了，一阵翻飞腾跃，就杀到了廖永忠面前。

张定边看得分明，那敌将居然还是一名秀气未脱的青年，看样子还不到三十岁,但从对方有些惊惶的眼神中,张定边还是窥探到了一丝不凡的神采。他有些爱才如命,倒不想一下子就夺去廖永忠的性命,关键时刻居然还想着生擒对方,留待来日与之切磋。

廖永忠不敢与张定边争锋,一个劲儿地后退,他的亲军都是忠贞敢死之士,一面与张定边殊死搏杀,一面掩护自己的主将往船下退去。张定边固然能战,可此时他身上插满了箭,虽有宝甲护身,也未伤及要害,可终究因为流血和体力消耗过多,有些顶不住了。

张定边的部属一拥而上,将阵形已乱的廖永忠部逐渐赶下了船,随后驾船在前来接应的友军船只掩护下从容退去。

目睹张定边的座船离去,惊魂未定的廖永忠忍不住叹道:"张氏真乃战神也!"

他隐隐有个感觉,张定边不会死,自己也无法活捉或杀了他,因为此人真的是"神",而不是人!

事后回想起那生死攸关的一幕,廖永忠分明觉得张定边原本是有机会取了自己性命的,但不知为何,张定边在一瞬间好似停顿了一下,这才让自己抓住机会捡回了一条命。他想:"张氏的一念之仁,无论如何将来都应有所回报才是,不然就太不厚道了。"

三

到了卯时,激战还在继续,这时常遇春的座船也不幸搁浅了,于是他也遭到了敌军疯狂围攻,一时间情势相当危急。元璋见状连忙派兵营救,这时正好有一只被汉军击败的船顺流而下,撞上了常遇春的船,后者才得以重新浮起。

到了日暮时分,双方见伤亡巨大,天黑又不便交战,纷纷撤离战场。

通过分析第一天的战况,元璋发现,虽然自己与对方兵力悬殊,船只方面劣势明显,可汉军并没占到多少便宜,所以他心里就踏实了一些;但是敌众我寡,此战明显不如从前顺利,诸军已有畏难情绪,不能不令他有些担忧。不过,他更明白,在战事胶着、胜负尚无法预料的情况下,士气、勇气和必死的决心再加铁一般的纪律,才是支撑大家走向胜利的重要保障。

吃过晚饭后,元璋亲自去看望和抚慰了一番受伤的将士,然后把诸将召集起来,大家分别汇报了一天的战绩,当他听到张定边身中百箭而逃时,不由得大惊道:"若是没有了张定边,那此战我们是必胜的!不过也不能高兴得太早,此人颇有些手段,尔等要多加小心!"

"主公放心,便是他不死,明日也断难上阵了!"廖永忠断言道。

"嗯!"元璋于是面向诸将再次强调道,"咱已经说过了,狭路相逢勇者胜,此番只有决死一战,从气势上彻底压倒敌人,最后的辉煌胜利才是我们的!总之,敢有临战退缩者,定斩不饶!"

廖永忠随即高呼道:"兴宋灭汉,在此一役!"

大家都对廖永忠今天的表现异常赞叹,于是跟着他拱手至额头,宣誓道:"不胜不归,有死无生,愿苍天为鉴!"

宣誓结束后,元璋留下了徐达、常遇春、廖永忠、俞通海等几位主要将领,对其余诸将吩咐道:"尔等回去后好好休息吧!明日之战,必定事关生死,望尔等不负誓约!"

几人坐了一会儿,互相说了几句关怀的话,元璋展颜笑道:"今日一战,实在是险恶至极,多亏了遇春和通海!另外天德和永忠也大壮我军威,望明日再接再厉!"

常遇春心有余悸道:"今日一战确实够险的,真是前所未有的恶战!就像烈酒一样,这才够劲儿!也好比驯服一匹烈马,成功之后才有成就感啊!"

徐达轻叹了一声,道:"咱们还是要与洪都取得联系,要文正他们配合一下,以减轻我们这里的压力。哪怕他们可以在陈友谅后方骚扰一下,也是好的。"

"士别三日,即更当刮目相待,汉军着实比前两年能打了!"廖永忠忧虑道,"如果坚持这种打法,我部显然没有多大胜算,还是要在交战中找出敌人的破绽及相应的破敌之计,然后全力一击方可制敌!"

俞通海附和道:"永忠说得对,这样硬拼,即使我部胜了,也是一场惨胜!经过前番的几次大败,陈友谅显然吸取了经验,其总体战力已经不输于我等,何况他们在兵力上还占优!"

过了一会儿,刘基面有喜色地进来了,道:"刚才老夫夜观天象,星斗多闪烁之态,较之平日为频,且白天时日色呈黄,此皆似有大风之象,而且应该是东北风。大家务必做好这方面的准备,或许明日乃是我部大显身手之时!"

"如果真的有大风,那可真是天助我也!对于放火之事,我部可是训练已久!"廖永忠激动地说道,不一会儿又镇定下来,"不过,就怕敌人有所防备,且一下子未必能奏效!"

"无妨,反正咱们这里多的是引火之物,大不了多烧它几回,哈哈!"元璋笑道,"那就先这样定吧,明日再打打看究竟如何!"

会议结束后,元璋突然觉得自己后方的布防还是有些草率,张士诚那边仍然不能不防,左君弼或许也会乘隙而动,而且应天必须要有一位靠得住的大将镇守,才足以威慑四方。所以,他连夜派徐达返回应天主持大局。

送别时,元璋特意叮嘱道:"此战恐怕会旷日持久,天德,你先代咱回应天镇守吧!若是咱有个三长两短,应天的一切就交给你了!"

徐达受宠若惊,忙叩拜道:"主公说哪里话,若主公有所不测,天德愿死保公子,为主公报仇!"

得知张定边的伤情时,陈友谅惊得如受雷击一般,可是因指挥作战,他一时无法脱身,只得吩咐此时已身着戎装的达氏道:"你亲自去安排,咱们汉军不能没了定边兄!"

"好的,上位放心吧,张太尉吉人自有天相!"她在战前一再要求追随在陈友谅左右,此时总算派上用场了。

入夜停战之后,陈友谅赶忙来到张定边的船上,达氏躬身道:"恭喜上位,贺喜上位,张太尉已无大碍!"

"朕早就知道定边兄会无事的,上天一定会佑朕之大汉!"陈友谅看看达氏那有些疲惫的神色，忙轻轻爱抚道，"你也辛苦了，阿娇！"

"臣妾无事的，张太尉真乃神人，居然都没用医官救治呢！"

"哦？是吗？"陈友谅惊奇道，"定边兄身怀百艺，自是有超人之处！说说，他是如何自救的？"

达氏蹙眉道："当时张太尉将众人都拒之门外，具体情形臣妾也不知道，刚才询问了他，他只说是运气止血而已！"

"嗯！你先回去歇息吧！"陈友谅不再打听了，忙进去看张定边。

此时张定边已经包扎完了，从外面看也瞧不出什么，看到陈友谅进来，他忙笑道："明日是不能亲自上阵了，今日一战，可真是惊天动地，日月无光！我部可圈可点之处甚多，明日陛下还要用心督促，务必一击制敌！"

"嗯，我等的心血没有白费，巨舰也着实是我等制胜的利器。明日还要拉开了阵势，以发扬我巨舰之威力！"

正在两人谈兴正浓之际，陈友仁、陈友贵也进来了。陈友贵大声笑道："刚才五哥说定边兄受了重伤，这谈笑自如的样子，哪里是受了重伤嘛。"说着，他就要在张定边身上验看一下。

陈友谅喝住陈友贵道："老七，住手！定边兄着实是受了重伤，你不要胡来！"

陈友贵忙住了手，转而笑道："今日一战，着实痛快！如果照此打下去，我们也能把姓朱的小子给拼光了！他的火器再厉害，弹药终究不是天上掉下来的！"

张定边轻叹了一声，道："今日我试图擒贼擒王，可惜功亏一篑！"

"那定边兄功劳也不小，起码打乱了敌方的军心！"陈友仁安慰道，"今日定边兄挺身一战，力敌千军，已在楚霸王之上！如果把你的传奇一幕告知众将士，必能鼓舞人心！"

眼见张定边的面色已经有些发黄，陈友谅担忧道："明日定边兄无论如何要休息一天了！"

张定边扬手道："不用，我虽不会再亲自临敌了，但明日之战甚关键，我放心不下！"

陈友谅踌躇了半晌，方道："好吧，那你自己多保重，不要太操劳了！"

为求速胜，几人便商议起要不要以铁索连舟的问题，陈友仁特意指出道："昔日在大练兵时，我部操舟演习，一部以铁索连舟，虽进退不那么自如，但便于相互间有力支援，也便于冲撞、挤迫敌船，又能减少颠簸，利于炮石弓弩之发射，实乃速胜之策，不知明日是否可行？"

陈氏兄弟都表示赞同，张定边却说出了自己的忧虑："目下北方将要入秋，最怕起大风，当然一阵大风也不要紧，最怕吹得时间太久，到时赤壁故事可能就要重演了！"

"不能就那么巧合吧，咱们就赌它一回，不好吗？"陈友谅慨言道，"我还真不相信天命果真在姓朱的小子身上！"

张定边一时不好作答，便步出船舱去看了下天象，回来后叹气道："明日或恐是有风。不过，今日恐怕是伤得太重，血流得太多，有些老眼昏花，但料想咱们也不太可能那么走背运！总之，如果陛下执意要以铁索连舟，成败就看天意吧！"

陈友谅拍案道："好，成败皆是天命！"

四

第二天一早，元璋亲自布阵，再次对汉军发起了猛攻。

朱家军像疯了一样冲锋向前，汉军先头部队有点抵挡不住，被杀死、溺死者不计其数。但之前在龙湾之战中投降的张志雄，却因桅杆折断造成船体行动困难，被汉军船只团团围住，箭雨枪林从天而降，走投无路的张志雄只得自刎而死。

第一轮交锋之后，汉军先头部队纷纷后撤。不一会儿，一个惊人的场景出现了——汉军巨舰以铁索连接为阵，其旌旗楼橹，望之如山，令人有些不寒而栗！

元璋见状，一则以喜，一则以忧。喜的是一旦刮起大风，那么这支汉军势必在劫难逃；忧的是如果天气仍旧晴好，那么要打破汉军这种阵势，恐怕难上加难。

　　鄱阳湖水面宽广，汉军庞大的舰队得以全面铺开，船小力竭的朱家军不禁有些胆战心惊。随着元璋一声令下，众将士只好拼死冲锋，希望能将对方的气势压下去。

　　在激战过程中，力图一展长才的丁普郎更是奋不顾身。与汉军船只接战后，他立即率部攀上敌船，试图施展陆战的优势，可是由于后援跟进不力，丁普郎部很快就陷入了敌人的重围之中。他的部下伤亡殆尽，丁普郎自己也身被十余创，眼见后退无路，只得拼死一搏，一时间杀得神哭鬼嚎！可就在这时，丁普郎一个不防备，竟被一员敌将直接用刀砍掉了脑袋……

　　然而，令汉军更加惊悚的是，已经身首分离的丁普郎居然立于船头而不倒，而且手上还握着自己的长刀，人虽死，神却未死！汉军中有认识丁普郎的人，见状后不由得深为赞叹道："一代狂人，真是名不虚传！"

　　在这一轮的进攻中，朱家军明显处于下风，不仅未能从气势上压倒敌人，连丁普郎、余昶、陈弼、徐公辅等将领皆相继战死。傅友德在进攻中表现得异常勇猛，他力挫汉军前锋，虽身被数创，斗志却丝毫不减。

　　如此残酷的绞杀，是包括元璋在内的朱家军广大将士都没有经历过的，随着战斗的进行，终于有人坚持不住，开始驾船后退。元璋亲自在后面督战，大声喝令，可将士们还是有点腿软，此时右军退却的迹象已经很明显，元璋下令一连斩杀了十余名军官，可仍然无济于事。

　　刘基趁机进言道："这样下去不是办法，不如先敛兵自守，再图破敌之计！"

　　元璋此时已杀红了眼，拒不服输，他大声道："此时如果后撤，易造成军心崩溃，那时大事去矣！"

　　元璋继续督兵攻战，可是依然难以扭转局面，这时，侍立在一旁的郭兴也忍不住上前进言道："不是将士们不用命，敌舰实在是太巨大了，若非火攻，实在无法打破敌舰的优势！"

"眼下无风，如何火攻？赤壁之战时，不但是黄盖的诈降计，更主要是东南风啊！你让咱有什么办法！"元璋着急道。

"主公，您乃是得天命之人，何不向上天求风？"这时一个声音突然说道。

元璋转头一看是郭英，他只得笑道："咱可没有诸葛亮那本事！"

郭英微微一笑，道："试一试嘛，主公您向来都是要雨得雨的，这回兴许也会要风得风！古来成大事者，好运也是不可少的，天命之验，证在今日！"

元璋有些被说动了，他目睹急剧恶化的战况，只得表示道："好吧，那就死马当作活马医吧！"

说完，元璋便走回了船舱，命人粗备了一些祭祀之物。他默祷道："若天命在我之身，还请天帝赐以大风！"

祷告完成后，元璋继续督兵作战，但在心里还是忍不住期待着大风的到来。

这天午后，双方的鏖战仍在继续着，此时力抗强敌的朱家军已经精疲力竭，而汉军也有些后继乏力的迹象。元璋突然动了收兵的心思，期望到晚间能够与众人商议出一条破解敌阵的良策。

可就在这时，元璋身边的牙旗突然摆动了起来，他好奇地转头去看，这才发现一阵东北风已悄然而至，很快就席卷了整个湖面。风力越来越大，牙旗摆动得越来越厉害，元璋的心也跳得越来越厉害，郭氏兄弟见状，忙凑过来激动地单膝跪地说道：

"恭喜主公，贺喜主公，主公已得天命！"

刘基也喜形于色，当即慨叹道："乾坤之扭转，在此一举矣！"

东北风正是从朱部阵营向汉军阵营的方向刮去的，当张定边看到旌旗剧烈翻卷之时，不禁愀然变色道："此系天意乎？"

当时冲在第一线指挥作战的是陈友仁、陈友贵及平章陈普略等人，张定边眼见大事不妙，忙请陈友谅立即收兵。然而因巨舰皆以铁索相连，一时间不易协调进退，结果张定边急得创痛复发，晕倒在地……

在开战之前，廖永忠就准备好了十几艘特别的"火船"，这些船上满载荻和芦苇，其中塞满了火药，上面还扎了一些草人，草人身上披好甲胄，各持兵戟，远看就如同真人一样。

在上午的对战中，为了保存实力，廖永忠并没有命部属全力死战，而以不退、不溃为底线。可是面对强敌的步步紧逼，他着实有些疲于应付之感，因此当大风初起之时，廖永忠不禁伏地长跪道："感谢上苍成全永忠的功名！"

很快，元璋就发令给廖永忠、俞通海，命其迅速出动火船。两人随即带着一批敢死之士，操纵着首批七艘火船去敌群中放火，然后再用准备好的小船逃生。由于当时双方仍在混战之中，火船的伪装又做得非常好，所以起初并未引起汉军的注意。陈友仁还想着待从容退去后，由那些未以铁索相连的船只来殿后。

火船一路顺风而下，很快就冲到了汉军的船阵附近，起初汉军还有些不明所以，净用弓弩往那些草人身上乱射一通。等到敢死队员乘风纵火时，汉军将士才恍然大悟，可为时已晚！

风急火烈，须臾间火船就撞到了敌船上面，火借风势，再加汉军巨舰上本就有一些易燃、易爆的物品，很快，冲在第一线的几十艘汉军巨舰就被烧着了，一时间烟焰涨天。火势实在是太过迅猛，偏巧廖永忠等人最先瞄准的就是陈友仁、陈友贵和陈普略三位主将的座船，结果三人的座船都是最先被点着的，陈友贵、陈普略二人皆因逃避不及，被当场活活烧死。

本来陈友仁在火船靠近时已经发觉了异样，他如果当即换乘小船是可以逃生的，可是他不忍心抛弃部下独自逃生，更未料到火船的威力竟如此之大！而朱家军的战船也乘敌人陷入混乱之际用各种火器拼命开火，结果一举将汉军的数百艘舰船都给点着了，在这样巨大的火海与烟尘中，陈友仁也慢慢被吞没了……

为了逃命，汉军将士及船工纷纷跳入水中，朱家军又趁势冲出，斩首两千余级。经此一战，汉军死者大半，乃至湖水尽赤。

陈友谅早已被这突如其来的惨状惊得如癫如狂，他居然拔出宝剑，嚷嚷着："快给我冲啊，我要找朱家小子决一死战！"侍卫和臣僚想要将他抱住，夺下他的宝剑，可是发了狂的陈友谅力量太大，众人根本无法近身，还有几名侍卫被宝剑误伤。

户部尚书罗复仁此时正在陈友谅身边，他不顾危险，冲上前去想要抱住陈友谅，结果不幸被宝剑砍中了大腿，当即摔倒在地。罗复仁不顾伤痛，坐在甲板上大喊道："陛下快撤吧！陛下快撤吧！"

由于战场过于危险，陈友谅在当天开战时没有让达氏跟在身边，以免让她成为累赘。听说陈友谅发狂，达氏马上搭乘小船赶了过来，待她上了巨舰，离着好远就大喊起来："上位保重龙体，上位保重龙体！"

癫狂中的陈友谅见自己的爱卿已倒在血泊之中，又见自己的爱妃狂奔而来，这才恢复了一点儿理智，丢下宝剑与达氏哭作一团。

汉军剩余的船队徐徐撤出了战场，许久之后，当陈友贵、陈普略等人的噩耗相继传来时，陈友谅还能勉强支撑着。可是当陈友仁的死讯传来时，他再也支撑不住了，竟口吐鲜血，一头栽倒在地。

晚间时分，陈友谅从梦中惊醒，又发起狂来。众人都劝不住，达氏也来解劝，但依然无济于事。就在达氏一筹莫展之际，张定边突然进来了，陈友谅一把抱住了张定边，忍不住痛哭道："叫我如何向父母交代？老五、老七连尸首都找不见了，这是老天要绝我吗？"饱受打击的陈友谅一着急，开口闭口也不说"朕"了。

"衣冠冢也是一样的，长眠于鄱阳湖，与天地同乎不朽，岂不是好的？"张定边用力安慰道，"我们本就是提着脑袋出来打天下的，没有牺牲，何来天下？死生有命，何必如此？想那光武打天下时，大哥、三哥、二姐等皆为贼人所杀，光武不是照样得了天下？"

"友仁乃是依仗有年的膀臂，今后可如何是好？"陈友谅泫然道。

张定边急智道："五兄之死，或恐也是天意！古往今来，为了皇权，多少父子反目、兄弟成仇的？唐宗宋宗，哪个不是如此？且成大事者，如那汉高，妻儿父母尚且不顾，更别说兄弟了。陛下还是要振作精神！我军虽遭此大败，可仍有求胜机会，明日我必再出战，再行斩首之计！料想那姓朱的必因得意而有所疏忽……"

陈友谅最大的心结，其实还是天命的问题，就出在这个东北风上，半天他才吞吐道："为何我等就如此背运呢？偏就起了大风？"

张定边早已想好了应对之词，缓缓答道："古来王业，何曾是一帆风顺的？今日我等固然元气大损，可仍堪一战，只要能战，就不愁没有翻盘的机会！陛下是得天命的，如今又能顺应人心，天帝怎肯抛弃？那李察罕之辈，岂不是更走背运？望陛下振作吧！"

张定边把话说到这里，陈友谅才稍稍有些释怀。可是眼见今日的惨状，一向不甚体恤将士的陈友谅竟长叹一声，道："为了争这个天下，真是留下了太多孤儿寡母，于心何忍？"

"此言差矣，陛下哪能有此妇人之仁！"情急之下，张定边也不顾陈友谅的帝王之尊了，"纵然我等不去争夺天下，姓朱的、姓张的就不争了吗？古往今来，没有我等来争，不还是一样白骨如山？"

陈友谅半晌无语，最后才恶狠狠地说道："我要活剐了姓朱的！"

不过，陈友仁毕竟是陈友谅的谋主、智囊和主心骨，他这一死，就跟张士诚死了兄弟张士德一样。陈友谅的气势短了大半截，丧气不已，他只好把大半希望都寄托在了张定边的斩首行动上。

可是，张定边似乎已经看到了天意，他只有尽人事而听天命了。况且，他对陈友仁的感情比之对陈友谅的还深，友仁这一去，他的心也凉了大半截。

五

朱元璋还不知道陈友仁已死，但是他分明已经看到了天意，众将士也为今天的大胜惊喜不已，于是元璋下令犒赏诸军。

二十三日一早，元璋召集诸将分配任务后，说道："陈友谅战败气沮，亡在旦夕，今日我等务必要再接再厉，齐心协力踏平他！"

陈友谅原本想休战一天，以祭奠一下陈友仁等人的亡灵，可是他见朱部人马又来相逼，一气之下道："直娘贼，欺我无人也！"他当即亲自率部出征，与朱家军再次展开死战。

在昨天的激战中，张定边远远发现元璋的座船桅杆是白色的，因此他准备再次展开斩首行动，向元璋的旗舰发起突击。可是刘基昨日也注意到了这个问题，他告知了元璋，于是元璋连夜命令把所有战船的桅杆都涂成了白色。当张定边再看对方船只时，一下子就蒙了，不由得越发惊骇敌营中有高人。

不过张定边并没有死心，他一边督率所部力战，一边命人暗中探察元璋座船的下落。功夫不负有心人，到中午时分，汉军哨探终于又发现了元璋的所在，并立即报告给了张定边。为免打草惊蛇，张定边打乱了阵形，令其他船只继续与朱家军缠斗，自己则率其中几艘巨舰悄悄地接近并包围了元璋的座船。

时已过午后，元璋刚刚吃过午饭，正坐在一张胡床上督战，刘基侍立在一边。此时，刘基已经注意到汉军阵形的变换，还注意到有几艘敌舰已经从各个方向接近了自己所在的旗舰，不过四周还有很多朱家军船只，敌舰一时不易靠拢上来。

刘基细细观察着敌舰的表现，发现近处的这几艘敌舰虽然作战都非常积极，但总感觉他们步伐一致地在向自己这边包抄而来……

不期然中，刘基远远瞥见了一个熟悉的身影，他不由得惊叫道："张定边！"

刘基一下子全明白了，他立即一把将元璋从胡床上拉了起来，大呼道："主公，快走！"

"往哪儿走？"元璋还有些摸不着头脑。

"快换船，张定边又来了！"

元璋不再多言，马上跟着刘基悄悄下了船，仓促之间，他们一行十几人就换到了一条小船上，可还没等坐定，只见无数飞石袭来，将元璋先前的座船给砸了个稀巴烂！

"好险啊，多谢先生救命之恩！"元璋说着就要向刘基行礼。

"主公何必多礼，咱们快离了这险地吧！"

元璋一行人很快就换乘到了另一条大船上，迅速向后退去。此时双方经过两天半的力战,到这天午后都已经现出明显的疲态。

张定边的偷袭虽然已经得手,但一时还无法判断是否已经击毙元璋本人,虽然朱家军表现出不小的混乱,可似乎并没有击伤或击毙元璋的迹象。这令他越发心里发虚,不禁感叹道:"天公不予回天力,英雄人士呼奈何!"

恰在这时,常遇春送来了几个俘虏,从俘虏口中,元璋才得知了陈友仁等人的死讯。于是他就坡下驴,一面派人带着这些俘虏到陈友谅那里表达休战的诚意,一面下令船队收缩阵形。

陈友谅也只好顺水推舟,向来使约定道:"好,那我们就五天后再战。"

在彻底休战的四天里,原本激烈如火的战场上一时间出现了难得的平静,但从水中散发出的血腥味,依然令人作呕。天气炎热,那些来不及收殓的尸体,在水里被泡晒得肿胀起来,场面之惨令目睹者黯然泪下。

为了防止疫病发生,也为了令死难的将士魂有所归,交战双方各自派出了一支支收尸的小船队,将己方阵亡将士的遗体从水里打捞出来,或火葬,或土葬。

到二十七日这一天,双方不约而同地举行了巨大的祭奠仪式,元璋声泪俱下地诵读了悼词,此悼词由刘基所撰写,其辞曰:

平贼之至鄱阳兮,天眷在有德。
血战之累日兮,天地为晦暝。
日月为之无光兮,山河为震荡。
神功骏烈兮,炳耀铿锵与天无极。
较赤壁淝水兮,斯未足多让。
歌咏我将士兮,魂归来尚飨。

到了晚间,元璋又召集诸将商议对策,元璋略带喜色道:"虽然我等已经重创敌人,可是其兵力依然厚于我等,斗志也未有多大减损,诸位都说说,明日将如何破敌。"

常遇春率先道:"如果敌众还是铁索连舟的阵形,我等不如让开中央,专攻其两翼!"

"嗯,是个好主意!"元璋赞许道,"不过,近日风有些更紧了,我看那陈友谅没有胆量了。上次他出战,也没有一字排开,只是十几艘连锁,明日恐怕他还要变换阵形!"

俞通海进言道:"如果汉房把战舰拉开了打,那我们就以群狼搏独虎的架势应付,而今我部利在变水战为陆战,此举定可将汉房一口一口吃掉,直至令其军心崩溃!"

"好!此计与刘先生之意甚合,永忠的意见呢?"

廖永忠只是不言,元璋再三询问,他才说道:"刚才通海兄所言确是良计,只是人力、精力都将消耗甚大!前者张定边以猛虎掏心战术,试图加害主公,我等何不如法炮制一回呢?"

"不成怎么办?"俞通海忧虑道。

"不成也无所谓!"廖永忠淡然一笑道,"而今两军已成顶牛之势,在如此实力相当之际,士气乃是制胜之关键!我等当为全军做出表率,以鼓舞士气!掏心战术虽未必能成,可是只要我等在敌群中有惊人表现,也定然不负此行!"

"此举会不会太过冒险呢?"元璋担忧道。

廖永忠从容道:"险是险了些,但要看谁来实施了,为求稳妥,也可以选在敌我双方精力皆懈怠的午后实施!不瞒主公说,属下心里已有了初步的人选。"

"哦,都是谁?"

"除了属下和通海兄,可再加张兴祖、赵庸、傅友德、杨璟等四员战将,不知主公之意如何?"其实廖永忠是希望常遇春去的,可是毕竟太过冒险,所以没敢提。

元璋想了想,道:"嗯,可以,只是别让傅友德去了,他毕竟身上带着伤,就让胡海去吧,他也是久经战阵的老将了!如今他身上虽有轻伤,可谁叫他是咱的秦叔宝呢!"

二十八日一早,元璋发现汉军果然再次拉开了阵形,没有继续采取铁索连舟的战术,反而以锥形阵试图将朱家军分割开来。

元璋一面令中央船队不断收缩，一面令两翼的船队按照"群狼搏虎"的战法进行攻击。由于汉军舰只体形过大，运转非常不灵活，所以一旦被朱家军船只围住便很难脱身。

在血腥的对攻中，那些被围攻的巨舰经过一番血战后，兵士大多被杀戮殆尽。而那些在最下层划船的民夫，却对上面的战况懵然不知，仍旧呼号摇橹如故。待到朱家军放火烧船时，他们就都被活活烧死了，凄厉之声令人耳不忍闻！

不过朱家军中央船队面临的压力很大，勉强支撑到巳时，已经显露出不支的迹象。廖永忠见状，决定提前行动，六员将领各乘坐一艘战船展开了行动——他们一举深入敌阵，寻找着攻击陈友谅旗舰的机会。

一时间，整个战场上的目光都被这六艘战船所吸引，汉军巨舰相互配合着极力拒战，六只中小型战船竟完全消失在了友军的视野中……

大家都以为他们陷入了重围之中，定然凶多吉少，元璋登上舵楼，也久久眺望，不免有些悬心。哪知过了一个时辰左右，六艘船突然旋绕敌船而出，飘飖之状若游龙一般。朱家军将士见此情景，无不激动得欢呼雀跃，勇气倍增，呼声震天动地！巧合的是，此时伴随着呼喊声的，是一阵不期而至的疾风，其风力之劲，以至于波涛起立、日为之晦。朱家军将士见此情形，更为自己的神勇之力所欢呼！

廖永忠等人虽然没有达到斩首陈友谅的目的，但听到整个战场上爆发出的欢呼声后，都意识到此行的目的已经达到，于是安然返航。元璋见此情形，对刘基等人感叹道："永忠之智略诚非凡类，其英风壮采，亦足令山河失色，此战他当居首功！"

刘基捋了捋自己的长须，微笑道："此战端赖水师之勇，亦多赖廖将军这等水师之杰！古之名将，亦不过如此！"

正是在这种豪迈情绪的感染和非凡勇气的鼓舞下，朱家军倾尽了最后的气力，对已显疲态的汉军展开了放手一搏。双方战斗至午时，士气崩溃的汉军终于大败，丢弃的军旗、器仗、辎重等遮蔽了整个湖面。

面对此情此景，陈友谅已然心灰意冷，张定边眼看情势非常不利，想要掩护着陈友谅退保鄱阳湖北端的鞋山，再伺机脱离湖区。可是中途因被朱家军拦截，张定边的图谋未能得逞，他只好敛舟自守，不敢再战。

当廖永忠、俞通海、张兴祖、赵庸、胡海等人毫发无损地返回时，元璋欣喜地慰劳他们道："今日大捷，全赖诸公神勇！"

稍后，元璋又笑问廖永忠道："永忠，你是怎么做到的？"

廖永忠老实地答道："不瞒主公说，无非是因我部皆是灵活轻便的快船，敌船追赶、围堵不及罢了，那六艘快船上的船工也是平日卑职多加训练的，是故较一般船工更出色而已！"

"好！"元璋紧了紧身上的披风，思忖半晌后又道，"真可谓养兵千日，用兵一时，回应天以后，咱要送你八个大字！"

"敢问主公是哪八个字？"

"'功超群将，智迈雄师'，如何？"

廖永忠听到这里，立即激动地跪了下去，谦逊道："谢主公抬爱，只是卑职实在不敢当！"

到了这天下午，朱家军移师停泊于湖区偏东南的柴棚（今江西省都昌县周熙镇柴棚村），距离敌船大约有五里地。元璋多次派人前去挑战，可汉军就是不敢应战。

于是诸将提议大军暂退，先稍作休整，但元璋不无忧虑道："两军如今正相持不下，如果我军先退，对方必然以为我们是胆怯而来追击，这不可取啊！必须先想办法移舟出湖，让敌人追也追不上，才能做到万无一失。"出于谨慎，他命大军暂时转移到一处河湾里，从那里再试图北向。

当时水路狭隘，船只不能并行，元璋深恐敌人乘机进攻，遂要求大军时刻保持好战斗队形。到了夜里，他又命令每条船都挂上灯笼，以便看清水道。

到了天明时分，整个船队终于安全渡过了河湾，转停到了鄱阳湖中部东岸的左蠡。而汉军也伺机停泊在了与左蠡隔湖相对的潴矶。

六

双方就这样剑拔弩张地对峙了三天,对于士气低落的汉军来说,这几天相当难熬。元璋决定先静观其变,果然,到了第三天夜里,陈友谅的左、右二金吾将军①皆率所部来降。

在此之前,陈友谅与属下商量对策时,其右金吾将军进言:"既然如今水战不胜,想要出湖又很不容易,不如我等焚舟登陆,直趋鄱阳湖南部地区,以再图发展。也可杀向吉安,在熊天瑞掩护下返回武昌!"

左金吾将军则道:"如今我部虽然数战不利,但我部兵力甚众,尚堪一战。若继续拼斗下去,我部未必就会失败,怎么可以自焚船只向敌人示弱呢?再说万一舍舟登陆,敌人派步骑兵追杀,我部进退失据,性命都难保,还谈什么将来?"

陈友谅犹豫了好一阵子,想到几次交手下来,都是败多胜少,再打下去,前景似乎很渺茫。他又悄悄询问张定边的意见,张定边只得老实说道:"如今我部水师已丧失优势,士气有所不振,欲图再战,多有不利!而今且不如先保存实力,回武昌后再说。若从湖口突围,那时势必有一番恶斗,家属们恐怕会遭殃!不如我们做出从湖口突围的架势,转而南向登陆,迅速向吉安挺进,那时敌人的步骑兵也来不及追赶!"

陈友谅最后采纳了右金吾将军和张定边的建议,要大家布置下去。

左金吾将军见状,觉得大势已去,于是率领部下偷偷来到元璋处请降;左金吾将军带走了约三万人马,还没容陈友谅做出举措防止同类事件发生,右金吾将军因对前途越发没有信心,也领着麾下的两万

---

① 陈友谅国号为"大汉",所以恢复的也是汉代的官衔,此处"金吾将军"就是指他的亲军将领。

多人马来到元璋处请降。此时，连同十余万伤残士兵及二十万家属，陈部尚有不足四十万众。

两员亲信大将带着皇帝的亲军先后投敌，这对陈部的打击无疑是致命的，众将已基本无心再战了，都在偷偷考虑自己的后路。而且由于两名金吾将军把汉军的转进路线也告知了敌方，汉军在兵力上又已大损，还带着那么多家属，所以原有的计划已经行不通了。

一时之间，汉军上下又陷入了焦虑和踌躇中，元璋见陈友谅久不出战，便口述了一封极尽挖苦、讽刺之能事的书信，想要激怒他，内容如下：

方今取天下之势，同讨夷狄，以安中国，是为上策；结怨中国，而后夷狄，是谓无策。

曩者，公犯池州，吾不以为嫌，生还俘虏，将欲与公为约从之举，各安一方，以俟天命，此吾之本心也。公失此计，乃先与我为仇，我是以破公江州，遂蹂蕲、黄、汉、沔之地，因举龙兴十一郡，奄为我有。

今又不悔，复启兵端，既困于洪都，两败于康山，杀其弟侄，残其兵将，损数万之命，无尺寸之功，此逆天理、悖人心之所致也！

公乘尾大不掉之舟，顿兵敝甲，与吾相持，以公平日之狂暴，正当亲决一战，何徐徐随后，若听吾指挥者，无乃非丈夫乎？公早决之。

看罢书信，陈友谅难掩狂怒之情，胸口一时间感觉有些梗塞，他当即撕毁书信，并扣留了使者。

好在陈友谅的头脑还保持着一丝清明，不断提醒自己万万不可意气用事。他转念一想，不如将计就计，故作姿态，先做出决战的架势。为表决心，陈友谅在大营中竖起了金字大旗，来回巡视水寨，还命令将俘虏的朱部士卒一律处死！

暗地里，陈友谅则伺机部署突围事宜，可是，如何突围呢？这又令他及张定边等人颇为踌躇，最后还是只能静观其变。

元璋得知了汉军方面的消息后，不仅没有进行报复，还反其道而行之，不仅为被俘虏的汉军士兵疗伤，而且将他们一概释放，并下令："今后再俘虏敌军，一律不要杀！"为了进一步收取人心、瓦解汉军的斗志，朱元璋还下令祭拜汉军战死的将士。

时间就在对峙中一天天过去，这天，深谙水战的俞通海突然向元璋建议道："汉虏言战而不战，看来还是想突围，我部应该扼住长江上流，因为湖水太浅，船只容易搁浅，不利于阻止汉虏突围！"

刘基也建议道："陈友谅恐怕还是会冒险突围，这样用船也快些，一旦得逞，他就无后顾之忧了。我部主力当移师湖口，到那里守株待兔，等着陈友谅送上门来！"

"那南面呢？"元璋问道。

刘基捋了捋长须，笑道："除继续进行监视外，南面布置几支骚扰部队即可，若他真敢弃舟登岸，我部再行围追堵截不迟！他那边带着家属，跑不快的！"

"先生想得周到，那就这样办吧！"元璋欣然道，"最后的时刻就要到了啊，如果陈友谅冲出湖去，那我部要断行追击，绝不给他以喘息之机！"

陈友谅一看这个架势，赶忙来向张定边讨主意，张定边只是决绝道："现在想全身而退肯定是不可能了，只能强行突围，硬撞也要撞出一条血路来！"

陈友谅不无悔意地说道："早知今日，何必当初啊，当初就不该带这么些家属来，如今倒成了累赘！"他更后悔把他的阿娇带来了，竟真的让她成了拖累楚霸王的"虞姬"。

"事已至此，悔也无益，一切皆是天命！"张定边以平静的语气说道，"此番我等若全然回到武昌，彼等必穷追拦截，我等须以巨舰载石后凿沉，以封堵长江水道，为部署守城争取时间为上！"

朱家军出湖口后，元璋即命常遇春、廖永忠等人率领水师横截于湖面，张开罗网，迎候汉军于归路之上，又令一军立栅栏于岸上，便于彼此呼应。

朱家军布防于湖口已经有五天了，但是陈友谅仍旧不敢出战。于

是元璋又命人写了封信给陈友谅,这一次语气缓和了许多,意在占据一种道义制高点,内容是:

昨兵船对泊潴矶,尝遣使赍记事往,不睹使回,公度量何浅浅哉?大丈夫谋天下,何有深仇?

夫辛卯以来,天下豪杰纷然并起,迩来中原英雄,兴问罪之师,挟天子令诸侯,于是淫虐之徒,一扫而亡!公之湘阴刘亦惧而往,此公腹心人也,部下将自此往矣!

江淮英雄,唯存吾与公耳,何乃自相吞并,公今战亡弟侄、首将,又何怒焉!公之土地吾已得之,纵力驱残兵来死城下,不可再得也。设使公侥幸逃还,亦宜修德,勿作欺人之寇,却帝名而待真主,不然丧家灭姓,悔之晚矣!

陈友谅看了元璋来信,深恨天命不在己,自古成王败寇,将来青史上该怎么书写自己呢?他又怒又悔,也无心回复元璋。

对于陈友谅的残部,朱部已呈关门打狗之势,胜券在握。此刻的元璋心情舒畅,逸兴遄飞,于是他与博士夏煜等登临送目于观音阁。观音阁是白莲教活动的一个重要据点,因为投靠了小明王,所以元璋等人也在表面上接受了白莲教的信仰和仪式,专程赶到这里祭祀了一番。

待到祭祀完毕,意兴正浓的元璋特意题写下了一首诗:

一色山河两国争,是谁有福是谁倾。
我来觅迹观音阁,唯有苍穹造化宏。

抒情过后,元璋意气弥壮,遣裨将率兵长驱湖广蕲州及江西兴国,不仅将两地攻克,还缴获了十余艘大小船只。

自从四月份以来,陈家军水师在鄱阳湖已经度过了上百天,携带的军粮所剩无几,为了缓解燃眉之急,陈友谅只得出动五百余艘战船,前往位于湖区北岸的都昌一带抢粮。

坐镇洪都的朱文正得知这个消息后,立即派人到都昌一带潜伏,伺机放火焚烧陈家军的运粮船只。结果陈友谅不仅粮食没有弄到,船只还被烧了不少,形势愈加交困了。

坐吃山空的日子是维持不了多久的,八月二十五日夜间,陈友谅找到达氏，拉着她的手说道："阿娇，刚才朕已经同定边兄他们商议了，明天就要突围！"

达氏心里一慌，有些不知所措的样子，许久，她试着让自己镇静下来，可作为一个弱女子，她的心还是不免突突地跳，如揣了一只小兔子般。她下定了决心，扑入陈友谅怀里道："那上位，就让我追随在你身边吧，生生死死我都跟你在一起！"

"不行，太危险，你还是随同家属在后面吧！"陈友谅搂紧了她说道，"此番突围必是一番死斗，朕把你带在身边不方便！"

达氏不禁流下泪来，她还是坚持道："那我躲在船舱里就行，绝不会给上位添麻烦！"

陈友谅看到她可怜的模样，顿起怜惜之心，也越发憎恨自己的无能，遂微笑着安慰道："躲在船舱里也不行啊，一旦船只受损严重，我们就得换船，那你说，我们如果带着你，还方便吗……阿娇听话，你就跟着罗复仁他们在后面就行，这一次我要亲自去杀出一条血路来！放心，只要我陈友谅有一口气，就绝不会丢弃大伙的，更不会丢弃你的！"

"那我不管，我就跟在上位身边！生死都在一处！"达氏心里更多的其实还是恐惧，她最信服陈友谅一个人的力量。

陈友谅一生最喜欢自比楚霸王，也每每自以为可以超越项羽，可是没有想到，自己还是没能冲破宿命，将来的青史上，难说不把自己视为"项羽第二"！无疑，阿娇就是她的虞姬，垓下之围时，虞姬为免拖累霸王而情愿自戕，若是此时的阿娇也上演那么一出，自己是该高兴还是悲伤呢？虞姬自戕了，所以霸王成功突围了，可是如果虞姬没有自戕呢？

陈友谅不敢想下去了，无论如何他还是不愿服输，他既不能失去江山，也不能失去美人，只是竭力说服着他的阿娇。两个人相拥着、絮语着，直到半夜才睡去，这一晚真是既漫长，又短暂。

次日，陈友谅醒来后，达氏也随同起身伺候他穿衣。陈友谅发现达氏的眼睛红肿着，看她疲倦的神情，陈友谅晓得她定然是一夜未眠，忙关切地问道："你这样怎么行呢？今天可是非常的日子，快别胡思乱想了,赶紧再去睡一会儿吧!"

待陈友谅穿好了衣服要出去时,达氏突然哀戚着说道:"上位放心,万一被俘,我绝不会受辱的!"

"好!"陈友谅举了举手上的宝剑道,"朕也告诉你,除非朕死,否则谁也别想俘虏朕的女人!"

两人最后诀别时,陈友谅给了她一把可以袖藏的精致匕首,然后头也不回地走了,留下一阵阵让人悲感的秋风……

二十六日这天,穷蹙已极的汉军开始全力突围,陈友谅亲率前军,张定边统领后军,家属们大致处于中间位置。

陈友谅首先选择的突围地点在湖口西面的南湖觜,但这里是朱家军重点设防的区域,汉军前锋在这里遭到了朱家军将士的有力阻击,激战了整个上午,汉军一直未能突破。无奈之下,陈友谅又改去湖口方向突围。

元璋见状,于是亲自指挥诸将进行全力阻击,双方舰队没一会儿就紧紧地纠缠在了一起,拼命厮打着顺水进入了长江。从中午又战至黄昏,双方仍然难解难分,船队一直被冲到了泾江口,驻扎在那里的朱家军立刻发炮,予敌以迎头痛击。

汉军仍在做困兽之斗,但面对朱家军的强力封锁与四面围攻,情形不容乐观。此时天色已经暗了下来,汉军利用夜色突围的概率还是很大的。然而,一件谁也没有料到的偶发性大事却临头了——夜幕时分,突然有一批降卒要求见元璋,他们声称"陈伪主已死"!

元璋赶紧召见了他们,一名了解内情的陈友谅亲兵禀告道:"……只因我们的大船受损严重,陈伪主便带着我们十几个人换乘小船,准备转移到另一艘大船上。可就在这时,贵部突然朝我们万箭齐发,流矢正巧射中了陈伪主的一只眼睛,他当场被利箭贯穿头颅而死!"

元璋还有些疑问,道:"陈友谅英雄一世,为何这么不小心呢?"

那亲兵答道:"近来陈伪主意气甚是消沉,大约是太分神了,何况天色又很晚了,哪里看得清!当然,也是贵部弓箭手神勇,我们一行十几人大概就活了我一个!"

"那尸体和首级呢？为什么没有带来？"元璋高声问道。

那亲兵忙跪下去说道："只因当时小的心里太慌，只顾着逃命了，小的不敢撒谎，陈伪主千真万确已死，不信明公接下来看！"

起初，元璋还有些将信将疑，但看汉军的气势越发不振，元璋于是命人向全军通传了这条天大的喜讯，朱部将士闻之雀跃，于是杀敌益奋！就这样，在彻夜的混战中，朱家军一举生擒了大汉太子陈善、平章姚天祥等人，以及罗复仁和达氏等部分家属。

第二天，见大势已去的陈汉平章陈荣、参政鲁某、枢密使李才等大小官员，带领全军五万余人来降。只有太尉张定边及杨丞相等人，乘夜以小舟装着陈友谅的尸首及其子陈理，经过一番苦战，在岳州张必先派出的援军接应下，总算顺利冲出了包围圈，逃回了武昌。

当初从武昌出发时，连将士带百官和家属约计六十万之众，可最终能够回到武昌的却只有区区五六万人，一场史上空前未有的大水战，就这样以朱部的完胜落下了帷幕……

第二十二章
平灭陈汉

一

　　陈友谅武功盖世、一代雄杰，却没有像楚霸王一样轰轰烈烈而死，偏偏横死在一支冷箭之下，这实在是天命使然。

　　自陈友谅殒命的那一刻起，张定边晓得，大局是无论如何也没法挽回了，一切扶危济倾的举动也没有意义了，人力不能与天命相违；在隆重地安葬了陈友谅之后，剩下来的日子只是苟延残喘，也算尽到自己的责任。

　　陈理这一年只有十二岁，因为太子陈善已经被俘，所以张定边只得拥立年幼的陈理为新帝，并改元"德寿"。张定边认为，这是他为陈友谅这位旧主和老友所能做的最后的事情了，而最后的一拼，除了保全自己的名节，就是要尽量保全陈友谅的家人。

　　面对即将到来的新一轮大战，此时张定边能依靠的只有岳州张必先手里的几千精锐。当武昌被朱家军围困的时候，如果张必先来援且能够重创敌军，那么保全武昌还有一线生机。但张定边心里并没有多大的底气，为了鼓舞士气，他不得不对武昌的将士们说道：

　　"岳州张丞相那里，有我们上万精兵，张丞相一向治军严明，又得了本太尉的亲传，武昌被围时他必来救，到时我们就可与他里应外合，做殊死一搏！"

　　九月四日，元璋引得胜之师由湖口回到应天，全城的百姓近乎全体出动，以热饭热水来迎候这支载誉归来的胜利之师，一时间将士们所有的伤痛和疲累都消散了！

　　秀英见到风尘仆仆、略带倦意的元璋后，笑意盈盈地说道："总算是佛祖保佑，我们娘儿们没有去给人家做奴仆！"

　　元璋长舒了一口气，心有余悸地说道："这一战，可真是天地变色、乾坤倒转！炮声击裂，犹天雷之临首；诸军呐喊，虽鬼神也悲号。自旦达暮，如是者几四，实非言语所能尽述……若非夫人在家里这样虔诚求告，恐怕载回尸首的就该是咱朱某人了。"

"还好，总算是挺过来了！想当年，李察罕在中牟大破我宋军，一时间群雄无不为之震动！如今尔等喋血鄱阳、扫平陈汉，天下也要为之震动了！再接再厉，还百姓一个太平天下吧！"秀英从心里高兴，因为她分明看到了天下太平之日为期已经不远了。

"呵呵，有了夫人这几句褒奖，咱就是再苦再累也心甘！"元璋笑道。

元璋将鄱阳湖战事亲自通报给了徐达，然后他充满感慨道："此战之惊心动魄，天德兄未能亲历首尾，确乎是不小的遗憾！此战我部居然完胜汉虏，是天意乎？运气乎？实力乎？"

"自然是天意！亦仰赖主公圣明，得贤才辅佐！"徐达谦恭地回答道。

元璋略显伤感之态，略有所思道："虽然陈友谅那厮着实可恨，可是他这一死，咱确乎有些兔死狐悲，纵观自起兵以来，也就他与咱最是棋逢对手了！今他竟这般亡了，咱不免有些寂寞呢，倒不如活着抓到他，跟他好好说道说道，呵呵！"

"陈友谅那厮顽固刚烈，必不肯被活捉！他咎由自取，以致殒命鄱阳，也是天命所使然！主公勿要自寻烦恼吧！"徐达安慰道。

"也是，天德兄所言有理。"

在鄱阳湖一战中，不仅陈友谅身死，连陈友贵尤其是陈友仁也战死了，如果还活下来一个陈友仁尚可东山再起，那时大事又怎能说已然底定？因此在元璋想来，大约这一切真的是天意了！

几天后，元璋带领着众将祭告了一回神庙，随之大封群臣。其中以常遇春、廖永忠二人在此次战役中的功劳最大，所以被赏赐了大量田产，其余的有功将士也各有封赏。

实际上，元璋为了平衡廖永忠的势头，故意把射杀陈友谅的功劳归之于常遇春头上，所以他才悄悄地跟常遇春做了沟通——毕竟当时是夜里，谁也没有看清。其实常遇春也明白，当初力主杀掉邵荣，主公是不可能给自己计算功劳的，这次可谓是一种变相的酬功了，所以他就当仁不让了。

但元璋也没有食言，除了将廖永忠升为中书平章政事，还专门以漆书写了一块招牌，上书"功超群将，智迈雄师"八个大字，以奖励廖氏的超凡功绩。一时间，廖永忠成了应天城内外令路人瞩目的大偶像！

廖永忠心里不禁自得道："起兵十年，历尽艰辛，今日大功已成，足以显扬父母、留名后世了！快哉快哉！"当然他也没有忘记自己囹圄中的二哥，但大势再清楚不过了，一切都只不过是时间问题！

当他再次登临钟山时，心头虽然还是难除"伤心桥下春波绿，曾是惊鸿照影来"的惆怅，但他对元璋除了敬畏，更多的还是感激——若无元璋这样一位英主，自己也就无所凭借！在他心里，与佳人相比，还是功名更为重要一些，何况有了功名，何愁没有佳人？

为了趁热打铁尽快解决陈友谅的残部，元璋一面命李善长、徐达和邓愈等留守应天，一面则又亲率常遇春、康茂才、廖永忠和胡廷瑞等部开赴武昌。

可就在同时，为了牵制一下朱家军的攻势，已经投降了张士诚的谢再兴带兵进犯东阳，结果被文忠率兵击退。

之后，深谋远虑的胡深向文忠建议道："诸全乃是浙东的藩屏，诸全不守，则衢州不能支持，最好在距离诸全五十里的五指山下修筑一座坚固的新城，以作为防御要塞。"文忠对此深表赞同。

不久，张士诚手下大将李伯升率军大举进犯诸全，他约有二十万人马，号称六十万。不过，当张家军来到已经修得差不多的新城之下时，看到坚固高大的城墙，心知无力攻取，只得悻悻而返。当这一好消息传到元璋那里时，他为了嘉奖胡深的筑城之功，特赐之名马。

九月，张士诚向元廷请准自封为"吴王"。张氏之所以再次称王，正是为了响应那句"富汉莫起楼，穷汉莫起屋，但看羊儿年，便是吴家国"的童谣，以便承接天命。

十月，元璋大军水陆并进到达武昌附近。鉴于武昌城池高大雄峻，尤其是考虑到陈汉境内已无强敌，再加上朱家军刚刚打完鄱阳湖战役，尚需时日进行休整，于是没有强攻武昌，而是采取了"长围战法"。

元璋命常遇春等分兵于四门立栅围之，又命廖永忠等于江中联舟为长寨，以断绝敌人与外界的水上联系。另外，他还分兵攻取了汉阳等州郡，从而完成了对武昌战略形势上的包围。武昌的命运显而易见，只有坐以待毙了，除非张必先的援军真的可以打破这种局面。

张定边深知朱家军的厉害，也自知敌我的力量过于悬殊，所以没有轻易尝试偷袭敌军，只希望真正抓住一个比较好的机会，能够重创敌军，得到一个较为体面的谈判机会。

围城至十二月，百事缠身的元璋不得不赶回应天。临行前，他还特别叮嘱常遇春、廖永忠等人："城中之敌已如被困笼中的狐狸，想出来已不可能，时间久了他们自然会降服。如果他们要突围，尔等也千万不要出战，只要坚守好自己的营栅就行了！不出三个月，武昌必为我有！"

廖永忠拱手道："主公放心，张定边纵然再了得，可巧妇难为无米之炊，如今已被我围死，在劫难逃了！"

"好的！永忠你切记，万万不可给张定边以东山再起的机会，也不可大意，否则我等就前功尽弃了！"元璋最后叮嘱道。

为了响应天命，虽然张士诚已经称了"吴王"，但元璋丝毫不以为意，所以他也要称"吴王"。而这种迹象再明显不过，在刘基等人看来，这分明预示着主公下一步就要称帝了，所以他是非常高兴的。

转眼就到了至正二十四年即龙凤十年正月，在李善长、徐达等人一再固请的表面形式后，小明王也煞有介事地下了圣旨：

大宋皇帝御旨：吴国公朱元璋去岁不辞劳苦，救驾有功；近又于鄱阳湖中灭伪汉陈氏，张我大宋国威，功高一世，特进封为吴王。钦此。

听完圣旨后，元璋高声道："谢我主隆恩！"他的神色仍旧是那样平和，竟然看不出一丝情绪的波动。

底下人听完圣旨，都显得非常兴奋，虽然这道程序不过是虚礼，是在他们多年的征战、努力后水到渠成的结果，可是既然主公已升格为王，大伙少不得也会跟着加官晋爵，别管权势有无变化，起码新的官阶叫起来顺耳多了！也足以与天下群雄乃至大元朝廷分庭抗礼了，至少虚荣之心算是可以满足了。

待元璋命人将圣旨收起后,他转头微笑着对来使道:"我主在滁州还住得惯吧?"

"回殿下,"使者马上就改口了,"陛下在滁州住得很开心,很满意!来时陛下特意交代下官,一定感谢殿下的苦心安排……"

"嗯,这样咱也就心安了!"其实元璋早已经知道,形同虚君的小明王每天过着优哉游哉的生活,丝毫不以滁州地僻为意;他决事于左右,日捕鱼斫鲜为乐,筑樊楼,歌舞不绝,还自称"樊楼主人",分明是一个纨绔子弟。不过正因为如此,元璋才真的心安。

然而,元璋还是要维持自己一副忠臣、仁义的形象,因此又表情庄重地对来使说道:"如今戎马未息,疮痍未苏,民困未舒,财力有限,应天新宫还在规划中,待建成之日,定要迎奉我主来居!还请使君回去转告陛下,一旦降伏武昌,不须多日,我部即东进讨伐张九四!与此同时,便着手营造新宫,从今不出两载,定然规模初具!"

"谢殿下,下官回去一定告知陛下!"来使拱手道。

吴王的受封大典之后,伴随而来的是一应典章制度的设立,这一任务主要交由李善长负责。于是,应天方面便建百司官属,置中书省,正式任命李善长为右相国、徐达为左相国,常遇春、俞通海为平章政事,汪广洋为右司郎中,张昶为左司都事,其余人等也各有其位。

既然称了王,就该有个王的体统,一切得照规矩来才行。为了敲打一下众人,这天退朝之后,元璋便端着吴王的架子对徐达等人说道:"卿等为生民计而推戴孤,然建国之初,当先正纪纲。元氏昏乱,纪纲不立,主荒臣专,威福下移,由是法度不行,人心涣散,遂致天下骚乱。今将相大臣辅相于我,当鉴其失,宜协心为治,以成功业,万不可苟且因循、尸位素餐!"

接着,他又说道:"礼法,国之纪纲,礼法立,则人志定,上下安。建国之初,此为先务……卿等既为辅佐,当铭记于心,万不可有始无终!"那意思无非是强调,自己向来是不跟大伙讲私情的,况且如今名位已定,你们更要小心从事,不可矜伐己功,一切都要照着礼法来。

徐达深知其意,所以带头俯首表态道:"臣等必以殿下之意为戒,谨守礼法,以永全功名!"

几天后,元璋端坐于新近迁入的办公地点白虎殿中,此地比原来的中书省可气派、威仪多了。元璋顾盼自雄,所以一时兴致大发,便与近臣孔克仁谈论起天下形势,自鄱阳湖大胜以来,他显然已经有了统一天下的想法。

在回顾了自己起兵十二年以来的艰辛又辉煌的不凡历程后,元璋对天下大势和未来的行动做了一番勾画,他微笑着以庄重的口吻说道:

"自元运既隳,连年战争,百姓深为所苦……吾欲以两淮、江南诸郡归附之民,各于近城耕种,练则为兵,耕则为农。兵农兼资,进可以取,退可以守。仍于两淮之间馈运可通之处,积粮以俟。兵食既足,观时而动,以图中原。卿以为何如?"

孔克仁对此没有异议,内心也不无激动之情,因此拱手答道:"积粮训兵,待时而动,此长策也!吾以此贺殿下!"

二

这年的二月,武昌已被围长达四个多月了,可是仍然没有屈服的迹象。元璋终于有些坐不住了,他担心夜长梦多,也为便于就近与张定边等人达成协议,于是他再次亲往前线巡视。

到达武昌附近后,为了尽快拿下这座孤城,元璋亲自督师攻打。顿感压力增大的张定边担心城池有失,让人突围到岳州请张必先赶快出兵。张必先早就做好了准备,立即率领麾下的主力万余人赶赴武昌,于三天后到达距离武昌城二十里的洪山一带。

元璋早就密切关注着张必先的动向,当张必先的援军还在百里开外时,元璋就把常遇春找来吩咐道:"武昌之所以还敢继续负隅顽抗,一部分底气就在'泼张'那里,此番他有一万余众,咱就拨给你五千精骑，你可趁敌人立足未稳之际，一举将其攻破，以断张定边等人的苟且之念！记住，此战只能胜不能败，败则提头来见！"

常遇春也晓得张必先的厉害，由于彼此没有交过手，所以心里不大有底。他挠头道："主公，听说那'泼张'有几下子啊，我部虽则是以逸待劳，但也是以寡击众，既然您说战则必胜，属下不担心自己掉了脑袋，可就怕坏了您百战百胜的名声啊！"

"哈哈，没想到你常遇春也有怕的时候！"元璋朗声笑道，"看来是被张定边给折腾怕了吧？"

常遇春苦笑着低下了头，有些不好意思地说道："张定边实非常人，有点深不可测，所以属下心里实在没底！"

常遇春还以为主公会动怒或者讽刺自己几句，他一向喜欢争强好胜，可是这次却一反常态，实在是因为内心对张定边产生了极大的敬畏。可没想到的是，元璋却突然笑了，然后走过来扶住常遇春的肩膀，说道：

"这就对了，起码比轻敌要强！这一次，咱之所以只给你五千人马，就是要你把'泼张'他们打得心服口服！如果派给你十万人马，即便胜了，他们心里会服气吗？张定边会服气吗？"

至此常遇春才有些明白元璋的良苦用心，于是艰难地表态道："好吧，那我等就豁出命去干了，成与不成就看天意吧！"

"你常遇春去年三破吕珍的劲头儿哪去了？"元璋踱着步道，"放心吧，咱心里是有底的！'泼张'所部不过万人，其中骑兵约有两三千，战力方面应该不在我部之上，何况我部还是以逸待劳，至于那些步卒，那就更不在话下了！"

不过常遇春心里还是没底，他暗忖道："您老人家说得轻巧，如果'泼张'是吕珍，那带一千人马自己也敢去！就算真的可以打赢'泼张'，恐怕也是一场惨胜，代价实在太大啊！"

眼见常遇春沉默了半晌，元璋又鼓励道："话说回来，你不了解'泼张'，'泼张'也不了解你啊！遇春啊，你可是咱全军公认的第一能战之将，虽不习书史，却也是半个智将，咱相信你，你一定会想出克敌制胜之策的！这一回你若是胜了，岂非又一次高扬了我部常胜不败的军威?"

"主公话已至此,遇春更又何言!"常遇春当即伏地表态道,"那您就静候捷报吧!"说完,常遇春就大踏步地走出了元璋的营帐。

当张必先率部刚刚到达洪山一带时,便有探马前来飞报道:"禀丞相,有一支人马向我部快速袭来,约有四五千众!"

"哦,是骑兵还是步兵?后面可还有援兵?"张必先问道。

"皆是骑兵!暂未发现援兵!"

"来将是哪个?"

"打着一个'常'字,应该是常遇春!"

张必先一时纳了闷,为何朱家军只派四五千人来向自己挑战呢?想了一会儿,他终于明白了,这是朱元璋有意要向自己挑战啊!以他对元璋的大致了解,他明白定然是来者不善,虽然只有区区四五千人马,可是其战力必定惊人。尤其是常遇春,可不是好对付的——不管怎么样,他对于这次救援行动越发悲观起来。

想不接招也是不可能的,何况这总比跟人家的二十万大军较量要强得多,因此张必先立即吩咐下去,要大家赶快抢占有利地形,密切注意敌情。然后大军轮流休息和用餐,静待敌人前来挑战。

中午时分,当常遇春远远看到张必先的队伍时,观其军容颇为壮盛、器甲颇为精良,不禁对身边的蓝玉赞叹道:"这'泼张'果然治军有方,远非平庸之辈所能及!"

"姐夫,那我们怎么办?待会儿吃完饭就跟他们拼吗?"蓝玉有些怯意地问道。

时间不能久拖,必须趁着对方喘息未定、立足未稳马上出击,只听常遇春高声说道:"这回姐夫要活捉'泼张'!"说完,他便策马回去发令了。

蓝玉在马上半晌没有回过神儿来,只是嘴里不停地念叨着:"活捉'泼张'?活捉'泼张'?"虽然他还没有搞清楚状况,但也不得不策马去追姐夫。

常遇春在来的路上就已经大体有了一个破敌的思路,这就是尽量去包抄敌人，令其慌乱，从而找到可乘之机，然后一举破之。但是当他看到张必先的队伍时，注意到他们明显有些焦虑的表现，彼此都沉默着，几乎没有人说话。常遇春暗忖："此番来援，'泼张'等人必是孤注一掷，想要破我之心定然非常急切，这番心情正是其短处，恰好为我所用！"

常遇春虽然不善于谋略，但果然如元璋指出的，他有时也不失为一员智将。此次苦思出这番道理，让他不禁有些兴奋和窃喜，回到队伍后，常遇春连忙布置下去，且谆谆告诫大家道："此战非同小可，诸位务必要听从本将号令，若有擅自盲动者，定斩不饶！反正我老常活不了，诸位也别想偷生！"

众人一致拱手道："平章放心，我等记住了！"

一个多时辰后，双方便摆开了决战的阵势。临阵之际，双方将士都有些紧张，因为大家都直觉彼此确乎旗鼓相当，一旦开打，必是一场空前的血战。

常遇春这边先派出了一个小校，他打马跑到张必先阵前大喊道："我们常平章一向未逢敌手，他听说你们张丞相身手了得，所以希望先跟张丞相较量一场，如何？"

张必先早就听过常遇春之名，虽然他尚有些旅途的疲累，但还是自忖不会落于下风，因此便爽快地答应了对方的请求。常遇春出阵时，特意叮嘱身边的蓝玉及薛显道："你们都要小心看着，一定要记住'泼张'的相貌、身形！"

"那姐夫你可要多撑一会儿！"蓝玉笑道。

张必先搞不清常遇春葫芦里到底卖的是什么药，但他也来不及多想，只能尽力去拼斗了。

张、常二人确实是棋逢对手，一口气大战了几十回合，却依然分不出谁胜谁负。这时常遇春不由得生出了一番英雄相惜之情，忙退后几步勒住马道："张兄着实好身手！只是如今陈汉大势已去，今日你何不就归顺了我大宋呢？将来封侯拜相，犹未晚啊！"

"胡说，我张某人何尝是贪生怕死之辈？"张必先挥舞着长枪怒斥道,"先主待我等不薄,今日一战,就当是回报先主恩情了吧!"

"在下敬张兄乃是仁义之辈,可是如今你何必偏要往石头上撞呢?"常遇春急切道。

"休要多言!谁是石头,还不一定呢!"说着,张必先便打马退回阵中,挥军向朱家军展开了攻势。

常遇春见张必先如此顽固,心想只有走张飞收服严颜一途了,于是挥军与之大战起来。由于张必先早就料到朱家军中多精锐的骑兵,所以他们的步兵配备了很多长枪,迫使朱家军不敢轻易发起冲锋。常遇春也不希望双方出现太多的伤亡,所以采用了游骑战术,利用骑兵的机动优势轮番向敌方发射箭矢,直至箭矢接近告罄。

这个时候,张必先部只是有些小的混乱,但常遇春也管不了那么多了,他命陆仲亨领一支披甲的重装骑兵以掏心战法对敌军实施强攻。张必先部果然是训练有素的队伍,当陆仲亨率领重骑兵冲锋时,他们立即让出了几条通道,而阵形却丝毫未乱。等到这支重装骑兵闯进阵后,张必先的步兵便截断了通道!

常遇春一看架势不好,立即挥军发起了全线进攻,可是终因敌阵的有力阻挡而未能突破。身陷敌阵的陆仲亨也是久经沙场的老将,他并不慌乱,而是瞅准了一个自以为薄弱的方向,指挥部下冲杀过去——殊不知那正是张必先故意设下的局,结果陆仲亨等人越陷越深,遭到了敌人的强力围攻。

由于常遇春事先已经叮嘱过陆仲亨,要他只需拿出七八分力战斗,见势不妙立即撤退。一番血战过后,陆仲亨见势头不妙,试图率众突围,然而失去了冲击力的重骑兵只能处处碰壁,眼看杀入敌阵中的千余人马已经伤亡过半。

朱家军不愧为一支军纪严明、训练有素的百战之师,面对如此棘手的局面,却依然奋战不已。张必先看在眼里,服在心里,他不禁暗忖道:"若是其他敌手,伤亡有个两三成时,恐怕就已崩溃,可是朱氏将士竟如此顽强善战,确乎是一支劲旅也!"

常遇春又命胡海以锥形战法冲阵,接应陆仲亨突围。胡海一向敢打敢拼,上阵后从来都是将个人生死置之度外,这一次他也不例外,虽然再次负了伤，但还是毫不退缩，硬是杀出了一条血路，直到把陆仲亨余部给接应了出来。此时常遇春见打得差不多了，便挥军后撤，因掩护伤员，速度故意放慢了。

正如常遇春预料的那样，张必先急于破敌，大有种孤注一掷的劲头，对逃敌紧追不舍，结果双方就这样且战且走、难解难分……

双方自南向北缠斗了五六里地，此时已经是傍晚时分了，突然之间，从道路西面的小山坡上冲下了一股人马，在夕阳的余晖和地势的助力下，这股狂飙突进、拼命喊叫的人马显得特别具有震慑力！

张必先事先已经对朱家军的虚实有了大致了解，也对周围的敌情有所洞察，他心知这突然杀来的绝非朱家军的主力人马，于是一面下令停止追击，一面命人迎战新出现的小股敌军。

这支呼啸而来的队伍不是别人，正是蓝玉及薛显统领的两百轻锐骑士，他们的主要任务就是趁着张部人马反应不及，一举突入敌阵生擒张必先。就在蓝玉和薛显等人像根楔子一样成功杀入敌阵以后，常遇春也立即挥军转入了反击……

激战了大半天，张部人马都有些疲惫，先前追击常遇春时整个队形也出现了前后脱节，冲在前方的只有少数骑兵，大队步兵都落在了后面，这支轻锐敌骑却直奔张必先所在的位置而来。张必先先前还跟常遇春大战过一场，此时更是疲惫不已，身边的亲卫也人数有限。虽然蓝玉和薛显只率领着二百人，但他们个个都是精挑细选的能征惯战之士，他们不与其他人纠缠，直捣张必先的中军。为了防止张必先逃脱，蓝玉和薛显以一南一北两个方向横穿而至。

蓝玉素称悍勇，薛显则是全军公认的猛将，他们如虎狼之入羊群，当即杀出了一条血路，很快就与张必先的亲军交起手来。张必先一看这伙人明显就是冲着自己来的，于是赶紧一面抵御，一面下令调动预备队来堵漏子。哪知薛显等人如此骁勇善战，不容张必先退走，就已经将他及几十名亲卫紧紧围在了中央。

蓝玉负责拦截外围的张部主力，薛显则一边砍杀一边咆哮着带头去擒拿张必先，他手持一秉长刀，以万夫不当之勇迅速杀到了张必先面前。薛显的勇猛善战令张必先惊骇不已——就在这一瞬之间，张必先想到了鄱阳湖决战，想到了陈友谅的死，也想到了刚才常遇春的话。于是，张必先毅然做出了一个大胆的决定——为免无谓的伤亡，立即丢掉武器、举手投降！

由于张必先平日治军严明，所以他的命令无人敢违，就这样，刚才还喧嚣的战场突然就陷入了一阵惶惑和静默之中！

当薛显押着张必先等人来到常遇春面前时，常遇春笑着嘉勉薛显道："今日之战，薛将军功劳居多，我常遇春自叹不如啊！"

薛显谦逊道："哪里，哪里，都是平章您的运筹！"

听到张必先在最后时刻未做激烈反抗后，常遇春立即为他松了绑，并设了晚宴，亲自敬酒压惊道："你我各为其主，如今大势已定，何必平白伤亡将士呢？张兄今日义举，必定成为佳话啊！"

张必先低着头，还有些愧怍之意，许久，他方举着酒杯回敬常遇春道："天意不可违，只是我家大哥恐怕还有些执拗，明日我必到城下去劝说他一番。他当时固然不会听，但事后也许能听得进去！"

"好！此事我必到主公那里通报一下！"

元璋听说常遇春擒住了张必先，不由得大喜过望："哈哈，遇春这个人，不把他逼到死角，他就脑子上偷懒，如今看，咱确实没有看走眼。"

为了不透露张必先是在最后关头主动投降的，所以就需要重新把他捆绑起来。不久，当张必先被押赴武昌城下时，朱家军的人便向城里喊道："你们所指望的不过就是'泼张'，如今他已被我军擒获，你们还有什么可以依赖的？还不赶快献城投降！"

满面愧色的张必先也在城下对张定边喊话道："大哥，再抵抗也没有意义了，宋军确乎是一支王者之师，小弟已充分领教了！"

张定边心里晓得是这个理儿，但是要他马上投降仍然不是时机，他必须支撑到最后的关头。所以他装作非常生气，甚至做出一副就要昏厥的模样，最后竟然一句话也没有说。

三

　　武昌城东南有一座高约几十丈的高冠山，从那里可以俯瞰武昌城，有千余汉军精锐人马驻守在那里，与城内守军互作声援，此前朱家军试攻过几次，但都没有成功。

　　如今高冠山上的汉军因长期被围士气不高，为了拔掉这颗钉子，元璋询问诸将道："高冠山是我部攻城的一大障碍，谁能为吾夺下高冠山？若夺下了此山，不但利于打击敌人的士气，也有利于我部窥伺城内动向，必须一鼓作气拿下才好，否则容易引来汉军增兵！"

　　这可是一次难得的表现机会，傅友德过去在汉军里待过，深知其虚实，何况上次常遇春、薛显二人建立了奇功，才器过人的傅友德不甘下风，便向元璋主动请缨道："主公，就让属下去吧，我只带麾下三百人足矣，不成功，则提头来见！"

　　大家都知道驻守高冠山的是一支汉军的精锐，战力并不弱，傅友德此去又是仰攻，形势颇为不利，因此一时都愣住了！元璋闻听其人居然有如此壮语，当即嘉许道："友德好魄力，那就有劳了！"

　　可真到了进攻的时候，傅友德就有点后悔了，他想：当时为什么没有说动用五百人呢？再多两百人也无所谓嘛，但三百人确实有点少了。唉，都怪自己争强好胜之心太强，一时冲动了！

　　就在登山冲击的过程中，傅友德因为一马当先，不小心脸上中了一箭，而且看上去还被射中了要害——箭镞从其脑后穿出。傅友德血流满面，部属们都被吓得不轻，以为傅将军就算不死也是重伤，都围拢过来想要救助他。

　　哪知傅友德一面让医官替自己救治，一面大声下令道："本将军没有大碍，你们继续给我冲。"

　　才一刻钟的工夫，忍着剧痛的傅友德居然奇迹般地站了起来，虽然他的脸上缠着一重白布，可丝毫没有减损他的威武，只见他操着一杆长戟很快又冲杀到了第一线……

将士们受他的感染和激励，愈发奋勇不已。在冲锋过程中，又有一箭射中了傅友德的肋骨间，疼得他险些就要倒地。傅友德为求必胜，决定豁出命去，于是他一下拔出了射入身体里的箭矢，竟然又开始了冲杀。

高冠山最后真的被傅友德所部成功夺了下来，但是令大伙更为叹服的是，傅将军不仅立下大功，他的命也硬得出奇——两处箭伤居然都没能把他怎么样，他在得胜之后还是照常喝酒吃肉、谈笑风生。从此以后，朱家军上下都把傅友德奉若神明。

不过，就在元璋正为高冠山的捷报欣喜不已时，一件意外的事情突然发生了：

高冠山的失守，让武昌城内的汉军愈加丧气不已，为了进行最后的挣扎，有一支汉军敢死队毅然向着朱家军防守最为严密的方向冲杀而来。所谓"一人拼命，十人莫敌"，面对着这一群抱定了必死之心的好汉，朱家军将士倒生出些敬意来，一时间并未全力格杀，而以抓捕为主。

有一个使槊的汉军军官东突西窜之下，竟一路长驱杀至元璋的中军帐前，为了掩人耳目，大帐平素的防守都是外松内紧的。敌将也不管是谁的营帐，操起手中的长槊便向帐内杀去，由于事发突然，几个卫士反应不及，居然让他直接冲入了元璋的营帐。

当时元璋正坐在胡床上看书，他隐隐听到远处的打斗声后，站起来想要到外面去看个究竟，这时敌将正好冲了进来，距离元璋只有几步之遥。元璋被惊得书从手上滑落，忙高声喊道："郭四，快来给咱杀贼！"

当时郭英等人都在帷帐后面听传，他已经听到了卫士们的喊叫声，赶忙过来护主，元璋呼喊他的一瞬间，郭英已经手持长枪冲出。就在敌将腾跃而起要向元璋突刺时，不期郭英迎面而来，还没容他在半空中做出反应，郭英的长枪已经刺中他的大腿，敌将当即哀号着摔落在地，帐外的卫士一起冲进来擒住了他。

见此情景，惊魂甫定的元璋笑着嘉勉郭英道："好！便是尉迟恭再世,也未必能及你小子这般身手啊!"说着,他便解下了身上的红锦袍给小舅子穿上,算是一种特别的赏赐。

郭英刚才其实比元璋还紧张,心也一直突突地跳,他忙走出帐外查问究竟,然后回来一边擦着汗,一边禀告道:"主公,都盘问清楚了,原来是几个亡命之徒悄悄地摸到了这里,要不要发落门口那几个?"

元璋此时还在兴头上,于是大度道:"这一次就算了吧,每人先罚去一月俸禄!"

按照张必先的指点,元璋又特意把罗复仁从应天召来,希望他去武昌做个说客,劝降陈理及张定边等人。

元璋向罗复仁保证道:"陈理若来归降,当不失富贵!"

老实厚道的罗复仁害怕元璋食言,又见元璋一直软禁着陈善,于是再三伏地请求道:"我等昔日多受陈氏之恩,今番更思回报,望明公体念我等之情!"

"如今咱非兵力不足,之所以久驻此地,不过是想要让他们主动来归,以免伤及无辜生灵!鄱阳湖一战,你我皆是亲历者,留下了多少孤儿寡母!"元璋叹了一口气,"你且去,咱绝不误你!"

既然如此,罗复仁也就无话可说了,次日他便来到武昌城下。陈理及张定边等人在城上召见了他,但见罗复仁号哭不已,十三岁的陈理从小也熟悉这位忠谨的老臣,于是连忙将他召进城里,彼此相见之际,不禁相持痛哭,皆恍如隔世!

罗复仁言辞恳切地转达了元璋的意思,穷途末路的张定边等人也有意就坡下驴,不过张定边还提出了一点个人的要求,希望元璋能够将他与张必先放归江湖,张定边郑重承诺——二人从此以后绝不再踏出山里一步。

罗复仁回去以后,便将张定边的亲笔书信交给了元璋,其文道:

  边顿首,奉启吴王朱公殿下:

  曩者,边与陈公诸辈,愤于胡虏奴我中华,遂起兵拒之,乃据有江汉。陈公不识天命,再三启衅于公,身死国灭,不亦

第二十二章 平天陈汉

宜乎!

公起于布衣,奋有江淮,实天命所归也。前此数战,边已识公英明神武,甘为俯首矣!边本江湖人士,从今亦归江湖,断无反复之理,愿我公勿迫之急也!

公混一四海,驱逐胡虏,尚可期也,边亦乐见矣!只愿我公善待万民,善待陈氏子遗,边虽不敏,亦为我公祈也!边再拜。

元璋本想说服张定边为己所用,但是他心知那定是徒劳,何况张定边武艺高强,只要他对自己心怀不轨,那么自己在三步以内就很难幸存。

可是如果张定边自食其言,以后在条件适宜时还继续对抗自己呢?元璋对此还有所担心,于是他去征询刘基的意见,只见刘基拍着胸脯说道:"主公勿虑,张氏乃有德之辈,断不会食言!"

"好吧!就许他回山修行吧!"元璋拍板道。

等到罗复仁再到武昌城里传达元璋的意思时,陈理与张定边终于决定开城投降,此时陈友谅的父母都在城里,张定边也征得了两位老人的同意。

至正二十四年二月十九日,年幼的陈理以衔璧肉袒①之礼,率领文武百官正式出城投降,张定边则如约带着张必先先行离开了。元璋一直好奇张定边当初究竟是怎么治好自己的百处箭伤的,所以还特地派人前去询问,张定边笑着告诉来使:"不过是运气封住了身体,让血少流一些罢了,保住了身体的元气。"

当年幼的陈理到达朱家军的营门时,但见他俯伏战栗,不敢仰视。元璋怜其幼弱,亲自扶起他并拉着他的手宽慰道:"吾不归罪于你,你不要害怕!"

元璋又命人到陈友谅父母居住的皇宫中传谕,对两位老人特意抚慰了一番。同时他又做出规定:凡武昌府库中的储蓄,一概由陈理自己支配;文武官僚按顺序出城,其妻、子及家里的下人都可以跟随。

---

① 裸露着身子,嘴里咬着宝玺。

武昌城归降后,按事先约定,朱家军不派一兵一卒入城,所以城内市井晏然,没有出现恐慌和混乱。当时城中老百姓饥困不堪,元璋为了收取人心,于是又命配发粮食进行赈济;加上他礼敬陈友谅的父母,又召城中的父老进行抚慰,一时间民心大悦。很快,汉、沔、荆、岳郡县相继归降,其中也包括陈友谅大伯家的二哥陈友才。

后来陈理等人一直被监视着,到了洪武初年,蜀帝明升也投降后,已经称帝的元璋就将他和陈理等人一起远远打发到了高丽,以免其生出祸端。

达氏在被俘后,也几次三番想要寻死,但她还是比较懦弱,始终下不了这个决心。而且她非常不满陈友谅在最后时刻离开了她,不然她一定会为他殉葬的;她又想到陈友谅最后关头居然给了自己一把匕首,这到底是什么意思呢?是让自己自杀还是自卫?无论是自杀还是自卫,基本都是死路一条,显然他的心里根本就没有自己嘛,这也让她很是不悦。

元璋见到达氏后,一度惊为天人,因此甚为宠待于她,这也让她生出了苟且偷生之念。何况自己曾经是倪文俊的女人,后来才归了陈友谅,难道有什么理由为哪个男人守节吗?更令她惊奇的是,从前她一直没有怀孕,但自从跟了元璋以后,竟然马上就怀孕了,欣喜之余,更觉这真是天命的暗示。

达氏就这样犹豫着,为自己的苟活竭力寻找着心理安慰,最后她真的成了朱皇帝的达定妃,尽管不是贵妃,但谁又能说哪天做不了洪武帝的贵妃呢?

四

为了有效地管理湖广一带,元璋还专门设立了湖广行中书省,以枢密院判杨璟为参政。

元璋吸取了元朝的教训，强化了中央集权，因此不在行中书省设置太高的官职，也不赋予其过大的权力，所以较之元朝在行省设置左丞相、平章等高级职位，元璋只是设置了参政等职衔。而陈友谅就没有吸取这个教训，比如说他在江西行省就以胡廷瑞为丞相，如此一来就便于胡廷瑞营造自己的独立王国，当形势对胡廷瑞不利时，他就容易摆脱中央的控制独行其是。

几天以后，元璋带着徐达、常遇春等人慕名来到了黄鹤楼上，在饱览了一番山川美景之后，元璋又情不自禁地感慨道："咱自起兵以来，已经一十二载，其间几多坎坷，几多困苦，几多屈辱，又几多凶险，如今总算都一一坚挺了过来，又取得今日这番成就，足见天命之不容假借！"

常遇春对此毫不怀疑，当即欣喜道："主公得的是真命，我等大概也是武曲星下凡了！"

毕竟有小明王在，元璋便示意道："我主才是真命，我等不过是臣下！"接着，他便试着切入正题道："你们之中谁还记得咱前几天写的那首诗？"

"哪一首？莫不是主公那首《率师征陈友谅至潇湘所写》吗？"徐达试探着问道。

"对，天德可还记得吗？"

"当然铭刻于心！"徐达笑了一下，吟诵道："马渡江头苜蓿香，片云片雨渡潇湘。东风吹醒英雄梦，不是咸阳是洛阳。"

"遇春，你可晓得咱的意思？"元璋转向常遇春问道。

常遇春本人虽然不太明白这首诗具体是什么意思，但经过幕僚私下为他讲解，对此早已了然于胸，于是他笑道："您老人家是在洛阳跟楚霸王苦斗的高祖，不是在咸阳坐享一统成就的始皇帝嘛！"

"嘿，遇春果然是个有心人！"元璋一笑道，"而今我等虽然消灭了陈汉这个劲敌，可以睡个安生觉了，但还是不能松懈，还要再鼓余勇、再接再厉，争取把蒙古人赶回草原去，以光复我华夏正统，以雪我华夏四百年奇耻大辱！"

徐达有志于光复中华，忙拱手道："行百里者半九十，咱们如今才走了五十里。主公放心，下一步我等就可分兵三路，一路南下湖南，一路南下赣州，另一路北上攻取襄阳诸郡！"徐达说的这几个地方都是陈汉尚未归附的地区。

元璋摆了摆手，道："那些都不急，咱已经跟刘先生他们都商量过了，下一步咱们先把庐州老左给收拾了。这厮可是咱们的劲敌，去年也让他把咱们给坑苦了，差点让咱们铸成大错，今年定要报此一箭之仇！待收拾完老左，天德，你跟遇春就可以分兵去攻取湖南和赣州了！"

"那襄阳诸郡呢？咱们何时攻取？"常遇春问道。

"安陆、襄阳一带跨连荆、蜀，又是南北之喉襟，乃英雄必争之地！一旦咱们攻取了赣州、湖南诸郡，在两湖彻底稳住了阵脚，再兵发襄阳不迟！"元璋缓缓说道，"襄阳等地可不好打，况且那里形势也复杂，王保保、李思齐等人有可能要算计咱们，此事必须周密谋划。遇春啊，我等且不可操之过急，如今已犯不着打那无把握之仗，以免白白牺牲将士！"

"主公教训的是，想当年蒙元攻打襄阳，就花了整整六年呢！"常遇春感叹道，"说到王保保等人，咱们还没有跟他们交过手，他们也是百战之余，又以骑兵为主，想来有两下子吧！"

"不是这个意思，你想岔了！"元璋一摆手道，"我等用兵襄阳不可草率，必须做好各方面准备，尤其兵力、粮草一定要厚实。且一旦确定好何时攻打襄阳，那动作务必就要快，力求一鼓作气拿下襄阳，不可拖延太久，否则夜长梦多，容易让王保保等人有机可乘！你想想，一旦襄阳战事陷入胶着，那岂不是要影响整个北伐大业？"

"哦，还是主公见得远，遇春明白了！"常遇春服气道。

"遇春啊，别怪咱说你，你如今虽然嘴上明白了、服气了，但心里未必明白，也未必服气！你这好勇斗狠的心性，难改！"说到这里，元璋爽朗一笑，"现在咱就给你出个题目，你今日务必答上一答！"

"主公请说，什么题目？"常遇春当即问道。

元璋见常遇春这猴急的模样，忍俊不禁道："你觉得我部当如何收服张九四？"

"这个,这个……"常遇春有些疑惑,"张九四如今已是秋后的蚂蚱,咱们直接杀到平江去不就完了嘛!"

"怎么样?你这个心性还是不改吧!你如今就回去好好想一想吧,到应天之后再把你的想法告诉咱!"元璋生怕伤了常遇春的自尊,忙又解释道,"当然,如今也是咱们顺风顺水惯了,自然难免有些轻敌之心!这一点,连咱也不能免俗,就说去年攻打庐州之役吧,你说犯得着先跟他老左过不去吗?真是一时头脑发热,险些酿成大错,至今想来也是后怕啊!当时咱就是太骄矜了,老左一旦招惹了咱,咱就想立马还以颜色!也是太轻敌了,幸好他陈老四没有像首战应天时那般部署!"

"那我们回到应天以后,就先把老左收拾了,给主公出了这口恶气!"常遇春心里越发服气了,只是也越发有些疑惑,忙又问道,"老左的事毕竟已是小事,那么主公于千秋大业究竟是如何盘算的呢?今日不如就和盘托出,也让我等心里都有个数!"

"好吧,这个容咱先想一下!"元璋装作有些为难状,他凭栏远眺,将目光投向了浩浩长江,思忖了一番后方道,"这个嘛,应该这么看,如今陈氏既灭,咱们的心腹大患没有了。天下群雄欲图谋我者,非有一支强大之水师不可,可而今这等劲敌是没有了,我部已处于进可攻、退可守的有利地位,只要假以时日,觑得合适之机,不愁天下不得一统!如今环顾天下群雄,他们也无统一号令,便于我等各个击破。先说南方,江东有张士诚,浙东有方国珍,福建有陈友定,广东有何真,云南有梁王,四川有明玉珍;就算张士诚这块骨头最难啃,但也只是时间问题,而且他靠咱们也近,多则三年,少则两年,咱们就可以把他给收拾了,至于什么方国珍、陈友定、何真之流,无非一支偏师就可以顺手解决,而云南、四川地理险远,那是不急之务,可以留待将来慢慢再看。再说这北方,情况比较复杂些,这个需要一些耐心,也须努力积蓄些实力,不妨再从长计议,但他们如今还威胁不到我们……"

"嘿嘿,这个火候恐怕不太好把握吧!"常遇春憨笑道。

"嗯,我们不能急躁,但也不能懈怠。"元璋一扬手道,"咱已经算准了，北方群龙无首，必然内讧，咱们务必小心谨慎，一个个来。先南后北是基本方略，说不定视时机有利时，亦可南征北伐并举，到时候南方就交给汤和与永忠，北方就交给你和天德，你们建功立业、声播寰宇的时候到了。"

众人听罢一阵欣喜，于是一起恭维道："主公圣明，驱逐胡虏，复我华夏！"

几天后，在离开武昌之前，元璋又命常遇春发遣陈理及其旧日官属等一同赶赴应天。三月初，元璋一行人终于回到了应天。

这天，在一次召见各地父老的庆功宴上，有一位句容的老儒士突然问元璋："主公先前在湖口、九江一带大败陈伪主时，其众既溃，您何不乘胜直抵武昌，反而引兵退还呢？如今您虽然攻克了武昌，但也费了不少力气啊！"

元璋先是自饮了一杯酒，然后不疾不徐地微笑着回道："你们儒者有一句话叫'覆巢之下，岂有完卵'，想必你应该晓得吧？况且事有缓急，兵贵权宜。陈氏兵败之时，吾岂能不知乘胜席卷之理？可是兵法上说'穷寇勿迫'，若是我大军乘胜急追，彼必死斗，如此我军伤亡必多。咱所以任由他回去，又派出一支偏师紧跟其后，就是为防止他们逃窜到武昌以外的地方，那时岂不麻烦？咱已料定他们在创残之余，人各偷生，喘息不暇，难道还敢再战吗？咱以大军临其城下，所以他们才全城降服……如此一来，我师不伤元气；二者，生灵获全；三者，保全智勇之士。难道好处还不算多吗？"

这位儒士听后，大感悦服，于是当即伏地恭维道："主公天授智勇，实我中华之福！"

不久后，元璋又命建"忠臣祠"于鄱阳湖之康郎山，而且学着唐太宗在凌烟阁纪念二十四功臣的样子，命人专门绘制了一些死难功臣的画像，以垂不朽。

在交代相关的中书省臣僚时，元璋颇有些动情地说道："崇德报功，乃是国之大典。自古兵争，难免会有诸多忠臣烈士以身殉国，其英风义气，虽死犹生……在去岁的鄱阳湖大战中，死难的忠臣良将如过江之鲫，数不胜数，如果不能彰显他们的功绩，那么何以安慰死者，又何以激励来者呢?"

臣僚们一致揖首道:"谨受命!"

不过元璋却忽视了对一个人的封赏,这就是先前看起来很识大体的朱文正。元璋本以为当初过度提拔文正已经够招人非议了,如今文正既然建立了大功,那也就名副其实了。何况他自己也说过谦抑的话,而他的那些功劳固然是自己的努力得来的,但其实也多是其地位决定的,换文忠上去恐怕比他还强得多。

哪知文正当初不过是故作姿态,他在洪都传扬开名声后,便越发不可一世,只等着老叔也给他大大的封赏呢!不承想老叔对他这个侄子完全没有表示,这令文正不由得大为不满,再加上岳父谢再兴的事情,竟令他对老叔莫名愤恨起来,越发有了些乖张暴戾的表现,结果被人举报"夺人之妻,杀人之夫,灭人之子,害人之父,强取人财",还曾派人到张士诚统治区贩卖私盐牟利。

元璋渐渐明白,早晚有一天他要到洪都去跟侄子好好算算账,只是眼下还不是时候。

到了四月的一天,元璋在退朝后,一时间颇有点意兴勃发,于是叫住了近臣孔克仁等人,要与他们就历代的成败得失交流一番,也顺便跟他们谈一谈自己的用兵方略。

元璋首先问孔克仁道:"汉高起自徒步之民,终为万乘之主,卿等以为其中是何缘故呢?"

"由其知人善任使吧!"孔克仁答道,"汉高曾言,'夫运筹策帷帐之中,决胜于千里之外,吾不如子房;镇国家,抚百姓,给馈饷,不绝粮道,吾不如萧何;连百万之军,战必胜,攻必取,吾不如韩信。此三者,皆人杰也,吾能用之,此吾所以取天下也'。"

"如卿所言,仅止于此吗?"

"臣知微识浅,见识仅止于此!"孔克仁拱手道。

元璋思虑了一番,于是侃侃而谈道:"周室陵夷,天下分裂,秦能一统之,而不能坚守之。陈涉一旦作难,天下豪杰蜂起,项羽虚伪诡诈,南面称孤,仁义不施,而自矜功伐。汉高知其强忍,而承以柔逊,知其暴虐，而济以宽仁，终能胜之。及项羽身死东城，天下传檄而定，故不劳而成帝业……此犹如群犬逐兔，汉高则张置而坐获之也！"

从这种腔调中，孔克仁不难感觉到主公是把自己比作刘邦了，而项羽隐隐有在说陈友谅的感觉，他忙恭维道："主公见高识远，臣难及也！"

元璋一笑，继续道："方今天下用兵，豪杰非二，皆为我等劲敌；咱立足于江东，任贤抚民，伺时而动，若纯是与之角力，则猝然难定；倒不如学得汉高一二，知人善任固然为要，但收取人心乃其根本！"

众人听罢，于是一致掼首道："天下归心，春秋一统！"

彼此交流了一个时辰左右，元璋突然兴致勃勃地说道："秦以暴虐及宠任赵高等奸佞而致天下土崩。汉高起自布衣，却能以宽大驾驭群雄，因之被推戴为天下之主。然而今之天下大势却与那时有所不同，元之号令纪纲已经废弛，所以多有豪杰蜂起，雄霸一方。惜乎诸豪杰皆不知修法度以明军政，这也是彼等皆不能成就大事之主因啊！"

说完这句话，元璋不由得感叹良久，孔克仁于是恭维道："天降圣人，必得天命，彼等不过皆是煊赫一时罢了！"

元璋微笑着一摆手，继而又分析道："天下有兵之群雄，河北有孛罗帖木儿，河南有王保保，关中有李思齐、张良弼，其余皆无足论。然有兵而无纪律者，河北也；稍有纪律而兵不振者，河南也；道途不通、馈饷不继者，关中也；江南，则唯我等与张士诚。士诚多奸谋而尚间谍，其御众尤无纪律。我以数十万之众固守疆土，修明军政，委任将帅，俟时而动，其势焉有不足平者？"

显然，元璋对于天下大势是有所洞明的，因为他一贯特别重视派遣专人到全国各地收集情报、打探虚实，甚至绘制了大量地图，他因此自信必定能够最终扫平天下群雄。只是他还想进一步得到臣下的积极回应，以坚定自己的这份雄心壮志。

既是出于恭维，也是发自肺腑，孔克仁于是当即顿首道："主公神武，必当定天下于一，今日正当其时！"

这几句话说得元璋心花怒放，他不由得和盘托出道："前番咱在武昌黄鹤楼，与常遇春等虎臣论及用兵方略，咱申之以首在稳重，循序渐进，次第经略而用力不分，如此方可制人而不制于人！偏那遇春思虑不及此，咱给他出题目，让他思谋一番破张良策，如今一月有余，昨日他居然还是老生常谈，真是朽木不可雕也！不过，遇春固然难脱莽夫本色，可那刘伯温先生如今却也跟遇春同调，真是骄兵了！"其实这些问题元璋一直刻意不去询问廖永忠，不使其参与最高战略决策，那是生怕一个结果：如果他的回答令自己满意，那自己就难以安枕了；可是如果相当不满意，自己肯定要怀疑廖老三是故意留了一手，那就让自己越发不安了。

"主公用兵一向绰有成算，我等愚不可及，还请主公点拨我等一二！"孔克仁拱手道。

"嗯，方略乃根本大计，不可轻忽！"元璋润了润嗓子，侃侃而谈道，"张九四一部在江东，一部在江北，而江北之地与王保保等人接壤！张九四兵众与我等不相上下，粮食储积也丰厚，且其凭坚据守、困兽犹斗，仓促之间难以奏效！若是我等直攻平江，在顺利情形下，费尽力气拿下了，仍需北向扫荡张氏残余，那时焉知张氏不会学庐州老左，与王保保等人合兵一处？此时我兵已疲惫，骨头自然越发难啃！平江乃多年经营之坚城，张氏又顽固，非一年以上难以拿下，战事一旦旷日持久，焉知张九四不会借兵于王保保？那时局面就更加复杂了，只因一招错，虽不至于输了一盘棋，但也关乎甚大，不可不深虑之……咱的意思，先专力攻取江北，那里张氏实力不强，又便于我等将张九四与王保保两部分割开来！一旦取得江北，休整数月后即可专攻江东，那时张九四便是我等瓮中鳖了！"

"主公用兵如神，不知主公可有北伐大计？"孔克仁又问道。

"北伐大计与此破张大计自然异曲同工！咱初步的意思，待平张之后，依托大运河粮道先取山东，撤除元廷屏蔽。然后旋师河南，斩下元廷羽翼，为尽快拿下河南，可另派一路偏师由湖北出兵北上配合。然后以重兵夺下潼关，据有这一关中户槛，以阻挡住关中援兵东进攻我侧背，如此即可放手北上大都，雪我四百年奇耻大辱了！"说着，元璋站了起来，忍不住用手向北方指了指。

"当年金军二度攻掠东京之时，一支金军即夺下了潼关以阻止西军东进，最终酿成靖康之祸！主公如今以其人之道还治其人之身，大振我华夏声威，光复我华夏河山，真是我华夏兆民之福！"孔克仁伏首道。

曾几何时，元璋也怀疑过自己的天命，尤其担心自己的天命敌不过别人的天命，可是几经考验之后，他越发对此天命深信不疑，尤其是他的天命还这般高，看来真是"明王出世"、义不容辞了！

只是回首前尘，又有太多的无奈和遗憾，为什么做一个天下之主就仿佛是走上了一条不归之路呢？自己身后乃至几百年以后，又将如何收场？真是不忍直视，不忍深思！

朱元璋年表

元文宗天历元年（1328） 1岁

九月十八日未时，生于今安徽凤阳（当时属于濠州）一个贫寒的佃户之家，初名朱重八，上有三哥两姐，父朱五四，母陈二娘。

元顺帝至正四年（1344） 17岁

淮西地区大旱之后再遭瘟疫，父母、大哥相继病饿而死，朱重八不得已入家乡附近的皇觉寺为沙弥。两个月后，行乞于江湖，足迹遍及皖西与豫东八九个郡县。

至正八年（1348） 21岁

回到皇觉寺，开始认真读书、苦练武艺、结交朋友。

至正十一年（1351） 24岁

五月，刘福通于颍州率众发动红巾军起事。八月，彭莹玉、徐寿辉等人于湖北蕲州发动"西系红巾军"起事。八月十日，芝麻李、彭大、赵均用等八人在徐州发动起事。

至正十二年（1352） 25岁

二月，郭子兴、孙德崖等人发动濠州起事。闰三月，朱重八加入郭子兴部，不久娶郭子兴的义女马氏为妻，改名为朱元璋，有灭亡元朝之意。九月，徐州起事被元军镇压，芝麻李死难，彭大、赵均用等辗转来到濠州与郭子兴部会合。冬，元军发大兵围困濠州。

至正十三年（1353） 26岁

春，元军主帅病亡；五月，元军撤去。郭子兴之子郭天叙等人多次试图谋害朱元璋不成,朱元璋鉴于郭子兴、孙德崖、彭大、赵均用等人的内讧,急于向外谋求发展,遂率领徐达、汤和、吴良、吴祯、花云、耿炳文、耿再成、周德兴、郭兴、郭英、陆仲亨等精心挑选出的二十四人,准备攻取定远,中途因病返回。后此二十四人中三人封公,二十一人封侯。

夏,朱元璋智取驴牌寨,收三千余众;七天后偷袭横涧山缪大亨部,降男女七万余口,得精兵两万人。夏末,儒生冯国用、冯国胜兄弟,小吏李善长等相继来归。

朱元璋取定远、滁州两城,大嫂领侄子朱文正、二姐夫领外甥李文忠相继来投奔。冯国用献上建立金陵根据地的战略方针,李善长劝朱元璋取法汉高祖刘邦,皆获得朱的赞同。

至正十四年(1354) 27岁

正月,张士诚于泰州建立"大周"政权,招来元朝近百万官军的镇压。十月,朱元璋前往增援张士诚部,被击退。年底,张士诚部大败元军,从此"元(官)军不复振",以李察罕为代表的各地忠于元朝的民团武装开始崛起。

至正十五年(龙凤元年,1355) 28岁

二月,刘福通等拥立小明王为帝,建都于亳州,国号宋,改元"龙凤"。

春,郭子兴部智取历阳,献计的朱元璋被任命为历阳总兵。以元太子为首的元军围困历阳三月有余,其后朱元璋一举将元朝势力赶出江北。

郭子兴死,郭天叙继承帅位。邓愈、胡大海、常遇春等人相继来投。五月,赵普胜、李普胜、廖永坚、廖永忠、俞通海等率巢湖水师来投,后赵普胜转投徐寿辉,李普胜欲学赵不成反被朱元璋处死。

六月初,朱元璋引军南下,揭开渡江战役序幕。相继占领采石矶、太平后,儒士陶安等来投。秋,朱元璋施借刀杀人之计,

除掉郭天叙、张天祐二人,真正成为郭子兴部义军的首领。

长子朱标出生于太平富民陈迪家。

至正十六年(龙凤二年,1356) 29 岁

三月,攻取金陵,改称"应天"(今南京)。儒士夏煜、孙炎、杨宪等来投。

朱元璋部又相继攻克镇江、金坛等地,七月,小明王任命朱元璋为"江南等处行中书省平章政事"。

至正十七年(龙凤三年,1357) 30 岁

刘福通部红巾军分三路大举北伐。

三月,经过八个月的激烈争夺,朱元璋部攻取了张士诚部所盘踞的重镇常州。截至六月,朱部已经夺得了长兴、江阴等战略要地,建立了完备的针对张士诚部的东线防御体系。十月,常遇春等攻克金陵上游重镇池州,缪大亨部克扬州。

朱元璋于扬州纳孙氏,后孙氏被封为贵妃,地位仅次于皇后马氏。

至正十八年(1358) 31 岁

正月,张士诚部攻常州,为守将汤和所败。

冯国用病死,时年三十六岁。

十二月,朱元璋亲自率军十万往援浙东,途经徽州访名士朱升等人,朱升献上"高筑墙、广积粮、缓称王"的九字方略。胡大海部克婺州等地。

至正十九年(1359) 32 岁

五月,小明王任命朱元璋为"仪同三司、江南等处行中书省左丞相"。

八月,李察罕等部克汴梁,刘福通携小明王逃往安丰。

九月,常遇春部克衢州,后攻杭州不克。十一月,胡大海部

克处州。浙东战役告一段落，朱元璋部开始全力西向对付陈友谅，后在刘基的建议下，逐渐确立"先南后北，先西后东"的总体战略。

至正二十年（1360） 33岁

三月，刘基、宋濂、章溢、叶琛等"浙东四先生"来投。

闰五月，陈友谅率部攻克池州，花云死难。陈友谅杀天完皇帝徐寿辉，于采石矶称帝，国号"大汉"。夏，设伏于应天龙湾，大败陈友谅部。

四子朱棣出生。

至正二十一年（1361） 34岁

李察罕用兵山东，朱元璋再次遣使通好，李察罕奏明朝廷，后派出使节张昶等人南来。

秋，朱元璋率大军西征，克安庆、九江等地，九江系陈氏政权临时都城，陈友谅逃往武昌。

至正二十二年（1362） 35岁

春，胡廷瑞以龙兴降，改龙兴为洪都府（今南昌）。二月，苗军发动金华叛乱，胡大海、耿再成等死难。三月，洪都叛乱，叶琛等死难。

山东被李察罕部平定，红巾军起事以失败告终，但是在战略上起到了屏蔽朱元璋部的作用，为其发展壮大赢得了宝贵时间。六月，李察罕被刺死。

七月，朱元璋麾下"三杰"之首、平章邵荣等人谋反事泄，被朱诛杀。

至正二十三年（1363） 36岁

二月，张士诚部将吕珍率军围攻安丰，朱元璋不听刘基劝阻，率军二十万前往救援小明王。三月，败吕珍部，朱将小明王救出后安置于滁州。闰三月，朱元璋留徐达、常遇春率部围困庐州左君弼，三月不下。

四月，陈友谅率水师六十万围困洪都，洪都守将朱文正、邓愈、薛显等拼死抵抗。七月，朱元璋解庐州之围，率部二十万与陈友谅决战于鄱阳湖。八月二十六日，陈友谅在突围中被射死，陈友谅的儿子等人被俘。九月，朱元璋返回应天。

至正二十四年（1364） 37岁

正月，朱元璋晋封为吴王。二月，经过数月围困，陈友谅之子陈理、大将张定边出降于武昌，陈氏政权彻底灭亡。

七月，克庐州，左君弼此前已北逃。

至正二十五年（1365） 38岁

朱元璋部继续四处扩张、巩固占领区域，消化灭陈成果。

六月，胡深率部克福州，后因兵败被福建军阀陈友定生擒，胡深死难。

十月，讨张战役打响。

至正二十六年（龙凤十二年，1366） 39岁

截至四月底，张士诚部江北地盘已几近为朱元璋部所有。四月二十七日，朱元璋自家乡临濠返回应天。

八月，围湖州。十月，克湖州，在此战中几乎全歼了张部主力。年底，杭州降，平江（今苏州）围困战打响。

十二月，廖永忠接小明王来应天，途中小明王因船只沉没而死。朱元璋改次年为"吴元年"。

至正二十七年（吴元年，1367） 40岁

三月，设文、武科取士。九月，克平江，张士诚被生擒，后被处死。

十月，徐达、常遇春率首批二十五万主力部队开始北伐。朱

元璋确定了"先取山东，撤其屏蔽；旋师河南，断其羽翼；拔潼关而守之，据其户槛"的北伐方略。

南征战役同时开始，汤和、廖永忠等人挂帅。十一月，浙东方国珍降，后得善终。

十二月，北伐军克山东。

洪武元年（1368） 41岁

正月四日，朱元璋在应天登基称帝，国号"大明"，改元"洪武"。

正月，汤和、廖永忠克福建延平，陈友定被俘，后被处死。

四月，明元大战于洛阳塔儿湾，明军大胜。五月，朱元璋车驾至汴梁，不久后改汴梁为"北京"，应天为"南京"。七月，广西平，南征战役结束。

八月二日，北伐军攻克元大都（今北京）。十二月，明军于太原附近败王保保，山西平。

洪武二年（1369） 42岁

春，明军两路进军陕西。三月，明军克奉元路（今西安）。四月，徐达迫降李思齐。

六月，常遇春、李文忠率部袭取元上都开平。七月，常遇春暴卒于凯旋归途，追封"开平王"。

八月，明军经三个月的围攻后终克庆阳。十一月，徐达等人还南京。

洪武三年（1370） 43岁

二月，明军两路北征。

四月，徐达率西路军大败王保保部于沈儿峪口，战果甚大。四月二十八日，元顺帝驾崩于应昌。五月，李文忠所率东路军克应昌，元太子逃窜。

七月，杨宪被诛。

十一月，朱元璋大封功臣，李善长、徐达、常茂（常遇春之子）、李文忠、冯胜、邓愈等六人封公，汤和、廖永忠等三十人封侯。

洪武四年（1371） 44 岁
正月，中书左丞相、太师、韩国公李善长致仕。
二月，明军两路大军伐四川明升，汤和、廖永忠等自湖北西进，傅友德部自陕西南下。
六月，明升出降于重庆。

洪武五年（1372） 45 岁
正月，明十五万大军分三路伐草原。
五月，徐达中路军到达杭爱岭北。六月，中路军被王保保部逼退入塞。
七月，冯胜、傅友德所部西路军师次别笃山口，大获而还。
与西路军同时，东路军在李文忠、廖永忠等率领下，一路逐北至骋海，进入蒙元腹心地区，廖永忠率部到达元都和林。后东路军遭遇敌人重兵围攻，李文忠设计全身而退。

洪武六年（1373） 46 岁
正月，朱元璋命徐达、李文忠等往山西、北平练兵防边。

洪武七年（1374） 47 岁
九月，孙贵妃病死，年三十二。

洪武八年（1375） 48 岁
三月，廖永忠被赐死。四月，刘基病卒。
八月，王保保病死于哈刺那海之衙庭。
年底，"空印案"发，各地守令主印官员，不问良莠好坏，被杀者达一千余人，牵连遭流放者达数百人。方孝孺之父时为济宁知府，被冤杀。

洪武十年（1377） 50岁
十一月，邓愈病死于征西番归途，年四十一，追封"宁河王"。

洪武十一年（1378） 51岁
四月，元嗣君爱猷识理达腊病卒，子脱古思帖木儿嗣。

洪武十二年（1379） 52岁
十一月，封仇成、蓝玉等十二人为侯。十二月，前右丞相汪广洋贬于海南，被赐死于道。

洪武十三年（1380） 53岁
正月，"胡惟庸案"发，中书省左丞相胡惟庸、御史大夫陈宁等被诛。此案不断扩大，绵延数年，前后被杀者达三万余人。
朱元璋废除丞相制，权归六部。

洪武十四年（1381） 54岁
四月，明军再次大举北征。
九月，明三十万大军征云南，钦命颍川侯傅友德为征南将军，永昌侯蓝玉为左副将军，西平侯沐英为右副将军。十二月，傅友德、沐英率部取得白石江大捷。

洪武十五年（1382） 55岁
闰二月，蓝玉、沐英等率军克大理。
八月，马皇后崩，时年五十一。
设立锦衣卫，开明朝"厂卫制度"先河。

洪武十七年（1384） 57岁

三月，李文忠病死，年四十六，追封"岐阳王"。
四月，明廷论平云南功，进封颍川侯傅友德为颍国公。

洪武十八年（1385） 58岁
二月，徐达薨，年五十四，追封"中山王"。
三月，"郭桓案"发，牵连者达数万。

洪武二十年（1387） 60岁
六月，纳哈出率众出降于辽东。主帅冯胜兵权被夺。

洪武二十一年（1388） 61岁
四月，蓝玉率军十五万深入草原，取得捕鱼儿海大捷。

洪武二十三年（1390） 63岁
五月，李善长被赐死，波及甚广。

洪武二十五年（1392） 65岁
四月，太子朱标薨，年三十八，谥曰"懿文"。六月，沐英病卒于云南，年四十八，追封"黔宁王"。

洪武二十六年（1393） 66岁
二月，"蓝玉案"发，凉国公蓝玉等被杀，此案牵连被杀者前后达一万五千余人。
鉴于杀戮过重、枉法难制，朱元璋正式废除锦衣卫。

洪武二十七年（1394） 67岁
十一月，傅友德被逼死。

洪武二十八年（1395） 68岁
二月，冯胜被逼死。

三月，二子秦王朱樉病死。

八月，汤和病死，年七十，追封"东瓯王"。截至朱元璋生前，开国元勋仅剩下长兴侯耿炳文与武定侯郭英。

洪武三十年（1397） 70岁

正月，耿炳文为征西将军，郭英副之，巡西北边。

八月，命李景隆（李文忠之子）为征虏大将军，练兵河南。

"南北榜事件"发生，刘三吾等考官被打成了替罪羊，或充军或被杀。

洪武三十一年（1398） 71岁

三月，三子晋王朱棡病死。

闰五月，朱元璋病死，葬于孝陵，庙号"太祖"。